Knaur.

Im Knaur Taschenbuch Verlag ist bereits folgendes Buch der Autorin erschienen:
Die Braut des Freibeuters

Über die Autorin:
Susanna Drakes große Leidenschaften sind Geschichte und Schreiben. Nach Jahren in der internationalen Arbeitswelt hat sie ihr Hobby zum Beruf gemacht und schreibt nun mit Begeisterung historische Liebesromane. Auf ihren Reisen in die USA hat sie sich intensiv mit amerikanischer Geschichte beschäftigt und viele Anregungen für ihre historischen Liebesromane gefunden. *In den Armen des Freibeuters* ist ihr zweiter Roman im Knaur Taschenbuch.

Susanna Drake

In den Armen des Freibeuters

Roman

Knaur Taschenbuch Verlag

Besuchen Sie uns im Internet:
www.knaur.de

Sagen Sie uns Ihre Meinung zu diesem Buch:
historische-liebesromane@droemer-knaur.de

Originalausgabe Juni 2009

Ein Unternehmen der Droemerschen Verlagsanstalt
Th. Knaur Nachf. GmbH & Co. KG, München

Redaktion: Sabine Thiele
Umschlaggestaltung: ZERO Werbeagentur, München
Umschlagabbildung: John Ennis via Agentur Schlück
Satz: Uhl + Massopust, Aalen
Druck und Bindung: Norhaven A/S
Printed in Denmark
ISBN 978-3-426-50148-1

2 4 5 3 1

Kapitel 1

Der Mann schwitzte. Das Wasser floss ihm in kleinen Bächen über das Gesicht, lief ihm in die Augen und in die tiefen Falten neben seiner Nase Richtung Kinn. Die Tropfen fielen zischend auf den von der Sonne aufgeheizten Lauf der Kanone und verdampften. Er war bis auf die Leinenunterhose nackt, und auch auf seinem Rücken und seiner Brust glitzerten unzählige Schweißperlen.

Er blinzelte zwischen den Schweißtropfen hindurch auf die Männer, die ihn umstanden und ausdruckslos ansahen. Sie hatten ihn mit dem Oberkörper vor den Lauf der Kanone gebunden, und das Rohr presste sich gegen seine Brust.

Zuerst hatte man ihn an den Mast gefesselt und zusehen lassen, wie die Kanone geladen wurde. Dabei waren sie langsam und gründlich vorgegangen: zuerst reinigen, dann Pulverkartusche rein, gefolgt von der Munition. Dann hatten sie ihn herübergeschleppt, ihn vor dem Mündungsloch festgezurrt und gedroht, die Kanone abzufeuern, wenn er nicht redete.

»Hör gut zu«, sagte der Pirat, den die anderen höflich mit Mr. Smith anredeten, »du hast jetzt zwei Möglichkeiten: Entweder du spuckst endlich aus, wo du deine Papiere und dein Geld versteckt hast, oder …« Er deutete auf den Mann mit der Lunte und machte eine kurze Pause, um die Drohung wirken zu lassen. Was nicht mehr nötig war, denn sein Gefangener hatte schon längst verstanden. Er starrte abwechselnd auf den Mann, der ihn verhörte, und auf denjenigen, der die Lunte in der Hand hielt. »Ich habe nichts. Gar nichts mehr«, stammelte er. »Was ich hatte, habe ich Ihnen gegeben. Sie haben alles. Mein ganzes Schiff, die Ladung.«

»Und Geld?«, fragte Mr. Smith lauernd. »Wir haben außer deinem Geldbeutel und ein paar lumpigen Scheinen nichts gefunden.«

»Ich habe kein Geld! Alles ging für die Ladung drauf.« Er brach fast in Tränen aus. »Mein ganzes Vermögen steckt in den Waren! Schießt doch ruhig! Ich bin sowieso ruiniert!« Er wimmerte fast, als er das hervorstieß.

Mr. Smith beugte sich näher. »Schiffspapiere? Kaufverträge? Nichts davon ist vorhanden. Kommt dir das nicht selbst komisch vor?«

»Habe ich alles über Bord geworfen«, ächzte der Mann.

Mr. Smith lehnte sich an den Kanonenlauf und rieb sich sein Kinn. »Ein Händler, der seine Kaufverträge wegwirft?«

»Das ist so üblich, Sir«, flüsterte ein schlanker Mann in Mr. Smiths Ohr. »Wenn abzusehen ist, dass der Feind ein Schiff übernimmt, dann hat der Captain den Auftrag, sämtliche Befehle und Codes dem Wasser zu übergeben.«

»Bei einem Kriegsschiff«, murmelte Mr. Smith zurück. »Damit dem Feind nicht die Signale in die Hand fallen. Aber bei einem Kaufmann?« Er hatte lange genug auf einem Kriegsschiff gedient, um zu wissen, wie der Captain vorzugehen hatte, und er wusste auch um die verheerende Bedeutung, wenn einem feindlichen Schiff gültige Geheimsignale in die Hand fielen. Diese wurden von Zeit zu Zeit geändert, um Freund von Feind unterscheiden zu können. Auf die Nationalflaggen konnte man sich nicht verlassen – nichts war einfacher, als unter falscher Flagge zu segeln, um ein potenzielles Opfer oder einen Feind zu täuschen.

Er musterte den schwitzenden Händler aus zusammengekniffenen Augen. Was hatte der Kerl zu verbergen, wenn er tatsächlich alles ins Wasser geworfen hatte?

Er setzte sich halb auf die Kanone, verschränkte die Arme vor der Brust und sah nachdenklich auf seine Zehenspitzen. Wie die meisten auf dem Schiff trug er keine Schuhe. Seine weite Seemannshose war zwar aus besserem Stoff und sauberer als die der anderen, aber mit dem Ohrring und dem Schal, den er statt eines Gürtels um die Hüften trug und in dem ein gekrümmter Dolch steckte, wirkte er wie das Ebenbild eines Piraten. Mr. Smith – von Freunden Smithy genannt – liebte diese Art von Kleidung.

»*Monsieur* …«, erklang die zittrige Stimme des Gefangenen. »Ich weiß wirklich nicht …«

»Halt den Rand«, fuhr Smithy ihn ungehalten an. »Wir waren viel zu gnädig mit dir. Wir hätten dir zuerst die Haut vom Rücken peitschen sollen. Dann die Zehennägel ziehen, die Finger brechen und dich am Ende an deinen Eiern an der Rah aufhängen.«

Der Mann heulte auf. »Ich habe nichts mehr! Ich habe wirklich nichts mehr! So nehmt doch mein Schiff, meine Ladung, und lasst mich in Ruhe!«

»Zuerst«, sagte Mr. Smith mit einem blutrünstigen Glühen in den Augen, »werden wir feststellen, ob du tatsächlich nichts versteckst.«

In der Kajüte des Captains stand währenddessen die Frau des Gefangenen und lauschte ängstlich hinaus.

Captain Jack O'Connor saß auf einem Stuhl, hatte die Beine von sich gestreckt und beobachtete sie. Sie war wohl etwa Mitte dreißig, sah jedoch älter aus. Ihr Haar war reichlich grau, auch wenn das bei dem von der Sonne gebleichten Blond nicht so auffiel wie bei einer Dunkelhaarigen. Wind, Wetter und das oft entbehrungsreiche Leben an Bord hatten sie frühzeitig altern lassen.

Sie fuhr zusammen, als sie ihren Mann schreien hörte. »Was machen Sie mit ihm?«

»Nichts, wenn er redet. Dann wird ihm kein Haar gekrümmt. Wenn nicht, dann …«, er zuckte mit den Schultern.

»Was wollen Sie denn von ihm?« Sie sprach gutes Englisch, aber das war unter Kaufmannsfrauen nicht selten. Sie begleiteten ihre Männer über weite Strecken, besuchten diverse Länder und hatten viele Kontakte mit anderen Kulturen.

»Er verbirgt etwas vor uns«, erwiderte O'Connor ruhig. »Und wir wollen herausfinden, was es ist und wo er es versteckt hat.«

»Was tun Sie mit ihm?« Sie war blass und rang die Hände. Auf ihrer Stirn glitzerten Schweißperlen. »Sie quälen ihn doch nicht, oder?«

Jack betrachtete sie. Sie und ihr Mann waren nicht allein auf dem Schiff gewesen, sie hatten ihre beiden Kinder dabei, die jetzt in der Offiziersmesse saßen. Verrückt von dem Mann, seine ganze Familie über sämtliche Ozeane zu schleppen und in Gefahr zu bringen. Andererseits war es die einzige Möglichkeit, zusammenzubleiben, sonst war die Familie über Monate und Jahre getrennt. So manche Ehe war dabei schon zugrunde gegangen. Seine eigene Verlobung hatte vor fünf Jahren seiner Entscheidung, fortzusegeln, nicht standgehalten. Aber vielleicht hatte es auch daran gelegen, dass Marietta nicht mit einem Freibeuter liiert sein wollte. Konnte man ihr nicht verdenken. Jack unterdrückte ein Grinsen. Marietta wäre jedenfalls bestimmt nicht mit ihm gesegelt, um andere Schiffe anzugreifen, harmlose Händler zu kapern und sich gar mit englischen Kriegsschiffen anzulegen.

»Was wir mit ihm tun?«, wiederholte er langsam. »Meine Männer verhören ihn.«

»Aber was wollen Sie denn wissen?« Ihre Hände zerrten unruhig an ihrem Rock.

»Wo die Schiffspapiere sind. Die Wertpapiere. Kaufverträge. Bargeld. Wir haben kaum etwas bei Ihrem Mann oder auf Ihrem Schiff gefunden.«

Sie hatten den Händler zwei Tage lang verfolgt und an diesem Morgen endlich gestellt. Sie hatten leichtes Spiel mit ihm gehabt – schon nach der ersten Breitseite hatte er aufgegeben. Das taten Händler meistens. Sie wussten, dass Freibeuter wie Jack nur auf die Ladung aus waren. Die Zeit der Piraten, die auf eigene Rechnung loszogen, war bis auf wenige Ausnahmen vorbei. Sie waren von allen seefahrenden Ländern gejagt und zur Strecke gebracht worden. Es galten immer noch die härtesten Strafen für diejenigen, die ohne Kaperbrief angetroffen wurden. Die heutigen Piraten nannten sich Freibeuter, segelten unter einem Freibrief einer Regierung und hatten sich nach bestimmten Regeln zu richten, andernfalls wurden sie bei Verstößen zur Rechenschaft gezogen.

Die Zeiten hatten sich tatsächlich geändert. Während früher so mancher Händler lieber gestorben wäre, als einem gnadenlosen Piraten in die Hände zu fallen, so hatte er nun eine gute Chance, zwar ohne Schiff und Ladung, aber mit heiler Haut davonzukommen, wenn er die Flagge strich und sich ergab. Damit hatte auch dieser *Monsieur* Charbal gerechnet. Allerdings hatte er sich in Jack O'Connor und seiner Mannschaft ein wenig verschätzt. Er hatte sich ergeben, Jack hatte eine Prisenmannschaft auf das andere Schiff geschickt und den Händler und seine Familie an Bord seines eigenen Schiffes, die *Tuesday*, gebeten. Dort hatte Jack die Familie getrennt, die Kinder in die Offiziersmesse und in die Obhut des Schiffsarztes geschickt und *Monsieur* Charbal einem Verhör unterzogen, nachdem seine Leute ergebnislos das gesamte Schiff des Händlers nach Papieren und Bargeld abgesucht hatten. Charbal hatte zwar behauptet, alles über Bord geworfen zu haben, aber das war lächerlich. Er musste es gut versteckt haben. Oder er hatte es noch zeitgerecht auf die sein Schiff begleitende Korvette geschafft. Vielleicht war dies der Grund, weshalb die Korvette so schnell alle Segel gesetzt hatte, ohne auch nur einen Versuch zu machen, das schwerfälligere Handelsschiff zu beschützen.

Jack hatte die Prise mit einer Mannschaft zurückgelassen und sich an die Verfolgung gemacht, doch die Übernahme des Händlers und der Austausch der Besatzung hatte Zeit gekostet. Trotzdem musste Jack wissen, ob Charbal noch ein Versteck auf seinem Schiff hatte, das von seinen Leuten übersehen worden war.

Ein Aufheulen drang von Deck in Jacks Kajüte. Die Frau zuckte noch heftiger zusammen. Sie wirkte immer ängstlicher. »Sie werden ihn doch nicht ermorden, oder?«

Jack antwortete nicht gleich. Er lauschte hinaus. »Meine

Männer sind sehr ungeduldig«, sagte er nach einiger Zeit. »Sie werden ihn nicht gleich töten, aber sie sind nicht zimperlich, was ihre Methoden betrifft. Sie haben noch aus jedem herausgelockt, was sie wollen, und so wie das klingt, schneiden sie ihm entweder etwas ab, oder sie brechen ihm gerade einige Knochen.«

Ein abermaliges Aufheulen, das in einem spitzen Schrei endete.

Die Frau brach in Tränen aus und sank auf eine Truhe unter dem Heckfenster. »Lassen Sie ihn. Um der Gnade Gottes willen. Tun Sie ihm nichts mehr! Geben Sie Befehl, dass Ihre Piraten aufhören, ihn zu quälen!«

»Das wird leider nicht möglich sein«, erwiderte Jack bedauernd. »Ich kann da gerade gar nichts machen. Sie müssen das verstehen, Madam. Prisen sind heutzutage nicht mehr so zahlreich wie früher. Wir müssen nehmen, was wir kriegen, und wenn uns dann noch jemand um Geld und Papiere bringen will, reagieren meine Männer natürlich ungehalten.«

»Das ist gegen jedes Gesetz!«

Jack zuckte mit den Schultern. »Jeder muss von etwas leben, Madam.«

»Verfluchter Pirat! Ach, wenn Maurice nur gewusst hätte, in wessen Hände er sich und uns übergibt! Bei Ihrem Ruf! Jeder Händler, der von Ihnen hört, macht einen großen Bogen um die Gegend, die Sie verseuchen!«

»Das, Madam, will ich nicht hoffen«, kam es unbeeindruckt, »sonst würden meine Männer und ich bald ohne Einkommen dastehen. Aber wenn es Sie beruhigt, Ihnen und Ihren Kindern wird kein Haar gekrümmt. Für Ihren Mann kann ich allerdings …«

»Ich … weiß … wo die Sachen sind, die Sie suchen …« Sie

brachte es nur zögernd über ihre Lippen, und Jack bewunderte ihre Beherrschung. Sie hatte wirklich Angst um ihren Mann. Dass die beiden sich nahestanden, hatte er schon gesehen, als er das Schiff erobert und sie auf die *Tuesday* hatte bringen lassen. Sie, ihr Mann und die Kinder waren wie eine eigene kleine Mannschaft, die auf Biegen und Brechen zusammenhielt. Jack war ohne Eltern aufgewachsen, aber er hatte später das Glück gehabt, in eine solche Gemeinschaft aufgenommen zu werden, und kannte das Gefühl der Zugehörigkeit.

Aber er hatte es wieder verloren. Sein Brustkorb schien mit einem Mal zu eng zu sein. Er atmete tief durch, bevor er sagte: »Madam, wenn Sie jetzt reden, dann können Sie verhindern, dass meine Leute Ihren Mann noch mehr verstümmeln. Und er wird leben. Das verspreche ich Ihnen.« Er beugte sich vor. »Wo, Madam? Wo sind die Papiere? Und lassen Sie mich jetzt eines klarstellen: Ich rede nicht von den Schiffspapieren allein. Ich weiß, dass Ihr Mann als Bote fungierte.«

Sie starrte ihn entsetzt an, dann schloss sie die Augen und sagte: »Die Papiere, die Sie wollen, sind auf dem anderen Schiff. *Capitaine* Rochard hat sie. Mein Mann hat sie ihm übergeben, als Sie uns verfolgt haben. Des Nachts im Dunkeln, damit es nicht auffällt.«

Jack lehnte sich zurück. Also hatte er richtig vermutet. Zumindest ein Teil der Papiere war auf der Korvette. Aber etwas am Ausdruck der Frau machte ihn misstrauisch. Sie hielt noch etwas zurück.

Von draußen hörte man abermals einen langgezogenen Schrei, der abrupt endete.

Madame Charbal sprang auf. »So machen Sie dem doch endlich ein Ende!«

Jack musterte sie. »Verzeihen Sie, Madam, aber ich habe das Gefühl, dass Sie nicht die ganze Wahrheit sagen.« Er schüttelte den Kopf. »Ist es wirklich so wichtig, diese Papiere zu schützen, dass Sie damit die Unversehrtheit und das Leben Ihres Mannes gefährden?«

Sie stand fast eine Minute lang reglos da, passte sich jedoch wie ein echter Seemann unbewusst dem Wellengang, den Bewegungen des Schiffes an. »Man wird meine Kinder töten, wenn ich das tue.«

»Niemand wird erfahren, dass Sie mir die Papiere gegeben haben«, sagte Jack leise. »Niemand. Das schwöre ich Ihnen. Ich werde die Papiere nur ansehen, abschreiben und Ihnen dann wieder zurückgeben. Es liegt allein in Ihrer Hand.«

Sie wandte sich langsam und mit hölzernen Bewegungen von ihm ab. Dann hob sie zögernd ihren Rock in die Höhe. Jack sah ihr wachsam zu. Man hatte sie nicht nach Waffen überprüft, das hatte er verboten, aber sie wäre nicht die erste Frau, die unter den weiten Röcken eine geladene Pistole oder ein Messer versteckte. In diesem Fall jedoch war es ein dicker, doppelt vernähter Saum, der zum Vorschein kam. Sie zerrte daran herum. Jack reichte ihr hilfsbereit ein Messer, und sie trennte mit zittrigen Fingern die Naht auf. Fein säuberlich um den ganzen Saum herum vernähte und in Leder eingeschlagene Bündel kamen zum Vorschein. Sie zog sie hervor und gab sie Jack.

»*Voilà*. Das ist es wohl, was Sie suchen. Die anderen Papiere, Verträge, das Bargeld – das ist wirklich alles auf der Korvette. Wenn Sie diese haben wollen«, fügte sie mit einem Anflug von Zorn hinzu, »dann müssen Sie das Schiff schon einfangen.«

Jack war bereits damit beschäftigt, die Lederhüllen zu entfernen und den Inhalt aufzuschlagen. Er nickte nur geistesabwesend. »Wir sind schon dabei. Nicht lange, und wir haben sie.«

Ein durchdringendes Kreischen war zu hören, gefolgt von einem Stöhnen.

»Sie verfluchter Mensch! Sie haben, was Sie wollten! Jetzt halten Sie Ihr Versprechen!«

Jack sah hoch. »Sie haben recht.« Er erhob sich und ging zur Tür, während die Frau vor Zorn und Angst zitternd auf eine Truhe sank.

»Mr. Allen!«

»Ja, Sir?« Ein junger Mann polterte heran und blieb vor Jack stehen.

»Meine Grüße an Mr. Smith. Er möge mit der Folterung aufhören.« Der Bursche eilte behende wieder an Deck, und Jack wandte sich zu der Frau um. Ein hasserfüllter Blick traf ihn.

»Und jetzt, Madam, ordnen Sie Ihre Kleidung. Sie dürfen zu Ihrem Mann und sich um ihn kümmern. Die Kinder bleiben noch in meiner Obhut. Ich halte mein Wort. Ich werde Sie, wenn ich die Papiere hier kopiert habe, wieder rufen lassen, damit Sie sie wieder einnähen können. Und von mir wird niemand erfahren, dass ich sie überhaupt gesehen habe.«

Die Frau richtete ihre Röcke, und Jack trat zur Seite, als sie sich an ihm vorbeidrängte und gewandt die Niedergangsleiter hochkletterte. Er folgte ihr. An Deck blieb sie kurz stehen, blinzelte gegen das grelle Sonnenlicht und lief dann zu ihrem Mann, der zwischen zwei Männern hing, ohne deren festen Griff er zusammengesunken wäre.

»Die Verträge sowie das Bargeld sind auf der Korvette«, sagte Jack, als Mr. Smith heranstapfte.

Sein Freund hob die Augenbrauen. »Wie hast du das jetzt rausgekriegt?«

»Von der Lady.«

»Deinen unwiderstehlichen Charme ausgespielt, was?«

Jack lachte. »Könnte man so sagen.«

Die beiden Männer brachten den Mann vorbei, den sie mehr mitschleiften, als dass er selbständig ging. Seine Frau lief hinter ihm her, beschimpfte die Männer, die sie eher gutmütig als gereizt abwehrten. Einige der Umstehenden lachten.

Jack runzelte die Stirn. »Was habt ihr mit ihm gemacht, Smithy? Das klang ja erschreckend. Hörte sich an, als hättet ihr ihm alle Knochen gebrochen.«

»Kaum angefasst«, beteuerte Smithy. »Bloß ein bisschen mit ihm gespielt und gedroht. Hab ihm immer gesagt, was ich mit ihm tun werde, und sobald dann einer nur hingegriffen hat, hat er schon gequietscht wie ein Schwein am Spieß. Man musste sich die Ohren zuhalten, um nicht taub zu werden.«

In diesem Moment sah die Frau Jack neben dem Niedergang stehen. Sie ballte die Fäuste und sandte eine Flut französischer Flüche herüber.

Smithy lauschte fasziniert. »Fast wie zu Mrs. Vanessas Zeiten, was?«

Jack grinste. »Nein, viel schlimmer. Mrs. Vanessa wäre aber entzückt. Ich könnte mir vorstellen, dass sie einige davon noch nicht kannte.«

Smithy grinste ebenfalls, dann wandte er sich in die Richtung, in die die Korvette verschwunden war. Jetzt war klar, dass sie einen guten Grund gehabt hatte, zu flüchten: einen ganzen

Sack voller wichtiger Papiere und vermutlich jede Menge Bargeld. Smithy rieb sich die Hände. Er folgte seinem Captain den Niedergang hinunter und in dessen Kajüte, wo er Papiere auf dem Tisch bemerkte, nach denen Jack bei Smithys Eintreten griff.

»Briefe? Von Mrs. Vanessa?«

Jacks Zögern war fast unmerklich. »Nein, von Jessica.« Jack lächelte, als er dies sagte, und Smithy sah, wie bedächtig er die dicht beschriebenen Bögen zusammenfaltete. Es waren auch Zeichnungen darunter. Smithy wandte den Blick ab. Wenn Jack nichts sagen wollte, war das in Ordnung, dann tat er eben, als würde er ihm glauben.

»Neue Post von ihr bekommen?«

»Nicht in der letzten Zeit.« Jack hatte sich abgewandt, während er sprach. »Der Brief ist schon älter.«

Das zumindest stimmte. Sie hatten das letzte Mal vor einem halben Jahr in Kapstadt eine der Handelsniederlassungen der Boston Independence Trading Company aufgesucht und dort Briefe in Empfang genommen.

Jack hätte gar nicht nachgefragt, aber Smithy war vom Hafen in die Stadt geritten, hatte ein paar Worte mit dem Leiter der Niederlassung gesprochen, ein paar Brandy mit ihm runtergekippt und war dann mit zwei Briefen zurückgekehrt. Einer war von Vanessa McRawley, der andere von Jessica Finnegan.

Die beiden Frauen waren die einzigen, die jetzt noch an Jack dachten und ihm schrieben. Dass auch sie beide immer über Jack auf dem Laufenden gehalten wurden, dafür sorgte Smithy, der zumindest zweimal im Jahr unter vielen Schweißtropfen und mit verkrampften Fingern Buchstaben zu Wörtern und letztendlich zu Briefen formte – oft kaum leserlich und mit vielen Fehlern, aber die beiden Frauen waren zufrieden. Und Jessicas Briefe lagen auf allen Stationen. Sie hatte es sich angewöhnt, ihre Briefe zu kopieren und an verschiedene Niederlassungen zu schicken, damit Jack – oder eben Smithy – auf jeden Fall Nachricht vorfand, egal, wo die *Tuesday* sich gerade herumtrieb.

Ein treues Mädchen, die Kleine. Smithy hatte sie immer gemocht. Mehr als den Rest der Kinder der Finnegans. Als sie zuletzt in Boston gewesen waren, war sie siebzehn gewesen.

Jack schob wie in Gedanken versunken eine große Muschel auf dem Tisch herum, und Smithy beobachtete ihn. Möglich, dass Jack was Ähnliches im Kopf herumging wie ihm. Und dass die Leute in Boston ihm fehlten, darauf hätte er seinen besten Dolch verwettet. Smithy räusperte sich. »Dann werde ich mich mal vergewissern, dass unsere Gäste gut untergebracht sind.«

Jack wandte den Kopf. »Sieh zu, dass der Arzt nach *Monsieur* Charbal sieht.«

Smithy grinste. »Ich schätze, der ist inzwischen schon wieder ganz munter und weint sich bei seiner Frau über die bösen Piraten aus.«

Sein Freund verließ die Kajüte, und Jack setzte sich an den Tisch, zog die aus *Madame* Charbal so mühsam hervorgekitzelten Papiere hervor und machte sich daran, sie abzuschreiben. Es war eine ermüdende Arbeit. Sie waren verschlüsselt, aber zum Glück hatte sich in *Madame*s weitem Rocksaum auch noch der dazugehörige Code befunden. Charbal schien wirklich größtes Vertrauen in die Kleidung seiner Gattin zu haben.

Die Frau hatte nicht unrecht gehabt. Jack hatte sich tatsächlich einen Ruf als Freibeuter gemacht, und viele mieden die Gegenden, in denen die *Tuesday* zuletzt gesehen worden war. Er war jedoch nicht immer als Kaperfahrer auf den Meeren gesegelt. Es war sogar kaum sechs Jahre her, als er noch seriöser Kommandant einer kleinen Handelsflotte der Boston Independence Trading Company gewesen war.

Jack versuchte, sich auf die Blätter vor ihm zu konzentrieren, aber immer wieder tauchte jetzt in seinen Gedanken jener Tag auf, an dem er Boston verlassen hatte, um einem englischen Linienschiff nachzujagen, das eines der Schiffe der Company gekapert und die Männer darauf zum Dienst gepresst hatte. So etwas war oft vorgekommen. Die ständig in Kriege und Scharmützel verwickelte englische Marine litt an einem dauerhaften Mangel an Seeleuten, und es war an der Tagesordnung, dass amerikanische Schiffe von englischen Kriegsschiffen aufgehalten und der Mannschaften beraubt wurden.

Jack hatte das wütend gemacht, aber fuchsteufelswild war er geworden, als eines ihrer Schiffe, das den Konvoi mit frischen Lebensmitteln und Wasser hätte versorgen sollen, von einem englischen Kriegsschiff aufgehalten und die Leute gepresst worden waren. Jack war, als das Schiff nicht beim vereinbarten Treffpunkt erschien, losgesegelt und hatte die Barke tatsächlich in einem westindischen, sich in englischer Hand befindlichen Hafen gefunden.

Er hatte beim Gouverneur der Insel Beschwerde eingelegt und das Schiff auch wiederbekommen, aber die Ladung war ebenso verschwunden wie die Mannschaft. Lediglich zwei Männer waren zurückgelassen worden. Der eine war schwer verletzt worden, und der andere hatte sich ein Fieber geholt und war dem Tode nahe gewesen. Die beiden hatten ihm erzählt, was geschehen war. Jack hatte versucht, herauszufinden, wo die anderen Leute hingebracht worden waren, und es war ihm tatsächlich gelungen, einige aufzuspüren, aber von den meisten hatte er die Spur verloren.

Gute Männer waren darunter gewesen. Sehr fähige Seeleute und – was noch mehr wog – langjährige Freunde. Er hatte sich umgehört, die Häfen abgeklappert und Nachrichten hinterlassen. Sollte einer der gepressten Männer die Gelegenheit haben, eine Botschaft zu schicken, so wusste er, dass jemand kommen würde. Sie hatten das bereits früher so vereinbart. Darin lag zum Großteil der Erfolg der Company – dass die Leute, die für sie arbeiteten, dazugehörten und geschützt wurden.

Jack war danach mit dem Rest des Konvois nach Boston gesegelt, hatte die Waren abgeliefert und Bericht erstattet. Die Besitzer der Company, Vanessa und Robert McRawley, ja sogar Jean-Baptiste Finnegan, hatten die Sache mit einer offiziellen Beschwerde lösen wollen, aber Jack hatte nur spöttisch gelacht und die *Tuesday* genommen, gleichgesinnte Männer an Bord geholt und so lange alle englischen Schiffe verfolgt, bis er fast alle seine Männer gefunden hatte. Zumindest jene, die auf englischen Kriegsschiffen dienen mussten, die zwischen dem kanadischen Halifax und dem westindischen Trinidad kreuzten. Und daneben hatten sie kleinere, lukrative Geschäfte betrieben, wie Schmuggel und illegalen Handel in für Amerikaner gesperrten Häfen. Und dazwischen hatten sie Schiffe gekapert. Dass die Sache legal war, dafür sorgten mehrere Kaperbriefe.

Vor seiner Abfahrt hatte er jedoch mit allen gestritten. Sogar mit Vanessa und Jessica. Sie waren gegen seine Reise gewesen, aber er hatte sich durchgesetzt. Am heftigsten war der Streit mit seiner Verlobten Marietta gewesen. Zuerst war

Marietta ihm bei seinem Eintritt um den Hals gefallen und hatte ihm zugleich die gesamte Liste ihrer Hochzeitsgäste entgegengesprudelt, hatte von ihrem neuen Kleid erzählt, über die zu erwartenden Geschenke sinniert. Bis er ihr unverblümt gesagt hatte, dass die Hochzeit noch warten musste. Ein Wort hatte dann das andere ergeben, Marietta hatte ihren Zorn in Form einer Ohrfeige abreagiert und Jack mit einer drohend erhobenen Vase in der Hand zum Teufel gejagt. Im Nachhinein hatte er eingesehen, dass er ein wenig diplomatischer hätte vorgehen können, aber da war es zu spät.

So viel zu seiner Verlobung mit Marietta. Auf seiner Wange hatte man noch am Abend die Spuren von Mariettas zartem Händchen gesehen, aber Jack hatte die Abdrücke mit einem Grinsen im Spiegel betrachtet. Es war so viele Jahre vereinbart gewesen, dass Jack und Marietta eines Tages heiraten würden, dass er die Möglichkeit, die Verlobung zu lösen, bis zu diesem Zeitpunkt nicht einmal überlegt hatte. Aber nun hatte er sich überraschend befreit gefühlt. Marietta hatte bald nach seiner Abreise einen gewissen Patrick Sullivan, seines Zeichens wohlhabender Sohn und Erbe eines Handelshauses, geheiratet, wie Vanessa ihm geschrieben hatte. Mochten sie glücklich werden.

Wirklich nachhaltig beschäftigt hatte ihn dagegen die darauffolgende Auseinandersetzung mit Jessica. Es war das erste Mal gewesen, dass er fortgesegelt war, ohne sich von ihr verabschiedet zu haben, und – noch schlimmer – das erste Mal, dass sie sich im Streit getrennt hatten.

Seine kleine Jessie, die immer wie eine jüngere Schwester für ihn war. Wie alt war sie damals gewesen? Sechzehn? Nein, siebzehn. In ihrem Benehmen erwachsen, manches Mal ein wenig zu ernsthaft, so dass er sich immer bemüßigt gefühlt hatte, sie zu necken, bis sie lachte. Sehr schlank, fast mager. Und doch von einem ganz besonderen Reiz und Charme.

Jack erinnerte sich gut daran, wie er sie kennengelernt hatte. Sie war gerade sieben geworden, als er in Vanessa und Robert McRawleys Begleitung nach Boston gekommen war. Jessie war ein aufgewecktes Ding gewesen, das ihn immer um den Finger gewickelt hatte – sogar einen siebzehnjährigen Jungen, der damit beschäftigt war, seine Neigung zu älteren Mädchen oder jungen, willigen Frauen zu entdecken, und für kleine Gören nichts übrig hatte.

Jack grinste in Gedanken daran. Wann immer er an Land gegangen war, war auch Jessica in seiner Nähe gewesen. Sie hatte ihn bis in den Hafen und an Bord verfolgt, sich auf dem Schiff herumgetrieben, ihm beim Schreiben von Berichten über die Schulter geguckt und einiges über Navigation gelernt.

Seit sie mit dreizehn Jahren den Unfall gehabt hatte, von dem eine Narbe auf ihrer Wange zurückgeblieben war, hatte sie sich den Männern auf den Schiffen noch enger angeschlossen. Ihrer Mutter war das nicht recht gewesen, aber ihrem Vater hatte es gefallen, eine Tochter zu haben, die sich für das Meer und die Schiffe interessierte. Jack war ihr mehr als einmal zornig in die Wanten nachgeklettert, weil sie auf den höchsten Rahen herumturnte und er Angst hatte, sie könnte abstürzen. Die Männer hatten sie geliebt wie ein Maskottchen, und wohin Jessica im Hafen auch immer ging, sie wurde von mindestens einem grimmig aussehenden Seemann begleitet, der jedem die Finger gebrochen hätte, der auf dumme Gedanken gekommen wäre.

Jack lächelte zärtlich und zugleich amüsiert, als er an sie

dachte. Ob sie sich sehr verändert hatte? Er rechnete nach. Sie war inzwischen zweiundzwanzig. Vielleicht hatte sie schon einen Verehrer? War sie seit ihrem oder Vanessas letztem Brief schon verlobt oder gar verheiratet? Nein, dieses schlanke, jungenhafte Mädchen konnte noch nicht verheiratet sein. Allein schon der Gedanke daran störte Jack. Verlobt? Und wenn, mit wem? Jack ging in Gedanken alle möglichen Kandidaten durch. Sie hatte damals keine besondere Neigung zu irgendeinem der jungen Männer im heiratsfähigen Alter gezeigt, aber das konnte sich geändert haben.

Jack spielte gedankenverloren mit einer großen Muschel, mit der er die Papiere auf dem Tisch hielt, und starrte blicklos vor sich hin. Er hatte auf Jessica aufgepasst, wann immer er an Land gewesen war, und ein wachsames Auge auf die jungen Burschen gehabt, die sich für sie interessierten. Finnegan hatte wenig Zeit gehabt, und ihr Bruder war, als Jack Boston verlassen hatte, noch ein halbwüchsiger Dummkopf gewesen. Vielleicht war es doch nicht schlecht, nach dem Rechten zu sehen, wenn er diese Angelegenheit endlich hinter sich gebracht hatte und alles glatt gelaufen war. Er musste ja nicht lange bleiben, lediglich ein paar Tage dort verbringen und sich davon überzeugen, dass es allen gutging.

»Solltest du dich nicht endlich auf den Weg machen?«

Jack fuhr überrascht auf.

In der Tür stand Smithy und sah ihn kopfschüttelnd an. »Ich habe dreimal geklopft.«

»Auf den Weg?« Jack war für Sekunden verwirrt. »Nach Boston?«

»An Deck. Nur noch knapp zwei Glasen, dann haben wir sie.«

Jack schob die Geheimdokumente in die Lade, sprang auf und ging zur Tür. Doch Smithy machte keine Anstalten, den Weg freizugeben, sondern sagte bedächtig: »Und nachher, wenn wir die Dokumente abgeliefert haben, wäre es vielleicht keine schlechte Idee, tatsächlich mal wieder in Boston vorbeizuschauen.«

Kapitel 2

Jessica Finnegan war gerade dabei, einen Stapel Wäsche in einen Schrank zu schlichten, als die Tür zur Wäschekammer aufgestoßen wurde und eine bezaubernde junge Frau erschien: Marietta, Jacks ehemalige Verlobte und nun seit einigen Jahren Mrs. Patrick Sullivan. Sie kam selten zu den Finnegans, und Jessica begrüßte sie erstaunt, ging jedoch freundlich auf ihr oberflächliches Geplauder ein, bis Marietta sagte: »Stimmt es, was ich gehört habe? Jacks Schiff soll zehn Tagereisen von hier gesehen worden sein?«

Jessica wandte sich ab. Sie schob die geplätteten Tücher zurecht, strich einige Falten aus und schloss die Schranktür, bevor sie sich zurück an die Besucherin wandte. Sie brauchte die Zeit, bevor ihre Stimme wieder ruhig und gleichgültig genug klang. Deshalb hatte Marietta sich also herabgelassen, sie zu besuchen – um sie über Jack auszufragen. Woher dieses plötzliche Interesse? Wann immer bisher die Rede auf Jack gekommen war, hatte Marietta entweder kalt geschwiegen oder spitze Bemerkungen gemacht. Auch jetzt klang ihre Stimme etwas spöttisch.

»Einer unserer Handelsvertreter hat davon erzählt«, erwiderte Jessica endlich. »Aber wir haben keine Bestätigung dafür. Sie können sich auch getäuscht haben. Als man Jacks Schiff zuletzt mit Sicherheit gesehen hat, war es in der Nähe von Port Royal.«

Die Boston Independence Trading Company unterhielt an verschiedenen Punkten der Küste Handelsstationen, und für gewöhnlich waren die Informationen, die man von dort bekam, zuverlässig. Gelegentlich hörte sie auch von Geschäftsfreunden ihres Vaters, dass sie auf die *Tuesday* getroffen waren. Jack schien wirklich alle Meere befahren zu wollen. Ein Ostindienfahrer hatte ihn in Madras gesehen, ein anderer auf dem Weg nach Kap Hoorn. Ein dritter hatte von einem Kampf in der Nähe der brasilianischen Küste erzählt, in den die *Tuesday* verwickelt gewesen war. Und dann kamen ja auch in unregelmäßigen Abständen Smithys Briefe, in denen er ihr und Vanessa von allen an Bord und von Jack im Speziellen erzählte. Smithys Berichte waren bisher aus Südamerika, Ostindien und Afrika gekommen. Jack dagegen hatte schon seit Jahren keine einzige Zeile mehr gesandt.

Marietta spielte mit ihrem Ridikül. Es war eines von der Sorte, das Jessica eher zu einer Festlichkeit tragen würde: rote Seide mit Perlenstickereien. Aber Marietta konnte sich so etwas leisten. Sogar, nervös einige Perlen und Fäden herauszuziehen. Jessica sah ihr kritisch zu.

»Er wird sich doch nicht etwa einfallen lassen, hierherzukommen?«

Jessica hob den Blick von dem malträtierten Ridikül, öffnete den Mund, schluckte jedoch dann die scharfe Antwort hinunter. Insgeheim machte sie Marietta dafür verantwortlich, dass Jack überhaupt fortgegangen war.

Marietta wiederum spürte die latente Abneigung, auch wenn sie den Grund dafür nicht kannte. Es war Eifersucht, weil Marietta mit Jack verlobt gewesen war, und Zorn, weil sie ihn nicht zurückgehalten, sondern sich sogar von ihm getrennt hatte. Kein Wunder, dass er daraufhin nicht mehr zurückgekommen war, sondern durch die Weltmeere segelte und nichts mehr von sich hören ließ. Marietta hätte es in der Hand gehabt, ihn zu halten. Ganz anders als ein junges, weitaus weniger hübsches Mädchen, das wie eine Schwester für ihn war und dabei nicht einmal auf echte Verwandtschaft pochen konnte.

»Es ist genauso sein Zuhause wie unseres«, sagte sie in einem betont gleichmütigen Tonfall.

»Er täte besser daran, fernzubleiben. Bei dem schlechten Ruf, den er in der Zwischenzeit hat.« Marietta rümpfte ihre hübsche Nase.

»Bist du gekommen, um über Jack herzuziehen«, fragte Jessica eisig, »oder hast du noch einen besseren Grund?«

»Einen weitaus besseren«, erwiderte Marietta gekränkt. »Ich habe deine Mutter gesucht. Mama bittet sie, heute Abend zu ihr zu kommen. Es geht um die Sammlung für diese Familie. Deine Tante Alberta hat mir gesagt, Mrs. Finnegan wäre hier oben.«

Jessica war sofort besänftigt. Sie hatte von dieser Familie gehört. Der Mann war als Zweiter Maat mit einem Kaufmannsschiff fortgesegelt und nicht mehr zurückgekommen. Jetzt sollten seine Frau und seine drei Kinder aus dem Haus vertrieben werden, weil sie die Miete nicht mehr zahlen konnten. Das war kein Einzelfall. Die Heuer auf Handelsschiffen war oft nicht schlecht, doch die Gefahr, auf See zu sterben, hoch. Es gab niemanden, der den Hinterbliebenen half, aber einige bessergestellte Damen hatten sich zusammengeschlossen, um Sammlungen für eben solche Familien zu organisieren.

»Mutter war hier. Vielleicht ist sie in einem der Schlafzimmer. Ich werde sie für dich suchen.« Jessica brachte sogar ein Lächeln zustande. »Wirst du bei der Sammlung helfen?«

»Dazu habe ich leider keine Zeit. Ich bin eine verheiratete Frau und habe Verpflichtungen. Außerdem sind diese Leute selbst schuld. Alles nur Abenteurer, die hoffen, zu Geld zu kommen. Und Jack ist keinen Deut besser. Vater und Patrick sagen, er sei nicht mehr als ein mieser Schmuggler und Pirat. Ich bin wirklich froh, dass ich mich damals nicht von ihm habe einfangen lassen.«

»Jack ist kein Pirat!« Jessicas Geduld mit Marietta war nun endgültig dahin. »Er hat unsere Leute zurückgeholt, die von den Engländern zum Dienst auf ihre Schiffe gepresst worden waren! Und er wäre auch nicht auf die Idee gekommen, sich als Freibeuter durchzuschlagen, hättest du ihn nicht sitzenlassen, um einen anderen zu heiraten! Kein Wunder, dass er nicht mehr zurückgekommen ist! Du hast ihn fortgetrieben!«

»Habe ich nicht!« Marietta stampfte auf wie ein Kind.

»O doch! Ich habe es damals auch falsch gefunden, dass er fortgesegelt ist, aber mir wäre niemals eingefallen, mich deshalb von ihm zu trennen!« So, das hatte Jessica einmal loswerden müssen.

»Da bin ich auch heilfroh, dass ich das getan habe! Man hört nur noch Schlechtes über ihn! Und außerdem – warum hast du ihn denn nicht geheiratet?«, fauchte Marietta sie an. »Du bist doch sowieso seit vielen Jahren hinter ihm her gewesen wie ein Hündchen!«

»Wie kannst du …! Ausgerechnet du, die einen lächerlichen Tropf wie Patrick geheiratet hat …«

»Was ist denn hier los?« Von der Tür ertönte die erstaunte Stimme von Alice Finnegan, Jessicas Mutter.

»Jessica hat Patrick beleidigt!«, beschwerte sich Marietta. »Nur weil sie selbst …«

»Es ist genug. Hört auf. Alle beide.« Alice Finnegan klang streng. »Wie ihr euch nur benehmt! Zwei erwachsene Frauen, die sich zanken wie kleine Mädchen!« Sie wandte sich an Jessica. »Bist du noch nicht bald fertig mit der Wäsche?«

»Nein, das dauert noch eine Weile.« Jessica drehte Marietta und ihrer Mutter den Rücken zu, schob grimmig Bettlaken hin und her und wartete darauf, dass die beiden wieder gingen. Und tatsächlich rauschte Marietta, begleitet von Jessicas Mutter hinaus. Sie hörte die beiden noch sprechen, dann Mariettas helles Lachen, und endlich fiel die Eingangstür zu. Sie wünschte, ihre eigene Laune wäre ebenfalls so leicht zu heben wie die von Marietta.

Sie zuckte zusammen, als sie die Hand ihrer Mutter auf ihrer Schulter fühlte. Alice drehte sie herum, lächelte sie an und streichelte über ihre Wange. »Patrick ist wirklich manchmal ein lächerlicher Tropf. Aber solche Wahrheiten behält man besser für sich.« Sie küsste Jessica auf die Stirn. »Und jetzt beeil dich. Vertrödle nicht den halben Tag hier drinnen.«

Jessica sah ihrer Mutter nach, dann schloss sie die Schranktüren, setzte sich auf das Tischchen beim Fenster und sah hinaus.

Sie hatte die um vier Jahre ältere Marietta früher sehr bewundert. Marietta war ein hübsches, anmutiges Mädchen gewesen und nun eine reizvolle Frau mit einer Lebhaftigkeit, die alle Männer anzog. Keine Festlichkeit, kein Ball, bei dem sie nicht umschwärmt war. Jessica hatte sich oft gewünscht, so zu sein wie sie. Aber sie hatte aufgehört, sie zu mögen, als Marietta sich Jack geangelt hatte. Für Jack war sie bei weitem nicht gut genug. Jack brauchte eine andere Frau. Eine, deren Interessen sich nicht nur auf Klatsch und Mode beschränkten. Die nicht gleich seekrank wurde, sondern auch mutig und zäh genug war, entweder mit ihm mitzusegeln, oder die monate- und sogar jahrelang daheimsaß, seine Kinder großzog und seine Geschäfte regelte, während er unterwegs war.

Als Jack damals fortgesegelt war, hatte Jessica fest angenommen, dass er bald zurückkehren würde. Aber dann waren nur einige der Leute, die er von den englischen Schiffen gerettet hatte, heimgekommen, und zwar jene, die es nicht vorgezogen hatten, an Bord der *Tuesday* zu bleiben. Und seitdem – wenn es stimmte, was man erzählte – schlug Jack sich als Kaperfahrer und wohl auch als Schmuggler durch. Kein Wunder – der Handel für amerikanische Schiffe war in vielen Häfen blockiert, und während die Independence Trading Company oft zurückstecken musste, holte sich Jack seinen Anteil auf illegalem Wege. Viele der englischen Händler waren nur zu gerne bereit, heimlich lukrative Geschäfte zu tätigen.

Sie horchte wie so oft in sich hinein. Er ist kein Pirat. Kein Verbrecher. Bestimmt nicht. Er kann sich doch nicht so verändert haben …

Kapitel 3

»Schiff klar zum Gefecht!«

Der Befehl des Captains war noch nicht zu Ende gesprochen, als seine Leute bereits losstürmten. Jeder Einzelne von ihnen hatte schon ungeduldig darauf gewartet. Sie hatten der flüchtenden Korvette zwei Kugeln aus dem Buggeschütz nachgeschickt, die beide als Warnung dicht hinter dem Heck des Schiffes ins Wasser gegangen waren; der dritte Schuss sollte treffen.

Smithy stand hinter dem Geschütz und richtete die Kanone höchstpersönlich aus. Er beugte sich hinunter, spähte über das schwere Rohr hinweg zu der französischen Korvette, schätzte die Entfernung, das Heben und Senken beider Schiffe im Wellengang und ließ die Kanone so lange ausrichten, bis er endlich zufrieden war. Dann stellte er sich wieder gerade hin. Alle hielten den Atem an. Smithy wartete den richtigen Moment, die beste Position ab, bis die *Tuesday* sich aus dem Wellental hob. Und …

»Feuer!«

Der Mann am Geschütz hielt im selben Moment die Lunte an. Die Crew sprang zurück, die Kanone ging mit einem ohrenbetäubenden Krachen los, und der Rückstoß schleuderte sie zurück, bis sie von den Haltetauen aufgefangen wurden.

Smithy und Jack achteten nicht auf die Männer, die die

Kanone eifrig von neuem luden, sondern verfolgten durch den Pulverrauch hindurch gespannt den Flug des Geschosses. Sie hatten nicht eine einzelne Eisenkugel verwendet, sondern zwei Halbkugeln, die durch eine Kette verbunden waren. Es war die typische Munition von Freibeutern, die ein Schiff kampfunfähig machen, es aber nicht versenken wollten. Prisen wie die dort brachten schönes Geld ein.

Das Geschoss streifte den hinteren Mast, riss Wanten und Taue durch und ließ ein Segel herabstürzen.

Die Männer am Bord der *Tuesday* jubelten. Jack zog sein Fernrohr heraus und beobachtete die hektischen Aktivitäten der Männer auf dem anderen Schiff. Der französische Captain schrie mit hochrotem Gesicht Befehle über Deck, etliche Männer machten sich an den Heckgeschützen zu schaffen. »Setz noch was drauf, Smithy.«

Smithy wischte sich mit dem Ärmel Schweiß und Pulverspuren aus dem Gesicht und beugte sich wieder über die Kanone, um sie neu auszurichten. Dieses Mal gingen die Geschütze hüben und drüben gleichzeitig los. Während die Franzosen jedoch schlecht gezielt hatten und die Kugeln gut zwanzig Meter vor der sie verfolgenden *Tuesday* ins Wasser schlugen, hatte Smithy bessere Arbeit geleistet. Die beiden Kugeln mit der sie verbindenden Kette flirrten wie ein kaum sichtbarer Schatten durch die Luft.

Dieses Mal wurden die Taue des Hauptmastes getroffen. Aber noch immer gab der französische Captain nicht auf, sondern antwortete mit einem Gegenschlag. Die feindliche Kugel streifte den vorderen Mast der *Tuesday* und riss einem von Jacks Männern den Arm ab. Der Verletzte wurde von zwei seiner Kameraden schnell unter Deck zum Arzt geschleift. Mehrere Männer wurden von den teils ellbogenlangen Holzsplittern verletzt. Einer von ihnen hatte glühend heiß auch Jacks Wange erwischt.

Und dann schoss Smithy ein weiteres Mal. Auf der *Tuesday* herrschte zuerst atemlose Stille, die von Gebrüll abgelöst wurde, als das Großsegel des Gegners herabstürzte und die Mannschaft darunter begrub. Das Schiff verlor so schnell an Geschwindigkeit, dass die *Tuesday* förmlich darauf zuraste.

Jack beobachtete, wie die Korvette trotz des darauf herrschenden Durcheinanders das Wendemanöver einleitete, um ihnen eine Breitseite entgegenzufeuern. Er gab ebenfalls den Befehl beizudrehen und machte sich auf den Weg zum Achterdeck. Seine Männer standen schon längst an den Kanonen. Die Korvette war nicht schlecht bewaffnet, hatte ihnen aber nichts entgegenzusetzen. Wenn der andere Captain nicht aufgab und die Flagge einholte, würde von dem Schiff nach einer vollen Backbordbreitseite der *Tuesday* nicht viel übrig bleiben.

Die meisten sahen nicht auf das französische Schiff, sondern beobachteten den Captain, wie er dort stand, in seinem alten Rock, in alten Hosen und Stiefeln, aber mit blankem, frisch geschärftem Säbel. Im Gürtel steckten seine beiden Pistolen. Sein dunkles Haar wurde im Nacken mit einem Band zurückgehalten, aus dem sich einige Strähnen gelöst hatten.

Gelegenheiten wie diese hatten sie in den vergangenen Monaten nicht allzu oft gehabt, und die Mannschaft war erpicht darauf, ein Schiff zu entern und es mit Mann und Maus – aber vor allem mit dem Laderaum! – in Besitz zu nehmen. Viel zu lange hatten sie von Schmuggel oder zwielichtigen Geschäften gelebt, und jeder von ihnen konnte ein wenig Kleingeld brauchen. Da kam dieser Krieg mit Frankreich gerade richtig, der es ihnen erlaubte, ungehemmt Jagd auf französische Schiffe zu machen, weil die amerikanischen Behörden problemlos Kaperbriefe ausstellten. Der politische Hintergrund interessierte die meisten von ihnen einen Dreck. Auch nicht, dass die Vereinigten Staaten Frankreich niemals offiziell den Krieg erklärt hatten, aber trotzdem aus Zorn und Rache für die schlechte Behandlung ihrer Gesandten in Frankreich Jagd auf französische Schiffe machten.

Jack ließ seine Blicke über seine bunt zusammengewürfelte Mannschaft gleiten. Viele von ihnen segelten schon seit langem mit ihm. Sie waren mit ihm aufs Schiff gekommen, als er Boston und die Independence Trading Company vor fünf Jahren verlassen hatte. Es waren auch entlaufene, dunkelhäutige Sklaven aus Westindien dabei, einige gelbhäutige Männer aus China, abenteuerlustige Iren, Waliser, ein blondbärtiger Hüne aus Norwegen und zwei Italiener. Dazu zwei Muselmanen, die so wie die meisten zur Crew gestoßen waren, als Jack O'Connor noch seriöser Captain der amerikanischen Handelsgesellschaft gewesen war. Und etliche von ihnen hatte er aus dem englischen Pressdienst zurückgeholt.

Aber kaum jemand wusste, was es ihn zuletzt gekostet hatte.

»An Deck! Captain! Backbord Segel in Sicht!«

Smithy und Jack rannten nach achtern. Jack zog im Laufen sein Fernrohr heraus und richtete es auf das sich nähernde Schiff. Noch konnte man nur die Segel sehen. Eine Wolke aus weißer Leinwand, die überraschend schnell größer wurde.

»Französische Flagge, Jack«, sagte Smithy grimmig, der ebenfalls durch ein Fernrohr blickte.

»Und dahinter ist unsere Prise, Sir!«, schrie der Mann vom Ausguck herab.

Jack zerquetschte einige deftige Flüche zwischen den Zähnen. Andere, weitaus weniger dezente Verwünschungen hallten über das Schiff, als die Männer begriffen, was geschehen war. Irgendein Franzose war auf ihre schöne Prise gestoßen und hatte die Mannschaft überwältigt und das Schiff übernommen. Dabei hatten zweifellos etliche ihrer Männer den Tod gefunden.

»Was sollen wir tun, Sir?« Jenkins, sein Erster Maat, stand neben ihm.

Jack sah zur französischen Korvette. Dort hatten sie die Lage auch schon erfasst, und Jubel und Beschimpfungen hallten herüber. Sie waren inzwischen so nahe, dass seine Leute mit Musketen auf jene schossen, die am lautesten Schmähungen herüberbrüllten.

»Wir könnten sie versenken«, schlug Smithy vor. »Dann haben die Froschfresser wenigstens ein Schiff weniger.«

»Davon haben wir nichts.« Jack verschwendete nicht Leben und Material, wenn es andere Lösungen gab.

»Fürs Entern ist es zu spät. Während wir mit denen dort kämpfen, kommt die Fregatte fröhlich heran und nimmt uns in die Zange.«

Jack warf einen Blick auf die französische Korvette, die inzwischen so nah war, dass Jack den Gesichtsausdruck des anderen Captains ausmachen konnte. Der Mann hob drohend die geballte Faust.

»Der mag dich wohl nicht, was?«, grinste Smithy.

»Der denkt, er entkommt uns, aber da hat er sich getäuscht. Wir kriegen ihn, bevor die anderen in der Nähe sind.« Jack schätzte nochmals die Geschwindigkeit der sich nähernden Fregatte. Die waren verflucht schnell, brauchten aber noch gut eine Stunde, bis sie hier waren. Das musste reichen. Zumindest dazu, die Korvette kampfunfähig zu schießen. Jack hatte keine Wahl. Er musste sie in seine Hand bekommen, um sich davon zu überzeugen, dass *Madame* Charbal ihm wirklich alle Geheimpapiere übergeben hatte und sich nichts mehr davon auf dem anderen Schiff befand. Er wandte sich an seine Mannschaft.

»Ziel auffassen!«

Die Leute standen schon lange bereit, jeweils acht Mann an einer Kanone und dazu noch ein Pulverjunge. Kleine Rauchsäulen stiegen von den Lunten hoch und brannten in Nase und Augen. »Feuer!«

Die Kanonen spien Feuer und tödliche Eisenkugeln. Von drüben klangen Schreie herüber. Nachdem der beißende Pulverrauch sich verzogen hatte, konnte Jack das Ausmaß des Schadens, den sie drüben angerichtet hatten, feststellen. Die Takelage war zerfetzt, zwei der Rahsegel brachen zusammen und fielen auf das Deck. Sie hatten gut getroffen. Die Korvette war zwar schwer in Mitleidenschaft gezogen, aber sie drehte sich immer noch langsam herum. Der Captain war fest entschlossen, die Breitseite zu vergelten. Jack sah nach Backbord, wo die Segel des sie verfolgenden Schiffes deutlicher sichtbar wurden.

»Ich sehe mir die mal selbst an.« Er war mit einem Sprung auf der Reling und kletterte dann die Wanten hinauf zur Mastspitze. Es waren kaum zwei Minuten vergangen, als er oben hockte und seine Füße in die Taue verhakte, um beide Hände frei zu haben. Gleichzeitig zog er sein Fernrohr aus der Jackentasche und passte sich den Auf- und Abbewegungen des Schiffes an, als er den Verfolger fixierte.

Der andere war tatsächlich verdammt schnell. Die Segel waren im Wind gebläht, die Fregatte lag schräg im Wind, und die Bugwelle hob sich trotz der Entfernung weiß ab. Jack blinzelte, rieb dann mit dem Jackenärmel über das Glas und blickte abermals hindurch.

Neuerliches Jubelgeschrei tönte von der französischen Korvette herüber, aber Jack hörte nicht hin. Die Korvette hatte doppeltes Pech – so verflucht schnell war nämlich nur ein Schiff. Außer seiner *Tuesday* natürlich. Jetzt konnte er schon die Galionsfigur ausmachen. Und die breite Gestalt des Kommandanten, unverkennbar in dem blauen Rock. Jetzt hob er die Hand, als wüsste er, dass Jack ihn beobachtete. Jack schob grinsend das Fernrohr zusammen und kletterte wieder hinunter. Im selben Moment wurde die französische Flagge auf dem ankommenden Schiff gestrichen und eine andere hochgezogen.

Auf der französischen Korvette herrschte mit einem Mal Totenstille. Dann schallten Verwünschungen herüber.

Jack lehnte sich an die Reling, legte die Hände trichterförmig um den Mund und schrie: »Ergeben Sie sich! Andernfalls werden Sie versenkt. Wir segeln unter einem Kaperbrief der Vereinigten Staaten. Sie werden entsprechend als Gefangene behandelt.«

Das Gesicht des Korvettenkapitäns war blass vor Zorn. Er wandte sich um, sagte etwas zu seinen Leuten, und dann wurde die Flagge gestrichen.

»Legen Sie die Waffen nieder!«

Seine Leute zogen das andere Schiff mit Enterhaken heran,

und Jack schwang sich als Erster hinüber. Kurz darauf stand er vor dem französischen Captain. »Ihren Säbel.«

Der Franzose löste widerwillig seine Waffe, um sie Jack als offizielle Geste seiner Niederlage zu überreichen. »Das werden Sie bereuen«, quetschte er zwischen den Zähnen hervor. Er sprach englisch, aber mit starkem Akzent.

»Nicht so sehr wie Sie, wenn Sie gefeuert hätten«, erwiderte Jack. »Oder glauben Sie«, er deutete mit dem Kopf auf die herannahende Fregatte, »dass die etwas von Ihnen übrig gelassen hätten?« Er wandte sich an Smithy, der neben ihm an Bord gesprungen war. »Mr. Smith, dieser Gentleman, Captain …«

»*Capitaine* Jacques Rochard.«

Jack nickte. »Captain Jack O'Connor von der *Tuesday*. Geben Sie mir Ihr Wort als Ehrenmann, dass Sie keinen Fluchtversuch unternehmen werden?«

Rochard zögerte. »*Oui.*«

Jack wandte sich an seinen Freund. »Mr. Smith, Captain Rochard wird unser Gast sein. Begleiten Sie ihn bitte auf die *Tuesday* hinüber und sorgen Sie dafür, dass er entsprechend untergebracht wird.«

Smithy nickte. Entsprechend untergebracht hieß, dass er eine kleine Kabine, eher einen Verschlag, für sich bekam, vor der Tag und Nacht zwei Männer Wache hielten. Er durfte sich relativ frei auf dem Schiff bewegen. Es hieß aber auch, dass Jack dem Mann nicht vertraute. Smithy würde also ein besonders wachsames Auge auf ihn haben.

Jacks Leute hatten die französische Korvette schon übernommen, die Leute ins Unterdeck getrieben und die Waffen eingesammelt, als die amerikanische Fregatte mit Jacks Prise herankam.

Jack lehnte sich an die Reling und hob grüßend die Hand.

»Schöner Fang«, schrie Robert McRawley mit wahrer Donnerstimme herüber. »Wir hatten diesen Händler schon verfolgt, aber ihr seid uns zuvorgekommen.«

Jack grinste. »Ziemlich gewagt, mit der französischen Flagge zu segeln. Hatten Sie keine Angst, wir könnten Sie als Beute sehen und angreifen?«

»Ich war mir sicher, dass du die *Independence* blind erkennst«, erwiderte Robert.

»Hätte ja eine Prise der Franzosen sein können.«

Robert McRawley lachte so dröhnend, dass mehrere von der Mannschaft hüben und drüben einstimmten. »Ich mir die *Independence* wegnehmen lassen? Guter Witz, Jack. Verdammt guter Witz. Ich erwarte dich und Smithy in meiner Kajüte zum Dinner! Verschlaf es nicht!«

»Acht Prisen!«, wiederholte Robert McRawley nun schon zum dritten Mal. »In nur sechs Monaten! Und zwei davon können wir sicherlich behalten.« Er lehnte sich in seinem Stuhl zurück, griff nach dem gefüllten Weinglas und nahm einen kräftigen Schluck.

»Die Korvette«, er deutete nach achtern, wo das von Jack eroberte französische Schiff unter dem Kommando von Jacks Erstem Maat im Kielwasser der *Independence* segelte, »sieht zum Beispiel verdammt gut aus. Ein paar Reparaturen, Ausbesserungen, Umbauten, und das Schiff ist wie neu.« Smithy nickte beifällig. »Da kann selbst die Madam nix dagegen haben, dass Sie ausgezogen sind, um diesen Frenchmen auf die Finger zu klopfen. Schöne fette Prisen. Kann nie schaden, noch zusätzliches Geld reinzukriegen.«

Roberts Gesicht verdüsterte sich sekundenlang, und Jack argwöhnte, dass seine Gattin ihn nicht so ganz ohne Probleme hatte losziehen lassen. Er nippte bedächtig an seinem Glas, während er seinen ehemaligen Captain mit amüsierter Zuneigung musterte. Robert McRawley hatte sich im Unabhängigkeitskrieg einen Namen gemacht und war sogar zum Admiral befördert worden. Er hatte einige Jahre danach jedoch den Dienst quittiert und war nun nur noch mit seinen Handelsschiffen unterwegs. Jack hatte sich nicht gewundert, den ehemaligen Admiral auf der Jagd nach französischen Schiffen zu treffen. Im Grunde war an Robert McRawley viel eher ein Pirat und Freibeuter verlorengegangen als an Jack. Robert war Seemann mit Leib und Seele. Hier war er in seinem Element.

»Was die französische Korvette betrifft, so bin ich mir nicht ganz sicher«, sagte Jack. »Smithy und ich hatten gedacht, sie als zweites Schiff mitsegeln zu lassen, sobald sie instand gesetzt ist. Das erhöht unsere Angriffskraft. Damit können wir es sogar mit Linienschiffen aufnehmen.«

»Bis sie repariert ist, haben die Franzosen schon um Waffenstillstand angesucht«, brummte Robert. Man sah ihm deutlich an, dass ihm das Schiff gefiel. »Aber trotzdem könnten wir doch ins Geschäft kommen. Vanessa mag es nicht, wenn ich unsere Schiffe für … ähem … nicht ganz seriöse Fahrten benütze. Aber wir beide könnten doch eine Vereinbarung finden. Ich kaufe die Korvette, lasse sie in unserer Reede reparieren und stelle sie euch zur Verfügung, und ihr beteiligt mich – oder vielmehr die Company – am Erfolg.«

Smithy und Jack tauschten einen Blick. Der Vorschlag war nicht schlecht. Außerdem liebäugelte Smithy schon die längste Zeit mit einem neueren Kanonentyp, bei dem nicht mehr mit der Lunte gezündet wurde, sondern mit einem Gemisch aus feinem Pulver und Weingeist. Dann brauchte man nur noch die Abzugsleine zu reißen »und schon geht die Süße los«, wie er Jack voller Begeisterung erzählt hatte. Und wenn man den anderen nicht unterlegen sein wollte, musste man endlich ein paar Karronaden anschaffen. Diese hatten zwar eine geringere Reichweite, waren aber leichter zu handhaben und im Nahkampf sehr effektiv.

»Und«, setzte Robert drängend hinzu, »für mich ist es viel einfacher, die Waren anzubringen als für euch. Ihr müsstet mir nur die gekaperten Schiffe und die Ladung bringen, und ich verkaufe sie für euch.«

Jack nickte nachdenklich. Robert und die anderen brauchten also ein Zusatzeinkommen. Es hatte sich seit seiner Abreise aus Boston offenbar nichts geändert. Die wirtschaftliche Lage in den Staaten war nicht gerade rosig.

»Wir können das alles daheim besprechen«, meinte Robert mit Nachdruck.

Jack hatte in sein Glas gestarrt, sah bei dem Tonfall aber hoch und traf auf Roberts bohrenden Blick.

»Wozu?«, fragte er leichthin. »Wenn wir uns jetzt einig werden, ist das nicht nötig.« Er nickte zu Smithy hinüber, der ihn beobachtete. »Vielleicht mag mein Partner Sie ja begleiten, warten, bis die Prise instand gesetzt ist, und dann das Kommando übernehmen.«

»Ich kenne viele, die sich freuen werden, Smithy wiederzusehen«, knurrte Robert. »Aber ich kenne auch den einen oder anderen, der mir das Leben zur Hölle machen wird, wenn ein gewisser ehemaliger Schiffsjunge nicht in Boston an Land geht und guten Tag sagt. Ein untreuer Bursche, der schon so lange nichts von sich hat hören lassen, bis meine Frau mir damit in den Ohren gelegen ist, ein Schiff auszuschicken, das ihn suchen soll.«

Jack musste nicht erst versuchen, schuldbewusst zu wirken. Er nahm einen kräftigen Schluck, um Robert nicht ansehen zu müssen. »Wie geht es Vanessa?«

»Wie überraschend, dass dich das interessiert.« Robert klang sarkastisch. »Es geht ihr gut, vielen Dank der Nachfrage.« Er lehnte sich zurück und fixierte Jack aus zusammengekniffenen Augen. »Ich habe versucht, sie damit zu trösten, dass man dir vermutlich den rechten Arm abgeschossen hat und du ihr deshalb nicht mehr schreiben kannst. Es hat sie aber nicht wirklich beruhigt.«

Jack grinste. Er trank den Rest seines Weines aus. »Mal sehen.«

»Hör zu, Jack«, Robert beugte sich ein wenig vor. »Ich will dir nichts vormachen. Du hast den Engländern eine Zeitlang so zugesetzt, dass sie Beschwerden vorgebracht und versucht haben, unsere Leute dazu zu bringen, dich wegen Piraterie festzusetzen, wenn du auftauchst.«

Jack antwortete nicht. Das war ihm nicht neu. Diesen Standpunkt hatte man ihm erst kürzlich deutlich genug gemacht und ihn auf diese Weise erpresst, diesem Händler Charbal nachzujagen und ihm die Papiere abzunehmen.

Robert nickte grimmig. »Unsere Leute sehen das anders. Wenn man natürlich von jenen verknöcherten Scheinheiligen absieht, die an allem was zu mäkeln haben. Auf englischem Boden solltest du dich besser nicht erwischen lassen, aber du gehörst immer noch zu uns, und die Mehrzahl der Leute wird dich willkommen heißen. Captain O'Connor ist den Leuten ein Begriff geworden. Die einen nennen dich einen Helden, die anderen einen Piraten. Aber so ist das nun mal, man kann es nicht allen recht machen.«

»Mal sehen«, erwiderte Jack nochmals. Zuerst musste er nach New York, um dort den Mann zu treffen, für den Charbals Papiere bestimmt waren. Wenn die Sache gut lief, dann stand es ihm frei, Vanessa und die anderen zu besuchen.

Jacks erster Weg, nachdem die *Tuesday* im Hafen von New York eingelaufen war und Anker geworfen hatte, führte ihn wie üblich zum Hafenmeister. Er legte seinen Kaperbrief vor, die Schiffspapiere, seine Ausweise. Er kannte den Mann von früher, noch von der Zeit, als er im Auftrag der Independence Trading Company gesegelt war. Damals hatten sie, wenn Jack mit einem der Schiffe nach New York kam, oft ein paar Gläser miteinander getrunken. Auch jetzt wurde er gut aufgenommen, wenn auch weitaus zurückhaltender. Aber Jack kannte das schon. Die Company war bekannt und einflussreich, ein Freibeuter jedoch, der sich mit Schmuggel und allerlei undurchsichtigen Geschäften einen eher zweifelhaften Ruf gemacht hatte, wurde weniger gern gesehen. Natürlich profitierten viele von Jacks Prisen und seinen illegalen Geschäften, aber offiziell war er oft nicht viel Besseres als ein Outcast.

An Bord hielt ihm sein Erster Maat zwei versiegelte Briefe hin, auf denen sein Name stand, aber während er auf dem einen Schreiben sofort die krakelige Handschrift von Smithy erkannte, war ihm die zweite fremd.

Jack legte Smithys Brief vorerst weg und brach das Siegel des unbekannten Absenders auf, während er in seine Kajüte ging. Er überflog den Inhalt und hielt dann das Papier in die Flamme der kleinen Lampe, die über seinem Schreibtisch schaukelte, bevor er den glosenden Rest davon durch das Fenster ins Wasser warf. Danach öffnete er den zweiten Brief, und seine Miene erhellte sich merklich. Der kleine Konvoi, bestehend aus der *Independence* und den beiden unter Smithys Kommando stehenden französischen Prisen, war gut in Boston gelandet. Smithy beschrieb in blumigen, wenn auch teils kaum leserlichen Worten die Ankunft und die Treffen mit den alten Freunden. Bei jedem krakeligen Wort wuchs Jacks Sehnsucht danach, wieder daheim zu sein. Nachdem er dieses Leben gewählt hatte, war es unmöglich, länger zu bleiben oder dort wieder Fuß zu fassen, aber ein kurzer Besuch konnte tatsächlich nicht schaden. Er las langsamer, als Smithy von Jessica schrieb. Sie wäre schon auf den Schiffen gewesen, hätte sich alles fachmännisch angesehen und natürlich auch nach Jack gefragt. Er lächelte. Es würde schön sein, seine kleine Jessie wiederzusehen. Er wandte sich nach Jenkins um, der soeben die Kajüte betrat.

»Ich werde, wenn hier alles erledigt ist, für einige Tage nach Boston reisen. Sie bleiben hier und sorgen dafür, dass die *Tuesday* wieder seetüchtig gemacht wird. Ich komme bestimmt in wenigen Tagen wieder zurück.«

»Alles klar, Sir. Ich werde mich darum kümmern, als wären Sie selbst dabei.«

»Davon bin ich überzeugt.« Er nickte Jenkins zu. »Und jetzt«, er blickte auf seine Taschenuhr, »ist es Zeit für mein Rendezvous.« Obwohl sein Gesichtsausdruck neutral blieb, schwang in seiner Stimme Kälte mit. Er griff nach einem Schlapphut und einem alten Mantel.

»Sir?« Jenkins hielt Jack auf, als er seine Kajüte verlassen wollte. »Sir, ich weiß, was Sie vorhaben, aber ich finde es nicht richtig, dass Sie allein dorthin gehen. Der Kerl kann Sie reinlegen.«

Jack wandte sich ihm mit einem unheilvollen Blick zu. Jenkins schluckte, sprach jedoch mit unterdrückter Stimme tapfer weiter. »Captain, Sie können immer und jederzeit auf uns zählen. Einige von uns wissen, in was Sie reingezogen wurden und weshalb. Lassen Sie mich Ihnen bitte einige verlässliche Leute mitgeben.«

Jack hob die Hand und Jenkins verstummte. »Es ist nichts geschehen«, sagte Jack ruhig. »Absolut nichts. Und ich bin unterwegs, um mich mit einigen leichtlebigen Damen zu treffen. Haben Sie mich verstanden?«

Sein Erster Maat trat näher. Er redete ganz leise. »Aber Sir, ohne Sie wäre ich jetzt auf dem verfluchten englischen Linienschiff. Und ich bin nicht der Einzige, dem es so gegangen wäre. Und es ist eine verdammte …«

»Halten Sie den Mund, Jenkins«, zischte Jack ihm zu. »Und sorgen Sie dafür, dass auch die anderen schweigen und nicht Dinge herumerzählen, die uns allesamt den Hals kosten könnten. Falls einer doch das Maul aufreißt, bekommt er es mit mir zu tun. Und das wäre noch ein Honiglecken gegen das, was gewisse andere Leute mit uns machen würden.« Die Dokumente, die er *Madame* Charbal abgenommen hatte, waren für die amerikanische Regierung bestimmt gewesen. Wenn das herauskam, konnte keiner von ihnen sich jemals wieder daheim blicken lassen. »Und jetzt sorgen Sie dafür, dass die *Tuesday* wieder seetüchtig wird.«

»Aye, aye, Captain.« Jenkins sah ihm nach. Dann murmelte er einen bitterbösen Fluch und folgte Jack den Niedergang hinauf.

Niemand hätte in dem heruntergekommenen Seemann, der soeben eine zwielichtige Hafenspelunke betrat, Jack erkannt. Er hatte seinen Schlapphut tief ins Gesicht gezogen und war abgerissen und verdreckt.

Der Mann hinter dem Tresen deutete wortlos mit dem Kopf zu einer Tür im Hintergrund.

Jack ging gemächlich, mit schlurfenden Schritten durch den Schankraum, sah sich jedoch scharf um. Es saßen nur zwei Männer darin. Einer davon war stockbesoffen, der andere mit einer Hafendirne beschäftigt. Jenkins hatte nicht unrecht gehabt, natürlich konnte es eine Falle sein, und es wäre nicht schlecht gewesen, einige seiner Leute dabeizuhaben. Aber er hatte keine Wahl. Es war schlimm genug, dass er selbst in die Sache hineingezogen worden war. Je mehr wussten, was genau hier vor sich ging, desto gefährlicher wurde es. Jack stieß die Tür auf. Der enge Hinterraum hatte kein Fenster und war bis auf einen kleinen, von einer Lampe erhellten Radius dunkel. An einem Tisch saß ein Mann, der bei Jacks Eintritt nach einer Waffe in seinem Hosenbund griff, doch als er Jack erkannte, entspannte er sich wieder. Vor ihm auf dem Tisch lag ein Spazierstock mit einem vergoldeten Griff. Jacks Blick blieb sekundenlang darauf haften, dann trat er ein und schloss die Tür hinter sich.

»Haben Sie die Papiere?« In der kalten Stimme des Mannes schwangen Arroganz und Verachtung mit. Er war wesentlich besser gekleidet als Jack, mit einer dunkelblauen Jacke, weißen Breeches und Stiefeln. Insgesamt machte er den Eindruck eines Mannes, der es gewohnt war, zu befehlen. Jack griff widerstrebend in seine Brusttasche und zog die kopierten Dokumente hervor. Als der andere danach greifen wollte, hielt er sie außerhalb seiner Reichweite.

Die Augen des Mannes blitzten gefährlich. »Was soll das?«

»Das hier ist mein Teil der Vereinbarung. Wo ist Ihrer?«

»Halten Sie einen Captain seiner Majestät für einen wortbrüchigen Bastard von Amerikaner?«, fragte der andere höhnisch. »Oder haben Sie Angst?«

Jack ersparte sich die Antwort, die nur beleidigend hätte ausfallen können, und das wäre seiner Sache im Moment wahrhaftig nicht dienlich gewesen. »Wir haben ein Abkommen. Meine Männer gegen diese Dokumente.«

»Ihre Männer sind im Nebenraum. Sie werden hereingebracht, sobald ich sicher bin, dass die Dokumente das sind, was ich von Ihnen verlangt habe.«

»Ich werde mich zuerst davon überzeugen, dass es meinen Männern gutgeht.«

Der andere lehnte sich zurück. »Spielen Sie sich nicht auf, O'Connor. Es wäre mir ein Leichtes, Sie zu töten und danach verschwinden zu lassen. Es sei denn, ich würde mich entscheiden, dass meine Mannschaft unterbesetzt ist. In diesem Fall hätten Sie die Ehre zu probieren, wie es sich vor dem Mast eines Schiffes arbeitet statt auf dem Achterdeck. Kein Hahn würde nach Ihnen krähen.«

»Sie befinden sich auf amerikanischem Territorium und nicht in Jamaika wie zuletzt. Was glauben Sie, wie weit Sie kämen, ohne von meinen Männern gefasst zu werden? Vielleicht drehen wir ja dann den Spieß um?«

Der andere presste zornig die Lippen zusammen, dann griff er nach seinem Stock und schlug damit gegen die hintere Zimmerwand. Eine Tür wurde aufgestoßen, und einige Seeleute brachten mit vorgehaltenen Pistolen drei Männer herein, die mit Seilen aneinandergefesselt waren.

Sie sahen erbärmlich aus, heruntergekommen, dreckig, aber sie konnten zumindest aufrecht gehen, und ihre Blicke lagen mit ungebrochener Mordlust auf dem Mann, der sie gefangen gehalten hatte.

Jack warf dem anderen die Papiere auf den Tisch. Es handelte sich um jene Dokumente, die er *Madame* Charbal abgenommen hatte. Er hatte sie kopiert und ihr zurückgegeben. Inzwischen waren die Originale bestimmt schon bei ihrem Adressaten angekommen. Ob sie wirklich schwieg? Oder ob sie erzählte, was damit geschehen war?

»Wie sind Sie zu den Papieren gekommen?« Die Stimme des Mannes vor ihm klang kalt und abfällig. Er hatte wieder den Stock vor sich auf den Tisch gelegt. In Jack stieg Wut auf. Mit diesem Spazierstock hatte der Mann ihn vor wenigen Monaten auf Jamaika bewusstlos geprügelt.

Seine eigene Unvorsichtigkeit hatte Jack in diese Lage gebracht. Er hatte einige seiner Leute auf Hardings Schiff gefunden, doch Jacks Kaperbrief sah nicht vor, dass er sich mit der englischen Navy anlegte, und ein Linienschiff wäre ihm ohnehin überlegen gewesen. Also war er mit einigen Männern heimlich nachts auf das in Port Royal vor Anker liegende Schiff geschlichen. Sie waren an der Ankerkette hinaufgeklettert und hatten ihre Leute befreit. Jenkins war einer davon gewesen. Doch dann waren sie entdeckt worden. Jenkins und zwei anderen war die Flucht gelungen, aber Jack und drei seiner Leute waren erwischt und im Gefängnis in Ketten gelegt worden.

Und dann war der Engländer Captain Harding gekommen. Er hatte Jack als einen Piraten bezeichnet, ihm mit dem Galgen gedroht und ihm dann ein Geschäft vorgeschlagen. Die einzige Möglichkeit, seinen Hals und den seiner Leute zu retten, war, für Harding zu arbeiten. Er sollte ihm Pläne von einer neuen Waffe beschaffen, die für die Amerikaner bestimmt waren.

Jack hatte ihn höhnisch ausgelacht und war von ihm mit dem Stock bewusstlos geprügelt worden. Als er nach einigen Tagen, in denen sich dieses Ritual wiederholt hatte, mit unerträglichen Schmerzen und mehreren gebrochenen Rippen wieder aufgewacht war, war Jack dann doch auf den Vorschlag eingegangen. New York und diese Spelunke waren der Treffpunkt gewesen, an dem Jack die Pläne übergeben sollte.

»Wir hatten den Händler verfolgt, den Sie mir als Boten nannten. Kurz bevor wir ihn jedoch stellen und in unsere Gewalt bringen konnten, hatte er alles dem Captain einer Korvette übergeben, die als Begleitschiff mitsegelte. Dem habe ich sie dann abgenommen.«

Harding streckte die andere Hand aus.

»Was noch?«, fragte Jack gereizt.

»Die Originale. Das ist offensichtlich eine Kopie.«

»Ich habe keine Originale«, erwiderte Jack ungeduldig. »Die habe ich wieder dort versteckt, wo ich sie fand. Hätte ich sie mitgenommen, wären die Leute gewarnt gewesen.«

Der Blick seines Gegenübers brannte sich in seinen. Jack hielt ihm mit ausdrucksloser Miene stand. »Na schön, dann verschwinden Sie jetzt.«

Jack zog ein Messer aus seinem Hosenbund und schnitt die Fesseln seiner Leute durch. Er war überrascht, dass alles so glattgegangen war, blieb jedoch auf der Hut. Wirklich sicher würde er sich erst fühlen, wenn sie wieder auf der *Tuesday* waren. Er schob die anderen aus der Tür in den Gastraum, während er noch ein wachsames Auge auf den Engländer hatte. Eine falsche Bewegung, und er würde die unter dem Mantel verborgenen Pistolen herausreißen und dafür sorgen, dass Harding als Erster dran glaubte.

»O'Connor.« Die Stimme des anderen klang träge. »Glauben Sie nicht, dass Sie jetzt davonkämen, wenn ich nicht davon überzeugt wäre, dass ich Sie vielleicht ein anderes Mal wieder brauchen könnte.«

»Gehen Sie zum Teufel, Harding.« Jack schlug die Tür krachend hinter sich zu.

Kapitel 4

Jack hatte die *Tuesday* unter Jenkins' Obhut in New York zurückgelassen und war mit einem Mietpferd nach Boston geritten.

Er war überrascht, als er die Stadt erreichte, denn sie war weitaus mehr gewachsen, als er vermutet hatte. Boston war damals, als die ersten Siedler sich im Jahre 1630 hier niedergelassen hatten, eine Halbinsel gewesen, ein günstiger, sicherer Siedlungsort. Seitdem hatte man kontinuierlich Land aufgeschüttet und auf diese Weise die Stadt und die Halbinsel vergrößert, auch wenn der Kern der einstmals gegründeten Stadt zum Festland hin immer noch vom breiten Charles River abgegrenzt wurde.

Jack suchte sich ein Quartier, wusch sich dort den Staub ab, rasierte sich und zog ein frisches Hemd an, bevor er nach einer herzhaften Mahlzeit zu Fuß weitermarschierte. Es war schon dunkel, bald wurde es Nacht und damit zu spät für seine geplanten Besuche, aber er wollte sich ohnehin zuerst umsehen und mit der ehemals so vertrauten Umgebung Wiedersehen feiern, bevor er seine alten Freunde aufsuchte. Er gab es nur widerstrebend vor sich selbst zu, aber die bevorstehenden Treffen machten ihn nervös. Er war sich zwar sicher, dass er nicht wieder hinausgeworfen werden würde, aber vielleicht fiel der Empfang doch weniger herzlich aus, als er es insgeheim erhoffte.

Er schlenderte zum Hafen. Dort lagen die *Independence* und seine Prisen. Jack sah, wie sich die Schiffe im ruhigen Wasser des Hafenbeckens leise hoben und senkten. Smithy hatte ihm geschrieben, dass die Arbeiten an den Prisen in der nächsten Woche beginnen sollten.

Jack hockte sich neben einige andere Seeleute auf eine Kiste und sah sich um. Es war tatsächlich das erste Mal, dass er Boston nicht vom Wasser her betrat, sondern vom Land. Er schnupperte die vertraute Luft. Es roch nach Heimathafen. Das war natürlich nur reine Einbildung, denn im Grunde roch – oder stank – jeder Hafen so. Aber für Jack hatte Boston schon seit vielen Jahren eine ganz eigene, heimelige Duftnote. An manchen Tagen herrschte eher ein übler Gestank, aber für Männer, die nach langer Abwesenheit in den Hafen einliefen, war es ein willkommener Geruch, der mehr als nur den Rauch von den Häusern, Gebratenem, toten Fischen, Abwasser und verschiedenen Landpflanzen beinhaltete: Darin lagen auch die Versprechen auf Familie, Freunde, Geliebte, Verlobte.

Er tauschte einige Worte mit den Männern neben ihm, lachte über die üblichen, derben Witze und verließ die Hafengegend wieder, um weiterzuschlendern, bis er endlich wie von selbst vor Vanessas Haus landete. Er blieb auf der anderen Straßenseite stehen und blickte zu den dunklen Fenstern empor. Die McRawleys schliefen schon längst. Kein Wunder, es war ja auch fast zwei Uhr morgens, und bis auf betrunkene Matrosen, die ihren Landgang feierten, einige Herumtreiber und unverbesserliche Nachtvögel waren die Straßen, in denen sich nur Wohnhäuser befanden, leer.

Jack hatte Vanessa von dem Tag an geliebt und verehrt, an dem sie ihn mit dreizehn aus den Fängen seines ehemaligen

Captains gerettet hatte. Aber wirklich schätzen hatte er alle ihre Fähigkeiten erst gelernt, als er ihr geholfen hatte, die Company aufzubauen, während ihr Gatte, Robert McRawley, mit seinem Schiff unterwegs gewesen war. Vanessa hatte erfahrene Männer an Bord geholt, die ihr Geschäft verstanden, hatte gelernt und auch darauf geachtet, dass Jack eine gute Ausbildung erhielt. Das war mehr, als der Sohn eines armen irischen Seemanns, der kaum Lesen und Schreiben gelernt hatte, sich je hätte träumen lassen. Er hatte immer versucht, sie nicht zu enttäuschen. Aber ob ihm das auch in den letzten Jahren gelungen war, bezweifelte er.

Einige betrunkene Matrosen kamen auf ihn zu. Jack wich aus und schlenderte weiter. Er hatte keine Lust, ausgerechnet vor Vanessas Heim in eine Auseinandersetzung zu geraten. Nur wenige Schritte weiter unten wohnte Jessica. Er sah an dem Gebäude hoch. Auch hier waren die Fenster dunkel. Sicher schlief Jessie tief und fest.

Fünf Jahre konnten ein junges Mädchen sehr verändern. Sie war in der Zwischenzeit eine Frau geworden. Trug sie ihr Haar noch zu Zöpfen wie damals, als sie in den Wanten herumgeklettert war? Jack wurde immer neugieriger auf sie, konnte es plötzlich kaum erwarten, sie wiederzusehen, und gleichzeitig verstärkte sich das nervöse Gefühl in seinem Magen. Sie hatte sich damals, bei seiner Abreise, nicht von ihm verabschiedet. Er wusste nur noch, dass die Auseinandersetzung, die Worte, die sie zueinander gesagt hatten, wie ein Stein in seinem Magen gelegen waren.

Am nächsten Tag, als sein Schiff den Hafen verlassen hatte, war Jessica als Einzige von allen seinen engen Freunden nicht gekommen, um ihm Lebewohl zu wünschen. Er hatte sich so lange am Ufer herumgetrieben, bis die *Tuesday* fast die Flut versäumt hatte. Aber Jessie war nicht aufgetaucht. Das war das erste Mal, dass seine kleine Freundin und er im Streit auseinandergingen.

Endlich hatte er doch den Befehl gegeben, die Anker zu lichten und Segel zu setzen, und das Schiff war langsam aus dem Hafen geglitten. Jack hatte ans Ufer zurückgestarrt, in der Hoffnung, Jessica hätte sich nur verspätet.

Und dann hatte er sie gesehen.

Eine schlanke Gestalt war steuerbords auf einem erhöhten Teil der Bucht gesessen. Sie hatte die Knie an den Körper gezogen und die Arme darumgeschlungen. Dunkles Haar hatte in der Brise geweht. Jack hatte nach seinem Glas gegriffen und hinübergesehen.

Jessica war einfach nur ruhig dort gesessen und hatte reglos herübergeblickt. Das Schiff war dichter vorbeigeglitten, und er hatte sie durch das Fernrohr deutlich ausmachen können. Sogar die sprechenden Augen, die viel zu groß und zu dunkel wirkten in dem blassen, schmalen Gesicht. So sah sie aus, wenn sie Kummer hatte. Jacks Herz krampfte sich noch in der Erinnerung zusammen. Er hatte zurückgeblickt, bis sie zu klein geworden war, um ihr Gesicht zu erkennen. Kurz hatte er tatsächlich daran gedacht, beizudrehen, von Bord zu gehen und noch einmal mit Jessie zu sprechen, sie tröstend in den Arm zu nehmen, aber in diesem Moment hatte sein damaliger Erster Maat – Jenkins war ja noch als Gefangener bei den Engländern gewesen – das Großsegel setzen lassen. Der Wind hatte sich in der Leinwand gefangen, ein Ruck war durch das Schiff gegangen, und es hatte beschleunigt. Dann waren sie auch schon weit aus dem Hafen gewesen, und Jessica war zurückgeblieben.

In einer der Stationen der Company hatte er einen Brief von ihr vorgefunden. Sie schrieb sogar jetzt, nach Jahren noch, und er trug die Briefe mit sich herum und las sie, bis sie ganz abgegriffen waren, auch wenn er niemals geantwortet hatte. Er wusste nicht, was er schreiben sollte, denn schließlich war er genau das geworden, was Jessica verabscheute: ein Schmuggler, Kaperfahrer und zuletzt wohl sogar ein Pirat.

Noch nie hatte er den Trennungsschmerz von Boston, seinen Freunden und seiner »Familie« so heftig empfunden wie damals. Der Abschied war ihm endgültig vorgekommen. Und das war er auch gewesen. Er konnte herkommen, sie alle wiedersehen und besuchen, aber er würde wohl nie wieder wie früher dazugehören. Das war vorbei.

Die Gruppe betrunkener Matrosen befand sich immer noch in seiner Nähe. Sie blieben einige Meter vor Jack stehen, lachten und stießen sich gegenseitig an. Schließlich kamen sie auf ihn zu.

»Hallo, Kamerad. Uns ist das Geld ausgegangen.«

»Haut ab, wenn ihr nicht den Rest eures Landurlaubs im Hafengefängnis verbringen wollt.« Jack war mit einem Mal schlecht gelaunt.

»Der Gentleman mag uns nicht. Da müssen wir wohl andere Saiten aufziehen«, lallte der Anführer.

Jack ging verärgert weiter, aber sie blieben ihm auf den Fersen, selbst als er in eine Seitengasse einbog. Als er abermals um eine Ecke bog, bemerkte er, dass ihm nicht mehr alle folgten. Er war zuerst erleichtert, dann sah er den Rest von ihnen von vorne kommen. Er schob sich in den Schatten. Die verflixten Kerle waren wirklich auf eine Schlägerei aus. Sie gingen nebeneinander über die ganze Breite der engen Straße, so dass er sich nicht einmal in einen Hauseingang drücken konnte, um sie vorbeigehen zu lassen.

Jack sah sich um. Sein Weg hatte ihn an die Hinterseite von Jessicas Haus gebracht, und er stand nun genau vor der Hintertür, die in den Garten führte. Er probierte den Knauf. Versperrt. Natürlich, es wäre ja auch zu bequem gewesen.

Nun standen ihm zwei Wege offen. Der eine führte in die Arme der Betrunkenen und in eine Schlägerei, bei der er bestimmt den Kürzeren ziehen würde. Und der zweite über die Mauer und in den Garten.

Kurz entschlossen sprang er im Schatten hoch, fasste den Mauervorsprung und zog sich hinauf.

Alle anderen im Haus schliefen schon längst, aber Jessica lag wach in ihrem Bett und starrte in die Dunkelheit.

Vanessa hatte zur Feier der glücklichen Heimkehr von Robert und Smithy ein kleines Fest veranstaltet. Jessica war zuerst still dabeigesessen, aber dann hatte Smithy ihr ein Glas Wein gebracht, mit ihr angestoßen, sich neben sie gesetzt und ihr endlich ausgiebig von ihren Erlebnissen erzählt. Welche Häfen sie angelaufen waren, wie geschickt Jack Handel trieb, und wie geachtet er unter den Männern als Captain und wie ... »ne, nich gefürchtet ... sagen wir mal respektiert« er bei anderen war. Jessica hatte den Eindruck gehabt, dass Smithy bei seinen Erzählungen so einiges ausließ, was die Art von Jacks Geschäften betraf, und dass man »Handel« eher durch »illegale Geschäfte« hätte ersetzen können, aber sie hatte gierig jedes Wort eingesogen und jedes noch so kleine Detail aufgenommen. Jack war gesund, es ging ihm gut. Das war es, was sie am meisten interessiert hatte. Und dann erst hatte sie den Abenteuern gelauscht, die Smithy in seiner bekannt launigen Art erzählte, mit der er sie oft zum Lachen brachte.

Ihre Familie und sie waren erst spät aufgebrochen, und Jessica hatte sich glücklicher gefühlt, Jack näher. Aber nun, in ihrem Bett, brachen Traurigkeit und Enttäuschung wieder über sie herein. Jack befand sich knapp über zweihundert Meilen von Boston entfernt, war näher als seit vielen Jahren, und fand es nicht einmal der Mühe wert, sie zu besuchen oder ihr wenigstens zu schreiben. Er hatte ihr von Smithy nicht mehr als einen kurzen mündlichen Gruß überbringen lassen. Für ihn war sie doch immer wie eine kleine Schwester gewesen. Hatte sich das geändert? Konnten die vielen Jahre der Kameradschaft, der Art, wie er sich brüderlich um sie gekümmert, wie er sich nach diesem Unfall, der sie lange Zeit entstellt hatte, um sie bemüht hatte, plötzlich ausgelöscht sein?

Sie hatte keinen älteren Bruder, da dieser im Alter von drei Jahren gestorben war, und so hatte Jack diesen Platz eingenommen. Er war auch immer für sie da gewesen, verlässlich, brüderlich, hatte sie beschützt, ihr Standpauken gehalten, sie trotzdem aus Schwierigkeiten befreit, sie gedeckt, wenn sie etwas angestellt hatte. Dass aus ihrer kindlichen Zuneigung später mehr geworden war und sie sich in den letzten Jahren sogar darin verrannt hatte, war jedoch ihre eigene Schuld. Das konnte sie Jack nicht anlasten, auch wenn sie in diesem Moment wütend auf ihn war.

Jessica warf die Decke zurück und erhob sich. Es war stickig im Zimmer, und sie brauchte plötzlich frische Luft, um die Enge in ihrer Brust zu lösen. Als Kind hatte sie sich vor der Dunkelheit gefürchtet, aber nun war sie ihr angenehm, weil sie darin mit ihren Träumen – die sich nur zu oft um Jack drehten – allein sein konnte. Sie öffnete das Fenster weit und ließ den von Meeresluft durchzogenen Duft nach Apfelbäumen, der am Vormittag frisch gemähten Wiese und den Rosen ihrer Mutter in ihr Zimmer. Im Garten war es völlig still, nur das Rascheln der Blätter und das gelegentliche Piepsen eines Vogels, der sich im Schlaf gestört fühlte, waren zu hören. Die ganze Stadt schien zu ruhen, nicht einmal vom nicht allzu weit entfernten Hafen drangen viele Laute herüber. Nur das Gelächter einiger betrunkener Matrosen klang von der Straße herüber. Das war aber nicht ungewöhnlich.

Plötzlich veränderte sich jedoch etwas. War da nicht ein dunkler Schatten auf der Mauer, die den Garten von der hinteren Straße abgrenzte? Gerade dort hingen viele Äste der dichtbelaubten Apfelbäume, die den Blick versperrten. Aber es bewegte sich etwas! Eine Katze? Nein, dafür war der Schatten, der lautlos darüberglitt, bei weitem zu groß. War es wieder einmal ihr jüngerer Bruder, der von einem Abenteuer heimkam und nicht die Tür benützen wollte? Das wäre nicht das erste Mal.

Jessica starrte angestrengt hinüber. Jetzt ließ sich der Schatten von der Mauer fallen. Ein kaum hörbares Geräusch, als er aufkam, ein unterdrückter Fluch.

Jessica beugte sich etwas aus dem Fenster und sagte leise: »Phil? Bist du das?« Der Schatten verharrte reglos unter den Bäumen, und Jessica spürte, wie eine Gänsehaut über ihren Rücken kroch. Philipp hätte sich jetzt schon gemeldet, er wusste, dass seine Schwester ihn niemals verraten, sondern ihm die Hintertür aufschließen würde. Also doch ein Einbrecher! Jessica wollte soeben aus dem Zimmer eilen, um ihren Vater zu wecken, als der Schatten endlich doch hervortrat.

Der Mond war noch nicht aufgegangen, der Garten wurde nur durch die Sterne erhellt, und Jessica konnte den Mann, der jetzt näher kam und sich unter ihr Fenster stellte, nur als noch schwärzere Form gegenüber dem dunklen Boden ausmachen. Sie sah nicht mehr als eine weiße Hemdbrust und den hellen Schimmer eines Gesichts. Aber die Stimme hätte sie unter Tausenden erkannt.

»Jessica? Ich bin's …«, ein kleines Zögern, »Jack.«

Jessica presste beide Hände auf den Mund. Sekundenlang glaubte sie, ihr Herz würde aussetzen, sie rang nach Atem, ihr wurde schwindlig, aber dann klang abermals seine Stimme herauf und löste sie aus ihrer Erstarrung.

»Jessie?«

Sie beugte sich, am ganzen Körper zitternd, weit aus dem Fenster. »Bleib, wo du bist.« Dann war sie auch schon auf dem Weg, riss in letzter Minute ihren Morgenmantel vom Stuhl, öffnete trotz aller Aufregung und Eile leise die Tür ihres Zimmers und lief hastig, mit weichen Knien, aber auch möglichst lautlos die Holztreppe hinunter in den ersten Stock, von dort über die Steintreppe weiter und zur Hintertür, deren Riegel sie mit fliegenden Fingern zurückzog. Dann machte sie einige schnelle Schritte hinaus in den Garten.

Der Platz unter ihrem Fenster war leer.

Sekundenlang drehte sich ihr alles. Er hatte nicht gewartet. Er war fortgegangen! Oder war er gar nicht hier gewesen? Sah sie schon Dinge, die gar nicht vorhanden waren? Sie machte zwei unsichere Schritte. »Jack …?«

Zwei Hände griffen nach ihr und zogen sie in den Schatten der Bäume. Jessica stolperte mit, erschrocken, erleichtert und kurz davor, aufzuschreien. In der Gartenecke, die am weitesten vom Haus entfernt lag, blieb er mit ihr stehen. Sie drehte sich zu ihm um. Er ließ sie los, seine Arme sanken herab, und sie wusste, dass er ebenso versuchte, sie zu sehen, wie sie ihn. Dafür war es zu dunkel, sie konnte ihn jedoch spüren, so knapp stand sie vor ihm. Sie hob die zitternden Hände und tastete sich an seinem Körper über den festen Stoff der Jacke aufwärts, die vorne offen war. Jessica fühlte das Hemd, die Wärme darunter, glitt weiter hinauf, erreichte den offenen Hemdkragen, ertastete Jacks Hals, sein Kinn. Er stand ganz ruhig, aber sie fühlte seinen raschen Atem. Ihre Fingerspitzen erforschten seine Züge. Er war warm, vertraut, real und lebendig. Kein Traum. Jack war wirklich zu ihr gekommen. Jessica legte ihre Hände um sein Gesicht. Sie spürte sein Lächeln.

»Jack …« Mehr konnte sie nicht sagen, dann brach sie in Tränen aus.

Jack war bestürzt, als er ihr unterdrücktes Schluchzen hörte. Er war sich nicht sicher gewesen, wie er von ihr empfangen werden würde, nachdem er so lange Zeit nichts von sich hatte hören lassen. Aber er hatte bestimmt nicht die Absicht gehabt, einfach in der Nacht bei ihr aufzutauchen. Und jetzt stand dieses Mädchen vor ihm, klammerte sich an seine Jackenaufschläge, verbarg sein Gesicht an seiner Brust und weinte.

Er legte vorsichtig die Arme um sie, streichelte über ihren Rücken und legte die Wange auf ihr Haar. Als sie zuletzt in seinen Armen geweint hatte, hatte sie sich noch anders angefühlt. Sie war viel kleiner gewesen, magerer. Doch das Schluchzen war ähnlich ausgefallen. Unterdrückt, fast lautlos, aber so heftig, dass ihr ganzer Körper zitterte. Damals hatte ihn keine fröhliche, freche kleine Schwester begrüßt, sondern ein verschämtes und verzweifeltes kleines Mädchen, das vom Pferd gestürzt war und sich an einem scharfen Stein die Wange aufgerissen hatte. Jack hatte schon alle Arten von schwersten Verletzungen und Verstümmelungen gesehen, aber nie hatte ihm etwas so zugesetzt wie die relativ harmlose Wunde in Jessicas Gesicht, auch wenn er sich sehr bemüht hatte, es ihr nicht zu zeigen, sondern alles getan hatte, um sie aufzumuntern.

»Jessie, Mädchen …«, er sprach ganz sanft, flüsterte in ihr Haar hinein, zog sie noch etwas enger an sich und streichelte über ihren Rücken. Trotz seiner Besorgnis um sie mischte sich etwas anderes in seine Empfindungen. Sie war wirklich angenehm weich, und die Art, wie sie sich an ihn schmiegte, … hm … Jack konnte nicht den richtigen Ausdruck finden, aber »Wohlbehagen« passte vielleicht zu dem Gefühl, das in ihm ausgelöst wurde.

Er atmete ihren Duft ein. Ja, daran konnte er sich erinnern. So hatte sie schon früher gerochen. Nach Rosen, Lavendelseife, nach Jessica. Und doch war er jetzt intensiver, fraulicher. Eine Frau, die aus dem Bett stieg, hatte einen eigenen, sehr anregenden Geruch.

Sie löste eine Hand von seiner Jacke und tastete hinunter, zur Tasche ihres Morgenmantels, um ein Taschentuch hervorzuholen. Dabei streifte sie seine Brust, seinen Bauch und noch etwas anderes weiter unten, was ihn unwillkürlich scharf die Luft einziehen ließ. Er war etwas verlegen, aber nicht wirklich erstaunt über seine eigene Reaktion. Ihr Körper hatte sich so gut an seinen geschmiegt angefühlt, dass ihm – wäre sie nicht so etwas wie seine kleine Schwester gewesen – Ideen gekommen wären, die nicht mehr viel mit Brüderlichkeit zu tun hatten. Gerade nach den vielen Wochen, die er auf dem Schiff und ohne weibliche Gesellschaft verbracht hatte.

Nun entwand sie sich seiner Umarmung. Er ließ sie nur widerwillig los und hörte, wie sie sich in das Tüchlein schneuzte.

»Entschuldige, bitte.« Ihre Stimme klang undeutlich. »Ich war nur so erschrocken.«

»Erschrocken?«

Sie nickte, was er daran spürte, wie ihre Haare sein Kinn streiften. »Ich dachte zuerst, es wäre ein Einbrecher, und als du mich dann gepackt hast, hätte ich fast geschrien.«

»Dann ist also alles in Ordnung?« Er wusste, dass er besorgt klang. Jessica war kein Mädchen, das so leicht weinte. Er hatte sie als Kind mehr als einmal mit aufgeschlagenen Ellbogen und Händen, sogar mit blutiger Nase gesehen, die Lippen trotzig zusammengepresst, die Augen voller Tränen, aber sie hatte nicht geweint.

»Ja.« Das klang schon ungeduldig. »Aber was fällt dir eigentlich ein, dich mitten in der Nacht hier hereinzuschleichen? Was wäre gewesen, wenn ich die anderen gerufen hätte?«

»Ich hatte nicht gedacht, dass überhaupt noch jemand wach ist.«

Jessica schniefte ein wenig auf. »Und weshalb bist du dann über die Mauer gesprungen?«

»Einige betrunkene Matrosen waren hinter mir her, und die Gartentür war verschlossen. Also bin ich eben über die Mauer geklettert.«

»Nun ja«, seufzte Jessica unvermittelt. »Und jetzt bist du also da.«

»Ja. Jetzt bin ich da.« Und er war froh darüber. »Bin ich überhaupt willkommen?«

Jessica lachte zittrig. »Willkommen? Du dummer Kerl, du bist hier daheim.«

»Dann darf ich wohl um eine angemessene Begrüßung bitten«, sagte er scherzhaft. »Tränen waren nicht so ganz das, was ich erwartet hatte.«

Jessica gönnte ihm eine vorsichtige, schwesterliche Umarmung. »Wo darf man denn überall nicht hingreifen?« Ihre Hände strichen, auf der Suche nach möglichen Verwundungen, federleicht über seinen Rücken, seine Schultern, seine Arme. Als er vor Jahren einmal heimgekommen war, hatte er quer über die Schulter eine tiefe Säbelwunde von einer Auseinandersetzung mit Piraten gehabt, die ihm lange zu schaffen gemacht hatte.

»Diesmal habe ich keine Blessuren. Du darfst mich ruhig drücken.« Jack grinste und zog sie ein bisschen enger, bis er abermals deutlich ihren Körper fühlte, der sich an ihn schmiegte. Dann noch ein bisschen enger. Er atmete erneut ihren Duft ein, kostete dieses wohlige, warme Gefühl aus, bis sie sich plötzlich sehr energisch von ihm freimachte und einige Schritte zurücktrat.

Seine Arme fühlten sich mit einem Mal seltsam leer an, und am liebsten hätte er wieder nach ihr gegriffen.

»Smithy hat mir von euren Abenteuern erzählt.« Jessica nahm ihn an der Hand und zog ihn zu einer kleinen Bank unter dem größten Apfelbaum. Jack tastete darüber. Er war früher oft hier gesessen, wenn er die Finnegans besucht hatte. Es war eine schöne, friedliche Zeit gewesen.

Sie setzte sich neben ihn, und er bemerkte, dass sie fröstelte. Er zog seine Jacke aus und legte sie ihr um, bevor er sich neben ihr niederließ. Er lehnte sich an den Stamm des Baumes und spürte, wie Jessicas Hand sich vertrauensvoll in seine schmiegte – genauso wie früher, als sie noch ein Kind gewesen war. Er schloss die Augen und spürte dieser Empfindung nach. Ja, so fühlte es sich an, wenn man wieder daheim war. Sogar der Garten roch so wie immer. Wie dumm von ihm, dass er so lange ferngeblieben war. Aber die Jahre waren schnell vergangen. Wenn man von einem Hafen zum anderen segelte, Schiffe verfolgte, das Leben an Bord gleichförmig wurde wie der endlose Ozean, verlor man das Zeitgefühl.

Eine angenehme Ruhe überkam ihn, die Erleichterung, willkommen und zu Hause zu sein. Sie saßen ganz still, und Jack merkte, wie sich Jessicas Hand in seiner entspannte. Sie schwieg so lange, dass er schon dachte, sie wäre neben ihm eingeschlafen, bis sie fragte: »Warst du schon bei Vanessa?«

»Nein.« Er lachte leise und drückte ihre Hand. »Die Mauer dort war mir zu hoch.«

Als Jessica am nächsten Morgen erwachte, war sie zum ersten Mal nach langer Zeit wieder glücklich. Im Halbschlaf wusste sie nicht, woher dieses Gefühl kam, fühlte nur diesen unterschwelligen Wunsch zu lachen und aufzuspringen, aber dann fuhr sie tatsächlich auf, so dass sie im Bett saß und mit weit geöffneten Augen zum Fenster starrte.

Jack war gekommen. Ihr Atem ging schneller, sie konnte ihren Herzschlag bis in den Hals fühlen, und zugleich war es, als würde sie zu wenig Luft bekommen. Es war keiner von jenen Träumen gewesen, aus denen sie glücklich erwachte und unglücklich aufstand. Es war die Wahrheit. Sie sank wieder zurück in ihre Kissen und blieb noch eine Weile mit geschlossenen Augen liegen, um dem Singen der Vögel draußen im Garten und dem warmen Glücksgefühl in ihrem Inneren zu lauschen.

Das Haus war schon voller Leben, sie hörte ihre Eltern und ihre Schwester sowie die Köchin, die gerade das Dienstmädchen schalt. Aber noch konnte sie sich nicht dazu überwinden, das Bett zu verlassen. Wo Jack wohl in diesem Moment war? Zu dumm, dass er in einer Herberge wohnte anstatt bei ihnen. Die Vorstellung, ihn schon am Frühstückstisch vorzufinden oder Wand an Wand mit ihm zu schlafen, in dem Wissen, dass er da war, wäre wunderbar. Aber er hatte ihr erzählt, dass er an diesem Morgen die McRawleys aufsuchen wollte. Vanessa würde sicherlich darauf bestehen, dass er bei ihnen wohnte. Oder vielleicht bezog er Quartier in seiner alten Wohnung, die sich über den Büros der Company befand. Vanessa hatte dafür gesorgt, dass die Räume für ihn freigehalten wurden und seine Sachen so blieben, wie er sie zurückgelassen hatte.

Als er wieder gegangen – beziehungsweise über die Mauer hinausgeklettert – war, hatte sie ihn an der Jacke festgehalten. »Jack, wenn du morgen verschwunden bist, kannst du etwas erleben.«

»Ich verschwinde nicht so schnell.« Jessica hatte sein Gesicht nicht sehen können, aber das Grinsen in seiner Stimme gehört und die Aufrichtigkeit. Er hatte nicht anders geklungen als früher, und sie hätte sein Gesicht dabei genau beschreiben können. Sie hätte Marietta zwar für ihre Worte schlagen können, aber diese hatte nicht unrecht gehabt. Jessica war Jack tatsächlich früher nachgelaufen wie ein Hündchen. Mit sieben Jahren, mit acht, mit neun und sogar noch, als sie schon sechzehn gewesen war. Jetzt musste sie über Mariettas Worte lachen.

Auf dem Gang hörte sie ihre jüngere Schwester, die sich mit ihrer Mutter unterhielt, und dann klopfte es an der Tür. Jessica war froh, seit Jahren ihr eigenes Zimmer zu haben. Ihre Mutter hatte es ihr damals gegeben, als sie den Unfall gehabt hatte, weil sie gefühlt hatte, dass Jessica einen Rückzugsort brauchen konnte. Zum Glück war das Haus groß genug. Wenn nicht gerade Besuch kam, der bei ihnen übernachtete, hatte jedes der Kinder ein eigenes Zimmer. Das war früher nicht so gewesen, und Jessica erinnerte sich noch gut an das kleine Haus, das sie einst bewohnt hatten. Es hatte zu dieser Zeit immer an Geld gefehlt, ihre Mutter hatte jedoch Hühner und Ziegen gehalten, und sie hatten zumindest nicht hungern müssen, sondern ihr knappes Auskommen gefunden. Aber erst seit Vanessa McRawley hierhergezogen war, die Boston Independence Trading Company gegründet und Jessicas Vater zum Teilhaber gemacht hatte, war das Geld nie wieder knapp geworden.

Es klopfte abermals. »Jessica?«

Sie zog sich die Decke über den Kopf. Sie wollte noch nicht in ihrer Grübelei über Jack und ihrem Schwelgen in der Erinnerung der vergangenen Nacht gestört werden.

Die Tür wurde aufgerissen. »Jessie! Alle sind schon auf! Bist du krank?«

Jessica schob seufzend die Decke weg. Da war wohl nichts zu machen. »Nein. Ich habe nur schlecht geschlafen.« Sie gähnte, streckte sich und schlug dann die Decke zurück, schwang die Beine aus dem Bett und angelte nach ihren Pantoffeln.

Amanda war schon wieder halb aus dem Zimmer. »Beeil dich! Das Frühstück ist schon fertig! Alle warten!«

»Ja, schon gut.«

Als sie ins Speisezimmer trat, hatte sich die Familie schon versammelt. Ihre Mutter lächelte ihr zu, ihr Bruder – sonst der Letzte, der aus den Federn kroch – nannte sie mit triumphierendem Spott eine Schlafmütze, und Amanda erzählte Tante Alberta eifrig von dem bezaubernden Kleid, das eine ihrer Freundinnen getragen hatte.

»... und ab hier«, sie deutete unterhalb ihrer kleinen, festen Brüste, »fiel es ganz locker herab, fließend – allerdings tragen die Französinnen es fast durchsichtig, man kann wirklich alles sehen! Alles! Na ja, fast alles, es ist aus ganz feiner Baumwolle und das Unterkleid aus Seide, oder war es ein anderer Stoff und ...«

»Durchsichtig?« Alberta kniff die Augen zusammen. Sie war mit dem Bruder von Jessicas Vater verheiratet gewesen. Ihr Mann war so wie Jean-Baptiste zur See gefahren, aber nicht mehr von den Kämpfen während des amerikanischen Unabhängigkeitskrieges zurückgekehrt. Seitdem lebte sie bei den Finnegans.

Sie war etwa so alt wie Jessicas Mutter, hatte jedoch bei den Kindern nie die Stelle einer mütterlichen Tante oder Freundin vertreten, sondern eher die einer strengen Gouvernante, die nichts durchgehen ließ. Die Familie – und besonders die Kinder – hatte jedoch schnell herausgefunden, dass hinter der strengen Fassade eine Person steckte, die zum Teil oft schockierend freimütige Ansichten über das Leben hegte und gelegentlich einem guten Schluck Grog nicht abgeneigt war. Alberta war zwar immer die Erste gewesen, die schalt, aber auch die Letzte, die nicht geholfen hätte. Sie hatte in den schweren Zeiten des Krieges, als die Familie nicht wusste, was aus Finnegan geworden war, im Haus und bei den Tieren geholfen, hatte für wohlhabendere Nachbarinnen kleine Näharbeiten verrichtet und so ihren Beitrag geleistet. Und jetzt kümmerte sie sich um den Nutzgarten.

»Aber nur das von den Französinnen. Meggie würde das nicht so tragen. Und jetzt hör zu, was …«

Jessica schlenderte, bevor sie sich an den Tisch setzte, zum Fenster. Sie wohnten nur zwei Häuser von den McRawleys entfernt, und Jack kam, wenn er Vanessa heute besuchte, gewiss an ihrem Haus vorbei. Sie spähte hinaus. Die Straße war zwar schon voller Leute und Fuhrwerke, aber für einen Besuch bei Vanessa war es wohl noch zu früh. Es war erst acht Uhr, und Jack klopfte dort bestimmt nicht vor zehn Uhr an die Tür.

Sie gab nur ungern ihren Beobachtungsposten auf, holte sich eine Tasse Tee und ließ sich auf ihrem Platz nieder. Sie rührte nachdenklich den Zucker in der Tasse. So viel ging ihr im Kopf und im Herzen herum, das erst sortiert werden musste. Sie hatte Jack nicht einmal gefragt, wie lange er hierbleiben wollte.

»Jessica? Jessica!«

Jessica fuhr hoch. An den Blicken ihrer Familie erkannte sie, dass ihre Mutter sie offenbar schon mehrmals angesprochen hatte. Amanda grinste, Alberta sah sie prüfend an, und ihr Vater schmunzelte. »Die Teetasse muss schon unten durchgeschabt sein, so lange hast du gerührt«, ließ sich ihr Bruder vernehmen.

»Alberta hat dich gefragt, ob du sie heute auf den Markt begleiten willst«, wiederholte Alice Finnegan.

»Die junge Dame scheint heute noch weiterzuträumen«, stellte Tante Alberta in ihrer trockenen Art fest. »Das muss ja ein schöner Traum gewesen sein, wenn es dir so schwerfällt, davon aufzuwachen.«

Jessica warf ihr einen misstrauischen Blick zu. Von Albertas Zimmer aus konnte man nicht in den Garten sehen, aber wenn sie in der Küche oder auf dem Gang gewesen war, dann hatte sie vielleicht beobachtet, wie Jessica hinuntergelaufen war und mit Jack gesprochen hatte. Albertas Gesicht war jedoch ausdruckslos. Nein, sie hatte nichts gesehen. Jessica zwang sich zu einem Lächeln.

»Nun?« Alberta hob die Augenbrauen.

Jessica wollte zuerst nach einer Ausrede suchen. Schließlich war es möglich, dass Jack vor oder nach seinem Besuch bei Vanessa auch bei ihrer Familie vorbeischaute, und da wollte sie daheim sein. Dann sah sie an sich herab. Sie hatte eines ihrer besseren Kleider gewählt. Um nichts in der Welt wollte sie Jack in einem der abgetragenen Gewänder begegnen, in denen sie sonst ihren täglichen Pflichten nachging. Aber wäre jetzt nicht die Gelegenheit, ihre Garderobe aufzubessern? Neue Handschuhe vielleicht? Ein hübsches Tuch? Vielleicht konnte sie beim Schuster vorbeisehen, ihre leichten Stiefel waren schon recht abgetragen. Und mit dem Besuch auf dem Markt ließ sich gut eine Gelegenheit verbinden, nach neuen Stoffen Ausschau zu halten.

»Jessica träumt schon wieder«, drang die Stimme ihrer Schwester in ihre Überlegungen.

»Ganz und gar nicht«, wies sie Amanda zurecht. »Ich habe nur nachgedacht, was wir am Markt brauchen.« Sie wandte sich Alberta zu. »Ich komme natürlich gerne mit.«

Jacks Nacht war nur kurz gewesen. Nachdem er sich von Jessica mit einem Kuss auf die Wange verabschiedet hatte und wieder über die Mauer geklettert war, hatte er sich im Gegensatz zu Jessica nicht auf dem schnellsten Weg in sein Bett begeben, sondern war noch durch die Stadt gewandert, hatte seine Gedanken schweifen lassen und war erst im Morgengrauen in seine Herberge zurückgekehrt. Er hatte noch zwei Stunden geschlafen und war dann wieder losgezogen. Er wollte Smithy treffen, der wie immer in der Nähe des Hafens wohnte.

Auf dem Weg zu Smithys Quartier kam Jack beim Markt vorbei, wo sein Interesse von zwei jungen Frauen angezogen wurde, die ihn veranlassten, stehen zu bleiben und sie zu beobachten. Seine Aufmerksamkeit war zuerst von der auffallenden Schönheit erregt worden, die er unschwer als Marietta, seine ehemalige Verlobte, erkannte, war aber unmittelbar darauf zu deren Begleiterin gewandert und dort dauerhaft hängen geblieben.

Donnerwetter, war das Mädchen hübsch geworden. Er hatte sie in der Nacht davor nur gefühlt und nicht gesehen, und trotz der offensichtlichen körperlichen Veränderungen – die sehr wohl spürbar gewesen waren – hatte ihn nichts auf den Anblick vorbereitet, den sie ihm bei Tageslicht bot.

Niemand, und am wenigsten er, hätte gedacht, dass aus Jessica Finnegan eine Schönheit werden würde. Nein, keine Schönheit, überlegte er, als er sie beobachtete und zusah, wie sie sich bewegte, wie sie lächelte, den Kopf neigte. Sie war aber auch nicht hübsch, es lag irgendwo dazwischen. Apart war wohl der richtige Ausdruck für eine Frau, deren Gesichtszüge nicht regelmäßig genug für Schönheit waren, die nicht dem klassischen Ideal oder jenem Puppenhaften entsprach, das Marietta anhaftete. Ihr glattes Haar glänzte selbst unter dem seltsamen Hütchen noch wie dunkle Seide. Er wusste, wie es offen aussah, es war früher das Schönste an ihr gewesen, auch wenn sie es meist zu praktischen Zöpfen geflochten gehabt hatte.

Ihr Mienenspiel war lebendig wie eh und je. Ihre Gesichtszüge veränderten sich laufend, waren einmal streng, fast herb, dann wieder weich und anziehend, wenn sie lächelte. Sie lächelte nicht oft, sondern sie schien nervös zu sein und blickte suchend um sich.

Er folgte den beiden und bemerkte, dass so manch anderer Mann hinübersah. Allerdings blickten die meisten auf Marietta in ihrem eleganten Kleid. Sie lachte ununterbrochen und präsentierte sich. Der Markt, die anderen Leute, alles schien nur ein Spiegel ihrer selbst zu sein.

Jack wandte seine Aufmerksamkeit weitaus begieriger wieder Jessica zu. Er konnte sogar kaum den Blick von ihr lösen. Seine kleine Freundin hatte sich tatsächlich sehr gewandelt. Sein prüfender Blick suchte immer wieder diese gewissen Veränderungen, die er in der Nacht an ihrem Körper gespürt hatte und die selbst dieser lose Mantel nicht verbergen konnte.

In diesem Moment machte Marietta sie auf ihn aufmerksam. Jack unterdrückte ein Seufzen. Er hatte wenig Lust, gleich am ersten Tag auf seine frühere Verlobte zu treffen, aber er konnte auch nicht einfach weitergehen und Jessica zurücklassen, also blieb er stehen.

Und dann wandte sich Jessica nach ihm um. Sie wirkte zuerst erschrocken, aber dann erfreut, und er spürte, wie sich sein eigenes Lächeln an ihrem erwärmte, während er sich durch die anderen Leute drängte, um zu ihr zu gelangen.

Zu Jessicas Leidwesen waren Alberta und sie am Markt auf Marietta gestoßen. Diese schien die kleine Auseinandersetzung vor einigen Tagen schon vergessen zu haben und stürzte sich sofort auf Jessica. Sie hielt ihr ein Päckchen unter die Nase.

»Sieh nur, was ich erstanden habe! Einen wunderschönen guten Tag, Mrs. Finnegan! Wie geht es Ihnen!«

Marietta schien immer nur in Ausrufezeichen zu sprechen, ein Zeichen ihrer Lebhaftigkeit. Als Jessica in Marietta noch ein Vorbild gesehen hatte, hatte sie versucht, diese Lebendigkeit nachzumachen – mit dem Ergebnis, dass sie von allen erstaunt angesehen worden war. Aber irgendwann hatte sie sich gefragt, ob Marietta wirklich so war, oder ob sie diese Lebhaftigkeit nur spielte. Jessica war bei ihren Versuchen, Marietta nachzuahmen, schnell nachlässig geworden und hatte sich zur wortlosen Erleichterung ihrer Umgebung bald wieder wie sie selbst benommen.

Alberta, die Marietta aus Gründen, die nur ihr bekannt waren, nicht mochte, nickte ihr nur kühl zu, um sich dann ihren Einkäufen zu widmen, während Jessica unentschlossen neben Marietta stehen blieb und sie musterte.

Wusste sie schon von Jack? Mit einem Mal kam ihr der schmerzliche Gedanke, dass Jack doch gewiss auch seine frühere Verlobte aufgesucht hatte. Was hatte er in der Nacht zum Abschied gesagt? Es gäbe sehr wichtige Gründe, die ihn heimgezogen hätten. Marietta war gewiss einer davon. Und wenn er sie sah, diese hübsche, anmutige Frau, würde er dann nicht sofort wieder in Liebe zu ihr verfallen?

»Was ist denn, Jessica?!«, fragte Marietta plötzlich unbehaglich. »Weshalb siehst du mich so an?«

Jessica blinzelte. »Ich habe nur … Ich finde«, riss sie sich zusammen, »dass du ein sehr hübsches Kleid hast.«

Marietta war sofort beruhigt. Sie sah an sich herab und strich liebevoll über die duftige Baumwolle. »Ja, nicht wahr! Es ist ganz neu, die Schneiderin hat es gestern geliefert!«

Jessica versuchte sich zu erinnern, wer Mariettas Schneiderin war. Es war bestimmt keine von jenen, bei denen Jessica nähen lassen durfte. Sie waren zwar nicht mehr so arm wie früher, aber Alice Finnegan war keine Frau, die für die Garderobe ihrer Töchter oder ihre eigene unnötiges Geld verschwendet hätte. Mariettas Anblick bestärkte Jessica dennoch in dem Entschluss, sich ein – oder zwei – neue Kleider zu leisten. Ihr prüfender Blick glitt zu Mariettas Frisur. Die Löckchen waren unecht. Vermutlich schlief sie jede Nacht mit Papilloten. Jessica hatte dies auch schon versucht, aber es hatte zu viel Zeit gekostet, die einzelnen Haarsträhnen am Abend aufzudrehen und am Morgen wieder auszufrisieren. Außerdem drückten sie in der Nacht. Und ihr Bruder, der sie am Morgen so zu Gesicht bekommen hatte, hatte sie ausgelacht, bis er rot angelaufen war. Sie hatte ihn geohrfeigt, und dann waren beide von ihrer Mutter gescholten worden. Das war zwar schon sechs Jahre her, aber Jessica ärgerte sich heute noch darüber.

Sie überlegte noch die Vorteile einer Lockenfrisur, als Marietta ihr plötzlich zuzischte: »Nicht umdrehen! Aber dort drüben steht ein Mann und sieht ununterbrochen herüber! Er verfolgt uns schon die ganze Zeit über und sieht mich ständig an!« Sie fuhr sich blitzschnell mit der Zungenspitze über die Lippen, um sie zum Glänzen zu bringen, und Jessica sah, dass sie nach ihrem Hütchen griff, um den Sitz zu prüfen.

Der Mann musste also interessant sein. Entweder sehr elegant oder sehr gutaussehend. Wahrscheinlich sogar beides. Jeden anderen hätte Marietta übersehen oder sich wortlos in seiner Bewunderung gesonnt. Sie war es im Gegensatz zu Jessica eben gewohnt, dass die Männer sie verzückt anstarrten.

Jessica wurde neugierig. Sie drehte sich trotz Mariettas geflüstertem Protest um, sah hinüber und blickte direkt in Jacks Augen.

Für Sekunden verschlug es ihr den Atem. Ihr Herz blieb stehen, alles um sie herum verschwamm, und nur Jacks Gesicht blieb klar. Sie atmete tief durch. Die Augen zu schließen, um sich zu fassen, wagte sie nicht, denn in diesen wenigen Sekunden konnte er schon wieder verschwunden sein. Er lächelte leicht, vielleicht ein wenig unsicher sogar. Und sie erwiderte sein Lächeln wie von selbst.

Er trug einen breitkrempigen Hut, weshalb Marietta ihn wohl nicht gleich erkannt hatte. Vielleicht lag es auch daran, dass sie nicht mit ihm rechnete, während Jessica den ganzen Morgen nichts anderes getan hatte, als an ihn zu denken. »Er kommt her!« Marietta schaffte es, sogar in Ausrufezeichen zu flüstern.

Jessica hatte keine Zeit, sich heimlich darüber zu amüsieren, denn Jack kam unaufhaltsam näher. Sie wusste, dass ihr Lächeln vermutlich strahlend, glücklich, atemlos wirkte, aber sie konnte nichts dagegen tun, weil es in ihr selbst strahlte. Und dann stand er vor ihr. Er nahm den Hut ab. Es war einer von jenen, wie ihn die Männer im Westen trugen, und er stand ihm gut. Aber in Jessicas Augen hätte Jack auch mit einem Nachttopf oder einem Spitzenhäubchen gut ausgesehen.

»Jessica.« Sein Lächeln schwand etwas, aber sein Blick wurde intensiver, glitt über ihr Gesicht, über ihre Wangen, ihre Lippen und blieb an ihren Augen hängen.

Jessica starrte selbstvergessen zurück, während ihr Herz immer noch viel zu stark und schmerzhaft schlug und ihr Atem sich noch nicht beruhigt hatte. Manchmal hatte sie zu wenig davon, dann wieder zu viel. Sie hoffte, dass bald wieder alles im Einklang war, bevor Jack oder Marietta etwas davon bemerkten.

Jetzt wandte er sich zum Glück mit einer leichten Verneigung an Marietta. Sein Blick wurde kühler, das Lächeln ironischer.

»Jack!«

Dieses Mal, fand Jessica, war Mariettas Ausrufezeichen angebracht. Sie beobachtete, wie die Farbe auf Mariettas Gesicht kam und ging, die großen, leuchtend blauen Augen noch größer wurden, die Lippen leicht geöffnet. In Jessicas Augen wirkte Marietta dümmlich und zugleich sehr attraktiv. Männer mochten das, wie Jessica schon früher festgestellt hatte. Sie dagegen wirkte, wenn sie überrascht war, vermutlich nur dümmlich. Jessica griff hastig nach ihrem Haar. Natürlich, eine Strähne hatte sich schon wieder gelöst. Das kam von dem verflixten Wind, der in der Nähe des Hafens immer an Haar und Kleidung zerrte.

»Jack! Was machst du denn hier?!« Marietta klang ungläubig.

Jack riss seinen Blick von Jessicas Händen los, die in liebloser Hast die vorwitzige Haarsträhne unter das Hütchen stopften. »Ich sah euch und wollte euch begrüßen.«

»Jack O'Connor.« Alberta klang – obwohl sie Jacks Namen wie eine Feststellung aussprach – erfreut. Sie brachte, wie Jessica verwundert feststellte, sogar eines ihrer trockenen Lächeln zustande.

Jack verneigte sich leicht vor ihr, griff nach der ihm hingestreckten Hand und beugte sich darüber.

»Wie überraschend, dass Ihr Weg Sie wieder hierher nach Boston geführt hat.«

»Ich bin selbst auch ganz erstaunt«, erwiderte Jack ernsthaft.

»Aber vor allem erfreut, gleich am ersten Tag meines Aufenthalts drei so reizende Damen zu treffen.« Sein Blick glitt wieder zu Jessica.

»Da werden zweifellos noch mehrere Leute so überrascht sein wie wir«, ließ sich Marietta vernehmen. Jessica warf ihr einen scharfen Blick zu. Wenn sie es nur nicht wagte, Jack zu beleidigen. Sie erinnerte sich nur zu gut an ihre spitzen Bemerkungen in der Wäschekammer. Sie krampfte ihre Finger um ihr Täschchen. Nicht so elegant wie jenes von Marietta natürlich. Und sie hatte zwar das bessere Kleid, aber den alten Mantel an. Zum Glück hatte sie zu einem ihrer neueren Hütchen gegriffen. Sie war sich nur des Eindrucks nicht ganz sicher. Einerseits entsprach es der neuesten Mode, aber andererseits hatte ihr Bruder sie deshalb verspottet.

»Sie werden ja gewiss demnächst einmal vorbeisehen, um auch Alice und Jean-Baptiste zu begrüßen. Oder haben Sie vor, Ihre alten Freunde links liegenzulassen?«, fragte Alberta in diesem Moment resolut.

»Das sei mir fern«, erwiderte Jack in dieser zuvorkommenden Art, die er schon früher im Umgang mit Alberta gezeigt hatte. Es war eine Mischung aus leiser Ironie und Freundschaft. Fast meinte Jessica jedes Mal, wenn Albertas und seine Blicke sich trafen, ein Blinzeln geheimen Einverständnisses zu bemerken. Und tatsächlich war Alberta immer eine der wenigen gewesen, die Jack bei allem, was er getan hatte, verteidigt hatte.

»'nen schönen guten Morgen.« Die gutgelaunte Stimme gehörte Smithy. »Was für'n freudiges Zusammentreffen.« Er musterte Jack mit einem Lachen, das gewisse Mängel an seinem Gebiss preisgab, aber so erfreut war, dass sowohl Jessica als auch Jack es herzhaft erwiderten.

Alberta blieb davon unberührt. »Ach. Sieh an. Mr. Jacob Smith. Der darf natürlich nicht fehlen.« Sie musterte Smithy mit weitaus weniger Wohlwollen als zuvor Jack. »Wie man sieht, haben die Fische Sie wieder ausgespuckt. Und dann auch noch ausgerechnet in den Hafen von Boston.«

Smithy grinste. »Tja, die fanden, ich wäre ein zu prächtiges Exemplar, um in ihrem Magen zu landen. Aber wenn ich mir erlauben darf, Sie sehen blühend aus wie eh und je, Ma'm. Hätte Ihnen schon längst meine Aufwartung gemacht, hatte aber mit dem Schiff zu tun.«

Alberta hob in milder Verwunderung die Augenbrauen. »Zu viel Eile wäre ja wohl auch nicht angebracht gewesen.«

Marietta fand es an der Zeit, die unpassende Gesellschaft zu verlassen. Sie reichte ihrer still neben ihr wartenden Zofe ihr Päckchen und wandte sich Jessica zu. »Wir sehen uns gewiss ein anderes Mal wieder, Jessica. Mrs. Finnegan, es war mir ein Vergnügen.« Jack war nur ein kurzes Kopfnicken vergönnt, und Smithy wurde übersehen.

Jessica atmete auf, als Marietta fort war. Sie wurde gewahr, dass Jacks Blick immer noch mit einer Art Verwunderung auf ihr ruhte. Sie rückte an ihrem Hütchen, zupfte an dem Kleid. War etwas nicht in Ordnung? Verglich er sie mit Marietta?

Alberta rettete sie aus ihrer Verlegenheit. »Wir müssen uns jetzt von den Gentlemen verabschieden. Die Einkäufe sind erledigt, und wir haben noch zu tun. Uns geht es ja nicht so wie gewissen anderen Menschen, dass wir stundenlang am Markt stehen und Maulaffen feilhalten können.« Letzteres war an Smithy adressiert.

Jack lachte, als sie sich verabschiedeten, und Smithy grinste selbstvergessen hinter Alberta her. Während sein Blick zuvor standhaft auf ihrer Oberweite gelegen war, saugte er sich nun an ihrer Kehrseite fest, die sich energisch nach links und rechts schwingend durch die Menschengruppen bewegte.

»Was für ein Weib. Ich sag's dir, Jack, auf der Brust kann ein Mann sich von seinen Abenteuern ausruhen und einschlafen. Und dieser Hintern.« Er führte seine Fingerspitzen zum Mund wie ihr Bordkoch, wenn er der unzufriedenen Mannschaft seinen Fraß anpreisen wollte.

Jack grinste. Er kannte das Geplänkel zwischen den beiden schon von früher. »Ich fürchte nur, Smithy, die Dame scheint nicht halb so wild darauf zu sein, dir ein Ruheplätzchen anzubieten, wie du, es zu bekommen.«

»Mal sehen«, erwiderte Smithy nachdenklich, während er versuchte, durch das Gedränge hindurch noch einen letzten Blick auf Alberta zu erhaschen. »Solange mich die Fische nicht wirklich fressen, werde ich es vielleicht mal probieren.«

Vanessa lächelte ihrem ehemaligen Schützling entgegen, der soeben mit Martin das Zimmer betrat, und streckte ihm beide Hände entgegen. Er ergriff sie, beugte sich über sie, und Vanessa spürte die zarte Berührung seiner Lippen. Sie strich ihm mütterlich-zärtlich über die Wange. Sie hatte es kaum fassen können, als er am Morgen plötzlich in der Halle gestanden hatte. Sein Lächeln war noch weitaus unsicherer gewesen als jetzt, als würde er daran zweifeln, ob er in ihrem Haus willkommen war.

Sie hatten allerdings bisher nicht viel Zeit füreinander gehabt. Robert – kaum erstaunt, dass Jack doch noch aufgetaucht war – hatte sich auf der Stelle seiner bemächtigt, und ihr war, da sie nicht länger auf Jack warten wollte, nichts anderes übriggeblieben, als ihm Martin hinterherzuschicken, der ihn holen sollte.

Wie immer bei schwierigen Aufträgen war Martin auch dieses Mal erfolgreich. »Mr. Robert kommt etwas später nach«, sagte Martin. »Er wollte noch zum Hafen, ein neues Schiff begutachten, war aber dann einverstanden, dass Jack Sie aufsucht, Madam. Und mich entschuldigen Sie jetzt bitte.«

Vanessa blickte ihrem alten Freund und ehemaligen Diener dankbar nach, als er den Raum verließ. Endlich hatte sie einige Minuten mit Jack allein. Sie kannte Jack O'Connor seit neunzehn Jahren. Als sie ihn das erste Mal getroffen hatte, war er ein magerer, vernachlässigter Junge auf einem Handelsschiff gewesen, mit dem sie von England nach Jamaika gereist war, um dort bei ihrem Onkel zu leben.

Als der Kapitän dieses Schiffes den Jungen ungerechterweise hatte bestrafen wollen, hatte sie eingegriffen und ihn dem brutalen Mann quasi abgekauft. Seitdem war Jack bei ihr geblieben, hatte sie treu durch die folgenden Abenteuer hindurch begleitet und war, nachdem Robert McRawley sie am Ende des amerikanischen Unabhängigkeitskrieges geheiratet hatte, gemeinsam mit ihnen nach Boston gezogen. Im Gegensatz zu Admiral McRawley, den die Sehnsucht nach seinem Schiff und dem Meer bald wieder auf See getrieben hatte, war Jack bei Vanessa geblieben, hatte gelernt, gearbeitet und gemeinsam mit ihr und ihrem verlässlichen Freund Martin und Jean-Baptiste Finnegan, Roberts ehemaligem Ersten Maat, ein Handelsunternehmen gegründet. Als Admiral McRawley dann nach einjähriger Abwesenheit wieder von der See zurückgekommen war, hatte er feststellen müssen, dass seine Frau gemeinsam mit seinen Freunden das Handelshaus »Boston Independence Trading Company« gegründet hatte.

Später hatte es allerdings zu Vanessas Betrübnis, die ihn liebte wie einen jüngeren Bruder, auch Jack wieder aufs Meer gezogen. Er war zuerst auf Roberts Schiff mitgefahren, dann als Captain eines Handelsschiffes und schließlich als Kommandant eines der gut bewaffneten Begleitschiffe, die die kleinen Konvois der Company vor Freibeutern und Piraten schützten.

Jack hatte sich einen Stuhl neben sie ziehen wollen, aber Vanessa rückte ein wenig zur Seite, um ihm neben ihr auf dem Sofa Platz zu machen.

»Wie vernünftig von dir, doch noch herzukommen«, sagte sie ernsthaft. »Ich hätte dir niemals verziehen, wenn du einfach in New York geblieben wärst. Vermutlich hätte ich die Kutsche anspannen lassen und wäre zu dir gekommen, um dir gehörig die Leviten zu lesen.«

»Das hatte ich befürchtet.« Jack grinste. Dann wurde er ernster. »Sie sehen gut aus, Vanessa. Es ist schön, festzustellen, dass sich doch nicht alles verändert hat. Sie sind ebenso bezaubernd wie früher.«

»Und du verstehst es immer noch, hübsche Komplimente zu machen«, erwiderte Vanessa anerkennend. Sie hatte Jacks Charme immer schon gemocht. Sein Lächeln hatte jene Mischung aus leichter Anzüglichkeit und Bewunderung, das noch jeder Frau ein bisschen Herzklopfen beschert hatte. »Sag mir, wen hast du in Boston schon besucht?«

Jack zögerte, setzte an, dann verstummte er.

Vanessa bohrte nach. »Hast du Marietta schon gesehen?«

»Ja, zufällig, auf dem Markt. Sie war mit Jessica dort.«

»Und hast du sie verändert gefunden?«

»Jessica?« Er lächelte.

»Nein, Marietta!« So wie Jessica hatte sie sich oft gefragt, wie tief die Zuneigung von Jack zu seiner ehemaligen Verlobten tatsächlich gegangen war. Marietta hatte damals – wenn man ihren Erzählungen Glauben schenken durfte – sehr vehement die Beziehung zu Jack beendet. Und dieser hatte auf Vanessa bei seiner Abreise auch einen niedergeschlagenen Eindruck gemacht. Aber sie bezweifelte, dass er der Mann war, der einem Gänschen wie Marietta jahrelang nachtrauerte. Wenn es nach ihr gegangen wäre, hätte sie damals andere Pläne mit ihm gehabt. Sie hatte sogar eine sehr genaue Vorstellung davon, welche Art von Frau am besten zu ihrem Schützling passte. Sie hatte jedenfalls nicht vor, Jack dieses Mal einfach wieder über Jahre verschwinden zu lassen, sondern war fest entschlossen, dafür zu sorgen, dass er einen sehr guten – weiblichen – Grund hatte, bald wieder zurückzukehren.

»Nicht besonders verändert«, erwiderte Jack zu Vanessas Beruhigung mit einer Gleichgültigkeit, die nicht gespielt sein konnte. »Zumindest hätte ich in den wenigen Momenten, in denen ich sie gesehen habe, keine bemerkt.«

»Sie war also mit Jessica dort?«, brachte Vanessa das Thema auf eben diese Person, auf die sie im Zusammenhang mit Jack neugieriger war.

»Jessica und Alberta Finnegan.« Jacks Miene wurde sofort interessierter. »Jessica hat sich sehr verändert«, begann er lebhaft. »Ich hätte sie kaum wiedererkannt. Nein«, korrigierte er sich mit einem halben Grinsen, »natürlich hätte ich sie erkannt – wie auch nicht –, aber sie ist so verdammt hübsch …«

Jack unterbrach sich, als die Tür zum Salon geöffnet wurde,

und seine Augen leuchteten auf, als der Butler eine Besucherin hereinführte.

Alberta hatte Jessica mit der Nachricht überrascht, dass Jack vor kurzem Vanessas Haus betreten hatte.

Jessica hatte daraufhin einige Zeit über einen Vorwand gegrübelt, der sie ebenfalls in Vanessas Haus und damit in Jacks Nähe bringen konnte, und hatte in ihrer Verzweiflung endlich einen Korb mit Marmeladengläsern gepackt. Trotzdem hätte sie am liebsten noch in der Halle kehrtgemacht, aber Darnberry, Roberts ehemaliger Steward und nun Butler und Kammerdiener im Hause McRawley, hatte ihr nicht nur erfreut die Haustür geöffnet, sondern sie auch noch eifrig zum Wohnzimmer geleitet, in dem Vanessa und Jack beisammensaßen.

Jessica spürte, wie ihre Wangen wärmer wurden, als Vanessas und Jacks Blicke sich ihr zuwandten. Jack hatte soeben gesprochen und sich bei ihrem Anblick abrupt unterbrochen.

»Ich … wir haben Obst eingekocht, und ich dachte, Sie würden sich über einige Gläser freuen.« Sie zog hilflos eines der Gläser aus dem Korb, hielt es hoch und schämte sich zutiefst. Sie war sich der Fadenscheinigkeit dieses Vorwands nur zu bewusst. Früher, als Zehnjährige oder Zwölfjährige wäre sie einfach losgestürmt, um Jack aufzustöbern – belächelt und freundlich verspottet von den anderen. Und heute versteckte sie ihre Absichten hinter einigen Einmachgläsern. Jessica fragte sich, ob sie jetzt tatsächlich wesentlich reifer handelte als damals oder nur feiger.

Vanessa eilte ihr sofort entgegen, nahm ihr das Glas aus der Hand und bewunderte es gebührend. »Wie liebenswürdig von dir, daran zu denken, Jessica. Eure Marmelade ist immer die beste. Ach, Darnberry, seien Sie doch so gut, sich um den Korb zu kümmern.«

Darnberry lächelte Jessica warm an, als er ihr den Korb abnahm.

»Ich störe doch hoffentlich nicht. Ich wollte nur … Vielleicht sollte ich …« Jessica stotterte. Das war für sie ungewöhnlich. Auch die Unsicherheit, mit der sie zwischen Vanessa und Jack hin und her sah. Gewiss hatte sie bei einem vertraulichen Gespräch gestört.

»Aber nein, meine Liebe.« Vanessa zog sie leicht an sich, und Jessica lehnte ihre Wange an die der etwas kleineren Frau. Vanessa fühlte sich so schön weich an und roch so gut nach dem teuren Parfüm, das sie aus Europa kommen ließ. In ihrer eigenen Familie war Jessica immer nur die zweitälteste Tochter, die für alle Arbeiten herhalten und die Jüngeren hatte beaufsichtigen müssen. Vanessa hatte sie trotz des Altersunterschiedes jedoch immer wie eine Freundin oder Schwester behandelt und den anderen vorgezogen.

Vanessa nahm ihre Hand, um sie mit sich zu ziehen. »Wir haben gerade von dir gesprochen!«

»V… von mir?« Jessica ahnte, wie verwirrt sie aussah und wie verlegen, aber ihre ganze übliche Selbstbeherrschung schien sich unter Jacks intensiven Blicken aufzulösen. Er hatte sich bei ihrem Eintritt erhoben, trat nun auf sie zu, und sie reichte ihm eine bebende Hand, die er mit beiden Händen ergriff und hielt.

»Jack hat mir erzählt, dass ihr euch schon getroffen habt.«

»Heute Morgen auf dem Markt«, fiel Jack ein, und Jessica atmete erleichtert aus. Es wäre ihr peinlich gewesen, wenn er Vanessa erzählt hätte, dass sie ihm in der Nacht weinend vor

Freude und Erleichterung um den Hals gefallen war. »Ebenso auch Alberta und Marietta.«

Jessica wurde gewahr, dass Jack immer noch ihre Hand hielt und sie dabei betrachtete. Wenn er sie nur nicht so ansehen würde. Neugierig. Prüfend. Den Blick hatte ihr Vater, wenn er feststellen wollte, ob eine der Spieren auf dem Schiff ausgetauscht werden musste oder ob die Segel richtig geriggt waren. So hatte Jack sie früher nie angesehen. Er hatte – wenn sie sich nicht gerade gezankt hatten, und das war mit Jack schwierig gewesen – immer nur diesen freundschaftlich-brüderlichen Ausdruck in den Augen gehabt.

Jessica riss sich tödlich verlegen los, nahm den von Vanessa angebotenen Platz an und zupfte, um ihre Befangenheit zu überspielen und Jacks verwirrendem Blick ausweichen zu können, minutenlang ihren Rock zurecht. Das gab ihr Zeit, sich zu sammeln.

»Wer hätte gedacht, dass dieser schreckliche Junge doch noch herfindet.« Vanessa war glücklich, ihren ehemaligen Schützling wiederzuhaben, das sah man ihr an. Jessica musste jedoch über den »schrecklichen Jungen« schmunzeln. Nur Vanessa konnte es einfallen, Jack so zu nennen. Für Jessica war er immer schon ein Mann gewesen. Immerhin war er zehn Jahre älter als sie. Und in den letzten Jahren hatte er sich weiter verändert. Er war siebenundzwanzig gewesen, als er sich auf die Jagd nach den englischen Schiffen gemacht hatte, und das harte Leben auf See, die Kämpfe, hatten ihre Spuren hinterlassen. Einige graue Strähnen durchzogen seine Schläfen. Und auf der Wange, etwas oberhalb der Stelle, an der Jessica ihre Narbe hatte, zog sich im gebräunten Gesicht ein heller, schmaler Streifen hin. Eine Musketenkugel?

Als sein Blick auf sie fiel, zuckte sie ertappt zusammen, sah schnell weg und ärgerte sich sofort über sich selbst. Was musste er von ihr denken? Weshalb konnte sie ihn nicht wie früher einfach unbefangen anlächeln? Oder ihm einfach nur ruhig gegenübersitzen, ohne dass ihr abwechselnd heiß und kalt wurde und ihr Herz klopfte.

Jessica blieb nicht lange. Sie saß – wie meist in Gesellschaft – still daneben und hörte zu, während die lebhafte Vanessa Jack über seine Reisen befragte. Er gab oft ausführliche und dann wieder nur ausweichende Antworten, und schließlich erhob sich Jessica, obwohl es ihr schwerfiel, sich von Jack zu trennen. Sie selbst hatte zwar kaum ein Wort gesprochen, aber oft gelächelt und kaum den Blick von ihm lösen können. Aber obwohl keiner der beiden auch nur im Entferntesten den Anschein machte, als würde sie stören, hatte sie Angst, im Weg zu sein. Als sie sich jedoch verabschieden wollte, erhob sich Jack ebenfalls.

»Ich werde dich nach Hause bringen.«

»Eine gute Idee«, stimmte Vanessa sofort zu. Jessica wollte protestieren, da sie ja nur wenige Schritte entfernt wohnte, aber Jack küsste auch schon Vanessas Hand und ging wie selbstverständlich mit Jessica.

Darnberry reichte ihm seinen Hut, und Jack nahm Jessicas Korb entgegen. Sie wollte ihn ihm verlegen abnehmen, aber Jack grinste nur und hielt ihn außerhalb ihrer Reichweite. Draußen vor dem Haus blieb er stehen.

»Hast du Lust, noch ein wenig mit mir spazieren zu gehen?«

Jessica, die in der vergangenen halben Stunde ihr inneres

Gleichgewicht wiedergefunden hatte, nickte. Sie schlugen die Jessicas Haus entgegengesetzte Richtung ein, und Jack deutete mit dem Kopf zu Vanessas Heim. »Es ist alles so, wie ich es in Erinnerung hatte. Als wäre ich gar nicht fort gewesen. Boston hat sich dagegen sehr verändert. Als ich in die Stadt ritt, war ich sprachlos, wie sehr sie gewachsen ist.«

»Sie arbeiten immer noch daran, den Charles River und die Bay aufzuschütten. Du wirst vieles vorfinden, das du noch nicht kennst. Du erinnerst dich doch an das Weideland auf dem Beacon Hill?«

»Wo du damals vom Pferd …« Jack unterbrach sich.

»Ich bin mehrmals vom Pferd gefallen, nicht nur dort. Aber du hast recht, dieser Sturz war der schlimmste.« Jessica griff sich an die Wange, dort, wo die nun kaum sichtbare Narbe war, die sie sich als Dreizehnjährige bei dem Sturz zugezogen hatte.

Damals hatte sie so schrecklich ausgesehen, dass sie dachte, ihr Leben wäre vorbei, und sie könne sich nie wieder unter die Leute wagen. Sie hatte sich von allen zurückgezogen. Erst Jack, der zwei Wochen später von einer Reise zurückkehrte, war es gelungen, sie wieder hervorzulocken. Sie hatte sich zuerst an seinen Hals geworfen und bitterlich geweint und sich von ihm trösten lassen – etwas, das sie zuvor niemand anderem erlaubt hatte. Erst als die Tränen endlich versiegten, hatte er die Hand unter ihr Kinn gelegt und sie aus zusammengekniffenen Augen von allen Seiten betrachtet. Und als Jessica vor Scham und Unglück wieder zu weinen begann, hatte er nur den Kopf geschüttelt und gemeint, sie solle sich nicht so anstellen. Für einen richtigen Piraten fehle ihr immer noch das Holzauge und das Glasbein. Über den Papagei auf der Schulter könne man allerdings nachdenken. Das ließe sich bestimmt machen.

Sie hatte über seine Dummheit gelacht, und er hatte sie grinsend wieder in die Arme genommen. Von diesem Tag an hatte sie begonnen, sich in seiner Gegenwart wieder unter die Leute zu wagen. Es hatte sie nicht mehr gestört, dass man sie mitleidig anstarrte, weil ja Jack neben ihr gewesen war. Vielleicht war das die Zeit gewesen, in der sie sich in aller Unschuld in ihn verliebt hatte. Und aus kindlicher Schwärmerei war später mehr geworden.

Jack musste die Geste bemerkt haben, auch dass ihr Gesicht plötzlich ernst geworden war. Er blieb stehen und legte zart den Finger auf die Narbe. »Ich hätte damals nicht gedacht, dass man in einigen Jahren überhaupt nichts mehr davon sehen würde.« Er fuhr sacht die Wange entlang. Die tatsächlich kaum noch sichtbare Narbe reichte vom Wangenknochen bis zum Kiefer. Sein Finger fuhr danach wie von selbst über Jessicas Kinn, umrundete es und auf der anderen Seite wieder hoch.

Jessica spürte seine Berührung im ganzen Körper, und sie wurde rot, als einige Passanten ihnen neugierige Blicke zuwarfen und ein Mann sogar grinste. Jack sah kühl zurück, woraufhin sich die Leute abwandten, aber Jessica trat einen Schritt von ihm weg.

»Du musst dir unbedingt das neue State House ansehen, das sie auf dem Beacon Hill gebaut haben. Sehr groß und prächtig, mit Arkaden und einem Säulengang. Man muss etliche Stufen hinaufsteigen, bis man zum Eingang kommt.«

»Prächtig. So.« Jacks Blick ruhte auf ihrem Haar.

Sie griff unwillkürlich danach. »Bin ich zerzaust?«

Er lachte. »Nein. Wieso?«

»Weil du mich so ansiehst.«

»Mir gefällt, was ich sehe«, erwiderte Jack mit diesem verwirrenden Lächeln, das ihr an ihm neu war.

»Dort wohnen jetzt viele wohlhabende Leute. Auch Mariettas Eltern. Und es wird weiter gebaut.« Jessica sprach hastig, weil Jacks Blick sie irritierte.

»Ich mochte das alte State House recht gerne«, meinte er schließlich.

»Boston wird zu einer reichen Stadt«, erwiderte Jessica.

Jack lächelte sie an, als er den Stolz in ihrer Stimme hörte. Die Familie von Jessicas Mutter lebte schon seit jeher hier. Sie waren unter den ersten Puritanern gewesen, die sich hier niedergelassen hatten, und ein Vetter von Alice Finnegan war angeblich sogar unter jenen, die im Jahr 1773 das englische Teeschiff geentert hatten. England hatte damals, um die East India Company vor dem Ruin zu retten, hohe Zölle auf den Tee gelegt. Den Kolonisten war das gegen den Strich gegangen, und sie hatten das im Hafen liegende Schiff kurzerhand gestürmt und den Tee über Bord geworfen. Ein Ereignis, das als Boston Tea Party jetzt schon in die Geschichte und Erinnerungen der Menschen eingegangen war, und das – wie manche behaupteten – den Unabhängigkeitskrieg der Kolonien ausgelöst hatte. Viele der Bostoner Bürger sahen sich deshalb als Begründer von Unabhängigkeit und Freiheit.

Jack fand es zwar sinnvoll, dass Kolonien, die so weit vom Mutterland entfernt waren, selbständig regiert wurden, aber er hatte – von Ausnahmen wie Harding abgesehen – niemals eine besondere Abneigung gegen die Engländer verspürt. Sie hatten den Drang, alles zu kolonisieren, die Länder nach Möglichkeit auszubeuten und Englands Ruhm und Reichtum zu mehren, aber sie waren in seinen Augen nicht übler als die amerikanischen Siedler, die sich Sklaven hielten oder die indianischen Stämme aus ihren angestammten Jagd- und Wohngebieten verdrängt oder massakriert hatten.

Das kam wohl daher, dass er sich niemals als Amerikaner gefühlt hatte. Boston und dieses Land waren seine Heimat wegen der Menschen, die hier lebten und die er liebte, aber im Grunde seines Herzens war er immer ein irischer Junge geblieben, der grundsätzlich gegen alles rebellierte, was seine Freiheit beschränken wollte.

»Und unsere Universität hat sich einen Namen gemacht. Viele kommen von weit her, um hier zu lernen. Vater wollte Phillip ebenfalls nach Harvard schicken, aber der hat sich dann doch mehr für Schiffe interessiert.«

Jack konnte ihm das nicht verdenken. Er selbst hatte die Universität immer nur von außen gesehen und niemals das Bedürfnis verspürt, sich dort besondere Kenntnisse anzueignen. Alles, was er brauchte, hatte er von guten Seeleuten, von Vanessa und Martin gelernt.

Er wurde sich erst bewusst, dass er Jessica immer noch anstarrte, als sie seinen Arm berührte und verlegen die Straße hinauf zeigte. »Und dort wohnt jetzt Marietta. Ihr Vater hat ihr und Patrick das Haus zur Hochzeit geschenkt.«

Jack zeigte nur mäßiges Interesse, als er das prunkvolle Haus musterte. »Warum hier und nicht in Beacon Hill, wenn doch jetzt alle hinziehen?«

Jessica zuckte nur mit den Schultern.

»Marietta scheint sich nicht sehr verändert zu haben«, setzte Jack nachdenklich hinzu.

»Nicht wahr?« Jessica bemühte sich um einen enthusiastischen Tonfall. »Sie ist noch genauso hübsch wie früher.«

»Möglich. Aber das meinte ich nicht.« Jack schlenderte neben ihr her. Er hatte sich den Korb über die Schulter geworfen und hielt ihn lässig an zwei Fingern. Jessica sah immer wieder verstohlen zu ihm hinüber. Zum Glück sah er sie nicht mehr auf diese verwirrende Art an. Er war jetzt wieder ganz der Alte, stellte Fragen, erkundigte sich nach Freunden, gemeinsamen Bekannten, schmunzelte und lachte über ihre Erzählungen und Bemerkungen. Es war alles wie früher. Genauso hatte sie ihm auch damals immer über alles berichtet, was sich während seiner Abwesenheit zugetragen hatte. Nein, es war nur beinahe so wie früher. Denn zu jener Zeit waren Jessicas Knie weniger zittrig gewesen, und ihr Herz hatte sich schneller beruhigt und war nicht bei jedem Blick von Jack in Panik geraten.

Schließlich hatten sie die Runde beendet und waren vor Jessicas Haus angekommen. Jack war auf dem Weg immer langsamer geworden, war öfters stehen geblieben, hatte begonnen, ausführlichere Fragen zu stellen, kleine Umwege zu machen. Vor dem Hauseingang nahm er Jessicas Hand und drückte sie leicht, während er sie an seine Lippen führte. Seine Berührung ließ ihre Haut brennen und ihr Herz wieder rascher schlagen.

»Wir sehen uns morgen, Jessie.«

»Kommst du nicht mit rein?«, fragte sie enttäuscht.

»Heute habe ich leider schon andere Verpflichtungen.« Anstatt sich zu verabschieden blieb er jedoch stehen, und Jessica bewegte sich ebenfalls keinen Schritt Richtung Tür. Es war, als könnten sie sich beide nicht voneinander trennen.

Ein Fenster öffnete sich, und Tante Alberta streckte ihren Kopf hinaus. »Was ist los, ihr beiden? Jessica, was fällt dir ein, den Burschen da einfach stehen zu lassen? Kommen Sie rein, Jack O'Connor!«

Jack nahm den Hut ab und sah hoch. »Guten Abend, Mrs. Finnegan. Vielen Dank, aber ich muss leider gehen. Geschäfte.« Er zog Jessicas Hand abermals an seine Lippen.

Jessica spürte den leichten Druck noch auf ihrem Handrücken, als sie längst in der Eingangshalle war, vorsichtig hinter dem Vorhang hinaussah und Jack nachblickte, der mit raschen Schritten die Straße hinunterging und um eine Ecke verschwand.

Kapitel 5

Jack stand im Schlafzimmer seiner Wohnung vor dem großen Spiegel und bürstete mit grimmiger Entschlossenheit seine Jacke aus. Es war ein alter Anzug, den er damals hiergelassen hatte. Er passte zwar noch, aber er war verstaubt und abgetragen, und Jack, der sich sonst nichts aus Kleidung machte, versuchte, das Beste herauszuholen, um bei der Festlichkeit, zu der er geladen war, zumindest manierlich auszusehen. Die Farnsworths waren für ihre großartigen Bälle und Empfänge bekannt, und er wollte nicht zu sehr von den anderen Gästen abstechen.

Er befand sich nun seit knapp zwei Wochen in der Stadt und schätzte, dass Jenkins, sein Erster Maat, spätestens in weiteren drei Wochen mit der *Tuesday* in den Hafen einlaufen würde. Je länger Jack sich jedoch in Boston aufhielt, desto weniger gerne dachte er an die Abreise. Er begann sich wieder heimisch zu fühlen. Seine alten Freunde hatten ihn aufgenommen, als wäre er niemals fort gewesen, und selbst die Snobs begannen, ihm auf der Straße zuzunicken. Zu seiner größten Überraschung gab es sogar mehrere höchst engagierte Mütter, die versuchten, ihn zu kleinen Tee- oder Abendgesellschaften einzuladen und ihm bei günstigen Gelegenheiten ihre unverheirateten Töchter vor die Nase zu schieben.

Jack war solchen Ambitionen gegenüber wachsam und

mied daher Bälle oder ähnliche Festlichkeiten, aber an diesem Abend lag die Sache anders. Zum einen war Jessica anwesend. Das allein wäre schon Grund genug für ihn gewesen, ebenfalls hinzugehen, um sie zu sehen, mit ihr zu sprechen, sie beim Tanzen zu halten. Und außerdem hatte Vanessa ein oder zwei beiläufige Bemerkungen über Jessicas Verehrer fallenlassen, und er gedachte, diese Burschen noch näher unter die Lupe zu nehmen.

Mr. Farnsworth, der Gastgeber, hatte ebenfalls einen Hintergedanken bei diesem Ball. Er wollte ihn unauffällig dazu nützen, jene Männer und Kaufleute zusammenzubringen, die planten, sich in Ostindien zu etablieren. Jack wusste, dass sie – dank Roberts Initiative, der ihn wieder enger mit den Geschäften der Company verbinden wollte – die *Tuesday* als Begleitschiff gewinnen wollten. Dass Jack daneben noch mit einem Kaperbrief ausgestattet werden sollte, versprach für ihn und die Kaufleute eine zusätzliche Einnahmequelle.

Jack war diesen Plänen nicht abgeneigt. Es wäre schön, wieder regelmäßig einen Heimathafen anzulaufen und dort erwartet zu werden. Vor allem von einer ganz bestimmten Dame, auch wenn er nicht recht wusste, wie er in dieser Hinsicht vorgehen sollte.

Jessica hatte nach der seltsamen, anfänglichen Scheu, mit der sie ihn nach seiner Rückkehr behandelt hatte, wieder zu ihrem früheren, vertrauten und unkomplizierten Umgang gefunden, und Jack war bestrebt, ihrem Beispiel zu folgen. Er war recht erfolgreich damit, schlug einen leichten Tonfall an, lachte mit ihr, ließ sich von ihr necken, plauderte mit ihr wie früher, und war bemüht, sich wieder als der ältere Bruder zu zeigen, den sie immer in ihm gesehen hatte. Aber der Teufel allein wusste, wie schwer ihm das oft fiel. Vor allem wenn er zusehen musste, wie sie von anderen Männern hofiert wurde, die er am liebsten am Kragen gepackt und aus Jessicas Nähe befördert hätte.

Es klopfte, und Smithy steckte den Kopf herein. »Ist es erlaubt?« Jack nickte. Smithy hatte ein Paket in der Hand, das er beiläufig auf den Tisch legte. Dann stellte er sich vor Jack hin und betrachtete ihn. »Gar nich mal so schlecht. Aber«, er deutete auf das Paket auf dem Tisch, »hier is was Besseres. Von Mrs. Vanessa.« Er entfernte die schützende Hülle und packte den Inhalt aus. Zum Vorschein kamen dunkelblaue Kniehosen, eine cremefarbene, bestickte Weste und eine dunkelblaue Jacke. Dazu schwarze Schnallenschuhe und weiße Seidenstrümpfe.

Jack blickte reglos darauf.

»Hab lang überlegt«, murmelte Smithy undeutlich und mit einem Kopfnicken auf den Anzug, »ob ich überhaupt damit kommen soll. Aber die feinen Pinkel rennen doch alle so rum. Mrs. Vanessa hat gemeint, das wäre was für den Abend.« Smithy klang defensiv, und dass er Vanessas Namen so oft wiederholte, bewies, dass er sich feige hinter ihr versteckte.

Jacks Antwort bestand in einem Brummen. Er war von Vanessas Kompetenz in Kleidungsfragen überzeugt, aber er hasste Kniehosen und Schnallenschuhe, und Smithy wusste das verdammt genau.

»Und 'n wirklich schöner Stoff«, begeisterte sich Smithy weiter. »Tuch vom Feinsten. Man könnte wirklich nich sagen, dass das Zeugs übertrieben wäre.«

Jack brummte wieder.

»Hat 'n bisschen was von einer Navy-Uniform«, meinte Smithy eifrig. »Die Knöpfe jedenfalls. Und die Farbe – wenn's das richtige Blau wäre.«

»Das passt nicht zu mir«, knurrte Jack.

»Könnte schlimmer sein«, tröstete Smithy. Mrs. Vanessa …«

»Smithy«, sagte Jack genervt, »halt den Mund. Ich zieh das Zeug ja an.«

Die Farnsworths lebten auf Beacon Hill, jenem wachsenden Stadtteil von Boston, in dem sich die Wohlhabendsten ansiedelten, und als Jack hinter Smithy aus der Kutsche sprang und die Leute betrachtete, die soeben das Haus betraten, war er froh über Vanessas gediegenen Anzug. Das Halstuch war zwar kein gebundenes Kunstwerk wie das anderer männlicher Gäste, aber Smithy hatte höchstpersönlich die Schuhe auf Hochglanz poliert. Die Hosen allerdings lagen zu eng an, zumindest für Jacks Geschmack, der sich des Gefühls nicht erwehren konnte, dass ihm ein Lendenschurz wesentlich mehr Intimität gewährt hätte. Unwillkürlich griff er nach seinem Hosenbund, wo üblicherweise, unter der Jacke verborgen, seine Pistolen steckten. Nichts. Nun fühlte er sich erst recht nackt.

Er beneidete Smithy, der sich abenteuerlicher gekleidet hatte, nämlich in seine alte Uniform, die noch aus der Zeit stammte, als er Roberts Bootsführer gewesen war. Er hatte sie jedoch umgearbeitet und trug nun um die Taille eine Schärpe. Es fehlte, wie Jack trocken festgestellt hatte, nur noch die Augenklappe, um ihm das Aussehen eines echten Piraten zu verleihen. Smithy hatte sich nach seinen eigenen Worten extra so fein gemacht, um die reizende Mrs. Alberta zu beeindrucken, die ebenfalls anwesend sein sollte. Jack zweifelte keinen Moment daran, dass ihm dies auch gelingen würde – fragte sich nur, in welcher Hinsicht.

Sie stiegen die Treppe hinauf. Jack nickte einem Mann zu, der gerade herunterkam, erwiderte das Lächeln einer Frau, die, in raschelnde Seide gehüllt, plaudernd am Treppenaufgang stand und Jack einen interessierten Blick zuwarf, als er an ihr vorbeiging. Vanessas Anzug kam offenbar gut an.

In der Tür blieb er stehen und sah hinein. Der Saal war überfüllt, und Jack hatte Mühe, nicht das Gesicht zu verziehen. Die Farnsworths schienen halb Boston hier versammelt zu haben – zumindest jene Familien, mit denen sie Geschäfte machten oder an deren Wohlwollen sie interessiert waren.

Dass etliche Leute ihre Gespräche unterbrachen, ihn anstarrten, und dann zu tuscheln begannen, trug nicht gerade zu seinem Wohlbehagen bei, und er hoffte feige, dass es Smithys Aufzug war, der sie dazu veranlasste, und nicht seine Person. Welch eine hirnverbrannte Idee, eine geschäftliche Besprechung mit einem Ball zu verbinden. Jacks Meinung nach wäre ein schlichtes Treffen im Arbeitszimmer angebrachter gewesen, und er hätte sich diesen knappen Anzug und die Menschenansammlung erspart.

Er sah sich um. Jessie war nicht hier. Er wollte soeben den Saal durchqueren, um in den anderen Räumen nach ihr zu suchen, als der Hausherr, Mr. Farnsworth, auf ihn zukam und ihm die Hand entgegenstreckte. »Sehr erfreut, dass Sie gekommen sind, Captain O'Connor. Sehr erfreut. Gute Sache. Haben viel zu besprechen.« Er wies mit einer eleganten Handbewegung auf die Dame, die ebenfalls herbeigeeilt war, um die Neuankömmlinge zu begrüßen. »Darf ich Ihnen meine Frau vorstellen?«

»Es ist mir eine Ehre, Madam.« Jack beugte sich artig über die dargebotene Hand und trat zur Seite, als Smithy die Gastgeber begrüßte. Er musste ein Grinsen unterdrücken, als er Mrs. Farnsworths Reaktion auf seinen Freund sah. Sie schien nicht zu wissen, ob sie über die malerische Aufmachung entzückt oder entsetzt sein sollte. Sie entschied sich offenbar für Ersteres, denn sie lächelte Smithy, der mit seiner Zahnlücke breit zurückgrinste, wohlwollend an.

»Du wirst doch Captain O'Connor und Mr. Smith hoffentlich nicht gleich in dein Arbeitszimmer zerren wollen, mein Lieber.« Mrs. Farnsworth wandte sich wieder Jack zu. »Es ist schade, dass Sie nicht früher kommen konnten, Gentlemen. Wir hatten ein hervorragendes Dinner. Für die abenteuerlustigen unter uns ist auch für Unterhaltung und ein wenig Tanz gesorgt.«

Farnsworth berührte Jack ungeduldig am Arm. Es war offensichtlich, dass für ihn der Wert dieses Abends vor allem im Geschäftlichen lag. »Ja, ja, schon gut. Kommen Sie, O'Connor, ich stelle Sie einigen interessanten Herren vor. Sehr einflussreich.« Er führte Jack durch die Räume, während Smithy sofort von Mrs. Farnsworth in Beschlag genommen wurde, die sichtlich darauf brannte, ihn ihren Freundinnen vorzuführen.

»Dieser Gentleman dort drüben ist Mr. Miller. Derjenige, der neben Ihrem Freund Mr. Martin steht.« Farnsworth deutete unauffällig auf einen rundlichen Mann Mitte vierzig, der soeben herzhaft lachte und seinem Gegenüber mit einem Weinglas zuprostete. Martin wandte den Kopf und sah ebenfalls her. Ihre Blicke trafen sich, Jack nickte hinüber, und Martin erwiderte den Gruß. Allerdings auf eine sehr knappe, noch ernstere Art als sonst.

»Miller ist der Vertreter eines Pelzhandelsunternehmens, das mit Engländern Geschäfte macht«, sprach Farnsworth in der Zwischenzeit weiter. »Ich weiß, er sieht nicht so aus, aber er hat interessante Kontakte und versteht etwas von Pelzen. Ich habe ihm von Ihnen erzählt, und er wollte Sie unbedingt kennenlernen.«

Jack musterte den Mann, dessen breites Gesicht einen gemütlichen, arglosen Eindruck machte.

»Er hat ebenfalls großes Interesse an Ostindien. Möglich, dass er Ihnen ein paar Tigerfelle abkauft, wenn Sie welche mitbringen.« Farnsworth lachte jovial. »Mr. Martin wird ebenfalls an unserem Gespräch teilnehmen. Robert McRawley hat mir erzählt, dass er große Erfahrungen mit Ostindien hat und sogar einige Zeit dort gelebt haben soll.«

Das konnte man so sagen. Martin war jahrelang auf einem französischen Piratenschiff unterwegs gewesen, bis es ihn fast den Kragen gekostet hatte. Dann war er auf Umwegen nach Frankreich und zu Vanessas Vater gekommen. Seitdem war er ihr älterer Freund, Diener und Beschützer gewesen. Und später war er zu Jacks väterlichem Freund geworden, von dem er viel gelernt hatte. Er war einer der wenigen gewesen, die Jack damals, als er seine Leute zurückholen wollte, in seiner Absicht unterstützt hatten. Allerdings hatte er ihn auch davor gewarnt, zu weit zu gehen. Das hatte Jack schließlich tatsächlich getan, wenn auch nur unter Zwang.

Schnelle Schritte kamen von hinten auf Jack zu, er hörte ein Kleiderrascheln, und dann wurde er auch schon am Arm gepackt und lebhaft herumgezerrt.

»Jack O'Connor! Warum sagst du mir nicht guten Tag!« Amanda, Finnegans jüngere Tochter, die Jack ohne Scheu am Kragen griff, um ihn auf die Wange zu küssen, strahlte ihn an, und Jack lächelte warm zurück. Sie hatte sich ebenfalls verändert. Aus dem kleinen, etwa zwölf Jahre alten Gör war in den vergangenen Jahren eine junge Dame geworden. »Zuerst das Wichtigste: Wirst du dann mit mir tanzen?«

Jack verzog schmerzvoll das Gesicht. »Wenn es sich nicht verhindern lässt …?«

»Lässt sich leider nicht«, erklärte Amanda, nicht im mindesten gekränkt, »du siehst heute Abend nämlich piekfein aus, und meine Freundinnen starren alle schon neidisch her, weil ich dich kenne.« Um ihren Triumph noch auszukosten, hängte sie sich an seinem Arm ein und schlenderte neben ihm her, während Farnsworth mit Jack weiterging, ihm Leute vorstellte, leise Bemerkungen machte und immer wieder Andeutungen darüber fallenließ, wie wichtig die heutige Besprechung war.

Amanda dagegen flüsterte Anmerkungen ganz anderer Art über die Anwesenden in Jacks Ohr und brachte ihn damit zum Schmunzeln. Aber dann blieb ihm das Lachen im Hals stecken, als sein Blick auf eine junge Frau fiel, die sich in der anderen Ecke des Raumes mit einem Mann in der Uniform eines englischen Navy-Captains, der Jack den Rücken zukehrte, unterhielt. Etwas an dessen Haltung kam Jack bekannt vor, aber er hielt sich nicht lange mit ihm auf, sondern richtete seine Aufmerksamkeit uneingeschränkt auf Jessica.

Es gab ihm jedes Mal einen Stich, wenn er sie sah. Die Wirklichkeit übertraf jede Erinnerung an ihre Ausstrahlung und ihr Lächeln. Die Art, wie sie den Kopf drehte, ihre Haltung, die ungekünstelten Bewegungen ihrer Hände. Sein Blick glitt, während Farnsworth weiterredete, über Jessicas Gesicht, die hübsche Lockenfrisur. Sie stand ihr gut, aber er mochte ihr Haar sowieso, gleichgültig, wie sie es trug. Es glänzte seidig im Schein der vielen Lichter, und er wäre am liebsten hinübergegangen, um es zu berühren.

Jetzt trat sie zwei Schritte zur Seite vor einen Spiegel, und Jack schnappte entsetzt nach Luft, als er feststellen musste, dass sie so gut wie nichts anhatte. Der kaum erwähnbare Fetzen, in den sie sich gehüllt hatte, war unter den Brüsten abgeschnürt, so dass diese prall hervorquollen. Der Ausschnitt war viel zu tief, und der Stoff selbst war fast durchsichtig und bestand aus irgendeinem bedruckten Zeug, das zwar reichlich, aber viel zu luftig und durchsichtig – so dass man das Unterkleid erahnen konnte – bis zum Boden fiel. Er hatte derlei offenherzige Kleider schon bei – zumeist französischen – Damen gesehen, aber niemals hatte er geargwöhnt, dass Alice Finnegan ihrer Tochter erlaubte, so in der Öffentlichkeit zu erscheinen!

Amanda war zu Jacks Erleichterung von einer ihrer Freundinnen, die Jack mit halb geöffnetem Mund anstarrte, weggezogen worden, und er wollte sich soeben bei seinem Gastgeber entschuldigen, um zu Jessica zu gehen und dafür zu sorgen, dass ihr nicht zu viele Männer zu nahe kamen, als Farnsworth sagte: »Und dann müssen Sie auch noch Captain Harding kennenlernen. Er ist vor zwei Tagen angekommen.« Er senkte etwas die Stimme. »Der hagere Bursche dort drüben, der neben Miss Jessica steht.«

Jack erstarrte mit dem Gefühl, als hätte ihm jemand den Schädel gegen einen Mast gedonnert. Im selben Moment wandte sich Jessicas Gesprächspartner zur Seite, so dass Jack sein Profil sehen konnte. Mortimer Harding. Jacks Erpresser. Der Mann, der ihn gefangen genommen, traktiert und gegen seine Mitarbeit freigelassen hatte. Was zur Hölle hatte er in Jessicas Nähe zu suchen? Heckte er eine neue Teufelei aus?

Farnsworths Aufmerksamkeit war immer noch von Harding in Anspruch genommen, weshalb er nicht bemerkte, dass Jacks Miene versteinerte und er unwillkürlich die Fäuste ballte. »Kommt mit einer Nachricht aus Ostindien. Bringt interessante Ideen mit. Die wollen wir uns dann anhören.« Er senkte die Stimme noch mehr. »Er ist im Auftrag der East India Company und privater Geschäftsleute unterwegs und hat einige Vorschläge zu machen.«

Jack verstand nur zu gut. Harding hatte neben seiner Position als Navy-Captain eine lukrative Nebenbeschäftigung: den Handel mit Informationen. Er beschaffte und verkaufte für und an den Meistbietenden. Und hier versprachen er – oder seine Auftraggeber – sich ein gutes Geschäft.

Jack wandte sich an Farnsworth. »Sie entschuldigen mich bitte? Ich möchte Miss Jessica begrüßen.«

»Ach ja!« Farnsworth blickte mit sichtlichem Wohlgefallen hinüber. »Wirklich ein hübscher, erfrischender Anblick. Gehen Sie nur, O'Connor. Wir sehen uns später.«

Jessica unterhielt sich bereits seit einer halben Stunde mit Captain Harding, sah jedoch immer wieder unauffällig in den Saal, um Jacks Eintreffen nicht zu verpassen. Captain Harding hatte vor zwei Tagen bei ihrem Vater vorgesprochen und ihnen Briefe und Geschenke aus Ostindien mitgebracht. Sie stammten von Charles Daugherty, einem jungen Mann, der mit seinem Vater vor über einem Jahr hier in Boston zu Besuch gewesen war. Mr. Daugherty hatte versucht, in Handelsbeziehungen zu der Boston Independence Trading Company zu treten, und Charles wiederum hatte in Jessica eine bevorzugte Gesellschafterin gefunden. Sie waren gemeinsam ausgeritten, Jessica hatte ihm Boston und die Umgebung gezeigt, und eines Tages hatte Charles begonnen, Jessica ernsthaft den Hof zu machen. Jessica hatte ihn zwar nicht gerade ermutigt, aber auch nicht abgewiesen, und es war zu einem zarten Kuss gekommen. Am Ende hatte Charles ihr einen Heiratsantrag gemacht. Er hatte sie am liebsten gleich mitnehmen wollen, aber Jessica hatte abgelehnt, und Charles war traurig abgefahren. Und nun war dieser Brief angekommen, in dem er ihr in den glühendsten Farben von Ostindien erzählte, das – nach seinen Worten – ebenso sehnsüchtig auf sie wartete wie er. Er bat sie, zu kommen und ihm die Gelegenheit zu geben, sie zu lehren, seine Heimat und ihn selbst zu lieben. Der Brief hatte Jessica ebenso gerührt, wie sie über die Geschenke erfreut gewesen war. Charles hatte für ihren Vater Tabak, für ihre Mutter einen Schal und für Jessica und ihre Schwester schöne, handbemalte Seidenstoffe, die man in Indien Sari nannte, geschickt. Die Stoffbahnen waren so lang, dass man daraus ein Kleid nähen konnte. Außerdem waren Bücher dabei gewesen, die über das Land erzählten, in dem Charles geboren und aufgewachsen war und in das er Jessica holen wollte. Charles war ihr als ein liebenswerter, sanfter junger Mann in Erinnerung geblieben, und sie hatte, bevor Jack gekommen war und all ihr Denken eingenommen hatte, oft und mit einer gewissen Zärtlichkeit an ihn gedacht.

Sie blickte sich während Hardings Erzählungen um und bemerkte Smithy, der sich in einem abenteuerlichen Aufzug durch die Leute drängte und mit grimmiger Entschlossenheit geradewegs auf Tante Alberta zuhielt und sie ansprach. Jessica grinste heimlich über Albertas Blick, mit dem sie ihn von oben bis unten musterte, dann ihr Kopfschütteln, sein breites Grinsen, und ein wenig später sah Jessica die zwei auf einer Bank sitzen, beide mit einem Glas in der Hand. Sie beobachtete sie eine Weile, hörte dabei Captain Hardings Schilderung zu und strahlte auf, als sie plötzlich Jacks ansichtig wurde, der mit langen, entschlossenen Schritten quer durch den Saal auf sie zukam.

Sie streckte erfreut die Hand nach ihm aus. »Wie schön, dass du endlich hier …« Sie verstummte, weil Jack sie nicht beachtete, sondern nur Harding fixierte. Sein Gesicht war kalt und ausdruckslos, aber Jessica sah das zornige Flackern in seinen Augen. Sie griff nach seinem Arm.

»Jack? Darf ich dir Captain Harding vorstell…«

»Nicht nötig«, unterbrach Jack sie schroff. »Dieser Gentleman ist mir zur Genüge bekannt.« Er sprach das »Gentleman« so abfällig aus, dass Jessica verblüfft den Atem anhielt.

Harding hatte Jack mit einem arroganten Blick bedacht und nickte nun Jessica zu. »Wir sind uns schon begegnet.«

»Tatsächlich?« Jessica, die befremdet die kaum verhüllte Feindseligkeit zwischen den beiden Männern spürte, sah besorgt zu Jack auf.

»Allerdings. Obwohl ich ihn ohne seinen Spazierstock kaum wiedererkannt hätte«, entgegnete Jack beißend. Er zog Jessica, während er sprach, von Harding fort und stellte sich so, dass er halb zwischen ihr und dem Engländer stand. »Captain Harding hatte die Güte, einige meiner Leute an Bord seines Schiffes zu nehmen. Manche fänden in diesem Zusammenhang den Ausdruck ›Schanghaien‹ allerdings angebrachter«, setzte er scharf hinzu.

Jessica wandte sich entsetzt Harding zu. Der hob bedauernd die Hände. »Ich bin nur ein kleiner Captain im Dienst der Krone, Miss Jessica. Ich habe meine Befehle und bekomme Leute zugewiesen. Und wir sind – muss ich zu meiner Ehre oder auch Schande zugeben – immer dankbar für gute Matrosen.«

Jessicas Verblüffung war einer rechtschaffenen Empörung gewichen. Jetzt begriff sie Jacks feindseliges Verhalten, und sie teilte seine Abneigung auf der Stelle. »Ihre Leute, Captain Harding, halten widerrechtlich amerikanische Schiffe auf und berauben sie sowohl der Mannschaften als auch der Ladungen!«

Hardings hageres Gesicht nahm einen Ausdruck von Zerknirschung an. »Es ist nicht meine Schuld, Miss Jessica. Das ist eben so. Aber ich glaube, es ist besser, ich verlasse Sie jetzt und wage mich erst später wieder unter Ihre Augen. Obwohl ich kein Problem hätte, mit Captain O'Connor ausführlich darüber zu diskutieren, halte ich mich in Gegenwart Ihres Unmutes lieber zurück. Es sei mir fern, mir vielleicht auch noch Charles' Zorn zuzuziehen, weil ich eine von ihm so hochverehrte Lady gekränkt habe.« Er verneigte sich vor Jessica. »An Ihrer Stelle, O'Connor«, sagte er an Jack gerichtet, »würde ich allerdings versuchen, die Sache zu vergessen. Und das ist ein guter Rat, den Sie annehmen sollten. Das Gewissen Ihrer Leute dürfte auch nicht so blütenrein sein, wie Sie offenbar gerne vorgeben.« Er ging mit einem letzten, ironischen Blick davon.

Jessica sah ihm, immer noch empört und verärgert, nach. »Er hat wirklich Leute von uns an Bord gehabt? Und er rät dir, das zu vergessen?«

»Ja.« Jacks Stimme klang kalt. Er starrte Harding hinterher, verfolgte dessen Weg durch den Saal, bis dieser den Raum verlassen hatte. Erst dann wandte er sich Jessica zu, und sie erschauerte über die Härte in seinen Augen. »Aber halte du dich von diesem Kerl fern, Jessie. Das ist einer der mieses…« Er unterbrach sich und presste die Lippen zusammen, als hätte er schon zu viel gesagt. »Schon gut, ich werde mich darum kümmern. Aber woher kennst du ihn überhaupt? Wie kommt er dazu, mit dir zu sprechen?«

»Er hat uns einige Briefe aus Kalkutta mitgebracht.«

Jack zog die Augenbrauen zusammen. »Briefe? Aus Kalkutta? Ich wusste gar nicht, dass du dort Bekannte hast.«

»Wir hatten letztes Jahr die Bekanntschaft von Geschäftspartnern von Sir Percival, Vanessas in Ostindien lebendem Cousin, gemacht. Es waren James und Charles Daugherty, Vater und Sohn. Sie haben mit Vanessa, Robert und Vater über mögliche Handelsbeziehungen gesprochen. Du weißt ja, dass die englische Krone die Häfen in Ostindien für den Handel für amerikanische Schiffe geöffnet hat. Im Gegensatz zu den Westindischen Inseln, die natürlich für uns viel leichter erreichbar wären. Vanessa, Robert und auch Vater fanden die Vorschläge von Mr. Daugherty sehr interessant.«

Jack tat Ostindien und die Handelsbeziehungen der Company mit einer Handbewegung ab. »*Charles* Daugherty? Ist das dieser Charles, den Harding vorhin erwähnt hat?«

Jessica nickte.

Jack sah sie mit schmalen Augen an. »Und der schickt dir über Harding Briefe? Wie kommt er dazu? Mir gefällt das nicht.«

»Aber Jack, Harding hat lediglich Post befördert und abgegeben. Ich habe sonst nichts weiter mit ihm zu tun.«

»Dass das auch so bleibt, dafür werde ich schon sorgen«, knurrte Jack. »Aber zuerst möchte ich doch zu gerne wissen, was genau es mit diesem briefeschreibenden Charles und mit der ›hochverehrten Lady‹ auf sich hat.« Er trat näher, stemmte eine Hand gegen die Wand und die andere in die Hüfte und zwang Jessica damit, ein wenig tiefer in die Ecke auszuweichen, wenn sie ihn nicht berühren wollte.

Das verwirrte sie, und sie vergaß, was sie weiter über die Daughertys hatte sagen wollen, weil Jack sie mit einem Mal so intensiv ansah. Sein Blick wurde unmerklich sanfter, glitt über ihr Gesicht, wanderte über ihre Lippen, ihren Hals. Sie meinte, ihn körperlich zu spürten.

»Nun?«, kam es drängend von Jack, weil sie nicht antwortete. »Wie war das mit der ›Lady‹?«

Jessica lachte zittrig. Was hatte er denn? Es klang ja fast so, als wäre er eifersüchtig. War es Hardings wegen? Oder zeigte er nur wieder jene brüderliche Aufmerksamkeit, mit der er früher schon ihre Verehrer beäugt und teilweise vertrieben hatte? Sekundenlang spielte sie mit dem Gedanken zu sagen: »Ach ja, der liebe Charles! Er hat mir einen Heiratsantrag gemacht und mich nach Kalkutta eingeladen. Vielleicht fahre ich ja demnächst hin und heirate ihn.« Die Verlockung war groß, herauszufinden, wie Jack darauf reagierte. Aber dann gewann ihre – meist – vernünftige Seite wieder die Oberhand, und sie beschloss, Jacks Ärger nicht noch zu schüren. »Nur eine von Captain Hardings Bemerkungen. Charles und ich haben uns gut verstanden, als er hier war.«

»Und jetzt sitzt dieser Charles also wieder in Ostindien?«, erwiderte Jack mit einer gewissen Schärfe in der Stimme.

Jessica nickte.

Jacks Misstrauen, was diesen Charles betraf, schwand etwas. »Gut, dann soll er gefälligst auch dortbleiben.« Da war er gut aufgehoben – etliche tausend Meilen und viele Reisemonate von Boston und Jessica entfernt. Aber Harding als Bote für irgendwelche Leute? Der Mann war vielseitig. Mit ihm würde er sich jedoch später befassen, für den Moment war Jessica wesentlich interessanter.

Er hatte sich so gestellt, dass hinter Jessica nur die blanke Wand war, kein Spiegel und keine Kerzen, die Jessicas Kleid durchsichtig machten und zu viel von ihren Formen preisgaben, deren Anblick – wenn es nach ihm gegangen wäre – ihm allein vorbehalten sein sollte. Jacks Blick begann wie von selbst von Jessicas Lippen zu ihrem Dekolleté zu wandern, glitt über den hochgebundenen Busen, verweilte einige Momente darauf und streifte dann über die Taille, ihre Schenkel, die sich zuvor so deutlich unter dem leichten Stoff abgezeichnet hatten. Ähnlich bekleidet war sie als Kind einmal aus dem Bett gesprungen, um ihn bei seiner Heimkehr zu begrüßen. Allerdings hatte sie damals kein Ballkleid getragen, sondern ein Nachthemd.

Ein Bild stieg in ihm hoch – eine äußerst animierende Vorstellung: die erwachsene Jessica mit und ohne Nachthemd in seinem Schlafzimmer. Wenn er sie so betrachtete, so ließ das Kleid – vom rechten Blickwinkel aus gesehen – ohnehin nicht viel Spielraum für Vermutungen, wie sie ganz ohne aussah.

»Gefällt es dir nicht?«, sprach sie ihn, offenbar völlig entnervt, plötzlich an.

Jack riss augenblicklich seinen Blick von ihrem Dekolleté los. »Was?«

»Das Kleid! Du schaust es ständig von oben bis unten an!«

Eine heiße Röte stieg Jack ins Gesicht. Er hatte nicht unbedingt das Kleid angesehen, sondern sich eher reichlich intensiv mit dem Darunter beschäftigt. »Es ist reizend«, gab er zurückhaltend zu, »aber hoffentlich wird dir nicht zu kühl damit.« Jack zuckte mit den Schultern, als er Jessicas halb gekränkten, halb erstaunten Blick sah. »Vielleicht wäre es als Nachthemd besser geeignet als für so einen Abend.«

»Als Nachthemd?!« Jessica riss die Augen auf.

»Es ist durchscheinend, wenn du vor den Kerzenleuchtern stehst.«

»Ist es nicht!«, erwiderte sie empört. Die animierte Röte ihrer Wangen zog sich nun über den Hals hinab, und Jack brauchte seine ganze Selbstbeherrschung, um sie nicht bis zum Ansatz ihrer Brüste zu verfolgen.

»O doch«, erwiderte er überlegen, um im nächsten Moment, als er Jessicas zusammengepresste Lippen und die funkelnden Augen sah, abwehrend die Hände zu heben. »Tut mir leid, Jessie. Ich wollte nicht nörgeln. Es ist nur …«

»Ah ja, Captain O'Connor.« Farnsworth tauchte neben ihnen auf. »Es tut mir leid, Sie stören zu müssen, aber die anderen Gentlemen sind bereit. Sie entschuldigen uns doch, Miss Jessica?«

»Nun, ich …« Jack sah besorgt, wie sich Jessicas Gesicht verschloss. Es war schon schlimm genug, dass Harding hier auftauchte und Ärger machte, da musste er nicht auch noch mit Jessica eines Kleides wegen streiten oder sie kränken. Das Kleid war ja auch reizend und sie darin umwerfend. Er musste das klarstellen, bevor Farnsworth ihn wegschleppte, und Jessica vielleicht den Rest des Abends auf ihn böse war.

»Jessie, das Kleid ist …«

Sie hob die Hand. »Schon gut. Geh zu deiner Besprechung, und lass dich bloß nicht länger von mir und meiner Garderobe aufhalten.«

Jessica wandte sich Vanessa zu, die ebenfalls herangekommen war. Ihre Freundin hängte sich bei ihr ein, und Jessica sah beleidigt hinter Jack her, der sich mit einem unglücklichen Lächeln von ihr verabschiedet hatte. Nachthemd! Und dabei war allein Jack der Grund gewesen, weshalb sie an diesem Abend besonders hübsch und verführerisch hatte aussehen wollen. Sie hatte sich sogar die Mühe gemacht, ihr Haar über Nacht aufzuwickeln, und war den ganzen Tag mit einem Kopftuch und den Papilloten herumgelaufen, um die Locken erst am Abend zu frisieren. Ihr dichtes Haar war so schwer, dass diese künstliche Pracht meist nicht lange hielt.

Und wofür der ganze Aufwand? Für eine unglaublich dumme Bemerkung seinerseits!

Vanessa neigte sich ihr etwas zu. »Sieht Jack nicht großartig aus? Den Anzug habe ich ihm geschickt.«

»Hm. Ja.«

Vanessa blickte aufmerksam in Jessicas verärgertes Gesicht. »Was war denn?«

Jessica blieb vor einem Spiegel stehen, der von der Decke bis zum Boden reichte und in dem der Saal samt den vielen Kerzen zu sehen war. Sie musterte sich aus zusammengekniffenen Augen. »Er hat gesagt, es wäre durchsichtig.«

»Das Kleid?« Vanessa begann zu lächeln. »Das ist es auch.«

Jessica wirbelte herum.

»Aber es heißt auch, dass es ihm aufgefallen ist. Würde mich auch nicht wundern, so wie er dich angestarrt hat.«

Jessica griff sich an ihre glühende Wange. »Hat er … wirklich?«

»Natürlich! Er hat kaum wegsehen können.«

»Aber er hat gemeint, es würde sich eher als Nachthemd eignen!«

Vanessa lachte hell auf. »Oh, là, là! Diese Männer.«

Jessicas Laune hatte sich fast sofort gehoben, und sie fühlte sich auch noch Stunden später wunderbar. Das Kleid hatte ihm also doch gefallen. Er hatte sie angestarrt. Vanessa täuschte sich in diesen Dingen bestimmt nicht. Jessica hatte vor Übermut mehr getrunken als sonst, und der perlende Alkohol schäumte in ihren Adern weiter und machte sie abenteuerlustig. Sie genoss es, mehr als sonst im Mittelpunkt zu stehen, tanzte, lachte, unterhielt sich blendend, wurde immer wieder aufgefordert und mit Aufmerksamkeiten überschüttet. Sie hielt das dem Kleid zugute, aber in Wahrheit waren es ihre geröteten Wangen, das Lachen, ihr Strahlen, das die Männer anzog, und an dem ganz allein Jack schuld war.

Es waren gut zwei oder drei Stunden vergangen, als Vanessa zu ihr trat und sie aus einer Gruppe junger Männer holte, die Jacks Abwesenheit ausnutzten und sich gegenseitig mit Komplimenten übertrumpften. »Es ist spät, meine Liebe. Ich werde wohl Robert bei der Besprechung stören und daran erinnern müssen, dass hier Damen sind, die gerne heimgebracht werden würden.« Amanda war schon in Albertas und Smithys Gesellschaft heimgefahren, aber Jessica war in der Hoffnung geblieben, noch ein paar Worte mit Jack wechseln zu können. Vanessa hatte versprochen, sie dann sicher heimzubringen. Jessica hatte sich zwar blendend amüsiert, war sich aber auch stets bewusst geworden, dass die wichtigste Person fehlte: Jack. Wie gerne hätte sie mit ihm getanzt. Vielleicht sogar ein wenig geflirtet. In Nächten wie diesen war so etwas erlaubt, da durften die unsichtbaren Grenzen, die zwischen ihm und ihr bestanden, ruhig überschritten werden.

Sie verließ an Vanessas Seite den großen Ballsaal. Auf der Treppe trafen sie auf Captain Harding, der sich elegant verneigte. »Wollen die Damen etwa schon das Fest verlassen?« Er wandte sich mit einem gewinnenden Lächeln an Jessica. »Ich hatte gehofft, noch einen Tanz zu bekommen, Miss Jessica. Sozusagen zur Versöhnung.« Als er Vanessas Erstaunen bemerkte, fügte er hinzu: »Captain O'Connor hat Miss Jessica davon erzählt, dass ich unglücklicherweise amerikanische Seeleute auf meinem Schiff hatte. Leider gab er mir keine Gelegenheit mehr, Miss Jessicas Verzeihung zu erlangen. Aber ich darf Ihnen beiden versichern, dass diese Leute wieder wohlbehalten bei Captain O'Connor gelandet sind.«

Vanessa war weniger offenherzig im Zeigen ihrer Gefühle als Jessica, die Harding seit Jacks Worten unbarmherzig zu jenen Verbrechern zählte, die schuld daran waren, dass Jack überhaupt fortgesegelt war. Jacks Reaktion auf ihn war eindeutig gewesen, und Jessica hatte sogar gemeint, so etwas wie Hass in seinen Augen aufflackern zu sehen. Er hatte gewiss seine guten Gründe, Harding derart zu verabscheuen. Es war keine Gelegenheit gewesen, weiter zu fragen, aber bevor Jessica nicht wusste, was wirklich vorgefallen war, war sie Harding gegenüber zumindest sehr zurückhaltend. Vanessa brachte ein Lächeln zustande, auch wenn Jessica ihr ansah, dass ihre Meinung über Harding sich im Bruchteil einer Sekunde zum Schlechtesten verändert hatte. »Ich hörte, dass Sie ebenfalls an der Besprechung teilnehmen sollten, Captain Harding. Ist sie schon zu Ende? Wo bleiben unsere Herren?«

»Ich habe mich nur daraus verabschiedet, weil die Gentlemen ungestört diskutieren wollen. Mein Teil, die Botschaft meiner Auftraggeber, war überbracht. Aber wenn Sie es mir erlauben, wäre es mir eine Freude, Sie zu Mr. Farnsworths Arbeitszimmer zu begleiten.«

»Sehr liebenswürdig.« Vanessa nahm Jessicas Arm, die leicht widerstrebte, und bald schon hatten sie das Arbeitszimmer erreicht. Ein Diener stand vor der geschlossenen Tür, hinter der gedämpfte Stimmen zu hören waren.

»Die beiden Damen suchen Mr. Robert McRawley«, sagte Harding.

Gleich darauf eilte ihnen Mr. Farnsworth entgegen. »Meine lieben Ladys! Welch eine bezaubernde Idee, uns aufzusuchen! Welche Anmut in meinem tristen Arbeitszimmer! Wir sind sofort fertig, nur noch eine winzig kleine Routenbesprechung.«

Als Jessica den Raum betrat, suchte ihr Blick sofort Jack. Er stand neben Martin und beugte sich so wie die anderen Männer über einen großen Tisch, auf dem Seekarten ausgelegt waren. Martin hielt einen mehrarmigen Kerzenleuchter in die Höhe, ein anderer stand mitten auf dem Tisch, weitere waren rundum aufgestellt. Die Kerzen rußten ein wenig, und die Luft war trotz der geöffneten Fenster stickig und voller Zigarrenrauch.

Robert richtete sich sofort auf und kam heran, um Vanessa zu begrüßen, während Jack am Tisch stehen blieb, beide Hände auf die Karten gestützt, die Neuankömmlinge unter zusammengezogenen Brauen musternd. Alle außer Martin waren in Hemdsärmeln, zogen aber sofort ihre Jacken an, als sie Jessicas und Vanessas ansichtig wurden. Jack dagegen machte nicht einmal Anstalten, nach seiner Jacke zu greifen, sondern sah kalt auf Harding, der hinter den beiden Frauen eintrat.

Dann glitt sein Blick, wie von ihrem angezogen, wieder zu Jessica, blieb zuerst an ihren Augen hängen, wanderte dann wieder über sie und brachte ihr damit in Erinnerung, was er über ihr durchsichtiges Kleid gesagt hatte. Für einige Sekunden nahm ihr die Eindringlichkeit seines Ausdrucks den Atem, dann wandte Jack sich ab, um abermals Harding zu fixieren.

Der Engländer verließ mit einer Verbeugung zu den Damen den Raum, und Jacks Aufmerksamkeit richtete sich wieder auf die Karten.

Vanessa nahm auf der Bank vor dem Fenster Platz, wo ein leiser, angenehmer Luftzug die Geräusche und Gerüche der Stadt hereinbrachte, während Jessica langsam im Zimmer umherging. Mr. Farnsworth war zwar niemals zur See gefahren, hatte in Glaskästen und auf Tischen jedoch Schiffsmodelle ausgestellt. Jessica bewunderte die zierlichen und detailgetreuen Arbeiten. Bei dem Modell einer Fregatte hielt sie sich besonders lange auf. Nicht, weil das Schiff solche Anziehungskraft hatte, sondern weil sie, halb dahinter verborgen, Jack von der Seite betrachten konnte. Er stützte sich mit einer Hand auf der Tischplatte ab, mit der anderen zeigte er auf die Karte, sah nur kurz auf, während er mit Robert und Mr. Farnsworth diskutierte. Jessica folgte der Unterhaltung lediglich mit halber Aufmerksamkeit, weil Jacks Kopf, seine Haltung, sein Profil, die Art, wie er sprach, sie so sehr faszinierten, dass sie minutenlang still dastand und nur ihn anstarrte. Ihr Blick ging von seinem Gesicht zu seinen Händen. Sie waren kräftig, aber schlank. Auf dem rechten Handgelenk bis in die Mitte des Handrückens hatte er eine Narbe von einem Säbelhieb eines Piraten. Viel hätte damals nicht gefehlt, und seine Finger wären unbeweglich geblieben. Ein Messerschnitt quer über das andere Handgelenk zeugte von einer Auseinandersetzung in einem der Häfen, die er angelaufen hatte. Von der Verletzung an der Wange sah man nur noch einen blassen Streifen.

Ihr Blick wanderte über seinen muskulösen Rücken, der

sich deutlich unter dem weißen Hemd und der enganliegenden Weste abzeichnete. Jack war kräftig, ohne dass man es ihm ansah. Er hatte zwar breite Schultern, war aber etwas kleiner und schmaler als Robert McRawley, der ihr oft wie ein Riese vorgekommen war. Aber sie hatte ihn schon dabei beobachtet, wie er sich, mit den Füßen hoch über dem Deck baumelnd, mit einer Hand in den Wanten angehalten hatte, während er mit der zweiten ein Tau festgezurrt hatte. Die jahrelange Arbeit auf den Schiffen hatte ihn kräftig und ausdauernd gemacht.

Ihr Blick glitt über seine Brust, seine Schultern, die enganliegende Weste. Noch enger war die Hose. Fast schon unanständig eng. Jessica musste sich zusammenreißen, um nicht zu offensichtlich hinzustarren. Man sah wirklich alles. Vanessas Geschenk hätte ruhig etwas größer geschnitten ausfallen dürfen.

Jack rieb sich nachdenklich das Kinn, und Jessica lauschte dem vertrauten Geräusch von Bartstoppeln nach. Sie musste lächeln. Dies war eine Geste, die sie schon seit vielen Jahren an ihm kannte. Plötzlich hatte sie das Bedürfnis, ihn zu berühren, sich an ihn zu lehnen, wie sie das früher immer gemacht hatte, als sie noch ein Kind gewesen war. Die Arme um seinen Hals zu legen, sich festzuhalten und sich kichernd durchs Zimmer tragen zu lassen. Wie früher die Schleife zu lösen, die sein Haar hinten zusammenhielt, und sie sich kreischend von einem gespielt zornigen Jack wieder abjagen zu lassen.

Die Erinnerungen ließen die Sehnsucht, ihn zu berühren, unerträglich werden. Als er gerade besonders vertieft war und mit dem Finger eine imaginäre Linie auf der Karte nachzeichnete, gab sie sich selbst nach. Sie stellte sich schräg hinter ihn, lehnte sich ein wenig an und sah ihm über die Schulter, so wie sie das auch früher getan hatte. Allerdings beherrschten sie nun völlig andere Gefühle. Jetzt nahm ihr seine durch den dünnen Hemdstoff strahlende Wärme den Atem und ließ sie zugleich erschauern. Am liebsten hätten sie beide Arme um ihn geschlungen, sich an ihn geschmiegt und die Augen geschlossen, um seine Nähe zu genießen.

Jack hatte die ganze Zeit über versucht, Jessicas Anwesenheit zu ignorieren, hatte sie aus den Augenwinkeln heraus dann jedoch immer wieder beobachtet. Sie war zuerst im Raum herumgegangen, hatte die Modelle betrachtet und war überraschend lange Zeit bei einer Fregatte verweilt, die schräg hinter ihm stand, und die – seiner Meinung nach – nicht einmal ein besonders gut gefertigtes Modell war. Die Proportionen stimmten nicht. Jedes Schiff, das so gebaut war, musste bei der ersten Wende Schlagseite bekommen und untergehen. Aber Jessica schien eine gewisse Faszination darin entdeckt zu haben, die ihm offenbar entgangen war.

Schließlich trat sie jedoch schräg hinter ihn, stützte eine Hand neben ihm auf, legte die andere auf seinen Rücken und berührte mit dem Kinn seine Schulter, als sie darüberblickte. Das hatte sie schon früher, als halbes Kind, gerne getan, als sie hinter ihm auf dem Stuhl gekniet war, um über seine Schulter auf die Karten oder Papiere zu spähen, an denen er arbeitete. Er hatte das immer geduldet, es sogar reizend gefunden, aber jetzt war Jessica kein Kind mehr. Es bohrten sich keine eckigen Ellbogen in seinen Rücken, sondern warme, weiche Hügel strichen kurz über seinen Arm, und ihr Atem, so knapp neben seiner Wange, roch nicht nach gestohlener Erdbeermarmelade, sondern nach Frau. Nach Jessica. Der Duft ihres warmen, erhitzten Körpers hüllte ihn ein und ließ seine Kehle eng werden. Ihre Hand wanderte über seinen Rücken, hakte sich an seiner Schulter fest und zerrte ein wenig an seinem Hemd. Eine Hand, nach der er am liebsten gegriffen hätte, um sie festzuhalten. Einige Locken ihres Haares kitzelten ihn an der Wange und lenkten ihn von dem ab, was Martin soeben erklärte.

Die Hitze nahm zu, bahnte sich ihren Weg von seiner Wange seinen Hals hinunter, tiefer und zu einer Stelle, die er in diesem Moment wenig zweckdienlich fand. Unter anderen Umständen – in seinen Vorstellungen ganz gewiss sogar – hätte er sich zurückgelehnt, um noch ein bisschen mehr von diesem reizvollen Körper zu fühlen, sie in seine Arme zu nehmen und die gleiche Hitze auch in ihr zu entfachen. Aber jetzt war weder der richtige Zeitpunkt noch die passende Gelegenheit.

Mr. Farnsworth und die anderen waren zum Glück zu sehr in die Karten vertieft, um etwas zu bemerken, und er selbst brauchte seinen ganzen restlichen Verstand, um die Frage, die Robert gestellt hatte, in einem zusammenhängenden Satz zu beantworten.

»Ihr wollt also diese Route nehmen? Aber Martin, haben Sie nicht erzählt, dass hier berüchtigte Piratennester wären?« Jessicas Atem strich über Jacks Wange, und er spürte ihre Stimme, die Vibration ihrer Worte bis tief zwischen seine Beine. Was er bei einer zwölfjährigen Jessica als niedlich empfunden hatte, warf ihn jetzt für Minuten aus der Bahn. Fluch und Verdammnis über diese engen Hosen! Das war Vanessas Schuld. In seinen Nankinghosen, die er auf dem Schiff trug, wäre er weitaus geschützter gewesen.

Martin antwortete: »Das stimmt. Zumindest war es so vor über zwanzig Jahren, als ich mich in dieser Gegend aufhielt.«

Jack spürte eine plötzliche Kälte an seinem Rücken, als Jessica sich aufrichtete und zu Martin hinüberging.

Sie fehlte ihm auf der Stelle. Er konzentrierte seine Gedanken verzweifelt auf die Seekarten vor ihm.

Vanessa war zum Glück diejenige, die ihn endlich erlöste. Sie erhob sich und trat zu ihrem Mann hin, um ihm die Hand auf den Arm zu legen. »Fahren wir dann, Robert? Ich bin müde. Und Jessica muss ebenfalls heim. Ich habe ihren Eltern versprochen, sie nicht zu spät abzusetzen.«

»Natürlich, meine Liebe.«

»Aber gewiss doch«, erklärte Mr. Farnsworth. »Wir haben schon einiges erreicht und werden die Besprechung ein andermal fortsetzen.« Zwei der Männer legten die Pläne zusammen, und Jack drapierte unauffällig seine Jacke vor seinem Körper. Das heftige Verlangen war zwar schon abgekühlt, aber jeder Blick auf Jessica und den halb durchsichtigen Fetzen, den sie »Kleid« nannte, rief unter Umständen wieder ungewollte Reaktionen hervor.

»Nicht, dass ich daran denke, mich einzumischen«, sagte Martin in seiner trockenen Art, als er an ihm vorbeikam und sicher sein konnte, dass niemand sonst ihn hörte, »aber an deiner Stelle würde ich mehr unternehmen als nur meine Jacke vor den Körper zu halten.«

Jack schwieg mit ausdruckslosem Gesicht.

»Warum, *ma chère*«, flüsterte Vanessa fast zur selben Zeit zu Jessica, »fällst du ihm nicht gleich um den Hals und küsst ihn vor allen Leuten ab?«

Jessica stolperte hochrot und beschämt hinter ihr hinaus,

während Jack wartete, bis alle den Saal verlassen hatten. Aber nicht seine enge Hose war daran schuld, dass er sich den anderen nicht anschließen wollte. Als der Diener die Kerzen löschen wollte, trat er zu ihm hin.

»Haben Sie gesehen, wohin Captain Harding gegangen ist?«

»Wieder in den Ballsaal, Sir. Er hat gemeint, die Nacht wäre zu jung und die Damen zu hübsch, um schon heimzugehen.« Der Diener grinste. »Ein sehr witziger Gentleman, wenn ich so sagen darf.«

»Ganz zweifellos. Ich konnte mich in seiner Gesellschaft auch kaum vor Lachen retten.« Jack nickte dem Diener zu und schlenderte, anstatt den anderen in die Halle zu folgen, wo sie sich zur Abfahrt bereitmachten, in den Saal zurück. Er fand Harding im angeregten Gespräch mit zwei jüngeren Damen.

Hardings Gesichtsausdruck gefror etwas, als er Jack neben sich auftauchen sah. Jacks Lächeln, mit dem er die beiden Damen bedachte, war dagegen so gewinnend, dass die eine errötete. »Ich wage es kaum, zu stören, hoffe aber auf Ihre Vergebung, wenn ich Ihnen Captain Harding für kurze Zeit entführe.« Jack packte den Engländer ohne weitere Umstände am Arm und bugsierte ihn zu dem kleinen Balkon auf der Rückseite des Raumes. Er schob die schweren Vorhänge zur Seite, stieß Harding hinaus und an die Brüstung, wobei er ihn gleichzeitig bei den Jackenaufschlägen packte. Der andere wehrte sich, aber Jack war kräftiger und vor allem wütender.

»Was haben Sie hier verloren?«

Harding sah über seine Schulter hinab. »Wollen Sie mich vom Balkon stoßen, oder steht jemand unten, um mir ein Ständchen zu bringen?«

»Das Ständchen werde ich ganz allein singen«, erwiderte Jack, der seinen Zorn auf Harding kaum noch bändigen konnte. »Und es kann durchaus sein, dass Sie dabei mit dem Schädel auf dem Pflaster unten aufprallen.«

Harding sah ihn mit seiner arroganten Art an, obwohl sein Oberkörper bedrohlich weit über dem Geländer lehnte. »Wollen Sie hier wirklich Aufsehen erregen, O'Connor?«

»Ich hätte weniger Probleme damit als Sie. Also, raus mit der Sprache.«

»Geschäfte«, gab Harding zur Antwort. Er hatte Jacks Arme gepackt. »War das nicht offensichtlich? Ebenso offensichtlich wie die Tatsache, dass ich Sie mitzerren werde, wenn ich falle.« Harding warf noch einen Blick nach unten. »Da steht schon die Kutsche Ihrer Freunde. Wir beide würden direkt auf Ihre Ladys fallen. Wäre doch schade um die hübschen Damen. Vor allem um die junge, um die Sie so besorgt sind.«

Jacks Hände fuhren an Hardings Kehle. »Lassen Sie diese Sprüche. Welche Art Geschäfte?«

In diesem Moment sah Robert hoch. Jack zerrte Harding von der Brüstung weg und stieß ihn so heftig gegen die Wand, dass der andere geräuschvoll die Luft ausstieß.

Hinter dem Vorhang näherten sich Schritte.

»Sie sollten sich hüten, mir zu drohen, O'Connor. Ich habe Sie immer noch in der Hand«, ächzte Harding. »Jetzt mehr denn je. Was glauben Sie, werden Ihre Leute sagen, wenn sie von mir erfahren, dass Sie in meinem Auftrag den französischen Boten aufgehalten und beraubt haben?«

»Sie werden …«, fing Jack zornig an, unterbrach sich jedoch, da in diesem Moment der Vorhang zur Seite geschoben wurde.

»Jack?« Martin sah auf den Balkon hinaus. Bei ihm war der Pelzhändler Mr. Miller. »Da bist du ja.« Martins Blick glitt über Harding. Jack hatte ihn losgelassen, aber das Halstuch des anderen war zerknittert, und er griff hoch und glättete es bedächtig, während er Martin einen gleichmütigen Blick zuwarf. Der Hund sollte verdammt sein für seine Kaltschnäuzigkeit. Jack war so wütend, dass er kaum atmen konnte.

»Bevor du gehst, wollte Mr. Miller noch ein Wort mit dir reden, Jack«, fuhr Martin fort. »Es geht um den Begleitschutz seiner Ladungen, die vom Norden kommen.«

»Ich wollte aber nicht Ihr Gespräch stören«, fiel Miller mit einem breiten Lächeln ein. »Wir können uns auch später darüber unterhalten.«

»Wir waren schon fertig. Fast jedenfalls.« Jack ging einen Schritt zurück. Harding drängte sich mit einem gehässigen Blick auf ihn vorbei und ging davon.

Mr. Miller trat an Jacks Seite. »Captain Harding«, sagte er mit einer erstaunlich tiefen Stimme, »scheint ein interessanter Mann zu sein.«

»So könnte man sagen«, erwiderte Jack. Er sah dem Engländer nach, der durch den Raum schlenderte, als wäre nichts geschehen. Er musste mit Robert sprechen und ihn vor Harding warnen. Er drehte sich zu Miller um, der ihn beobachtete. »Ich muss jetzt gehen. Gute Nacht, Mr. Miller. Wir sehen uns ja noch.«

Millers Lächeln hatte plötzlich etwas Unangenehmes. »Gute Nacht, Captain O'Connor. Wir sehen uns sogar ganz bestimmt.«

Vanessa hatte darauf bestanden, dass Jack mit ihnen heimfuhr, und hatte es so eingerichtet, dass sie neben Robert saß und Jack mit Jessica ihnen gegenüber.

Jack, der sich kaum von Jessicas Nähe während der Besprechung erholt hatte und sich nur von seinem Zorn auf Harding hatte ablenken lassen, war verwundert, als sie sich – plötzlich weitaus zurückhaltender als im Arbeitszimmer – so weit wie möglich von ihm wegsetzte. Einerseits war er froh, keine weiteren Anschläge auf seine innere und äußere Ruhe mehr durchstehen zu müssen, andererseits hätte er jedoch nichts dagegen gehabt, sie näher bei sich zu fühlen, und es fiel ihm schwer, nicht einfach die Hand auszustrecken und sie zu berühren.

Sie gähnte unterdrückt, schloss die Augen und lehnte sich an die Kutschenseite. Als die Kutsche jedoch durch ein Schlagloch rumpelte, wurde sie gegen ihn geworfen, und er legte rasch den Arm um sie, um sie festzuhalten. Zuerst wollte Jessica sich freimachen, aber dann akzeptierte sie Jacks Arm, schmiegte sich sogar noch an ihn und gähnte abermals, dieses Mal schon herzhafter.

Es war angenehm dunkel. Sie hatten die Laterne nicht angezündet. Vanessa hatte behauptet, zu müde zu sein, um noch Licht zu vertragen, und Robert, der zuerst angeregt geplaudert hatte, war nach wenigen Minuten stiller geworden und offenbar eingenickt

Jack legte sanft seine Hand an Jessicas Wange. »Du kannst ruhig schlafen, wenn du willst.« Er flüsterte, um die anderen nicht zu stören. Nein, das war nicht ganz richtig, er flüsterte eher, um Jessica in der Dunkelheit nicht mit den anderen teilen zu müssen. Sie war schon als Kind immer an seiner Seite gesessen, wenn er gemeinsam mit Vanessa oder Jessicas Familie

Ausfahrten mit der Kutsche gemacht hatte. Bei der Hinfahrt meist oben auf dem Bock, zwischen dem Kutscher und ihm, und bei der Heimfahrt schlafend an ihn geschmiegt.

Sie gab nach, und er fühlte, wie ihr Kopf gegen seine Schulter sank. Sie trug nun einen Schal um die Schultern, und er hatte seine Jacke an – damit war jetzt mehr zwischen ihnen beiden als nur sein Hemd und dieses dünne Kleid. Jack hatte im Ballsaal übertrieben, aber mit etwas Phantasie hatte man tatsächlich die Konturen ihrer Beine gesehen. Und Jacks Phantasie war bei dem Anblick sogar sehr rege geworden und hatte sich bis jetzt noch nicht beruhigt. Nun, im vertraulichen Dunkel, war sie sofort bereit, seinen noch wachen Zorn auf Harding in den Hintergrund seines Bewusstseins zu drängen und sich ausschließlich mit Jessica zu beschäftigen.

Jessicas Haar streichelte seine Wange. Jack drehte leicht den Kopf und sog den zarten Rosenduft ein. Die Art, wie sie es in Löckchen gedreht und hochgesteckt hatte, war sehr kleidsam. Einige Strähnen hatten sich jedoch gelöst und waren über die Schläfen gefallen. Jack hätte sie am liebsten sanft zur Seite geblasen und die zarte Haut darunter geküsst.

Zuerst die Schläfen, die Wangen, dann diese anziehenden Lippen; das Lächeln davon wegküssen und in ihrem Gesicht den Ausdruck von Leidenschaft und Verlangen erwecken. Im Dunkel der Kutsche und mit Jessies warmem Körper an seinen geschmiegt, war es nicht weiter schwierig, seiner Phantasie freien Lauf zu lassen. In dieser schälte er sie langsam und genüsslich aus diesem Kleid. Allerdings nicht in der Öffentlichkeit, sondern in der Intimität seines Schlafzimmers oder seiner Kajüte. Es war nicht das erste Mal, dass ihn solche Vorstellungen erregten und zugleich quälten. Wann hatte er eigentlich begonnen, sich Jessica unbekleidet vorzustellen? Nackt, leidenschaftlich, stöhnend, unter seinen Küssen und Händen erbebend und voller Verlangen nach ihm und seinem Körper.

Er fühlte, wie eine dunkle Röte über seinen Hals in sein Gesicht kroch. Er schämte sich, weil er sie mit Gefühlen und Gedanken bedachte, die nicht zu der brüderlichen Rolle passten, die sie ihm zugedacht hatte, und die sie schockiert hätten. Aber Jessica war nicht seine Schwester. Sie war nicht mit ihm verwandt. Was hinderte ihn also daran, dafür zu sorgen, dass sie nur ihm gehörte und sonst keinem. Dass sie ihn seit jeher sehr gemocht hatte, stand fest, und vielleicht war er in der Lage, aus dieser Zuneigung Liebe werden zu lassen. Er musste nur vorsichtig vorgehen, sein Benehmen ihr gegenüber langsam verändern und zarte Andeutungen machen, bis er sich ihr erklären konnte, ohne sie gleich abzuschrecken oder – noch schlimmer – vielleicht verständnisvolles Mitleid bei ihr zu erwecken. Er verzog spöttisch den Mund, als ihm klarwurde, wie leicht es ihm bisher gefallen war, Frauen, die ihm gefielen, für sich zu gewinnen, und er ausgerechnet bei derjenigen, die ihm am meisten bedeutete, Angst hatte, abgewiesen zu werden.

Er wurde gewahr, dass er Jessica enger an sich gezogen und begonnen hatte, mit den Lippen über ihr Haar zu fahren, sogar ihre Stirn zu berühren. Sein Atem wurde schwerer, und er merkte, dass diese verfluchte Hose enger war als noch vor wenigen Minuten. Vorsichtig, um Jessica nicht zu stören, setzte er sich ein wenig anders, um seinem Schritt ein wenig mehr Freiheit zu gönnen.

In diesem Moment bewegte sie sich. Ihre Hand rutschte wie von selbst auf seinen Schenkel – viel zu nahe an einer höchst empfindsamen Stelle –, und ihr Gesicht hob sich ihm entgegen. Hatte sie sich im Schlaf bewegt, oder war sie wach? Jack dachte nicht länger darüber nach. Seine Lippen glitten wie von selbst von ihrer Stirn über ihre Schläfe und dann tiefer hinab, unhaltbar von den weichen Lippen angezogen, die auf ihn zu warten schienen. Er fühlte ihren Atem, warm und vertraut, den Atem einer Frau mit vollen Lippen, einem weichen Körper, die, ohne es zu wissen und zu wollen, seinen Puls beschleunigte. Die ein Begehren in ihm erweckte, das ihm den Atem nahm und seine Hände zittern ließ.

In diesem Moment hielt die Kutsche mit einem scharfen Ruck.

»Wir sind da, Sir«, ertönte die Stimme des Kutschers. »Miss Jessicas Haus.«

Jack verharrte wie erstarrt einen halben Fingerbreit vor Jessicas Lippen. Einige Herzschläge lang weigerte er sich, sich jetzt zurückzuziehen. Dann atmete er tief durch, stieß innerlich einen ebenso stummen wie lästerlichen Fluch aus und zog seinen Arm zurück. »Wir sind da«, wiederholte er resigniert die Worte des Kutschers. Jessica seufzte ebenfalls, wenn auch vermutlich aus anderen Gründen. Wahrscheinlich hatte sie halb geschlafen, während er, Jack, kaum gewusst hatte, wie er sein Verlangen nach ihr bezähmen sollte. Er sah sie nicht an, als er sich erhob und aus der Kutsche sprang. Sie beugte sich zu Vanessa, küsste sie auf die Wange und drückte Robert, der sein Schnarchen unterbrochen hatte, die Hand. Jack half ihr aus der Kutsche und wartete, bis sie die wenigen Stufen zum Haus hinaufgegangen und vom missmutigen Hausdiener hineingelassen worden war. Sie lächelte ihn noch einmal an, er nickte ihr zu, dann schloss sich die Tür hinter ihr, und er beugte sich in die Kutsche. »Gute Nacht, vielen Dank für die Fahrt.«

Vanessa hielt seine Hand fest. »Der Kutscher soll dich heimbringen.«

»Nicht nötig. Es sind doch nur ein paar Schritte.« Es waren nur noch knapp zehn Minuten bis zu seiner Wohnung.

Die Kutsche fuhr wieder an, Jack sah ihr nach, dann warf er einen letzten Blick die Fassade zu Jessicas Haus hinauf. Ein Fenster hatte sich geöffnet, und sie beugte sich heraus. »Gute Nacht, Jack.« Sie flüsterte, um niemanden aufzuwecken.

»Gute Nacht, schlaf gut.« Jack machte sich auf den Weg. Er brauchte jetzt Zeit, um nachzudenken, und die kühle Nachtluft machte einen klaren Kopf. Er blieb an der Ecke stehen und sah zurück. Jessicas dunkler Kopf war immer noch im Fenster zu sehen. Er hob grüßend die Hand und riss sich dann endgültig von ihr los.

Jack ließ sich Zeit mit dem Heimweg. Er hatte die Hände auf dem Rücken verschränkt, blickte manchmal zum dunklen Nachthimmel auf, blieb gelegentlich, in Gedanken versunken stehen und trottete dann wieder weiter. Er wusste, dass er seine Gedanken auf Harding und dessen zwielichtige Pläne konzentrieren sollte, aber er konnte nur an Jessica denken und die Vorstellung, was geschehen wäre, hätte die Kutsche auch nur eine Minute später gehalten. Seine Lippen wären dann auf Jessicas gelegen, und er hätte sie geküsst. Und sie?

Jack schlenderte weiter, bis er vor dem Bürohaus der Company stand, und in dem über den Geschäftsräumen seine Wohnung lag. Gewohnheitsmäßig warf er einen Blick hoch zu seinen Fenstern und bemerkte zu seiner Überraschung, dass dort Licht brannte.

Er tastete nach der Pistole in seinem Hosenbund und fluchte

stumm, als er sich erinnerte, dass er ja unbewaffnet fortgegangen war. Jemand wartete oben auf ihn. Harding? Aber dieser würde wohl kaum eine Lampe anzünden und ihn damit vorwarnen. Es sei denn, er fühlte sich so sicher oder hatte noch andere Männer dabei, die Jack auflauerten.

Er hatte kaum zu Ende gedacht, als ihn eine Bewegung neben ihm herumwirbeln ließ. Aus den Augenwinkeln sah er einen Mann mit einem Schlapphut und einer Pistole in der Hand. Jack zögerte keinen Moment. Er wich seitlich aus, stürmte im nächsten Augenblick wieder voran und rammte dem Mann, während er dem Lauf der Pistole auswich, seine rechte Faust in die Achselhöhle.

Der andere gab einen erstickten Laut von sich, schnappte nach Luft, die Pistole schwenkte herum, aber Jacks Finger schlossen sich schon eisenhart um das Handgelenk des Fremden. Mit der zweiten Hand schlug er ihm die Waffe aus der Hand und benützte sie, um dem Mann mit dem Kolben einen kräftigen Schlag zu versetzen.

Der Angreifer taumelte zurück und griff sich ins Gesicht. Jack sprang ihm nach, packte ihn an der Jacke und stieß ihn rüde an die Hausmauer, tiefer in den Schatten hinein, so dass niemand, der von oben aus dem Fenster sah, beobachten konnte, was hier vor sich ging. Er bohrte ihm drohend den Pistolenlauf in den Magen. »Eine Bewegung, und du bist erledigt«, zischte er ihm zu. »Wer wartet dort oben?«

Eine gelassene Stimme in Jacks Rücken antwortete: »Ich.«

Jack reagierte, ehe er noch die Stimme erkannt hatte. Er stieß den Burschen, der ihn angegriffen hatte, auf den zweiten, aber der wich geschickt aus, fing den taumelnden Mann auf, stellte ihn auf seine Beine und trat ins Licht. Es war Martin.

Jack entspannte sich, senkte jedoch nicht den Lauf der Waffe, sondern sah sich um.

»Es ist niemand sonst da. Den Mann hatten wir nur hierhergestellt, damit er dich hinaufbegleitet und andere davon abhält, hereinzukommen. Ich hatte ihm allerdings gleich gesagt, dass er sich das zu einfach vorstellt.«

Jack streckte dem Mann die Pistole hin. »Dämliche Art, mich vor meiner Wohnung zu begrüßen.«

Der Mann grunzte etwas, das wie eine Entschuldigung und Anklage zugleich klang. »Wusste ja nicht, dass er gleich so reagiert.«

»Schon gut.« Martin legte Jack die Hand auf die Schulter und schob ihn vor sich ins Haustor. »Komm rein, bevor wir hier zu viel Aufsehen erregen. Und Sie gehen jetzt besser heim.«

Jack stieg vor Martin die Treppe hoch bis in den zweiten Stock zu seiner Wohnung.

»Und weshalb warten Sie hier mitten in der Nacht auf mich?« Er vermutete, dass es Hardings wegen war. Martin hatte zweifellos die Feindseligkeiten zwischen den beiden bemerkt und wollte den Grund dafür wissen.

»Ich bin nicht allein. Mr. Miller ist bei mir.« Martin sprach meist in einem gemäßigten, trockenen Tonfall, aber nun wirkte er besonders ernst. »Er will mit dir reden.«

»Wegen der Pelze?« Jack blieb auf der Treppe stehen und sah Martin stirnrunzelnd an. »Ist die Sehnsucht nach guten Geschäften so groß, dass er nicht warten kann?«

»Nicht wegen der Pelze, Mr. O'Connor.« Miller stand oben an der Treppe und blickte zu Jack und Martin hinab. »Wir haben Ihnen einen völlig anderen Vorschlag zu machen. Und der hat tatsächlich einige Eile.«

Jack sprang gereizt die letzten Stufen hinauf. »Ich hoffe, der Vorschlag ist gut genug, um zu rechtfertigen, dass Sie hier auftauchen und noch dazu einen Trottel vor meiner Tür plazieren, der mich mit der Waffe bedroht.«

Miller trat zurück und ließ Jack vorgehen, dann folgte er ihm in die Wohnung. Martin kam ebenfalls herein und schloss hinter ihnen die Tür. Miller ging wie selbstverständlich durch den Raum und ließ sich in einem Lehnsessel nieder. Auf dem Tischchen daneben stand ein halbleeres Whiskyglas.

Jack starrte Miller an. »Fühlen Sie sich ganz wie zu Hause. Bitte entschuldigen Sie, dass meine Dienerschaft schon schläft, sonst könnte ich Ihnen noch einen Imbiss anbieten.«

Martins Hand legte sich schwer auf seine Schulter. »Hör zu, Junge. Das ist wichtig.« Er zog einen Stuhl heran und drückte Jack so darauf, dass er Miller gegenübersaß.

Jack bezwang nur mit Mühe seinen Ärger darüber, auf diese Art aus seinen Träumereien um Jessica gerissen worden zu sein. »Also. Ich höre.«

Miller nippte an dem Glas, dann stellte er es wieder weg. Er wirkte auf einmal ganz anders als auf dem Ball. Das Lächeln war aus seinem Gesicht verschwunden. »Ich könnte etliche Umschreibungen finden, O'Connor«, erwiderte er, »aber da wir hier unter uns sind, kann ich direkt sein. Es geht um Spionage.« Er machte eine kleine Pause, bevor er weitersprach. »Captain Harding hat seine eigenen Mittel und Wege, Leute dazu zu bringen, ihm nützlich zu sein. Freunde von mir haben schon seit längerer Zeit ein wachsames Auge auf ihn. So haben wir auch erfahren, dass er einen gewissen Captain O'Connor dazu gebracht hat, einen Boten namens Charbal abzufangen, dessen Papiere an sich zu bringen und sie Harding zu übergeben.«

Jack warf Miller einen scharfen Blick zu, dann erhob er sich. »Ich denke, Sie reden da mit dem Falschen. Zwischen Harding und mir war tatsächlich etwas, das noch nicht ganz geklärt ist, aber ich wüsste nicht, weshalb ich das hier und jetzt mit Ihnen besprechen sollte.«

»Setz dich hin und hör zu, Jack.« Martins Hand drückte ihn unerbittlich wieder auf den Stuhl. Martin war nicht groß und nicht mehr der Jüngste, aber kräftig und drahtig. Er klang ruhig, aber sein Blick war so stählern, dass Jack tatsächlich nachgab.

»Und was haben Sie damit zu tun, Martin?«

»Nur insofern etwas, als ich über Umwege davon erfahren habe«, erwiderte Martin. »Und mir wurde nicht wohl bei der Vorstellung, dass Mr. Millers Freunde dir die Mithilfe übelgenommen haben.«

»*Monsieur* Charbal …«, begann Jack.

Miller unterbrach ihn mit einer Handbewegung. »Es geht nicht um Charbal. Auch nicht darum, dass er Ihnen die geheimen Dokumente ausgehändigt hat.«

»Das hat er nicht«, warf Jack ein. »Ich habe sie gefunden und ihn reingelegt.«

Miller wedelte mit der Hand. »Ich will nicht wissen, was geschehen ist. Zweifellos haben Sie nicht gerade sehr zartfühlende Mittel angewandt, Charbal ist eher als harter Brocken bekannt, der nicht so leicht den Mund aufmacht.«

»Er hat gequietscht, als würde man ihn abstechen wollen, aber nichts verraten. Ich sagte ja, ich habe ihn reingelegt.« Jack war nicht gewillt, sein Versprechen *Madame* Charbal gegenüber zu brechen.

»Wie auch immer, Tatsache ist, dass Harding diese Informationen in seine Hand bekommen hat.« Miller lehnte sich ein wenig vor. »Haben Sie überhaupt eine Ahnung, was Sie da weitergegeben haben?«

Jack schlug die Beine übereinander. Er blickte von Miller auf Martin, der ihn mit finsterem Gesicht betrachtete. »Baupläne für ein neues Kriegsschiff mit einer speziellen Art von Kanone. Eine, die durch einen besonderen Antrieb über weitere Entfernungen als bisherige Modelle ihr Ziel treffen kann. Diese Pläne wurden von einem Amerikaner entwickelt, landeten offenbar über Umwege in England und sollten dann von Captain Charbal nach Westindien gebracht werden, damit sie dort einem unserer Leute übergeben werden. Zumindest war es das, was ich mir aus Hardings Gerede zusammenreimen konnte.«

Martin stieß einen halblauten Fluch aus, und Millers Gesicht wurde grimmig. »Sie haben davon gewusst und dem Mann die Pläne trotzdem in die Hand gespielt?«

»Die Pläne und die Texte waren codiert«, sagte Jack langsam.

Miller schlug mit der Faust auf den Tisch, dass das schwere Whiskyglas klirrte. »Mann! Was haben Sie sich dabei gedacht?!«

»Harding hatte mehrere meiner Leute in der Hand. Ich habe sie im Austausch gegen die Pläne zurückbekommen.« Jack hatte die Wahl gehabt – entweder wie ein ehrloser Pirat gehängt zu werden und seine Leute wieder auf ein englisches Schiff gebracht zu wissen oder gewisse Dienste wie die Beschaffung dieser Informationen zu leisten. Jack war darauf eingegangen und hatte seine Leute wiederbekommen. Dass die Sache so glatt vonstatten gegangen war, irritierte ihn sogar jetzt noch. Und noch mehr, dass Harding hier aufgetaucht war.

»Einige, wenige Leute! Und wenn schon!«, fuhr Miller wütend auf. Sein rundes Gesicht hatte jegliche Freundlichkeit verloren. Er hatte nichts mehr mit dem jovialen Händler zu tun, als der er sich sonst ausgab. »Sie haben sich in Schwierigkeiten gebracht. Weiß Gott, wenn nicht Martin für Sie eingetreten wäre, dann würde ich Sie exekutieren lassen!«

Jack sah zu Martin. »Sie haben interessante Freunde.«

Der zuckte mit den Schultern. »Du solltest keine dummen Bemerkungen machen, mein Junge, du sitzt mehr in der Tinte, als du ahnst.«

»Sollte ich meine Leute verkommen lassen?« Jack hielt Martins durchdringendem Blick stand, bis sich dieser abwandte, dann drehte er sich zu Miller. »So wie ich das verstehe, sind die Pläne jetzt ohnehin in Ihrer Hand. Ich habe Harding lediglich Kopien weitergegeben.«

»Als würde das etwas nützen!« Miller kämpfte um seine Beherrschung. »Ich werde davon absehen, Sie auf der Stelle hängen zu lassen«, sagte er mit mühsam erzwungener Ruhe. »Aber Sie haben genau zwölf Stunden Zeit, die Stadt zu verlassen. Und dann will ich nicht einmal auch nur davon hören, dass man Sie in der Nähe der Vereinigten Staaten gesehen hat.« Er durchbohrte Jack mit seinen Blicken. »Es sei denn …«

»Es sei denn *was?*«, fragte Jack mehr aus Neugier als aus Besorgnis.

»Es sei denn, Sie arbeiten dieses Mal mit uns zusammen.«

Jack lachte spöttisch auf. »Von einem Erpresser zum anderen. Nein, danke. Ich habe, was ich wollte: meine Männer. Den Rest dieses schmutzigen Geschäfts überlasse ich Leuten wie Ihnen, Miller.« Er erhob sich. »Ich will die Herren nicht länger aufhalten.«

Martin stieß Jack auf den Stuhl zurück, packte ihn bei den Schultern und hielt ihn fest. »Verflucht, Jack, du wirst tun, was er dir sagt, andernfalls könntest du nie wieder nach Hause kommen.« Er sprach heftig, aber so leise, dass Miller nicht viel hören konnte. »Was willst du aus deinem Leben machen, Junge? Als Freibeuter, Schmuggler, Pirat herumziehen? Ich habe das gemacht und sehr teuer dafür bezahlt. Du wirst klüger sein, das schwöre ich dir, und wenn ich dir dazu eigenhändig den Verstand einprügeln müsste. Und wenn es dir selbst schon egal ist, ob man dich irgendwann hängt, dann wirst du wenigstens den Anstand haben, weder Mrs. Vanessa noch Jessica diesen Schmerz anzutun.«

Jack erwiderte ruhig seinen eindringlichen Blick, bis Martin ihn losließ und sich schwer atmend aufrichtete.

»Sie haben die Wahl, O'Connor. Strang oder Mitarbeit«, ließ sich Miller abermals vernehmen. »Ich gebe Ihnen jetzt die Möglichkeit, Ihren Hals zu retten. Und an Ihrer Stelle würde ich sie nützen.«

Jack blickte an Martin vorbei, der ihn drohend fixierte, auf Miller. »Sie klingen haargenau wie Harding. Sogar die Worte sind dieselben«, sagte er abfällig. »Sie müssten sich mit Harding eigentlich gut verstehen.« Er sah, wie Martin die Lippen zusammenpresste und seine Faust ballte, als wollte er Jack einen Schlag verpassen. Schließlich richtete er sich auf, trat von Jack weg und starrte durch das Fenster auf die dunkle Straße hinunter.

Jack sah ihm mit Wärme und Zuneigung nach. Er hatte den wortkargen, oft finsteren Mann noch selten so viele Worte machen hören. Er musste tatsächlich besorgt um ihn sein. Kein Wunder, er kannte Jack seit seinem dreizehnten Lebensjahr, und er hatte viel für ihn getan, ihn so manches gelehrt. Nicht nur was die Schifffahrt betraf, sondern – so absurd das auch klingen mochte – auch auf moralischer Ebene. Martin, der ehemalige Freibeuter, der Abenteurer, der fast gehängt worden wäre und von Vanessas Vater auf mysteriöse Weise gerettet worden war, hatte seine Lektion tatsächlich gelernt und sie Vanessas Schützling wie einem Sohn weitergegeben. Aber hier kam seine Unterweisung zu spät. Jack hatte schon gehandelt. Und er würde sich von Miller nicht erpressen lassen.

Jack lehnte sich wieder auf dem Stuhl zurück und entspannte sich. »Sie übersehen nur eine Kleinigkeit, Miller«, sagte er schließlich mit leisem Spott in der Stimme. »Ich habe Harding zwar Kopien gegeben, aber nicht die Pläne selbst, sondern nur die codierten Beschreibungen. Und natürlich auch den vorhandenen Übertragungscode. Leider sind mir beim Abschreiben einige Fehler passiert. Sowohl beim Code als auch bei den Konstruktionsbeschreibungen. Das fällt allerdings erst auf, nachdem man sich schon einige Stunden damit abgemüht hat.«

Für eine Minute war es völlig still im Raum. Martin hatte sich nach ihm umgewandt. Sein eben noch finsteres Gesicht war ernst, aber Jack konnte ihm die Erleichterung ansehen. Etwas wie Stolz lag in Martins schwachem Lächeln, als er sagte: »Ich hätte es besser wissen müssen.«

»Was für Fehler?«, fragte Miller misstrauisch.

»Solche, die genügen, um es ihnen unmöglich zu machen, diese Waffe zu bauen oder sich auch nur einen Reim auf den Text zu machen. Abgesehen davon fand ich persönlich die Pläne und Ideen nicht weltbewegend. Meiner Meinung nach waren sie eher undurchführbar. So«, er stand abermals auf, und dieses Mal hielt ihn keiner zurück. »Es wird Zeit für meinen

Schönheitsschlaf. Ich habe morgen früh eine Verabredung mit Mrs. Vanessa, und da will ich präsentabel sein.«

Miller ließ sich jedoch nicht so leicht hinauskomplimentieren. »Sie begreifen nicht ganz, Sie mögen vielleicht keinen Verrat begangen haben, aber wir brauchen Sie trotzdem, um Harding das Handwerk zu legen.«

»Verräter«, sagte Jack mit wachsendem Ärger und beißender Schärfe in der Stimme, »wäre ich schon deshalb nicht, weil ich nicht ein amerikanisches Schiff überfallen und wissentlich Informationen an den Feind gegeben habe, sondern einen französischen Händler, für den ich einen von Massachusetts ausgestellten Kaperbrief hatte. Und ich habe Harding nicht dazu angestiftet, zu spionieren. Wenn er sich nicht meiner bedient hätte, hätte er andere Wege gefunden, sein Ziel zu erreichen.«

Miller stand endlich ebenfalls auf. »Sie müssen Harding verfolgen, Captain O'Connor.« Miller machte eine verärgerte Handbewegung. »Sein Schiff liegt etwa zwei Stunden südlich von Boston vor Anker. Er wird die nächste Flut nützen, um zu entkommen.«

»Das ist Ihre Sache und nicht meine. Nehmen Sie Harding doch fest. Ich bin sicher, Ihnen fallen gute Verhörmethoden ein, die ihn zum Sprechen bringen. Wenn nicht, bin ich gerne bereit, einiges dazu beizusteuern.« Ziemlich gerne sogar, wenn man bedachte, welche Rechnung er diesbezüglich noch mit Harding offen hatte.

»Es geht aber nicht nur um Harding allein«, ließ sich Martin nun vernehmen. Seine Stimme klang wieder ruhig. »Er ist nicht der Kopf der Bande. Es steckt ein anderer dahinter. Einer, der diese Pläne unbedingt haben wollte. Harding ist nur der Mittelsmann.«

»Das Geld, diese Waffen auch zu bauen«, fiel Miller ein, »hat ein anderer. Jemand, der in Ostindien sitzt, sich dort bereits eine kleine Flotte aufgebaut hat und an organisierte Piraterie denkt.«

Deshalb also war Harding hier und hatte mit den Kaufleuten verhandelt. Er hatte über ihre Pläne Bescheid wissen wollen, ihr Vertrauen erschleichen, ihnen eine Zusammenarbeit anbieten wollen, um dann den Konvois aufzulauern. Und jetzt war Jack aufgetaucht und hatte ihm einen Strich durch die Rechnung gemacht.

»Ich habe immer noch Freunde in Ostindien und China«, setzte Martin hinzu. »Von denen habe ich gehört, dass ein Mann wieder von sich reden macht, der früher, zu meiner Zeit, schon zu den gefährlichsten Piraten dieser Gegend gehörte. Er machte Engländern und Franzosen gleichermaßen zu schaffen, ebenso den Niederländern, bis sich dann mehrere Länder in ungewöhnlicher Einigkeit zu einer Flotte zusammenschlossen, um ihn zu jagen. Er wurde gefangen, konnte jedoch entkommen, und sie haben einen Falschen gehängt, um die Leute zu beruhigen und andere abzuschrecken. Aber jetzt ist er wieder da. Und doppelt so gefährlich. Keiner kennt ihn. Gewinnt er aber, ist es mit unseren Handelsplänen aus.«

Jack zuckte mit den Schultern. »Das interessiert mich nicht.« Er stand bereits an der geöffneten Tür und wartete, dass die Männer den Raum verließen.

Es interessierte ihn tatsächlich nicht mehr. Nicht seit heute Abend, seit auf der Heimfahrt, mit Jessica an seiner Schulter, ein kaum fassbarer Gedanke Formen angenommen hatte. Er wollte es vor sich selbst noch nicht recht zugeben, aber da keimte eine kleine Hoffnung auf. Eine Vorstellung davon, wie sein Leben weitergehen könnte. Und diese Vorstellung sah nicht vor, dass er einem korrupten Marineoffizier und einem Piraten hinterherjagte. Der Mann hatte ihn zwar bedroht und fast getötet, aber Jack hatte ihn reingelegt, und Harding war, wenn ihm die Flucht vor Miller und dessen Freunden gelang, über kurz oder lang Richtung Indischem Ozean unterwegs. »Ich wünsche Ihnen in Zukunft viel Spaß bei Ihren Spielchen, Mr. Miller, und wäre Ihnen dankbar, wenn Sie mich raushalten könnten.«

»Der Mann nannte sich damals El Capitano«, setzte Martin hinzu. »Andere kannten ihn auch unter dem Namen Jacques le Fortune.«

Jack hielt in der Bewegung inne. Jacques le Fortune war jener Freibeuter und Pirat gewesen, mit dem Martin damals gesegelt war. Und El Capitano war Jack ebenfalls nicht unbekannt.

Harding war nicht allein gewesen, als er Jack in Jamaika festgesetzt hatte. Es war noch ein zweiter Mann im Hintergrund gestanden. Jack hatte zwar niemals sein Gesicht gesehen, da er sich immer außerhalb der Lampen und Fackeln gehalten hatte, die Jacks schmerzhafte Welt beleuchtet hatten, aber er war immer dabei gewesen, wenn Harding und dessen Leute Jack malträtiert hatten. Jack würde niemals die kalte, trockene Stimme vergessen: »Schlagen Sie den Kerl tot, wenn er nicht kooperiert. So ist er für uns nutzlos.«

Harding hatte ihn nicht totgeprügelt. Nur halb. Und das über Tage hinweg. Er hatte ihn mit dem zeitweiligen Wunsch leben lassen, schneller sterben zu dürfen. Und dann hatte er ihm den Vorschlag gemacht. Jack war endlich darauf eingegangen, als ihm in einem der wenigen lichten Momente klargeworden war, dass er nicht auf diese Art sterben wollte, und er noch eine Chance hatte, sich und seine Männer zu retten.

Es war aber nicht alles. Dieser El Capitano hatte noch weitere Bemerkungen gemacht, die sich, kurz bevor er wieder unter den Schlägen bewusstlos geworden war, in Jacks Bewusstsein gegraben hatten. Er hatte über Martin gesprochen und auch Jacks Vater erwähnt. War das einer der Gründe für Hardings Auftauchen in Boston? Ging es nicht nur darum, die amerikanischen Händler auszuspionieren, sondern auch um Martin?

»Jack …?«

Er hatte vor sich auf den Boden gestarrt und sah jetzt hoch. Martin blickte ihn fragend an.

»Ich habe den Mann gesehen. Das heißt«, verbesserte sich Jack, »ich weiß, dass er dort war, als Harding mich ›überredet‹ hat, mitzumachen. Harding hat ihn einmal mit diesem Namen – El Capitano – angesprochen.«

Martins Blick wurde forschend, aber Jack wich ihm aus. Er hatte bisher nichts von dem erwähnt, was El Capitano zu ihm gesagt hatte, und würde es auch vorläufig nicht tun.

»Ich werde es mir überlegen, Martin. Ich gebe Ihnen Bescheid.«

Miller wollte noch etwas sagen, aber Martin hielt ihn davon ab. Er schob den etwas dickeren und schwereren Mann hinaus, dann nickte er Jack zu. »Du solltest wissen, dass ich auf jeden Fall reisen werde, Jack«, sagte er ruhig. »Ich habe eine Rechnung mit El Capitano zu begleichen.«

Jack hielt ihn auf. »Martin, was immer er getan hat, liegt Jahre zurück. Zuvor haben Sie mir zugeredet, mein Leben nicht kaputt zu machen. Wollen Sie Ihres jetzt aufs Spiel setzen?«

»Ich habe eine Rechnung offen«, wiederholte Martin, dieses

Mal mit bitterem Nachdruck, »und werde sie auf gar keinen Fall unbezahlt lassen.«

Er schlug Jack im Vorübergehen auf die Schulter und lächelte ihm zu.

»Captain Rochard?«

Der Mann, der in einer dreckigen Schankstube saß und mürrisch vor sich hin starrte, sah hoch. Er hatte gerötete Augen und einen leicht glasigen Blick, als er einen Krug an den Mund setzte, einige kräftige Schlucke nahm und sich dann mit dem Handrücken über den Mund wischte. Endlich sagte er: »Wer will das wissen?«

»Mortimer Harding.« Captain Harding sah mit seinem arroganten Gesichtsausdruck auf ihn hinab. Mit einer Handbewegung schickte er seine Männer aus dem Schankraum. Nur sein Erster Maat blieb neben ihm stehen, die Hand auf dem Pistolengriff.

Rochard sah heruntergekommen aus. Er trug einen ungepflegten Vollbart, sein Haar war strähnig, die Kleidung fleckig, und er roch nach Fusel und Dreck. Er ließ seinen verschlagenen Blick von der Pistole zu Harding wandern. »Und was will ein Engländer von mir?«

»Ein Geschäft vorschlagen.«

»Darin sind Sie wohl Experte, was?«, fragte Rochard höhnisch. »Es waren zwei Kerle da, die mich über Sie ausgefragt haben. Scheint, als würden Sie nicht nur für König und Vaterland unterwegs sein, sondern vor allem in eigener Sache und in die eigene Tasche …«

»O'Connor heißt das Geschäft«, unterbrach Harding ihn. »Jack O'Connor.« Er zog sich einen Stuhl neben Rochard, ließ sich darauf nieder und legte seinen Spazierstock auf den Tisch. Er spielte damit, während er sprach. »Was würden Sie dazu sagen, wenn ich Ihnen die Gelegenheit gäbe, es diesem Kerl heimzuzahlen?«

»Dieser verfluchte …« Captain Rochard betrachtete Harding lauernd, bevor er sagte: »Warum ich es ihm heimzahlen will, ist wohl klar. Aber was haben Sie gegen ihn?«

»Er kommt mir in die Quere. Er war nützlich, wird jetzt aber langsam lästig und behindert gewisse meiner Geschäfte. Und ist dabei, noch mehr zu stören.«

»Und was sind das für Geschäfte?«

Harding schlug mit dem Stockende auf den Tisch, so dass der andere zusammenzuckte. »Das geht Sie nichts an. Sie brauchen nur zu wissen, dass Sie Ihre Freiheit bekommen, wenn Sie dafür O'Connor beseitigen.«

»Ich dachte schon, dass Sie mich nicht aus uneigennützigen Gründen aufsuchen. Aber meine Freiheit habe ich ohnehin. Ich habe als Captain mein Wort gegeben, nicht zu flüchten. Ich darf mich frei bewegen, nur nicht das Land verlassen. Und irgendwann lassen sie mich gehen.« Rochard trank schlürfend den Krug aus, dann schob er ihn mit einer auffordernden Geste zu Harding hinüber.

Harding bedeutete seinem Ersten Maat mit einer Kopfbewegung, Nachschub zu holen. »Freiheit? Ihr Wort?«, sagte er, als ein voller Krug vor Rochard abgesetzt wurde. »Können Sie sich von der Freiheit etwas kaufen? Oder von Ihrem Wort? Vielleicht noch mehrere solcher Krüge? Oder wollen Sie sich ohnehin zu Tode saufen?«

Rochard murmelte etwas Obszönes und starrte Harding wütend an.

»Bekommen Sie von Ihrem Ehrenwort ein Schiff?«, fragte Harding weiter.

Der Mann lachte. »Ein Schiff? Bekomme ich etwa von Ihnen meines zurück?«

Harding musterte den Mann verächtlich. »Hätten Sie es sich nicht abjagen lassen.«

Rochards gerötete Augen wurden schmal. »Wenn Sie ...«

Harding hob die Hand. »Ich habe ein Schiff für Sie. Und einen Auftrag. Der Mann, für den ich arbeite, will eine Flotte aufbauen. Eine private Flotte, die in Ostindien stationiert sein soll. Er sucht Leute, die etwas von Schiffsführung verstehen und nicht zimperlich sind.«

Rochard pfiff leise durch die Zähne.

»Das Geschäft dort«, fuhr Harding fort, »ist interessant. Auch für die Amerikaner. Sie sind dabei, einen Konvoi zusammenzustellen, der nach Madras und Kalkutta reisen soll. Es handelt sich um eine Gruppe von Kaufleuten, die teils auf eigene Rechnung, teils im Auftrag von Handelshäusern unterwegs ist. Und wie es sich ergibt, kenne ich zufällig die Strecke, die sie nehmen wollen.«

Rochard schob den Krug von sich weg und lehnte sich zurück. »Ein Schiff?«, fragte er nach einer Weile, in der er sich die Sache durch den Kopf hatte gehen lassen.

»Ein Schiff. Leute. Und Sie sorgen dafür, dass Jack O'Connor verschwindet.«

Der Franzose schüttelte den Kopf. »Nur dafür, dass ich diesen Dreckskerl verschwinden lasse? Soll ich ihn auf die Reise mitnehmen?«

»Wenn Sie so an ihm hängen?« Harding lachte spöttisch auf. »Das überlasse ich Ihnen. Vielleicht erscheinen Ihnen andere

Maßnahmen geeigneter, um Ihren Rachedurst zu befriedigen. Man wird nicht lange nachforschen – der Kerl hat hier nicht unbedingt einen guten Ruf, und es gibt etliche, die ihn lieber tot als lebendig sehen würden. Falls man der Angelegenheit doch nachgeht, sind Sie mit Ihrem neuen Schiff schon etliche Seemeilen weit fort.«

»Die Sache stinkt irgendwie«, sagte Rochard misstrauisch.

»Sie werden Papiere mitnehmen, die man bei mir nicht finden darf. Ich erwarte Sie in Port Royal«, fuhr Harding kalt fort. »Aber dieses Mal«, er lehnte sich vor, »werden Sie sich nicht ins Bockshorn jagen lassen, sondern dafür sorgen, dass die Papiere auch wirklich dort ankommen, wo sie sollen. Und jetzt erzählen Sie mir genau, was damals passiert ist.«

Als sie die Spelunke verließen, bemerkte Hardings Erster Maat: »Meinen Sie, der Kerl ist zuverlässig, Sir?«

»Das ist in diesem Fall gleichgültig. Wir brauchen einen Sündenbock. Es sind uns zu viele auf den Fersen, wir müssen sie ablenken. Besonders dieser Miller ist lästig, obwohl ich ihm O'Connor in die Hände spielen wollte. Der Tipp, dass O'Connor Charbal die Unterlagen abgenommen hat, kam von einem meiner Männer, der ihn geschickt an Miller weitergegeben hat, nachdem ich herausgefunden habe, dass die Pläne nutzlos waren. Aber irgendetwas scheint schiefgegangen zu sein, andernfalls wäre O'Connor jetzt schon beseitigt. Dafür haben sich einige Kerle auf meine Fährte gesetzt. Also werde ich Rochard irgendwelche Papiere übergeben, und zwar so, dass Miller und seine Leute vermuten, ich würde Rochard als Boten verwenden. Auf diese Weise legen wir nicht nur eine falsche Fährte, sondern werden auch endlich diesen O'Connor los. El

Capitano wollte zwar, dass wir ihn nach Ostindien lotsen, aber der Kerl wird zu gefährlich und zu lästig. Und er steht – was der Capitano noch nicht wissen kann – anderen Plänen im Weg.«

»Wird Rochard das Maul halten?«

»Aber gewiss doch. Dafür sorgt ein verlässlicher Mann, den ich ihm mit aufs Schiff gebe.« Harding grinste zweideutig.

»Und das Schiff, das Sie Rochard übergeben, Sir?«

Harding zuckte mit den Schultern. »Das haben wir doch ohnehin einem Amerikaner abgenommen.«

Kapitel 6

Jack hatte letzten Endes doch auf seinen Schönheitsschlaf verzichtet. Er war nicht einmal zu Bett gegangen, sondern grübelnd in seinem Zimmer herumgelaufen, bis der Morgen graute und die anderen Menschen dieser Stadt ihren gewohnten Tagesablauf begannen. Schließlich hatte er sich gewaschen, rasiert und umgezogen. Er hatte seine Entscheidung getroffen. Er musste Martin begleiten. Jack kannte den schweigsamen Mann gut genug, um zu wissen, dass er verdammt gute Gründe dafür haben musste, diesen Jacques le Fortune über Jahrzehnte hinweg zu hassen. Und die Tatsache, dass dieser seinerseits Martin ebenso wenig vergessen hatte, sprach zusätzlich dafür, Martin nicht im Stich zu lassen.

Er suchte Martin etwas später auf und fand ihn in Vanessas Haus, wo er eine kleine, aus zwei Zimmern bestehende Wohnung im Souterrain hatte.

Jack lehnte den angebotenen Platz ab und kam gleich zur Sache: »Ich werde mitsegeln.«

Martin antwortete ernst: »Ich habe es schon bereut, dich gedrängt zu haben, Jack. Dazu hatte ich kein Recht. Es ist meine Sache, mein Leben für meine Rache aufs Spiel zu setzen.«

»Es ist entschieden. Ich komme mit.« Martin hatte so viel für ihn getan, dass es unmöglich war, seinen Freund jetzt allein einem Feind entgegentreten zu lassen. »Ich nehme an, Sie wollen Harding einen nicht zu großen Vorsprung geben?«

»Wenn möglich, würde ich gerne knapp nach ihm ankommen. Oder sogar vor ihm, falls wir günstige Segelbedingungen haben. Die *Tuesday* ist eines der schnellsten Schiffe, die ich kenne. Mit ihr könnten wir es schaffen.«

»Dann werden wir schnellstmöglich aufbrechen. Ich werde morgen nach New York reiten und sehen, wie weit die *Tuesday* ist. Ich lasse Ihnen dann Nachricht zukommen, sobald wir bereit zum Auslaufen sind.« Er rieb sich nachdenklich das Kinn. »Dieser Jacques le Fortune, von dem Sie gesprochen haben – ist das ein Franzose? Er hatte keinen Akzent, ich hätte ihn wie Harding für einen Engländer gehalten.«

»Jacques le Fortune ist vieles, jede Nationalität, die ihm gerade passt. Er ist als ehemaliger Freibeuter, der auch mit Sklavenhandel gute Geschäfte gemacht hat, und schließlich als Pirat viel herumgekommen.« Martin schwieg eine Weile, dann sagte er: »Er ist einer der gefährlichsten Männer, die ich kenne. Verschlagen, kampferprobt, hinterhältig und mit großer persönlicher Kraft. Ich habe einmal gesehen, wie er einem Kerl mit zwei Händen das Rückgrat brach, als wäre es ein Stück trockenes Holz.« Martin begann im Zimmer auf und ab zu gehen. »Er ist so alt wie ich, das heißt er wird sich heute wohl kaum noch prügeln, aber die Verschlagenheit und Brutalität wird er nicht abgelegt, sondern noch gesteigert haben.« Er blieb vor Jack stehen und blickte zu ihm auf. »Du wirst jetzt auch wissen wollen, was damals zwischen uns war, oder?«

Jack erwiderte nichts darauf. Er wollte es zwar wissen, scheute sich jedoch, Martin zu drängen.

Sein Freund atmete tief durch. »Er hat mich verraten und an den Galgen geliefert. Das Letztere wusstest du schon lange. Auch dass ich fliehen konnte und bei Vanessas Vater Unterschlupf fand. Jacques hat mich reingelegt.«

»Und jetzt wollen Sie ihm heimzahlen, dass er Sie fast getötet hätte?«

Martin schüttelte leicht den Kopf. »Ich will ihm heimzahlen, dass er, während ich im Gefängnis saß, meine Familie ermordet hat. Nachdem mir die Flucht gelungen war, wollte ich sie fortbringen. Aber das Haus war in Schutt und Asche. Von … von meiner Frau und meinem Sohn waren nur noch verkohlte …« Er unterbrach sich und fuhr mit veränderter Stimme fort: »Dafür wird er bluten. Nur dafür.« Er wandte sich ab. »Du sollst wissen, worin du mich unterstützt, wenn du mitsegelst, Jack.«

Jack wusste nicht, was er sagen sollte. »Ich wäre auch so mitgekommen.«

Martin nickte.

Als Jack sich jedoch zum Gehen wandte, hielt Martin ihn auf. »Was ist mit Jessica?«

Jack richtete sich ein wenig auf. »Was soll mit ihr sein?«

Martin schwieg so lange, bis Jack hörbar den Atem ausstieß. Er versuchte erst gar nicht, seine Gefühle für Jessie zu leugnen. »Ja. Verdammt noch mal, ja!« Er schob die Hände in die Jackentasche, gab dem Hocker neben ihm einen kleinen Fußtritt und wirkte plötzlich wieder wie der Junge, den Martin vor fast zwanzig Jahren kennengelernt hatte.

Jack seufzte. »Es ist nichts zwischen uns passiert. Sie hat keine Ahnung, was meine Gefühle für sie betrifft. Sie wird vielleicht gekränkt sein, wenn ich wieder weggehe, aber ich werde ihr erklären, dass ich …« Er unterbrach sich. »Nein, das kann ich ihr nicht sagen. Ich werde eben sagen, dass ich Geschäfte machen will.« Er lächelte schief, und Martin sah, dass er seine Hände in den Taschen zu Fäusten geballt hatte. »Vielleicht habe ich Glück, und es kommt mir keiner bei ihr dazwischen, bis ich wieder zurück bin.« Er wandte sich um und stapfte hinaus.

»Es ist gleichgültig, wo und wie ich mein Geld verdiene. Und der Markt dort ist für uns neu«, behauptete Jack einige Stunden später, als er in Vanessas Wohnzimmer saß. Alberta Finnegan war ebenfalls zu Besuch, und Jack war in einen regen Austausch von Rezepten und frischen Plätzchen hineingeplatzt. Er hatte es den ganzen Tag vermieden, Jessica über den Weg zu laufen. Nicht an sie zu denken, hatte sich ohnehin als unmöglich herausgestellt. Seine Gedanken wanderten, sobald er sie auch nur ein wenig aus seiner Kontrolle ließ, sofort wie von selbst zu ihr. Und ihm war mit jeder Stunde das Herz schwerer geworden.

Seine Jessie, die er schon als Kind gerngehabt hatte und die er jetzt liebte. Und nicht erst, seit er zurückgekommen war. Er erkannte das mit jedem Tag mehr. Seine warme Zuneigung für sie war schon früher eine Art von Liebe gewesen, wenn sie auch keine Ähnlichkeit mit dem heftigen Verlangen hatte, das ihn nun kaum zur Ruhe kommen ließ.

»Aber willst du denn nicht mit dem Konvoi segeln?«

»Nein, dazu müsste ich mich zu sehr anpassen. Sie wissen, dass ich gerne mein eigener Herr bin, Vanessa, und nicht auf einen langsamen Konvoi Rücksicht nehmen will. Das wäre, als müsste ich mit einem Rennpferd einen Ochsentreck hüten. Außerdem dauert mir das zu lange, bis sich die Leute geeinigt haben und die Schiffe reisebereit sind. Für die gesamte Reise hin und zurück müssen ja ohnehin schon fast eineinhalb Jahre gerechnet werden. Und ich möchte vor dem Monsunregen dort ankommen. Ich werde morgen nach New York abreisen, um nach der *Tuesday* zu sehen.« Er brachte ein – wie er hoffte – sorgloses Grinsen zustande. »Bis Robert mit dem Konvoi in Kalkutta ist, habe ich schon den halben asiatischen Markt leergeräumt. Außerdem will Martin alte Freunde treffen.«

»Dass Martin fahren will, hat er mir heute früh erst gesagt«, erwiderte Vanessa mit hörbarem Unmut in der Stimme. Sie setzte sich neben Jack und griff nach seiner Hand. »Bist du sicher, dass das eine gute Idee ist?«

»Natürlich.« Jacks Blick war offen und gerade.

»Und dir würde es nichts ausmachen, so lange fort zu sein?« Der Blick aus blauen Augen hielt seinen ebenso fest wie die schlanke Frauenhand seine kräftige, bis er lachte.

»Aber Vanessa, es ist doch nicht für immer.«

»Das«, erwiderte Alberta an Vanessas Stelle kühl, »sagt ihr immer.«

Vanessa ließ seine Hand los und wandte sich seufzend ab. »Was soll man da machen? Aber mir ist nicht wohl bei der Sache. Es wäre mir lieber, du und Martin würdet mit den anderen reisen.«

Jack beugte sich vor und küsste sie leicht auf die Wange. »Es ist schon beschlossen, Vanessa.« Er erhob sich. »Jetzt muss ich mich leider verabschieden, weil ich noch Vorbereitungen treffen muss. Wenn Sie es aber erlauben, würde ich gerne morgen früh kommen, um mich zu verabschieden.«

»Es gefällt mir nicht, dass Jack allein lossegelt«, sagte Vanessa zu Alberta, nachdem Jack gegangen war. »Und«, fügte sie hinzu, »mir hat sein Gesichtsausdruck nicht behagt, auch wenn er so harmlos tut. Und noch weniger gefällt mir, dass Martin unbedingt dorthin will. Die beiden hecken irgendetwas aus, das mir sicherlich nicht recht wäre.«

Sie machte sich Sorgen um ihren langjährigen Freund und Vertrauten. Er war zwar zäh wie altes Büffelleder, aber doch schon fast sechzig Jahre alt, und die weite Reise war beschwerlich. Was mochte ihn nur dorthin ziehen? Er hatte kaum etwas gesagt. Nur ein, zwei Bemerkungen gemacht, dass dort noch nicht alles erledigt sei. Vanessa seufzte abermals. Dass Martin ein Pirat und Freibeuter gewesen war, hatte sie vor vielen Jahren von ihm selbst erfahren. Aber es gab noch ein anderes Geheimnis, das er ihr niemals offenbart hatte. Ob es das war, was ihn jetzt fortzog?

Alice fand Jessica selbstvergessen vor sich hin starrend unter dem Apfelbaum, wo sie und Jack so oft gesessen hatten. Jessica musste über einiges nachdenken. Sie hatte auf der Heimfahrt von den Farnsworths so getan, als schliefe sie, aber sie war vollkommen wach gewesen und hatte gespürt, wie eng Jack sie an sich gezogen hatte. Hatte seine Lippen auf ihrem Haar und sogar wie einen Hauch an ihrer Schläfe und zärtlich auf ihrer Stirn gefühlt. Diese Berührungen hatten sie bis tief in ihr Inneres aufgewühlt, sie wünschen lassen, mehr davon zu bekommen, Jack noch näher zu sein. Sie hatten sie erregt, das Verlangen erweckt, er würde auch ihre Lippen küssen, sie umarmen, halten, nicht mehr loslassen. Sie hatte ihm das Gesicht entgegengehoben – eine stumme Aufforderung nach mehr, aber genau in dem Moment, in dem sie gedacht hatte, er würde sie küssen, war die Kutsche stehen geblieben.

Jack nahe – sehr nahe – zu sein, war ein Wunsch, der ihr schon lange nicht mehr fremd war. Neu war die Heftigkeit, mit der er sie erfasst und ihr eine schlaflose Nacht bereitet hatte. Sie hatte sich unruhig im Bett hin und her gewälzt, bis sie begonnen hatte, sich selbst zu streicheln, während sie sich vorstellte, es wäre Jacks Hand, die sie berührte. Das hatte sie noch nie getan. Man hatte ihr schon als Kind beigebracht, dass ein anständiges Mädchen die Hände über der Bettdecke ließ und nicht darunter. Jessica, die mit der Zeit eigene Ansichten über Sünden und Tugenden entwickelt hatte, hatte zwar auch hier begonnen, ihre Meinung zu ändern, allerdings war sie in der vergangenen Nacht in ihren Phantasien noch weitergegangen. Die Hitze, die sie selbst entfachte, hatte sie erglühen lassen, bis sie gebrannt hatte. Aber es hatte etwas gefehlt. Eine Erlösung. Jacks Arme um sie. Seine Küsse, sein Körper.

Sie sah erstaunt auf, als Alice sich neben sie setzte. Ihre Mutter starrte zuerst ebenfalls vor sich hin, wenn auch nicht mit einem so verträumten Gesichtsausdruck wie Jessica. Alice war noch nie müßig neben ihr gesessen. Es war ein völlig neuer Zug an ihr, und Jessica argwöhnte, dass sie etwas Unangenehmes auf dem Herzen hatte, jedoch noch nicht wusste, wie sie es Jessica beibringen sollte.

Endlich sagte Alice: »Er reist morgen ab.«

»Wer?« Jessica brauchte eine Zeit, bis sie die Frage stellen konnte, und dann klang ihre Stimme tonlos. Sie kannte die Antwort, ihre Mutter konnte nur einen meinen. Der Schock war so heftig, dass es ihr den Atem nahm. Ihr Herz, eben noch von süßen Träumen weich, warm und erfüllt, lag wie ein kalter Klumpen in ihrer Brust.

»Jack.« Alice klang müde und zugleich mitleidig.

Die Kälte vertiefte sich, pflanzte sich von ihrem Herzen über ihren ganzen Körper fort, erreichte die Kehle, ihre Knie, ihre Zehen, ihre Hände.

»Du solltest ihn vergessen, Jessica. Ich dachte ...« Alice unterbrach sich, fing dann neu an. »Ich dachte, er wäre etwas für dich. Aber da würde er nicht fortsegeln, auf Abenteuersuche. Es war nur, weil ich gesehen habe, wie sehr du ihn ...«

»Hör bitte auf damit.« Jessica hatte das Gesicht abgewandt.

Alice sah sie mit schmerzlichem Mitleid an. »Alberta hat es mir erzählt. Sie war bei Vanessa, als Jack davon sprach, dass er sich nicht dem Konvoi anschließen will, sondern auf eigene Faust lossegelt.«

»Ich will es nicht hören.« Und vor allem wollte sie nicht das Mitgefühl in der Stimme ihrer Mutter hören. Das war noch schlimmer als Jacks Abreise. Damit wollte und musste sie allein fertig werden. Geschah es ohne Zeugen, war es besser. Heimlicher Kummer demütigte sie nicht so sehr, dann konnte sie den anderen, sobald sie sich gefasst hatte, Gleichmut vorspielen.

»Ich musste es dir sagen«, erwiderte Alice. »Weil ich möchte, dass du vorbereitet bist.«

In Jessica kämpften Scham und Schmerz. Sie versuchte ein klägliches Lächeln. »Sieht man es mir wirklich so sehr an?«

Ihre Mutter nickte ernst. »Ja, mein Liebling. Und ich würde den Kerl am liebsten mit der Schrotflinte vor den Altar treiben, wie mein Urgroßvater dies mit meinem Großvater gemacht hat.«

Jessica gab einen erstickten Laut von sich, eine Mischung aus Lachen und Schluchzen. »Einen Mann, den man zwingen oder auch nur überreden muss, wollte ich gar nicht.«

»Ich auch nicht. Aber meine Großmutter ist trotzdem recht glücklich und zufrieden gewesen.« Sie legte ihre Hand auf Jessicas eiskalte, drückte sie leicht und erhob sich. »Du wirst es durchstehen, mein Kind. Ich wollte, er wäre erst gar nicht mehr zurückgekommen.«

»Doch«, flüsterte Jessica, nachdem ihre Mutter gegangen war. »Doch. Denn jetzt weiß ich nämlich, dass ich endlich aufhören muss, zu träumen.«

Es hatte keinen Sinn mehr, Träumereien über Jack nachzuhängen oder sich vorzustellen, er hätte sie in der vorigen Nacht in der Kutsche ebenso küssen wollen wie sie ihn. Was sie die Nacht lang nicht mehr losgelassen hatte, wäre für ihn vielleicht nur eine kurze Laune gewesen. Sie musste beginnen, ein eigenes Leben zu führen, in dem für Jack O'Connor nur ein Platz am Rande vorbehalten blieb. Es gab Männer, die ernsthaft um sie geworben hatten, denen musste sie sich zuwenden.

Männer wie Charles. Es gab jetzt keinen Grund mehr, nicht doch seine Einladung anzunehmen. Sie musste ihn ja nicht gleich heiraten, aber Vanessas Vetter lebte ebenfalls in Kalkutta, sie hätte also Rückhalt. Und es wäre ein guter Vorwand, zu reisen, sich dieses fremde Land anzusehen und auf andere Gedanken zu kommen. Hier erinnerte sie ohnehin nur immer alles an Jack.

Sie blickte durch das Blätterdach des Baumes hindurch auf den Himmel. Es dämmerte bereits. Jack wollte morgen abfahren. Und er hatte ihr noch nichts gesagt. Fand er es nicht nötig? Reichte es ihm, am Morgen kurz vorbeizuschauen, ihr zuzuwinken und dann wieder auf unbestimmte Zeit zu verschwinden?

Jessica merkte, wie bei diesem Gedanken wachsender Groll in ihr hochstieg. Nein. Entschlossen stand sie auf. So leicht kam ihr Jack O'Connor nicht davon.

Kapitel 7

Als Jack am Abend die Treppe zu seiner Wohnung emporstieg, war er in düsterer Stimmung.

Er hatte irgendwann im Laufe des Tages beschlossen, nicht mehr mit Jessica zu sprechen. Es hatte keinen Sinn, würde sie nur belasten, wieder Diskussionen hervorrufen und ihnen beiden weh tun. Er plante einen kurzen Abschied am nächsten Tag, eine letzte, brüderliche Umarmung, die ihm ohnehin schon halb das Herz brechen würde. Aber es war besser als Vorwürfe oder gar Streit. Wahrscheinlich wusste sie es in der Zwischenzeit schon von Alberta oder Vanessa, und er musste keine langen Erklärungen abgeben. Es war feige, aber zu mehr fand er sich außerstande.

Es war ihm klar, dass er damit rechnen musste, dass Jessica in seiner Abwesenheit ein Mann über den Weg lief, der ihr den Kopf verdrehte – dass es so mancher versuchen würde und es tatsächlich schon versucht hatte, lag bei einem so hübschen und liebenswerten Mädchen auf der Hand. Und er war binnen kurzem Tausende Meilen weit fort und konnte nichts dagegen tun.

Er hatte in den vergangenen beiden Wochen Gelegenheit genug gehabt, sich jene jungen – und älteren – Männer anzusehen, die Jessica hofierten. Kein Einziger war gut genug für sie, und er hatte zumindest versucht, ihnen das auch klarzumachen. Aber wie lange hielt das schon vor? Kaum war die Katze – in diesem Fall der Kater – außer Haus, tanzten die Mäuseriche vermutlich schon vor Jessicas Haus Reigen.

Der Einzige, der wirklich auf sie achten, der sie lieben, auf Händen tragen würde, der wusste, welchen Schatz ein Mann an Jessica im Haus, in seinen Armen – und in seinem Bett – hatte, war er. Aber wie konnte er ihr das an diesem einen Abend, der ihm noch blieb, erklären? Wie sie überzeugen? Es war sinnlos und ihr gegenüber auch unfair, falls er nicht mehr zurückkam.

Als er in seine Wohnung trat, sah er, dass Licht brannte. Zuerst dachte er erzürnt, Miller sei schon wieder eingedrungen, aber dann erkannte er mit einem heißen Aufwallen von Freude in der schlanken Gestalt, die im Schein einer Kerze in ein Buch vertieft war, Jessica.

Sie hörte ihn erst, als er schon im Zimmer stand. Sie fuhr wie ertappt hoch und legte das Buch schnell neben sich auf den Boden. Trotz des kümmerlichen Lichts, das die eine Kerze spendete, bemerkte er, dass sie über und über rot geworden war.

»Es tut mir leid. Ich wollte dich nicht erschrecken.« Er schlenderte auf sie zu, bestrebt, gelassen zu wirken, obwohl er sich beherrschen musste, nicht gleich auf sie zuzustürzen, sie in seine Arme zu reißen und einen vollkommenen Narren aus sich zu machen.

»Weshalb sitzt du im Halbdunkel?« Er zwang sich zu einem gleichmütigen Tonfall, zündete einige Kerzen an und stellte den Leuchter neben sie. Jessica hatte immer noch kein Wort gesprochen, versuchte jedoch zu seinem Erstaunen, das Buch unauffällig mit dem Fuß unter den Lehnsessel zu schieben.

Misstrauisch hob er es auf und schnappte nach Luft, als ihm klarwurde, worin Jessica soeben geblättert hatte. Zuerst war er sprachlos, aber dann stieg Empörung, gemischt mit heißer Erregung in ihm auf. »Wo, zum Teufel, hast du denn das her??«

Jessica räusperte sich. Ihre Wangen waren immer noch unnatürlich tief gerötet, aber sie bemühte sich um Fassung. »Von deinem Bücherregal. Es stand in der dritten Reihe, das zweite Buch von links.« Jacks Kopf zuckte herum. Er hatte nur wenige Bücher in dem Regal stehen – meist ungelesene, Geschenke von Vanessa und von Jessie –, und sie pickte sich natürlich mit schlafwandlerischer Sicherheit genau dieses Buch heraus! Es war ein Glück, dass sie es wenigstens nicht lesen konnte, auch wenn die sehr detailliert ausgeführten Bilder mehr als für sich sprachen.

Sie hob in gespielter Gleichmut die Augenbrauen. »Weshalb regst du dich denn so auf?«

»Weshalb ich mich so aufrege?« Jack hob das Buch anklagend hoch. »Das ist doch nichts für dich!«

»Wer sagt das?«

»Ich! Und wenn du deine Mutter fragst, wird sie dir noch mehr dazu sagen! Und noch viel deutlicher!« Jack wandte sich rasch um, um die verräterische Hitze zu verbergen, die ihm ins Gesicht gestiegen war. Er warf das Buch auf einen Tisch, als hätte er sich daran verbrannt. Und tatsächlich fühlte er sich auch, als hätte er glühende Kohlen angefasst und sich daran versengt. Er atmete dreimal tief durch, ehe er sich wieder zu Jessica umdrehte und sich in seiner Verzweiflung in die Rolle des großen Bruders flüchtete.

»Unglaublich! Warum machst du nicht Vanessas Bibliothek

unsicher? Da findet sich bestimmt mehr an sogenannter erbaulicher Literatur als bei mir!«

»Aber keine Bücher mit unanständigen Illustrationen. Ich war ziemlich erstaunt. Ich kann mich nicht erinnern, so etwas früher bei dir gefunden zu haben.« Jessica erhob sich und griff – sichtlich ohne jede Scham – wieder nach dem Buch. »Leihst du es mir?«

»Bist du verrückt geworden?!« Jack stürzte sich auf den Stein des Anstoßes und knallte ihn außerhalb ihrer Reichweite auf die Kommode. Das war zu viel. Unerträglich. Allein die Vorstellung, Jessica könnte in diesem Buch geblättert und all diese obszönen Bilder betrachtet haben, brachte ihn beinahe um die Beherrschung. Ehe er jeden Gedanken daran auch noch wegschieben konnte, blitzten vor seinem geistigen Auge auch schon die erregendsten Darstellungen auf. Und in jeder davon spielte Jessie die Hauptrolle. Das Blut pulsierte durch seinen Körper, und sein bester Freund wurde ähnlich spürbar wie bei dem Ball am Vortag, als Jessica ihn so zärtlich berührt und sich an ihn gelehnt hatte.

Jessica legte den Kopf schief. »Scheinheiliger Puritaner.«

Jacks Augen verengten sich. Ob sie auch noch so versteckt grinsen würde, wenn sie wüsste, wie knapp sie davor stand, einige dieser Szenen mit ihm nachzustellen? »Sei nicht so keck. Es ist unfassbar«, knurrte er sie an, »was aus den jungen Mädchen heutzutage geworden ist.«

Jessica winkte schmunzelnd ab. »Ja, ich weiß schon, als du noch jung warst, wäre es keinem Mädchen eingefallen, derartige Bücher in die Hand zu nehmen. Da war alles ja noch ganz anders. Du hörst dich an wie unser Nachbar, der alte Higgins.«

Nachbar Higgins war knapp siebzig Jahre alt. Jacks Röte vertiefte sich. »So alt bin ich auch noch nicht.« Zehn Jahre waren doch kein zu großer Altersunterschied. Oder doch? Würde es ihr etwas ausmachen? Er hatte an viele Gründe gedacht, aus denen Jessica seine Werbung ablehnen könnte, aber dass es eine Rolle spielen könnte, dass sie zweiundzwanzig war und er zweiunddreißig, hatte er nie bedacht. Der Wechsel von der Rolle des großen Bruders zu der eines zukünftigen Verehrers und Liebhabers war offenbar mit noch mehr Hürden verbunden, als er bisher gedacht hatte.

Jessica gab keine Antwort. Sie zuckte nur mit den Schultern und setzte sich wieder. Jack wusste nicht, ob er glücklich darüber sein sollte, dass sie noch blieb, oder gepeinigt, weil ihm seine freundschaftliche Rolle langsam mehr zusetzte, als er ertragen konnte.

»Du solltest überhaupt nicht hier sein. Was werden die Leute sagen?«

»Die Leute sind mir schon lange egal.«

»Das sollten sie aber nicht«, erwiderte er streng.

Jessica zuckte nur mit den Schultern. Jack starrte sie an, unschlüssig, ob er sie nicht doch hochzerren und heimbringen sollte, dann beschloss er, ihre Gegenwart und sein Glück darüber noch zu genießen, solange er die Gelegenheit hatte, und ließ sich ihr gegenüber ebenfalls in einen Stuhl fallen.

Es war lange Zeit still zwischen ihnen. Er ließ keinen Blick von ihr, und Jessica betrachtete ihn ebenfalls, bis sie sagte: »Du reist also morgen ab.«

»Ja.« Also hatte sie es schon gehört. »Viele scheinen der Meinung zu sein, dass es recht lukrativ sein könnte, sich in Asien umzusehen. Und ich fürchte, da kann ich nicht widersprechen.« Er legte seine Füße auf den kleinen Hocker, der zwischen ihnen stand.

»Freibeuterei also?« Ihre Stimme klang etwas bedrückt.

»Auch«, erwiderte Jack ausweichend. Er versuchte, in ihrem Gesicht zu lesen. Was sah sie wirklich, wenn sie ihn anblickte? Einen zehn Jahre älteren brüderlichen Freund, den sie nicht einmal ansatzweise als Liebhaber und Ehemann in Erwägung ziehen würde? Einen Freibeuter mit zweifelhaftem Ruf, der mehr als einmal mit dem Gesetz in Konflikt gekommen war und der ihr niemals jene gesellschaftliche Stellung bieten konnte, die ihr eine Heirat mit einem der ehrbaren und wohlhabenden Kaufmannssöhne verschaffte? Worin verrannte er sich da eigentlich in seiner Zuneigung zu Jessie?

Jessica stand plötzlich auf, und Jack sah ihr überrascht nach, als sie zu dem kleinen Tisch ging, auf dem einige Flaschen standen, und nach einer kurzen, aber eingehenden Überprüfung seines Fundus zwei Gläser vollgoss, von denen sie ihm eines reichte. Er schnupperte daran. Whisky. Er warf einen kritischen Blick auf ihr Glas, in dem kaum weniger Flüssigkeit glitzerte als in seinem. Er schwieg jedoch und wartete ab, während er sie dabei beobachtete, wie sie sich wieder in ihren Lehnsessel fallen ließ und ihre Füße neben seinen auf den Hocker plazierte. Jack konnte seinen Blick kaum von ihrem Rocksaum lösen. Zum Glück trug sie leichte Stiefel, und der Rock war lang genug, um ihre Beine zu verdecken. Jetzt vielleicht noch einen Blick auf ihre Knöchel oder die Waden zu erhaschen, wäre zwar erfreulich, aber auch zusätzliche Marter gewesen.

Er stieß sie leicht und freundschaftlich mit der Schuhspitze an und blinzelte hinüber. »Schön, dass du da bist, Jessie.«

Das war eine pure Untertreibung. In Wahrheit hätte er sagen müssen: »Ich bin so glücklich, dass du bei mir bist. Und zugleich verzweifelt, weil ich dich morgen verlassen muss. Weil ich nicht weiß, was die Zukunft bringt und ich nicht einmal hoffen kann, überhaupt wieder zurückzukehren, um dich wiederzusehen.« Noch nie war er mit solch üblen Vorahnungen fortgesegelt. Langsam verstand er die Seeleute, die in jedem Hafen eine Geliebte hatten, anstatt eine einzige, ganz besondere Frau, die ihnen jede Abreise zur Qual machte und dann bis zur Rückkehr unaufhörlich in ihren Köpfen herumspukte.

Jessicas Lächeln erwärmte ihn und tat ihm zugleich weh. Er sah ihr zu, wie sie an dem Glas nippte, den scharfen Alkohol auf der Zunge zergehen ließ, verfolgte den Weg des Whiskys, als sie schluckte, betrachtete ihren schlanken Hals, die zarte Kehle, die weiße Haut über ihren Schlüsselbeinen. Sein Blick glitt weiter hinunter, über die hochgeschlossene, schlichte Bluse, die sinnlichen Wölbungen darunter. Es war ein Glück, dass sie nicht wieder dieses Kleid trug. Mehr von ihren Formen hätte er nicht ertragen, ohne sich auf sie zu stürzen und sie in seine Arme zu zerren, sie zu küssen, an sich zu pressen, bis sie nach Luft schnappte und ihm schwor, auf ihn zu warten und keinem außer ihm zu gehören.

Jessica schnupperte an dem Glas, leckte mit der Zungenspitze über den Rand und nahm einen weiteren winzigen Schluck, den sie im Mund hin und her schob.

Jack merkte erst jetzt, dass er sich unbewusst mit der Zunge über die Lippen leckte. Er riss den Blick von Jessicas Mund los. Auf ihrem Gesicht war nicht der Hauch eines Lächelns zu sehen. Woran dachte sie? Tat es ihr leid, dass er abreiste?

Er sah auf sein eigenes Glas und bemerkte, dass er die Finger darum verkrampft hatte. Ein wenig mehr Druck, und es würde zerbrechen. Der Schmerz würde ihm guttun, ihn von einem viel tieferen ablenken, aber es würde Jessica erschrecken. Jack entspannte sich ein wenig und nahm einen großen Schluck, während er der angenehmen Wärme des Alkohols in seinem Inneren nachfühlte. Dann noch einen Schluck. Und noch einen. Es half ihm, seiner Stimme einen leichten Tonfall zu geben. »Und was wirst du tun, während ich fort bin?«

»Dir nachtrauern natürlich.«

Jack zuckte zusammen, aber dann sah er Jessicas spöttische Augen.

Sie grinste. »Da gibt es allerdings noch andere Möglichkeiten. Ich werde wahrscheinlich heiraten.«

Wenn sie ihm ihr Whiskyglas über den Schädel geschlagen hätte, wäre Jack nicht perplexer gewesen. Vor Schreck setzte sein Denkvermögen aus, und die Stille lastete mehr als eine Minute über dem Raum.

»Ach ja?« Jack fiel auf, dass er sie mit offenem Mund anstarrte. Er stellte sein Glas weg, bevor es wirklich zerbrach, und setzte sich gerader hin. Dass sie es ihm so unverblümt sagte, machte ihn wütend. Ein wenig Rücksicht auf seine Gefühle hätte nicht geschadet. Er rettete sich in die einzige Antwort, die ihm in diesem Moment einfiel. »Du bist noch viel zu jung zum Heiraten.«

Jessica lachte belustigt auf. »Alle meine Freundinnen sind längst unter der Haube. Ich bin auf dem besten Wege, eine alte Jungfer zu werden. Ich bin zweiundzwanzig, nächsten Monat werde ich dreiundzwanzig, falls du das vergessen haben solltest.«

Hatte er nicht. Er hatte sogar schon Pläne gehabt, wie er sie an ihrem Geburtstag überraschen konnte. Das wäre der erste nach fünf oder gar sechs Jahren, den er mit ihr gefeiert hätte. Aber in einem Monat war er schon lange unterwegs und weit im Süden.

»Und«, er merkte, dass seine Stimme gepresst klang, »gibt es schon einen besonderen Anwärter?«

»Es gibt tatsächlich einen sehr ernsthaften. Er hat mir einen Antrag gemacht, und ich werde wohl zusagen.«

»Kenne ich ihn?« Jacks Kehle wurde immer enger. Er brauchte seine ganze Beherrschung, um einigermaßen normal zu wirken. Er starrte auf seine Hände und hielt sich selbst damit ab, Jessica mit den Augen zu verschlingen. Jenen reizvollen, biegsamen Körper, den ein anderer haben sollte. Eine heftige, kaum bezähmbare Eifersucht stieg in ihm hoch. In seinem Kopf ließ er in rasender Eile alle jene Männer Revue passieren, die er seit seiner Ankunft in Jessicas Nähe gesehen und nach Möglichkeit daraus vertrieben hatte. Keiner hatte den Eindruck gemacht, als winkte er schon mit einem Ehering. Wer war ihm entgangen?

»Du kennst ihn nicht.« Jessica klang gleichmütig.

»Ach«, Jack sah auf, »und wer ist der Kerl?«

»Jedenfalls ist er kein *Kerl*«, erwiderte sie, mindestens ebenso blass geworden wie Jack.

»Aber ein völlig Unbekannter.«

Sie nippte an ihrem Glas. »Nicht für mich.«

So kam er nicht weiter. Ihr jetzt eine Eifersuchtsszene zu machen, war nicht angebracht. Zum Glück war er noch nicht betrunken, auch wenn er in dieser Nacht noch darauf hinarbeiten wollte. Er rutschte auf dem Stuhl vor, um sich zu Jessica zu beugen und nach ihrer Hand zu greifen. Sie war eiskalt, und er rieb sie sacht zwischen seinen Fingern. »Warum, Jess? Warum etwas überstürzen?«

Er bemerkte, dass ihre Hand leicht in seiner bebte. Er betrachtete sie, als würde er sie zum ersten Mal sehen. Schlanke, elegante Finger mit ovalen Nägeln, feine, durch die Haut schimmernde Adern. Jack kannte diese Hände seit vielen Jahren, und er kannte sie gut. Aber nun war nichts Kindliches mehr an ihnen. Sie hatten die weichen Konturen verloren, Jessicas ganz eigener Charakter hatte sich ihnen eingeprägt. Und man sah, dass sie sie auch gebrauchte – die Nägel waren kurz geschnitten, einer war abgebrochen, und auf den Handinnenflächen fand er kleine Schwielen, die von der Hausarbeit stammten, sowie eine verheilende Schnittwunde am Zeigefinger. Er hauchte einen Kuss darauf.

Durch Jessicas Körper ging ein merkliches Zittern. Sie hatte den Blick gesenkt. »Überstürzen? Andere in meinem Alter sind schon seit Jahren verheiratet.«

»Und was sagt dein Vater dazu?« Jacks Atem ging schwerer. Die Wand aus brüderlicher Besorgnis geriet mehr und mehr ins Wanken. Einige Mauerteilchen begannen schon ernsthaft zu bröckeln. Wer, zum Teufel, war dieser Mensch, der es wagte, ihm Jessica wegzunehmen?

»Er ist natürlich einverstanden. Charles ist Kaufmann.«

Jack starrte sie an. »Sag nur, es ist dieser Charles …«, er dachte fieberhaft nach. Wie hatte der gleich noch geheißen? »Charles Dingsda …«

»Daugherty.«

»Der Freund von Harding«, sagte Jack aufgebracht. »Das kommt überhaupt nicht in Frage. Ich glaube, ich muss mit deinem Vater sprechen.«

»Harding hat doch nur die Briefe überbracht. Weshalb fängst du schon wieder damit an? Du kannst deine Abneigung doch nicht allen Ernstes auf Charles übertragen! Er ist ein sehr ehrenwerter und netter Mann, der … Au! Willst du mir die Hand zerquetschen?«

Jack ließ Jessicas Hand abrupt los und lehnte sich wieder zurück. Seine Wut und Eifersucht wuchsen mit jeder Minute. »Nett?« Abfälliger konnte man dieses Wort nicht aussprechen. Er überkreuzte die weit von sich gestreckten Beine über den Knöcheln und vergrub die Hände in die Hosentaschen, um nicht in Versuchung zu kommen, Jessica zu packen und sie zu schütteln. *»Nett«*, wiederholte er höhnisch. »Wenn es dir nur um einen netten Mann geht – warum heiratest du dann nicht mich? Ich bin noch viel *netter*.« Er sah, dass Jessie bei seinen Worten zusammenzuckte und blass wurde. Das tat weh. Er starrte auf seine Stiefelspitzen und wünschte sich selbst und Dingsda zum Teufel.

Jessica erhob sich. Jacks Worte hatten sie so außer Fassung gebracht, dass sie die Flucht ergriff. So sarkastisch reden konnte nur ein Mann, der keine Ahnung hatte, wie sehr er geliebt wurde. »Es wird jetzt Zeit, dass ich gehe. Ich wollte dir nur Lebewohl sagen, als ich hörte, dass du morgen abreist.« Sie war selbst schuld. Weshalb war sie überhaupt hergekommen? Sie hatte eigentlich gar nicht über Charles sprechen wollen. Jack hatte sie einfach provoziert. Ihr Stolz ließ nicht zu, dass er auch nur glauben konnte, sie würde sich über seine Abreise grämen.

Sie wandte sich zur Tür, aber Jack sprang ebenfalls auf und fasste sie an der Hand, um sie zu sich herumzudrehen. »Warte. Das war jetzt nur ein Scherz, ja? Diesen Antrag hast du erfunden.«

»Erfunden? Weshalb sollte ich so etwas erfinden? Hast du mich jemals mit diesen Dingen scherzen sehen?«

»Nein, aber …« Jacks Miene schwankte zwischen Verwirrung und Ärger. »Das kommt so plötzlich. Du hast gestern auf dem Ball so getan, als wäre dieser Charles nicht wichtig.«

Sie zuckte mit den Schultern. »Vielleicht, weil ich dachte, es wäre für dich nicht so interessant.«

»Nicht interessant?« Er lachte spöttisch auf. »Hast du denn überhaupt eine Ahnung, was ich für di…« Er unterbrach sich und fuhr gemäßigter fort: »Ich bin immerhin so etwas wie ein alter Freund, oder? Vielleicht sogar wie ein älterer Bruder. Und du verschweigst mir deine Heiratspläne!«

»Jetzt weißt du es ja.« Sie wollte gehen, aber Jack zerrte sie zu sich herum. Seine Finger pressten sich schmerzhaft um ihr Handgelenk. »Worum geht es dir? Um diesen Charles oder ums Heiraten als solches?«

»Was soll die Frage?« Sie machte sich los.

Jacks braune Augen waren in seinem erblassten Gesicht fast schwarz. »Was ist wirklich zwischen euch vorgefallen? Ein Kerl reist doch nicht so einfach ab und schickt dann vom anderen Ende der Welt einen Heiratsantrag! Liebst du ihn?«

Die Frage war so heftig gestellt, dass Jessica einen Schritt zurücktrat. Er packte sie an den Schultern. »Ob du ihn liebst, will ich wissen!«

»Du musst betrunken sein!« Jessica wehrte sich gegen seinen Griff. »Wenn ich das gewusst hätte, wäre ich nicht gekommen, um mich zu verabschieden.«

Jack packte sie fester. »Dieser Charles Irgendwas hat dir den Kopf verdreht!«, fuhr er sie an. »Und du dumme Gans fällst auf so einen dahergelaufenen Strolch rein!«

Jessica war zuerst sprachlos, dann wurde sie ärgerlich. »Was fällt dir ein? Ich bin eine dumme Gans? Was bist dann du?« Wut und Kränkung gaben ihr die Kraft, Jack zurückzustoßen, so dass er zwei Schritte zurückstolperte und sie loslassen musste, wenn er sie nicht mitreißen wollte. »Ein Kerl, der zu blöd ist, um zu wissen, was gut für ihn ist!«, fauchte sie ihn an. »Einer, der vermutlich in jedem Hafen eine hat, die sich darum reißt, ihn in ihren Armen willkommen zu heißen, sobald er sich sehen lässt! So geh doch hin! Hau ab! Aber mach mir keine Vorschriften!«

Sie eilte zur Tür. Nur weg. Sie wusste, sobald der Ärger nachließ, würden die Tränen kommen, aber sie würde eher sterben, als Jack auch nur eine einzige davon sehen zu lassen. Ganz sicher sogar hatte er eine Frau in einem anderen Hafen, mit der er all die Sachen machte, die Jessica mit glühenden Wangen und Herzklopfen in diesem Buch betrachtet hatte.

Das Buch …! Sie war schon an der Tür, als ihr ein wahrhaft diabolischer Einfall kam. Sie hielt inne und drehte sich um.

Jacks Gesichtsausdruck war nicht mehr wütend, sondern erschrocken. »Jess, ich bitte dich, sei vernünftig. Das habe ich doch nicht so gemeint, ich will nur nicht, dass du einen Fehler ma…«

Sie stieß ihn zur Seite, lief zur Kommode und griff nach dem Buch. Als sie wieder an Jack, der sie ebenso verblüfft wie bestürzt ansah, vorbeikam, hielt sie ihm im Vorübereilen das Buch unter die Nase. »Da! Das nehme ich mit. Als mein Hochzeitsgeschenk. Charles wird sich freuen. Wir können dann gemeinsam darin lesen und all diese Dinge ausprobieren!«

Jack versuchte, nach ihr zu greifen. »Das kommt nicht in Frage! Gib das sofort her! Das ist nichts für dich!«

»Lass mich los!« Sie schlug mit dem Buch nach ihm, riss, als er über einen Stuhl stolperte, die Tür auf und huschte hinaus. Sie knallte die Tür zu, achtete nicht auf das Poltern dahinter, nicht auf Jacks Flüche, sondern flog förmlich die Treppe hinunter. Nichts wie weg!

Unten auf der Straße blieb sie stehen und schrie zu dem geöffneten Fenster hinauf: »Und noch etwas, Jack O'Connor! Charles ist im Gegensatz zu dir ein Gentleman! So einen wie dich würde ich nicht einmal haben wollen, wenn du der letzte Mann auf der Welt wärst!«

Jack erschien im Fenster, sich ein Taschentuch an die Nase haltend. »Jessica! Verdammt noch mal! Bleib hier!«

Sie wich einem Mann aus, der soeben an dem Haus vorbeiging und erstaunt von ihr zum Fenster hoch sah, presste das Buch an ihre Brust und lief davon. Nur nicht umdrehen. Nicht zurücksehen, nicht stehen bleiben, nicht über Jacks Gemeinheit, ihre Hysterie und ihre bösen Worte nachdenken. Sie rannte in eine Seitenstraße. Die ersten Tränen begannen ihr in die Augen zu steigen. Sie würgte an der Enge in ihrem Hals. Erst musste sie in Sicherheit sein, an einem Ort, wo sie niemand sah und wo sie in Ruhe darüber weinen konnte, wie sehr Jack sie gekränkt hatte. Wie hoffnungslos sie ihn liebte, wie sehr er seit Jahren zum Mittelpunkt ihres Lebens und Denkens geworden war. Darüber, wie unglaublich dumm sie und wie noch weitaus dümmer er war.

Jessica merkte erst, dass sie in ihrer Aufregung die falsche Richtung eingeschlagen hatte, als die Straßen schmutziger und die Häuser ungepflegter wurden. Das war nicht gerade die beste Gegend. Die Straßen waren nicht gepflastert wie jene, in der ihre Eltern wohnten. Jetzt, nach dem leichten Regen am Nachmittag, musste man durch Pfützen waten und versank sogar in Schlamm und Abfällen. Sie blieb stehen und sah sich um. Sie kannte Boston, aber in dieser Gegend war sie nur zweimal mit der Kutsche durchgefahren. Es war kaum jemand auf der Straße. Nur an der Tür zu einer Schenke lehnte eine offenherzig gekleidete Frau, die sie abschätzig musterte, als Jessica vorbeilief, und ein Betrunkener torkelte auf der anderen Straßenseite zu einer Hauswand, wo er sich übergab.

Jessica wollte wieder zurückgehen, aber da standen plötzlich zwei Männer vor ihr.

»Hey, was haben wir denn da? Nicht so eilig, Süße.« Eine Fahne von billigem Alkohol, ungewaschener Kleidung und Dreck umwehte Jessica. Sie fasste Jacks Buch fester.

»Haut ab, verschwindet!« Jessica war behütet, aber nicht verwöhnt aufgewachsen. Und sie hatte Zeit genug in der Gesellschaft von Seeleuten verbracht, um jetzt nicht vor Angst in Ohnmacht zu fallen, auch wenn ihre Knie zitterten.

»Nettes Püppchen«, hörte sie da von hinten eine andere Stimme. Der Mann lallte ein wenig, aber als Jessica schnell über ihre Schulter sah, bemerkte sie, dass er noch sehr aufrecht stand. Der Lichtschein, der aus den Fenstern einer Kneipe fiel, zeigte gerötete Augen, ein unrasiertes Gesicht und strähnige Haare. Er stank ebenfalls nach Fusel.

Einer der beiden, die sie zuvor aufgehalten hatten, griff lachend nach ihr. Sie schlug ihm Jacks Buch über den Schädel, rammte dem hinter ihr stehenden Kerl den Ellbogen in den Magen und lief los. Die Männer waren sofort hinter ihr her.

Jessica war schon als Kind eine flinke Läuferin gewesen. Sie gewann einen Vorsprung, hastete, durch den Schlamm rutschend, um eine Ecke und stellte zu ihrem größten Entsetzen fest, dass direkt vor ihr eine Mauer war. Eine atmende, lebendige Mauer. Zwei Arme, die sich um sie legten und hielten. Jessica schrie erschrocken auf und wollte sich losreißen, wurde jedoch eisern festgehalten.

»Moment mal, wir waren noch nicht fertig. Lass dir nicht einfallen, mich nochmals zu schlagen und dann wegzurennen. Du wirst mir jetzt …«

Jessica ging vor Erleichterung ein Stück in die Knie. Die grimmige Stimme war ihr so vertraut wie ihre eigene. Im nächsten Moment hatte sie Jack jedoch am Jackenaufschlag gepackt und zerrte daran, als er sie nicht loslassen wollte. »Wir müssen fort. Hinter mir …«

Doch da stürmten schon ihre drei Verfolger um die Ecke. Sie wandte sich nach ihnen um, bereit, sowohl Jack als auch sich selbst zu verteidigen, als sie von zwei kräftigen Händen halb hochgehoben und herumgewirbelt wurde. Dann stand Jack zwischen ihr und den Männern.

Jessica klemmte sich das Buch unter den Arm und suchte in ihrer Kleidertasche nach einer Waffe, fand jedoch nur ihren großen eisernen Hausschlüssel und ein Taschentuch. Sie zerrte den Schlüssel hervor und umfasste ihn fest mit den Fingern. Damit konnte sie einem der Männer schmerzhaft übers Gesicht oder in die Augen kratzen. Sie lugte über Jacks Schulter und sah in drei höhnisch verzogene Mienen.

»Hey, der will uns aufhalten. Willst das Flittchen wohl für dich allein haben?«

»Ihr solltet verschwinden.« Das Knacken eines Pistolenhahns unterstrich Jacks Worte.

Das Grinsen auf ihren Gesichtern war plötzlich wie fortgewischt. Einer hob die Hände. »Hey, nichts für ungut. Wollten ja nur 'n bisschen Spaß.«

»Natürlich«, sagte Jack verständnisvoll. »Da ist ja auch nichts dabei. Den könnt ihr doch haben. Gleich hier und jetzt. Ihr dürft euch sogar aussuchen, wo die Kugel am spaßigsten ist. Bauch oder Kopf?«

»Hurensohn«, brummte der Mann, »großes Maul mit einer Pistole in der Hand. Leg sie mal weg, dann …«

»Du willst also derjenige sein, der mir als Zielscheibe dient. Auch gut. Bauch oder Kopf?«, wiederholte Jack seine Frage. Seine Stimme klang kalt und bedrohlich, und die Männer wichen zurück. Endlich verschwanden sie um die Ecke, und Jessica seufzte erleichtert auf. Jack wartete nicht darauf, bis die drei neuen Mut schöpften, sondern zog Jessica hastig durch einige Seitenstraßen, bevor er stehen blieb, ihr mit leisen, aber unmissverständlichen Worten einschärfte, sich ja nicht von der Stelle zu rühren, und dann ein Stück zurückging. Die Straße war leer. Die drei hatten entweder eine andere Unterhaltung gefunden, oder sie waren von ihnen abgehängt worden.

»So. Und jetzt zu uns beiden.« Er packte Jessica an den Schultern und drängte sie mit dem Rücken an eine Stallmauer, hinter der man das Schnauben von Pferden hörte. Etwas raschelte, und eine Katze fauchte. Erschrocken ließ Jessica das Buch mit einem dumpfen Laut ins Gras neben der Stallwand fallen.

»Was fällt dir ein, davonzulaufen! Wenn ich dir nicht nachgerannt wäre, hätten die Kerle dich erwischt!«

Jessica kannte Jack gut genug, um zu wissen, dass Angst Zorn bei ihm auslöste. So hatte er immer reagiert, wenn sie sich in Gefahr gebracht hatte, schon als kleines Mädchen mit Milchzähnen. Zuerst hatte er sie aus welcher Lage auch immer gerettet und in Sicherheit gebracht, um ihr dann die Leviten zu lesen.

Sie versuchte, im Halbdunkel sein Gesicht zu erkennen. »Hättest du wirklich auf sie geschossen?«

Jack schwieg einen Moment, dann sagte er ruhig: »Natürlich. Es sei denn, du hättest es vorgezogen, mich blutend mit einem Messer im Bauch am Boden liegen zu sehen. Aber vielleicht«, fuhr er erbittert fort, »sollte ich diese Frage nicht gerade einem Mädchen stellen, das mit einer in schweres Leder gebundenen Ausgabe indischer Liebeskünste nach mir schlägt und mir dann noch so vehement die Tür auf die Nase knallt, dass ich kleine Sternchen und bunte Kreise sehe.«

Jessica tastete nach seiner Nase. Sie fühlte sich heiß an und war etwas geschwollen. »Tut es noch weh?«

»Natürlich«, kam es gereizt als Antwort.

»Aber sie blutet nicht«, stellte sie erleichtert fest.

»Das ist aber nicht gerade dein Verdienst.«

»Du bist selbst schuld. Du hast mit dem Streit angefangen«, sagte sie vorwurfsvoll.

»Und du hast mein Buch«, erwiderte Jack eisig.

»Das ist mein Hochzeitsgeschenk für Charles.« Sie zappelte trotzig unter seinem Griff und erwartete, dass er sie loslassen würde, und tatsächlich glitten seine Hände von ihren Schultern links und rechts neben ihr an die Holzwand. Nun fand sie sich zwischen seinen Armen und seinem Körper gefangen. Das Mondlicht schien genau auf ihr Gesicht, während sie nur Jacks Umrisse sehen konnte. Sein Haar fiel ihm dunkel und unordentlich in die Stirn. Das schwarze Samtband, mit dem er sein Haar im Nacken zurückgehalten hatte, musste bei ihrem Gerangel verlorengegangen sein. Sein Gesicht war so nahe, dass sie seinen Atem fühlen konnte.

»Was … ist denn?«, fragte sie zögernd, als er sie schweigend betrachtete.

»Ich fürchte, ich war zu lange weg. Du hast Unarten angenommen, die du früher nicht hattest.«

»Unarten?!«

»Du widersprichst. Du läufst weg. Du schlägst mit Büchern nach mir. Du willst irgendwelche Kerle heiraten.«

»Und was willst du dagegen tun? Mich verprügeln?« Jessica versuchte, ihre Stimme spöttisch klingen zu lassen, aber etwas nahm ihr den Atem. War es seine Nähe? Seine dunkle, fast flüsternde Stimme? Die Wärme, die sein Körper ausströmte? Vermutlich alles zusammen.

»Keine schlechte Idee.« Jacks Stimme war noch leiser und zugleich heiserer geworden, etwas Gefährliches schwang darin mit, das Jessica kleine, aber nicht unangenehme Schauer über die Haut jagte. »Das hatte ich dir früher öfter versprochen, wenn du in den Wanten herumgeklettert bist. Vielleicht wäre es an der Zeit, es doch einmal wahrzumachen. Es sei denn«, er trat einen kleinen Schritt näher, so dass sie, wenn sie tief durchatmete, seine Brust fühlen konnte, »mir fällt etwas deinem Alter Angemesseneres ein.«

Jessicas Haut begann an der Stelle, an der sein Atem darüberstrich, leise zu prickeln. Sie lehnte den Kopf an die Stallwand und sah zu Jack auf.

Er kam immer näher. Sein Körper berührte ihren und drückte sie gegen die Wand hinter ihr, bis sie jeden seiner Atemzüge spürte. Er atmete hastig, und obwohl sein Gesicht immer noch im Schatten lag, wusste sie, dass sein Blick auf ihren Mund geheftet war. Dann senkte er den Kopf.

Es war der erste Kuss, den Jessica jemals bekommen hatte. Jenes sanfte Küsschen, das Charles ihr gegeben hatte, konnte man nicht dazu zählen. Aber Jacks Kuss war echt. Seine Lippen pressten sich hart und ungestüm auf ihre, als wolle er sie tatsächlich strafen. Zuerst wollte sie erschrocken ausweichen, aber dann gab sie dem Druck nach, bis ihre Lippen sich leicht öffneten. Seine Körper drängte sie so heftig an die Wand, dass ihr der Atem stockte und sich die beiden Pistolengriffe in ihre Rippen drückten.

Als er sie losließ, glühte ihr ganzer Körper. Sie fühlte sich schwach, schwindlig und zugleich so lebendig, als hätte sie nie zuvor so intensiv gelebt. Sie starrte auf Jacks Halsschleife.

»Tust du das mit allen Mädchen, die dir widersprechen?«, fragte sie, als sie ihre Stimme wiederfand. Sie klang erstaunlich klar, obwohl sie den Tränen nahe war. Warum nur hatte er das getan? Was für ein verfluchtes Spiel trieb er mit ihr?

Jack schwieg. Er rührte sich nicht, machte keinen Versuch, sie abermals zu küssen, auch wenn sein Körper sie immer noch zwischen der Wand und sich gefangen hielt. Es schien eine Ewigkeit zu dauern, bis er sich aufrichtete, seine Hände zurückzog und einen Schritt zurücktrat. Sie war frei und hätte einfach weggehen können. Aber sie tat es nicht. Worauf wartete sie? Dass er sie noch ein weiteres Mal küsste? Noch einmal dieses Feuer entfachte, das sie innerlich brennen ließ?

»Jessica, ich … ich wollte das nicht.«

Er klang so müde und gequält, dass sie den Kopf hob und ihn ansah. Der Mond war weitergewandert, und ein sanfter Schimmer lag auf Jacks Gesicht.

»Was wolltest du nicht? Mich nicht küssen? Oder mich nicht mit einem Kuss bestrafen?«

»Beides.« Er atmete schwer, wollte noch etwas sagen, aber sie hob die Hand und schnitt ihm das Wort ab.

»Dann ist ja wohl alles zwischen uns geklärt. Wahrscheinlich ist es ganz gut, wenn du morgen abfährst.« Sie sah, dass sie ihm mit diesen Worten weh tat, aber sie selbst schmerzten sie noch viel mehr. Sie glitt zwischen ihm und der Hausmauer vorbei, stolperte über das Buch, bückte sich danach und ging davon.

Sie stapfte wütend dahin, Jack immer zwei oder drei Schritte hinter ihr her. Natürlich folgte er ihr, wenn auch mit Abstand. Jack würde sie niemals ohne Schutz nachts durch die Stadt laufen lassen. Was auch immer soeben passiert war – er würde ihr niemals wirklich weh tun wollen. Herrgott noch mal, es war nicht irgendein Mann, sondern Jack, der sie besorgt verfolgt und sie dann – aus welchem seltsamen Grund auch immer – geküsst hatte. Jack, der seit ihrer Kindheit ein wachsames Auge auf sie hatte. Was dieser Kuss in ihr ausgelöst hatte, damit musste sie allein fertig werden. Sie war selbst schuld. Sie war in seine Wohnung gegangen, hatte mit ihm gestritten. Vielleicht war es der Schlag auf die Nase gewesen, der ihn von Bruder Jack zu einem küssenden Fremden gemacht hatte.

Sie war bei ihrer Flucht und ihrem verstörten Herumlaufen fast ans andere Ende von Boston gekommen. Erst jetzt erreichten sie wieder Gegenden, in denen sie sich auch am Abend aufhalten konnte.

Endlich war sie – mit Jack im Schlepptau – in ihrer Straße und vor ihrem Haus angekommen. Oben in den Schlafzimmern brannte Licht. Sie hatte gesagt, dass sie Vanessa besuchen wollte. Es gab für ihre Familie daher keinen Grund, aufzubleiben und auf sie zu warten. Vanessa sorgte immer dafür, dass sie selbst über diese kurze Entfernung, die ihre beiden Häuser voneinander trennte, von einem Diener heimgebracht wurde. Sie zog den Schlüssel aus ihrer Kleidertasche und sperrte auf.

Das Schlimmste, sagte sie sich, war Jacks Antwort gewesen. Dass er sie nicht hatte küssen wollen. Und er hatte tatsächlich so ausgesehen, als würde er das auch meinen. Erschrocken, um Verzeihung bittend. Die richtige Antwort, die ihren kindischen Träumen von Jack entsprochen hätte, wäre gewesen: »Nein, Jessica, ich küsse nur Mädchen, in die ich verliebt bin. Und in dich bin ich verliebt.«

Sie lachte höhnisch auf. *Dumme Gans*. Er hatte nicht einmal unrecht, wenn er sie so nannte. Sie sah Jack an, der vor der Tür stand und sie eindringlich anstarrte.

»Gute Nacht«, sagte sie spröde. »Vielen Dank für die Begleitung.«

Jack machte zwei schnelle Schritte auf sie zu und hielt sie davon ab, die Tür hinter sich zu schließen. Er trat mit ihr in den von einer kleinen Lampe beleuchteten Vorraum und nahm ihren Arm.

»Jessie, bitte warte. Geh nicht so weg. Hör mich an.«

»Ich höre zu, aber lass mich los.«

Seine Hand zog sich sofort zurück, und Jessica blieb stehen. Zweifellos hatte er über eine weitere Entschuldigung nachgedacht. Eine Ausrede, weshalb er sie geküsst hatte. Sie würde ihm zuhören, auch wenn er ihr dabei wahrscheinlich wieder weh tat.

»Nun?«, fragte sie ungeduldig, als er nichts sagte, sondern

sie nur anblickte. Der Ärger über ihn und noch mehr über sich selbst verschaffte ihr eine gewisse Beherrschung, aber diese konnte auch nicht ewig anhalten. Sie wollte in ihr Zimmer und sich dann endlich gehenlassen und weinen, bis sie Schluckauf hatte.

»Ich wollte dich nicht zur Strafe küssen.«

»Das hast du schon erwähnt. Und ich habe es zur Kenntnis genommen.« Jessica wandte sich zum Gehen.

»Ich wollte dich auch nicht auf diese Art küssen«, hörte sie in ihrem Rücken seine leise Stimme. »Nicht an eine Stallwand gepresst. Nicht in einem miesen Viertel von Boston. Nicht, nachdem du davongelaufen bist, weil wir gestritten haben.«

Sie verhielt ihren Schritt. Diese Entschuldigung klang schon besser. Und seine Stimme war so weich. Und dann sagte er etwas, das ihr fast den Boden unter den Füßen wegzog.

»Aber küssen wollte ich dich. Seit dem Moment, an dem ich dich auf dem Markt gesehen habe. Oder unter dem Apfelbaum. Auf dem Ball. Jedes Mal, wenn ich dich treffe.«

In Jessicas Kopf begannen sich kleine Wirbel zu drehen. Sie schloss die Augen und versuchte, gleichmäßig zu atmen.

»Und nein, ich küsse nicht alle Mädchen, die mir widersprechen.« Das klang jetzt ein wenig verärgert. »Ich habe in den vergangenen Jahren natürlich viele … Ich meine …«

Jessica drehte sich nach ihm um und sah, wie er sich mit beiden Händen durchs Haar fuhr. »Jessica, was ich damit sagen will«, fing er mit wachsender Verzweiflung an, »welche Frauen auch immer ich gekannt habe, für keine habe ich das empfunden, was ich für dich fühle. Und das schon viel länger, als mir noch vor kurzem klar war.«

Jessica machte einen Schritt auf ihn zu. Sie stemmte die

Hände in die Hüften und sah ihn scharf an. »Lass mich raten: brüderliche Zuneigung.«

Bei ihrem Tonfall zuckte es belustigt um seine Lippen. Sein Blick glitt wie eine Liebkosung über ihr Gesicht. »Brüderlich wäre der Ausdruck, der mir zuletzt dazu einfallen würde.« Er sah, plötzlich wieder sehr ernst geworden, auf sie herab. »Es wird nicht wieder vorkommen, das verspreche ich dir. Aber entzieh dich mir nicht, Jessie. Wie du richtig gesagt hast, werde ich morgen ohnehin abreisen. Und vielleicht ist es im Moment wirklich das Klügste. Aber ich will nicht so gehen wie das letzte Mal. Nicht wieder im Streit.« Er hob vorsichtig die Hand, als könnte er sie erschrecken, aber als sie stehen blieb – auch wenn sie sich alles andere als ruhig fühlte und die Wirbel in ihrem Kopf auch ihr Herz und ihren Magen erreichten –, legte er seine Handfläche an ihre Wange.

»Du bist das Beste, das sich ein Mann wünschen kann, Jessie. Das Beste, was ich mir jemals wünschen könnte. Ich weiß nicht, was du in mir siehst – vermutlich immer noch so eine Art Bruder?«

Obwohl Jacks Hand an ihrer Wange, seine Nähe, diese Worte den Schwindel verstärkten, versuchte Jessica nach außen hin ruhig zu wirken. Es war, als wäre alles Blut zu ihrem Herzen gelaufen, das schmerzhaft und schwer pochte, während sie sich sonst seltsam leer fühlte. Sie schüttelte leicht den Kopf. »Keinen Bruder mehr.« Ihre Stimme klang so tonlos, dass Jack seine Hand zurückzog.

Er sah verletzt aus. »Du bist böse über das, was geschehen ist. Über meine Einmischung. Den Streit. Den … Kuss.«

Sie gab keine Antwort. Sie fand nicht die richtigen Worte. Sie wollte widersprechen, aber ihre Stimme wollte ihr nicht gehorchen, ihre Kehle war wie zugeschnürt. Sie senkte den Kopf, um sich zu fassen. Das war alles zu viel für einen Abend. Jacks geplante Abreise. Der Streit. Die Männer, die sie bedrängt hatten. Jacks Kuss. Die vermeintliche Kränkung und jetzt diese Erklärung. Worauf wollte er wirklich hinaus? War es das, was sie so sehr ersehnte? Ihre Knie zitterten.

Seine Stimme klang durch das Dröhnen in ihren Ohren wie von weither. »Hast du das ernst gemeint, als du gesagt hast, du würdest mich nicht einmal haben wollen, wenn ich der letzte Mann auf der Welt wäre?«

Jessica sah ihn nicht an. »Ich war wütend.«

Einige Atemzüge lang war es still zwischen ihnen, dann sagte Jack: »Jessie, bitte hör mir zu.« Seine Stimme wurde drängend. »Ich wollte nicht mit dir sprechen. Ich wollte es dir nicht sagen, aber jetzt, nach dem, was geschehen ist, muss ich es tun.« Er atmete tief durch. »Ich habe die ganze Zeit über versucht, mich zurückzuhalten und dir nicht zu nahe zu kommen. Mit wechselndem Erfolg, muss ich zugeben, und du hast es mir nicht immer gerade leicht gemacht. Und vorhin habe ich die Beherrschung verloren, das hätte nicht passieren dürfen. Aber glaube mir eines: Wenn ich in meinen Entscheidungen frei wäre, würde ich hier bei dir bleiben.« Sein Lachen klang gepresst. »Ich würde dir Blumen schenken, Konfekt, mit dir auf Bälle gehen, dich zu einer Ausfahrt einladen. Mit deinen Eltern sprechen. Bis …« Er atmete tief durch. »Die Zeit ist zu kurz, um dich von meiner Zuneigung zu überzeugen, und die Gelegenheit unglücklich gewählt, aber ich schwöre dir, dass ich, wenn ich am Leben bleibe, wiederkomme. Dann werde ich dieses Leben aufgeben und um dich werben, wie es sich gehört.«

Sie hob abrupt den Kopf. »Der Indische Ozean ist weit weg. Wenn dir wirklich etwas an mir liegt, dann fängst du besser sofort mit den Blumen und dem Konfekt an.«

Ein Zucken ging über sein Gesicht. »Aber ich komme doch wieder, Jessie.« Es klang, als müsste er sich selbst überzeugen.

»Wann? In einem Jahr? In fünf? Oder gar nicht, weil eine Kugel dich getroffen hat oder die *Tuesday* versenkt wird, und die Fische sich an dir gütlich tun, während ich hier sitze und auf dich warte?« Jessica hatte das Gefühl durchzudrehen. Das konnte alles nicht wahr sein! Jack machte so was wie eine Liebeserklärung und verabschiedete sich im selben Atemzug. Alles in ihr rebellierte dagegen. Sie konnte nicht mehr richtig denken. Das zaghafte Glücksgefühl wandelte sich in Verzweiflung und Aufbegehren. Er wollte sie und ließ sie doch allein, weil ihm seine verdammte Freibeuterei, das Abenteuer wichtiger waren?

»Jessica, bitte …«

»Was hast du vor, Jack? Was? Willst du ein zweiter Captain Kidd werden, der als Pirat die Route nach Ostindien unsicher macht und am Strick endet?«

»Nein. Ich habe andere …«

Jessica ließ ihn nicht ausreden. »Wie lange meinst du denn, soll ich warten? Bis ich zu alt zum Heiraten bin? Würde dir die Vorstellung gefallen, dass hier eine alte Jungfer sitzt, sich die Augen nach dir ausweint und darauf hofft, dass du dich irgendwann erbarmst und zurückkommst?«

»Hör auf, so mit mir zu sprechen. Du weißt ja nicht …«

Jessica hatte ruhig bleiben wollen, aber nun überschwemmte sie hilflose Verzweiflung, gepaart mit Zorn. »Wenn dir wirklich etwas an mir liegt, wie du behauptest, würdest du hierbleiben.

Du würdest dieses Leben aufgeben. Ich verlange ja nicht, dass du nie wieder ein Schiff betrittst! Aber warum so weit fort? Und warum wieder auf eigene Faust?!«

»Es geht nicht anders.«

Noch ein einziges Mal dieses »es geht nicht anders« und sie würde schreien. Sie atmete tief durch, dann straffte sie sich. »Geh jetzt bitte endlich.«

»Jessie …«

»Geh!«

Jack stand noch einige Herzschläge lang unschlüssig vor ihr, suchte sichtlich nach Worten, dann wandte er sich um und ging mit hängenden Schultern aus der Tür, die mit einem endgültigen Geräusch hinter ihm ins Schloss fiel.

Jessica eilte ans Fenster, um Jack nachzusehen. Im Gegensatz zu anderen Männern, die viel auf Schiffen waren, hatte er nicht den breitbeinigen, oftmals etwas schwankenden Gang eines Seemanns, sondern eine Art Schlendern. Heute ging er langsamer als sonst, hatte die Hände in den Hosentaschen vergraben und den Kopf gesenkt, als müsste er über etwas nachdenken. Es waren noch einige Leute unterwegs, die ihm allerdings auswichen, als er, in Gedanken versunken, die Straße überquerte und keine Anstalten machte, zur Seite zu treten. An der Ecke blieb er stehen und sah zurück. Sein Gesichtsausdruck war ernster als sonst. Die Augenbrauen waren zusammengezogen, die Lippen zusammengepresst. Dann war er fort.

Sie lehnte die Stirn an das Glas und schloss die Augen. Sie atmete tief durch. Ihre Gedanken wirbelten durcheinander, sie war hin- und hergerissen zwischen einem übermäßigen Glücksgefühl, Wut und Enttäuschung, aber das vorherrschende

Gefühl war Verwirrung. Sie presste das Buch an ihren Körper, wie um sich daran festzuhalten, und versuchte, Ordnung in ihre wirren Gedanken und Empfindungen zu bringen. Jetzt noch meinte sie seine Arme um ihren Körper zu fühlen und seinen typischen Geruch einzuatmen. Er hatte ihr eine Liebeserklärung gemacht. Zumindest kamen seine Worte einer sehr gleich. Es musste ein Traum sein, aus dem sie jeden Moment erwachte, auch wenn sie noch nicht entscheiden konnte, ob es ein Alp- oder ein Glückstraum war.

Wie oft hatte sie sich so etwas ausgemalt? Hunderte Male vermutlich in den letzten Jahren. Allerdings waren die Umstände anders gewesen als in der Wirklichkeit. Verträumter eben, unrealistisch.

»Das ist alles ein bisschen viel auf einmal, was, Kindchen?«

Jessica wirbelte herum und starrte auf die Gestalt, die in der Tür zum Wohnraum stand. Alberta.

»Du …? Bist du schon länger hier?« In Jessicas Schrecken mischte sich Empörung.

»Ich habe auf dich gewartet. Hab dich gesehen, als du nicht zu Vanessa, sondern zu Jacks Wohnung gegangen bist.«

»Du hast hinter mir her spioniert?«

»Sprich gefälligst nicht so mit mir.« Alberta klang scharf, aber sie redete unterdrückt, als wolle sie niemanden im Haus auf die Unterhaltung aufmerksam machen. »Und jetzt«, sie öffnete die Tür zum Wohnzimmer weiter, »komm rein. Wir müssen reden.«

»Ich wüsste nicht …«

»Jemand muss dir mal einiges klarmachen, junge Dame. Und das werde ich sein. Und jetzt halt den Mund und komm rein.« Albertas kräftiger Arm lag schon um Jessicas Schultern und schob sie in den Raum. Dann wurde sie auf einen Stuhl gedrückt und sah, zwischen Aufbegehren und Entrüstung schwankend, zu ihrer Tante hoch. Sie hatte doch wohl nicht vor, ihr Vorhaltungen zu machen, weil sie einen Mann besucht hatte?

»Also, zuerst einmal«, begann Alberta zu Jessicas größter Überraschung jedoch, »schickt man einen Mann, der einem so eine Liebeserklärung macht, nicht einfach fort.« Sie stemmte die Fäuste in die Hüften und sah kopfschüttelnd auf Jessica herab, die mit offenem Mund dasaß und zurückstarrte. »Was ist das nur für eine Generation?! Besteht ihr nur aus trockenem Schiffszwieback statt aus Fleisch? Habt ihr statt Blut Salzwasser in den Adern?«

»Wie … wieso …?«

»Das fragst du auch noch? Du bist wirklich kein leichter Fall. Aber das wusste ich schon lange.« Albertas Blick fiel auf das Buch in Jessicas Armen. »Was hast du da?«

In der Befürchtung, Alberta könnte danach greifen, steckte Jessica das Buch schnell zwischen ihren Rücken und die Stuhllehne. Sie hatte jedoch nicht mit der Entschlossenheit ihrer Tante gerechnet, als diese trotz Jessicas Gegenwehr danach griff. »Du schleppst Bücher mit dir rum, wenn du dich mit einem Mann triffst?« Albertas indignierter Gesichtsausdruck veränderte sich, als sie das Buch aufschlug und im Schein der Kerze darin blätterte. Sie pfiff leise durch die Zähne. »Nicht schlecht. Da sind ja Zeichnungen drin.« Sie warf der tief errötenden Jessica einen scharfen Blick zu. »Hat dir Jack das geschenkt?«

»Nein«, Jessica wand sich vor Verlegenheit. »Ich fand es in seinem Bücherregal und habe es mitgenommen. Er war wütend deshalb.« Als sie es Alberta wieder aus der Hand nehmen wollte, schüttelte diese den Kopf. »Das brauchst du jetzt nicht. Das ist etwas für später. Das kannst du dir dann ansehen, wenn Jack abgereist ist.« Sie legte das Buch auf den Tisch. »Im Moment genügt es völlig, wenn Jack weiß, was er tut. Und«, fügte sie mit gespitzten Lippen hinzu, »ich bin überzeugt, dass er sehr gut dabei ist.«

»W… wie bitte?« Jessica konnte nicht glauben, was sie da hörte.

»Liebe, Kindchen«, fuhr Alberta mit strenger Stimme fort, »wächst ebenso wenig auf den Bäumen wie Männer wie Jack. Man schickt sie nicht weg. Schon gar nicht, wenn sie fortreisen und wer weiß wie lange nicht wiederkommen. Oder gar nicht. Und damit sind wir auch schon bei der alten Jungfer, die du Jack vorgehalten hast. So wie ich das sehe, Jessica Finnegan, hast du ohnehin keine Chance, hier einen vernünftigen Mann zu finden. Doch, doch«, winkte sie ab, bevor Jessica etwas sagen konnte, »passende Heiratskandidaten schon. Einen Händler. Einen lauwarmen Kaufmann. Vielleicht sogar den schielenden Sohn des Richters, der seit drei Jahren hinter dir her ist. Aber keinen Mann wie Jack. Sollte er nicht wiederkommen, kannst du immer noch einen von ihnen heiraten, wenn du nicht allein leben, sondern eine Familie haben willst. Jungfräulichkeit zu Beginn einer Ehe wird oft überschätzt. Außerdem gibt es da Mittel und Wege …« Sie unterbrach sich. »Na ja, kommt Zeit, kommt Rat, darüber können wir dann immer noch sprechen.« Sie seufzte. »O ja, auch mein alter Finnegan war ein Kerl aus echtem Schrot und Korn, wie die Landratten sagen. Eine wahre Teerjacke, wie er sagen würde. Ein Seemann, wie man ihn heute kaum noch findet. Ich war auf der Stelle in ihn verliebt, auch wenn wir erst nach Jahren geheiratet haben. Ein guter Mann, nicht so ganz treu vermutlich, aber er ist immer wieder zu mir zurückgekommen. Bis er dann …« Sie brach ab. »War eine harte Zeit für mich, Kleine«, fuhr sie mit veränderter Stimme fort. »Hab sehr um ihn getrauert. Aber das ist der Lauf der Welt. Sie segeln fort und kommen nicht zurück. Was mich aber«, bei diesen Worten beugte sie sich vor, »wirklich unglücklich gemacht hätte: wenn ich niemals in seinen Armen gelegen wäre. Wenn ich ihn hätte fortsegeln lassen, ohne ihm vorher so nahe gewesen zu sein, wie es zwei Menschen nur sein können. Wenn ich nicht die Erinnerung gehabt und er sie nicht mitgenommen hätte. Es hat ihn immer wieder zu mir zurückgebracht. Bis auf das letzte Mal.«

»Und …«, Jessica konnte kaum sprechen, »was soll ich deiner Meinung nach jetzt tun?«

Alberta hatte sich schon ein Schultertuch umgeschlungen. »Das, wovon du all die Zeit geträumt hast, Kindchen.« Sie lachte spöttisch, als sie Jessicas große Augen sah. »Als hätte man es dir nicht schon mit siebzehn angesehen, wie verknallt du in ihn warst. Wenn ich daran denke, wie du alle Andenken an ihn gesammelt hast, große Ohren und rote Wangen hattest, wenn jemand seinen Namen erwähnt hat. Wie du oft am Hafen gesessen und traurig aufs Meer geschaut hast. Wie unglücklich du warst, als er wegging. Wie überschäumend, wenn ein Brief kam, und wie niedergeschlagen, als keine mehr folgten. Und«, fügte sie triumphierend hinzu, »ich habe euch beide in dieser Nacht, als Jack wieder auftauchte, beobachtet. Ich weiß, dass da nichts passiert ist«, winkte sie ab, als Jessica den Mund aufmachte, »aber so schnell habe ich dich noch nie die Stiegen hinunterlaufen sehen wie in der Stunde, als er unten stand. Und am nächsten Tag hattest du immer noch den verträumten Blick. Ganz zu schweigen von deinen leuchtenden Augen, als wir ihn auf dem Markt getroffen haben. Dann auf dem Ball. Na, ich glaube, mehr muss ich nicht sagen.«

Jessica erhob sich zögernd. »Du meinst, ich soll ihn aufsuchen und mit ihm reden?«

Alberta hob in gespielter Verzweiflung den Blick zur Decke und schlug die Hände zusammen. »Reden?! Wenn er dich wirklich noch reden lässt, dann verstehe ich nichts von Männern. Und lass dir noch eines gesagt sein – Jack O'Connor geht nicht ohne wirklich triftigen Grund weg, auch wenn ich diesen nicht kenne. Aber wenn er überlebt, wird er zu dir zurückkommen und dich heiraten.« Sie wandte sich zum Gehen und öffnete die Tür. »So, und jetzt komm. Wir nehmen die Hintertür. Ich begleite dich zu Jacks Wohnung. Ich werde hier und wach sein, um dich im Morgengrauen einzulassen. Ich hoffe, der Mann hält, was er verspricht, und ist klug genug, dich zeitgerecht heimzubringen.«

Als Jack nach Hause kam, zog er niedergeschlagen seinen Rock aus und warf ihn achtlos in die Ecke, bevor er sich auf den Lehnstuhl fallen ließ, auf dem Jessica noch vor kurzem gesessen hatte, und den Kopf in die Hände stützte.

Wie hatte das nur passieren, er so die Beherrschung verlieren können? Alles nur durch seine verdammte Ungeduld, seinen Zorn, seine Eifersucht. Er hätte sich Jessica gegenüber niemals so gehenlassen dürfen. Zuerst hatte er sie gekränkt, ihr Dinge gesagt, die er sonst nicht einmal gedacht hätte, und dann war er auch noch über sie hergefallen.

Zuerst hatte ihn der Zorn auf sie, weil sie weggelaufen war

und sich dann auch noch in Gefahr gebracht hatte, dazu getrieben, sie rüde zu behandeln. Wenn er sie auch nur eine Minute später gefunden hätte, wäre sie von diesen drei besoffenen Kerlen vielleicht schon in den nächsten Schuppen geschleppt worden. Und was dann passiert wäre, konnte er nicht einmal ansatzweise denken, sonst fing er an zu toben.

Und dann hatte sie ihn berührt. Ihr Atem auf seinem Gesicht. Das hatte ihn um die letzte Beherrschung gebracht.

Die Erinnerung allein war schon überwältigend. Ihre weichen Lippen. Sie hatte sich nicht gegen seinen Kuss gewehrt, ihn aber auch nicht erwidert. Oder doch? Jack konnte kaum noch sagen, was passiert war. Er hatte sich mit einem Mal in einem solchen Taumel befunden, dass alles andere zurückgetreten war. Nur noch sein leidenschaftliches Verlangen und Jessicas warmer Körper, ihr Mund, ihre weiche Haut, ihr Haar waren wichtig gewesen.

Er kämpfte das neuerlich in ihm aufsteigende Begehren nieder. Allein schon der Gedanke an Jessica, die Erinnerung an ihren Atem, diese weichen Lippen, erweckten eine sehr körperliche, schmerzhafte Sehnsucht.

Aber was war in ihr vorgegangen? Sie hatte ihm danach zwar zugehört und ihm die Chance gegeben, alles zu erklären und sich zu entschuldigen, aber er hatte es offenbar völlig verpatzt, sonst hätte sie ihn nicht weggeschickt. War ihr das Geständnis seiner Liebe so zuwider? Erschreckte es sie? Sie sehe keinen Bruder mehr in ihm, hatte sie gesagt. Aber was sonst? Einen Fremden? Einen Abenteurer, der davonsegelte, ohne sich etwas aus ihr zu machen? Er rief sich jedes Wort, jede ihrer Gesten ins Gedächtnis zurück. Sie war wegen des Kusses wütend gewesen, aber dann hatte sie ihm zugehört, und als er schon dachte, ihre Verzeihung erlangt zu haben, hatte sie ihn mit Captain Kidd verglichen und ihn rausgeworfen. Hatte sie begonnen, ihn wegen seines Lebens als Freibeuter zu verachten?

Es war ein großer Fehler gewesen, sich so schnell abweisen zu lassen, ohne herauszufinden, was sie wirklich dachte und wie sie zu ihm stand.

Aber was war ihm sonst übriggeblieben? Hätte er nach dem Rauswurf über die hintere Mauer wieder hereinkommen sollen, um vor dem verschlossenen Fenster seiner Angebeteten herumzulungern und den Mond anzuheulen?

Morgen musste er unbedingt noch einmal mit ihr sprechen. Welchen Sinn hatte es überhaupt, über ein neues Leben nachzudenken, wenn Jessica nichts mehr von ihm wissen wollte? Was sollte er noch hier, wenn sie seine Gefühle nicht erwiderte?

Und bis dahin brauchte er etwas, um sich abzulenken. Das Buch wäre ein probates Mittel gegen das ungestillte Verlangen nach Jessica gewesen, aber das hatte das kleine Biest ihm ja gestohlen. Er schielte nach der Whiskyflasche, stand auf, nahm Jessicas Glas und legte seine Lippen auf die Stelle, an der sie getrunken hatte. Er stellte sich vor, *sie* zu schmecken und nicht den scharfen Alkohol. Es war wirklich keine schlechte Idee, sich zu betrinken, solange er zeitgerecht aufhörte und am nächsten Morgen nicht auf allen vieren an ihre Tür klopfte.

Er wollte gerade den ersten Schluck nehmen, als er die Haustür hörte. Es kam schon vor, dass noch jemand bis spät in die Nacht arbeitete, aber dieses Mal galt der Besuch unzweifelhaft ihm. Schritte, zuerst entschlossen, dann zögernder kamen die Treppe hinauf und blieben vor seiner Tür stehen. Danach herrschte Stille.

Jack erhob sich leise, griff lautlos nach einer seiner Pistolen, die er zuvor auf den Tisch gelegt hatte, und schlich zum Wohnungseingang. Er lauschte hinaus. Langsam hatte er die unverhofften Besuche satt. Er griff nach dem Türknauf, zählte bis drei, dann riss er die Tür auf und sprang mit erhobener Pistole vor.

Draußen stand Jessica mit großen, erschrockenen Augen.

Jacks erster Impuls war, sie in die Arme zu reißen, und er machte schon einen schnellen Schritt in ihre Richtung, aber dann erstarrte er mitten in der Bewegung. Verlegen steckte er die Pistole hinten in den Hosenbund. »Es tut mir leid. Ich dachte …«

Ihre Stimme klang atemlos, als wäre sie gerannt. »Darf ich reinkommen?«

»Ja, natürlich!« Jack trat hastig zur Seite und achtete darauf, dass zwischen Jessica und ihm noch gut eine Armlänge Abstand blieb. Er konnte sein Glück kaum fassen, dass sie gekommen war. Jetzt war die Gelegenheit, sich zu versöhnen, seine ernsthaften Absichten klarzumachen und sie zu bitten, auf ihn zu warten. Jetzt nur nicht unüberlegt handeln und sie erschrecken oder bedrängen.

Sie ging zur Mitte des Zimmers, wartete, bis er die Tür geschlossen hatte, dann drehte sie sich zu ihm um und sah ihn an. Sie war sehr blass. Manchmal flackerte in ihren Augen so etwas wie Ängstlichkeit auf. Sie hatte keinen Grund dazu. Er würde sich eher die Hand abhacken, als sie nochmals gegen ihren Willen festzuhalten und zu küssen, auch wenn sein ganzer Körper danach schrie.

Er sah, wie sie tief durchatmete. Sie schien noch bleicher zu werden.

»Jessie, fühlst du dich nicht wohl? Willst du dich nicht setzen?« Er hatte nach ihrem Arm greifen wollen, hielt jedoch in der Bewegung inne und schob ihr stattdessen auffordernd einen Stuhl hin.

»Ja … nein … ich weiß nicht. Ich bin hier, um dir etwas zu sagen.«

Jacks Herz schlug schnell und hart. Hatte sie es sich anders überlegt? Ihm verziehen? Eine völlige Absage konnte nicht erwartet werden, andernfalls hätte sie ihn nicht mitten in der Nacht aufgesucht. Apropos: »Du bist schon wieder allein in der Nacht unterwegs gewesen«, stellte er stirnrunzelnd fest.

»Alberta hat mich begleitet.«

»Alberta?« Jack machte einen Schritt zur Tür. »Steht sie noch draußen? Aber weshalb …«

»Nein.« Jessicas Hand auf seinem Arm hielt ihn auf. Die Berührung brannte sich durch das dünne Hemd und bis auf seine Haut. »Sie hat mich nur hergebracht und ist gleich wieder gegangen. Sie …« Jessica schluckte und zog ihre Hand zurück. Jack betrachtete sie verwundert. Diese unsichere Art sah ihr gar nicht ähnlich.

»Sie sagte«, fuhr Jessica nach einem Anlauf fort, »dass sie daheim auf mich wartet, um mich wieder zur Hintertür hineinzulassen, und dass du mich zurückbringen sollst.«

Jack verstand jetzt gar nichts mehr. Weshalb sollte Alberta …?

»Sie hat uns gehört. Genau genommen hat sie uns belauscht«, fuhr Jessica tapfer fort. »Sie hat auch gesehen, dass ich nicht zu Vanessa gegangen bin, wie ich daheim erzählt habe, sondern zu dir.«

»Hat sie dir deswegen Vorwürfe gemacht?«

»Nein, nicht deshalb.« Jessicas Stimme wurde plötzlich hoch und gepresst. »Sondern weil ich dich weggeschickt habe.«

Für geraume Zeit stand Jack reglos und wie versteinert da. Was Jessica die Gelegenheit gab, hastig weiterzusprechen.

»Sie hat mir gesagt, dass Männer wie du nicht auf Bäumen wachsen. Und ich dich nicht so wegfahren lassen soll. Nicht, ohne dir gesagt zu haben, wie gerne ich dich habe. Schon seit jeher.«

Jacks schwaches Lächeln hatte etwas halb Erleichtertes, halb Trauriges. »Du magst mich also noch.«

»Nein«, erwiderte Jessica fest. »Nein. Nicht im Sinn von *mögen*. Aber«, fuhr sie schnell fort, als sie sah, dass sein zaghaftes Lächeln gefror, »im Sinne von … lieben.«

Jack machte eine Bewegung, als wollte er auf sie zustürzen, dann ballte er die Fäuste und trat einige Schritte zurück. Die Sehnsucht und das Verlangen in seinen dunklen Augen ließen Jessica erzittern.

»D… das wollte ich dir nur sagen. Damit kein Missverständnis aufkommt. Ich glaube, ich war schon immer in dich verliebt.« Sie verzog ein wenig spöttisch den Mund. »Und es ist mit den Jahren nicht unbedingt besser geworden.«

Sie sah, dass er tief durchatmete. Dann sagte er mit einer seltsam flachen Stimme: »Und Alberta fand also, dass ich das wissen sollte, bevor ich abreise.«

»Ich fand es auch«, gab Jessica mit einem gequälten Auflachen zu. Sie ging langsam auf ihn zu, bis sie dicht vor ihm stand, und sah ihn beschwörend an. »Jack, ändert das etwas?«

Er stieß laut den Atem aus. »Das, Jessica Finnegan, ändert absolut alles.« Er hob vorsichtig die Hände, aber als sie ruhig stehen blieb und ihn nur eindringlich ansah, berührte er sie. Seine Hände strichen über ihre Arme. Er hielt sie zärtlich fest, ohne sie völlig an sich zu ziehen, obwohl er so lichterloh vor Verlangen nach ihr brannte, dass er kaum atmen konnte. Aber wenn er sie jetzt zu nahe kommen ließ, ihren Körper spürte, dann verlor er die Beherrschung, und das wollte er nicht. Er neigte den Kopf und legte sein Gesicht in ihr Haar, um diesen wunderbaren Duft nach Rosen und nach Jessica einzuatmen. »Es ändert«, flüsterte er, »genau genommen mein ganzes Leben.«

Jessica liebte ihn, und sie war gekommen, um es ihm zu sagen. Er konnte es kaum fassen. Auch wenn er sie so schnell wieder verlassen musste, so geschah es in dem Bewusstsein, dass sie seine Zuneigung erwiderte. Das machte es am nächsten Tag vielleicht nicht unbedingt leichter, sondern noch schmerzhafter. Und doch war er in diesem Moment glücklich. Und er hatte etwas, worauf er sich freuen konnte. Ein Ziel. Und eine Heimat.

»Das heißt«, fragte Jessica hoffnungsvoll, »du bleibst also hier?«

Jack erstarrte innerlich. Das war es dann. Sie hatte ihm ihre Liebe gestanden, in der Hoffnung, er würde bei ihr bleiben. Er presste sekundenlang die Lippen zusammen, bevor er antwortete: »Nein, Jessie. Ich habe es dir schon gesagt.«

Er hatte gefürchtet, dass sie sich bei seinen Worten sofort von ihm losreißen würde, aber sie blieb reglos stehen und wehrte sich nicht gegen seinen Griff.

»Jessie, es ist nicht das, was du denkst. Ich habe zwar einen Kaperbrief mit, aber es geht um Martin. Er will nach Ostindien, und ich habe versprochen, ihn zu begleiten.«

Jessica war immer noch still. Sie hatte es versucht. Gehofft. Einfach probieren müssen. Zuerst wollte sie widersprechen, ihn bitten, aber sie kannte Jack gut genug, um zu wissen, wann er seine Entscheidung nicht rückgängig machte. Und als er jetzt noch von Martin sprach, wusste sie, dass sie ihn nicht mehr bedrängen durfte. Sie kannte das väterliche Verhältnis, das Martin mit Jack verband. Als sie einen Schritt zurücktreten wollte, spürte sie, wie sich sein Griff unwillkürlich verstärkte, aber nach einem kurzen Zögern ließ er sie los, und seine Arme sanken herab. Sie legte den Kopf zurück, um ihn besser ansehen zu können. Seine Augen forschten besorgt in ihrem Gesicht, und sie versuchte ein kleines Lächeln.

»Das hatte ich befürchtet«, sagte sie leise.

»Jessie«, seine Stimme klang rauh, »glaube nicht, dass es daran liegt, dass ich nicht bleiben wollte oder an meiner mangelnden Zunei…«

Sie legte ihm einen Finger auf die Lippen. Er hauchte einen Kuss darauf. »Probieren musste ich es.« Sie hatte sogar mit Alberta darüber gesprochen, und diese hatte gemeint, dass es den Versuch wert sei, Jack zu überreden und danach den üblichen, ehrbaren Weg einzuschlagen, der aus Küssen und einer angemessenen Verlobungszeit bestand, bevor sie zu ihrem Liebsten ins Ehebett stieg. Sollte dies jedoch nicht möglich sein … Alberta hatte nicht weitergesprochen, und Jessica hatte ebenfalls nichts gesagt, aber sie hatte auf dem Weg hierher den Entschluss gefasst, den Rat ihrer Tante anzunehmen. Sie hatte schon so oft von Jack geträumt, ihrer Phantasie viel zu freien Lauf gelassen, um jetzt feige umzudrehen und nicht alles an Erinnerungen mitzunehmen, die diese eine letzte Nacht mit Jack ihr bieten konnte.

Jack hob die Hand und strich ihr eine kleine Strähne aus der Schläfe. Sein rauher Finger fuhr zärtlich über ihre Wange. Er lächelte leicht. »Ich sollte dich jetzt heimbringen, Jessie.«

Jessica erschrak. So war das nicht geplant. Alberta hatte gemeint, sie könnte alles Weitere Jack überlassen. Offenbar hatte Alberta Finnegan ihn jedoch unterschätzt. Oder überschätzt. Das kam auf die Sichtweise an.

»Komm, lass uns gehen, bevor jemand daheim bemerkt, dass du fort bist. Oder bevor Alberta annehmen muss, ich wäre euer Vertrauen nicht wert.« Jack beugte sich vor, drückte einen sanften Kuss auf ihre Lippen und wandte sich dann hastig ab, um nach seiner Jacke zu greifen.

Jessica blieb stehen und starrte ihm hilflos nach, als er zur Tür ging. Er meinte es tatsächlich ernst. Was sollte sie tun? Sich ihm an den Hals werfen? Wie konnte er – oder Alberta oder sonst jemand – von ihr erwarten, den ersten Schritt zu tun? Aber er stand schon neben der Tür und sah sie für einen Herzschlag lang mit einem so verlangenden Ausdruck an, als wäre sie der Mittelpunkt seiner Welt. Dann senkte er schnell den Blick. »Komm, Jessie. Es wird Zeit.« Seine Stimme klang gepresst, und Jessica sah, wie er mit zwei Fingern in den Hemdkragen fuhr.

Es war fast unmöglich, stellte sie fest, sich einem Mann anzubieten. *Fast* unmöglich. Aber nicht ganz. Denn als Jack nach dem Türgriff fasste, brachte sie mühsam heraus: »Tante Alberta hat aber noch etwas gesagt.« Ihr Atem ging so rasch und so flach, dass sie kaum genügend Luft bekam, und ihr Herz schlug so heftig, dass ihr schwindlig wurde. Ihre Hände zitterten, und sie schlang ihre Finger ineinander.

»Sie hat gesagt, dass ich keine alte Jungfer w… werden soll, sondern wir b… beide eine gemeinsame Erinnerung haben, bis du wieder bei mir bist.«

Jack mochte viele Fehler haben, aber niemand konnte ihm nachsagen, besonders schwer von Begriff zu sein. Jetzt jedoch konnte sein Verstand kaum fassen, was er da hörte. Er hatte seine ganze Beherrschung aufbieten müssen, um Jessica mit jener Zurückhaltung zu behandeln, die sie verdiente. Sie war nicht irgendeine Frau, die er kennengelernt hatte und in sein Bett bekommen wollte. Sie war Jessie, das Mädchen, das er seit Jahren beschützte, das er hatte aufwachsen sehen, und das irgendwann einen festen, unverrückbaren Platz in seinem Leben und seinem Herzen eingenommen hatte.

Und jetzt so etwas?

»Wie war das?«

»Tante Alberta hat gesa…«

Er hob die Hand. »Ich habe es gehört. Aber ich kann es nicht glauben.« Alberta hatte Jessica zu ihm geschickt? Für eine *gemeinsame Erinnerung?* Sein Herz begann heftig zu pochen. Nicht nur sein Herz. Sein ganzer Körper. Der Raum um Jessica wurde unscharf, und sein Verlangen stieg so heftig an, dass er nur mühsam atmen konnte.

»Weißt du überhaupt, was du da sagst?«, fragte er endlich.

Jessica nickte. Natürlich wusste sie es, und es hätte nicht erst Tante Albertas Kurzeinführung in die Liebeskunst bedurft, die sie ihr auf dem Weg hierher hatte zukommen lassen, um zu wissen, was sie Jack anbot. Sie wurde jetzt noch rot, als sie daran dachte, wie Alberta mit unterdrückter, hastiger Stimme von Dingen geredet hatte, die sie in dieser Deutlichkeit nicht einmal in Jacks Bilderbuch gefunden hatte.

Jack kam näher, bis er knapp vor ihr stand. »Du weißt *wirk-*

lich, was das heißt?«, fragte er langsam. Sein glühender Blick strafte seine ruhige Stimme Lügen. »Und das willst du tun? Du willst es tatsächlich?«

Das hatte Alberta sie vor Jacks Haustür auch noch einmal gefragt. Offenbar hatte ihre Tante plötzlich mit Gewissensbissen zu kämpfen gehabt. Vielleicht dachte sie, sie hätte Jessica mit ihrer Meinung über Jack und gute Männer im Allgemeinen überrumpelt. Aber Jessica war standhaft geblieben.

Sie nickte abermals. Jetzt schon ungeduldiger. Wie oft fragte er denn noch?

Jack blieb schwer atmend und ein wenig vorgebeugt vor ihr stehen und sah sie an, als würde er ihre Gedanken lesen wollen. »Jessie, weißt du überhaupt, was du da redest?«

Jessica legte ihre Hände auf ihre glühenden Wangen. »Ich bin ja nicht völlig naiv«, entgegnete sie gereizt. Sie hätte doch gedacht, dass Jack schneller handeln und nicht noch so peinliche Fragen stellen würde, die sie in die unsägliche Lage brachten, ihre Absicht immer wieder betonen zu müssen. Er fixierte sie, sie starrte wie ein hypnotisiertes Kaninchen zurück, und endlich atmete er tief durch und richtete sich auf.

Sie hoffte, dass er endlich nach ihr griff, sie an sich presste und küsste, damit sie aufhören konnte, sich vor ihrem eigenen Mut zu fürchten, aber stattdessen trat er wieder einige Schritte zurück und stellte sich in die Mitte des Zimmers. Sie sah ihm entsetzt zu. Ja, wollte er sie denn nicht? Hieß das, er wies sie ab? Schickte sie fort? Wut und Scham stiegen in Jessica hoch. Wie konnte er sie nur derart demütigen? Sie so behandeln! Hatte er denn keine Ahnung, welche Überwindung sie das alles gekostet hatte?

Sie wollte schon an ihm vorbei und aus der Wohnung eilen,

als er den Mund aufmachte. Sein Gesichtsausdruck war nicht weich oder zärtlich, sondern grimmig.

»Um eines klarzustellen, Jessica, ich weiß genau, was jetzt das Richtige wäre: nämlich dich auf der Stelle heimzubringen. Und das, obwohl ich so verrückt nach dir bin, dass ich dich nicht einmal mehr deutlich sehen kann. Die einzige Frau, für die ich das jetzt, in diesem Zustand, noch tun, auf die ich jetzt noch verzichten würde, bist du. Aber ich werde mich bestimmt nicht noch einmal dafür entschuldigen, dass ich wie ein Geistesgestörter über dich herfalle und dich an die Wand gepresst küsse. Und ich möchte ganz sicher sein, dass du das auch willst, was du mir anbietest. Wenn ich dich dieses Mal küsse, wirst du dazu freiwillig in meine Arme kommen.«

»Bin ich etwa nicht auch freiwillig hier?«, erregte sich Jessica. »Was fällt dir eigentlich ein, es mir so schwerzumachen? Hast du gar kein Fünkchen Anstand in dir?«

»Gerade noch so viel«, sagte er bissig. »Aber nicht mehr lange.« Sein Blick veränderte sich jedoch, je länger er sie ansah, umfasste sie als Ganzes, streichelte über sie und zog sie förmlich zu sich. »Und jetzt entscheide dich, Jessica.«

Sie verharrte in sicherer Entfernung und sah hinüber. Immer noch kämpften ihre Sehnsucht und ihre Liebe mit ihrer Scham und Angst. Jack, der ihre wechselnden Gefühle von ihrem Gesicht ablesen konnte, lächelte sie halb zärtlich, halb unsicher an. Endlich schüttelte er den Kopf. »Komm zu mir, mein Liebling.«

Jessica atmete tief durch, dann schloss sie die Augen und stürzte sich in seine ausgebreiteten Arme.

Im nächsten Moment lag seine linke Hand, halb in ihrem langen Haar vergraben, auf ihrem Nacken, die andere auf ihrem Rücken. Jessica hatte ihr Gesicht an seinem Hals versteckt, klammerte sich an seine Jacke und genoss es, von ihm gehalten zu werden. Es war erregend, beunruhigend, und zugleich fühlte sie sich sicher und geborgen. Er hielt sie fest genug, um deutlich zu machen, dass er es ernst meinte und sie nicht ohne weiteres wieder loslassen würde. Ihre Körper waren wie von selbst aneinandergeschmiegt, als wären sie zwei Teile eines Ganzen.

Seine Lippen fuhren zärtlich über ihr Haar, seine Hand streichelte beruhigend über ihren Nacken, ihren Rücken, bis sie ihre Scheu überwunden hatte und den Kopf ein wenig zurücklegte, um ihn anzusehen. Sein Gesicht war ganz nahe, aber er küsste sie nicht sofort. Sein Blick wanderte eine endlose Zeit über ihr Gesicht, und seine Augen waren so brennend, dass Jessica das Gefühl hatte, seine Wärme würde auf sie übergehen und kleine Flammen in ihrem Körper entzünden.

Als er sich dann endlich über sie beugte, streiften seine Lippen ihre nur. Spielerisch, zärtlich. Er küsste sie auf den Mund, die Wangen; seine Lippen wanderten über ihr ganzes Gesicht, streichelten ihre Stirn, berührten ihre Schläfen, ihren Hals, zogen eine Spur bis auf ihre Schultern hinab, bis sie wieder bei ihrem Mund angekommen waren.

»Besser so?«, flüsterte er an ihren Lippen.

Jessica stieß einen Laut zwischen Lachen und einem kleinen Seufzer aus. »Viel besser. Ich glaube, ich bin jetzt bereit für etwas mehr.« Ihre Arme waren schon längst um ihn geschlungen, ihre Hände fühlten seine Schulterblätter, spürten, wie die Muskeln sich unter ihren Fingern bewegten. Sein Griff um ihren Körper verstärkte sich. Ebenso der Druck auf ihren Lippen. Zuerst spielte er nur mit deren Weichheit, glitt von einem Mundwinkel zum anderen, beschäftigte sich endlos lange mit ihrer Unterlippe, zog sie zwischen seine Lippen und knabberte zu Jessicas Überraschung sogar hauchzart mit den Zähnen daran. Die bunten Wirbel in ihrem Kopf waren wieder da, alles drehte sich. Sie war froh, dass er sie festhielt, weil der Raum um sie schwankte und sie das Gefühl hatte, ohne Jacks Unterstützung nicht mehr stehen zu können.

Dann verstärkte er den Kuss. Seine Lippen wurden fordernder. Sie pressten sich auf ihre, bis Jessicas Mund sich öffnete. Sie fühlte seine Zunge. Zuerst zart zwischen ihren Lippen, dann tiefer, vorsichtig tastend, als würde er erproben wollen, wie weit er gehen durfte.

Jessica war jedoch nicht gekommen, um schon beim ersten Tasten seiner Zunge oder bei einem intensiven Kuss zurückzuschrecken. Alberta war noch unten an der Tür stehen geblieben und hatte gesagt: »Wenn du es wirklich willst, dann geh jetzt hinauf. Wenn nicht, dann begleite ich dich wieder heim.«

Sie hatte nur zittrig gelächelt, war die Treppe hochgestiegen und stumm vor Jacks Wohnung stehen geblieben. Sie hatte nicht gewagt, zu klopfen. Wahrscheinlich stünde sie jetzt noch draußen, hätte Jack nicht die Tür aufgerissen.

Und nun lagen Jacks Arme warm und beschützend um sie. Sie fühlte sich tatsächlich sicher. Alberta hatte gemeint, dass Jack genau wüsste, was zu tun war, und dass er darin gut war, konnte Jessica bis jetzt jedenfalls bestätigen.

Dieser Kuss war die pure Verführung. Er schien doch einige Übung darin zu haben, und er überhastete nichts. Er ließ ihr Zeit, weil sie ja auch probieren musste, wie es war, mit ihrer Zunge nach seiner, die sich jetzt vorsichtig tiefer schob, zu tasten, ungeschickt zu erwidern, was er ihr bot, was er mit ihr tat, und womit er jeden Zweifel, falls noch einer bestanden hätte, wegschmelzen ließ.

Als er seine Lippen von ihren löste, gab er sie jedoch nicht frei. Er hielt sie weiterhin fest und warm im Arm, drückte sie mit liebevoller Zärtlichkeit an sich. Er lachte leise. »Ich habe das Gefühl, als wäre ich auf dem Schiff. Der ganze Raum bewegt sich wie bei hohem Wellengang.« Sein Mund lag an ihrem Ohr, und sein warmer Atem ließ Jessica erbeben. Dabei war es natürlich, von ihm gehalten zu werden, so, als hätte es immer schon so sein sollen. Als wäre sie nur für den Moment geboren, an dem Jack sie küsste und sie in seinen Armen lag.

»Das ist das Beste, das ich mir je erträumt hätte«, flüsterte er. »Wenn ich das damals schon gewusst hätte, wäre ich niemals fortgegangen.«

»Sag so etwas nicht, sonst glaube ich noch, dass du morgen doch nicht wegfährst.« Sie hoffte es von ganzem Herzen.

Jacks Umarmung wurde enger. Es war, als wollte er sie daran hindern, sich bei seinen folgenden Worten zu befreien und davonzulaufen. »Jessie …«

»Schon gut, sei still, Jack, ich sage ja schon nichts mehr.«

»Dann«, sagte er, wobei er sie mit einer Hand eng an sich zog und mit der anderen ihr Kinn umfasste und zu sich emporhob, »lass dir jetzt gesagt sein, Jessica Finnegan, dass du ab sofort mir gehörst. Das ist hoffentlich klar und deutlich.« Er beugte sich über sie und verteilte, während er sprach, Küsse auf ihr Gesicht. »Alles gehört mir. Dieses Gesicht, dieser Hals, dieser Nacken … Ich werde heute Nacht jedes noch so kleine Stückchen von dir in Besitz nehmen.«

»Bin ich eine Prise?« Jessica brachte ein zittriges Lachen zustande.

»Die wertvollste, die ich je entern wollte.«

Jessica erbebte, als Jack begann, ihr Kleid zu öffnen. Er ließ sich Zeit, sie zu entkleiden, obwohl seine Hände dabei zitterten, und küsste sie immer wieder.

Und Jessica schätzte seine Langsamkeit, die Rücksicht. Sie war nicht verschämt, nicht prüde – was man von einer Frau, die mit einer in Leder gebundenen Ausgabe des indischen Kamasutras davongelaufen war, auch nicht zu erwarten hatte –, aber es war eine gewisse Schüchternheit und zugleich scheues Verlangen in ihr.

Zuerst zögerte sie, Jack ebenfalls von der störenden Kleidung zu befreien, die ihre Hände und ihre Lippen daran hinderten, ihn zu streicheln und zu küssen, wie er es tat. Als sie ihm dann jedoch scheu und mit geröteten Wangen das Hemd aus der Hose zerrte und es über seinen Kopf zog, lächelte Jack, zärtlich und zugleich erregt.

Er konnte immer noch nicht das Glück fassen, Jessica im Arm zu halten. Obwohl es ihn drängte, sie möglichst rasch zu besitzen, ging er langsam vor, jeden Handgriff, jede Berührung genießend. Es war nicht die berechnende Verführung, die sich Zeit lässt, sondern der Wunsch, sie nicht zu erschrecken, und der langsame Genuss, die hinausgezögerte Erwartung von etwas, das zu schmerzlich begehrt worden war, um es sich jetzt mit zu großer Hast zu nehmen. Dabei hatte er so wenig Zeit, und es gab so viele Arten, Jessica zu lieben, sie zu streicheln, sie dabei zu beobachten, wie sie sich aufbäumte, wie sie erschöpft zusammensank, sich an seine Brust schmiegte, und der Ausdruck in ihrem Gesicht, wenn er Küsse auf ihre Haut verteilte. Diese Nacht gehört nur ihnen beiden, und er hatte vor, sie auszukosten.

Noch war sie nicht völlig nackt. Sie trug ihr Mieder und ihren Unterrock. Er sah, dass sie schwer atmete und die Röte auf ihren Wangen sich vertieft hatte. Ihr Blick glitt unsicher zu seiner Schlafzimmertür.

Er zögerte nicht, nahm sie auf die Arme, stieß die Tür auf und trug Jessica hinein. Sein Bett war sauber und gemacht, dank Vanessas Einfall, jeden Tag eines der Dienstmädchen herüberzuschicken, die bei ihm aufräumen sollten. Er legte Jessica sacht auf die bunte Quiltdecke. Ihr eigenes Geschenk, das sie ihm vor acht Jahren gemacht hatte. Sie hatte fast ein Jahr dafür gebraucht, und Jack hatte, während er in seiner Koje auf dem Schiff lag, oft bereut, die Decke nicht mitgenommen zu haben. In der Mitte hatte sie ein Schiff appliziert, das der *Tuesday* so ähnlich sah, wie es nur möglich war, und rundum waren Steuerräder gestickt. Hätte er damals gedacht, dass Jessica jemals darauf liegen würde, bereit, ihm alles zu schenken? Der Raum war nur durch das Licht der Kerzen im Wohnzimmer erhellt, und er ging hinaus, um den Leuchter zu holen. Er stellte ihn auf die Kommode in der Ecke und kam zum Bett zurück, um Jessica zu betrachten. Er konnte sich kaum an ihrem Anblick sattsehen. Ihr Körper, der sich unter dem leichten Mieder und dem Rock so deutlich abzeichnete, ihre schlanken Arme, das wunderbare Haar, der weiße Hals, der Ansatz ihrer Brüste.

Er setzte sich neben sie und beugte sich herab, um sie zu küssen. Zuerst die heißen Wangen, dann die Lippen, bis er sich weiter über ihren Hals hinabarbeitete. Dazwischen hielt er inne, beobachtete Jessicas Reaktionen, ihren Gesichtsausdruck. Sie atmete schnell, hatte ihre Augen geschlossen und bog sich seinen Berührungen entgegen, als er am Rand des

Mieders angekommen war. Seine Hand lag jetzt sacht an der Seite ihrer Brust, berührte sie, hielt sie, ließ sie seine Wärme und den sanften Druck spüren, als er seine Lippen durch das Mieder hindurch auf die leicht erhobene Spitze drückte. Ein Zittern ging durch Jessies Körper, als er begann, die Schnüre des Mieders zu öffnen. Seine Hände zitterten dabei, und sein eigener Herzschlag dröhnte in seinen Ohren. Langsam legte er immer mehr von ihren Brüsten frei, bis die rosigen Höfe der Brustwarzen zum Vorschein kamen. Dann senkte er den Kopf und presste sein Gesicht zwischen die weichen Hügel, um den Geruch ihrer Haut einzuatmen. Er schloss die Augen, als er mit seinen Lippen eine zarte, feuchte Spur zwischen ihren Brüsten zog. Jessicas Zittern verstärkte sich, und er sah auf. Sie hatte die Augen geöffnet. Er legte seine Hand an ihre Wange und betrachtete sie. Ihr Blick zeigte keine Ängstlichkeit, nur Erregung und Liebe. Er lächelte. »Meine geliebte Jessie.«

Sie hob ihre Hände und umfasste sein Gesicht. Sie lächelte ebenfalls. »Mein Jack. Endlich.«

Ihre Worte waren nur wie ein Hauch, aber sie trafen Jack bis ins Herz. Es schien ihm in diesem Moment wie ein Wunder. Es war doch nur wenige Wochen her, dass er auf der *Tuesday* gesessen hatte und an Jessie noch wie an eine Schwester gedacht hatte. Ein halbes Kind, das man liebte, an dem einem lag, das man vermisste. Und dann hatte er bei seiner Heimkehr diese Frau vorgefunden. Er suchte von neuem ihre Lippen, fand sie willig und leidenschaftlich. Ihre Hände glitten über ihn, streichelten ihn. Und dann war der Zeitpunkt gekommen, an dem er sich nicht länger zurückhalten konnte. Seine Hände wurden forscher, fordernder, als er das Mieder fortzog, sie davon befreite und ihre Brüste streichelte, die Lippen auf die erwachenden Spitzen legte, sie neckte, küsste, zart daran saugte, bis Jessica sich wand. Dann glitten seine Lippen tiefer hinab. Ihr schöner, biegsamer Leib war nur noch von dem Unterrock bedeckt. Der Saum war auf der rechten Seite halb über das Knie gerutscht, und Jacks Hand schob ihn sacht weiter hinauf, streichelte über die Haut. Seine Finger strichen über die Innenseite, tasteten sich höher, fanden feuchtes, gekraustes Haar. Jessica schloss unwillkürlich ihre Beine etwas mehr, aber Jack hatte das vorausgesehen. Er legte sich neben sie, zog sie an sich und küsste sie, bevor er seine Hand abermals suchend tiefer wandern ließ. Dieses Mal berührte er ihre Scham durch den Stoff des Rockes hindurch, während seine Lippen auf ihren lagen. Er streichelte darüber, verstärkte den Druck, bis Jessica zuerst zusammenzuckte, sich ihm aber dann nicht mehr verwehrte. Als er wieder den Saum des Rockes höher schob, die Hand auf ihre heiße Weiblichkeit legte, blieb sie ruhig, auch wenn ihre Wangen brannten und ihr Atem sehr rasch ging. Seine Finger forschten tiefer, und endlich gab sie nach, öffnete scheu ihre Beine, um ihm Zugang zu gewähren.

Jessicas Herz schlug so heftig, dass sie glaubte, es müsse zerspringen. Sie war froh, dass sie lag, denn ihre Knie hätten ihr schon längst den Dienst versagt, und wahrscheinlich wäre sie sogar in Ohnmacht gefallen. Nichts hatte sie auf die Gefühle, die sie bei Jacks Küssen, seinen Berührungen überschwemmten, vorbereitet. Ihr war abwechselnd heiß und kalt, sie zitterte, und zugleich wusste sie, dass sie nicht im Geringsten Angst oder Zweifel hatte. Sie ersehnte und wollte das, was Jack jetzt mit ihr tat und noch tun würde.

Seine Hand auf ihrem Bauch, ihren Beinen, der zarten Innenseite ihrer Schenkel, seine Finger, die höher suchten, immer wieder sacht über die empfindsamsten Stellen ihres Körpers glitten, ließen jeden Zweifel verfliegen. Es war erregend, fremd und doch so völlig natürlich, was er mit ihr tat. In der Zwischenzeit hatte er den Unterrock ganz hinaufgeschoben. Seine Hand drängte sich stärker zwischen ihre Schenkel, und sie gab nach, öffnete sich ihm. Er küsste sie zur Belohnung, streichelte mit den Lippen ihre Wangen, während seine Finger und seine Hand ein Spiel begannen, das sie atemlos machte, sie dazu brachte, sich zu winden, sich ihm entgegenzubiegen und gleichzeitig zu versuchen, auszuweichen, wenn die Berührung in ihrer Intensität unerträglich wurde.

Schon längst spürte sie an ihrem eng an Jack gepressten Schenkel eine deutliche Ausbuchtung. Sie musste nicht erst hinabsehen, um zu wissen, dass Jacks Männlichkeit sich ihr entgegenreckte. Noch hatte er sich nicht völlig entkleidet, so wie auch ihr Unterrock noch ihre Hüften bedeckte, aber sie wusste, dass es nicht mehr lange dauerte, bis sie beide völlig nackt, Haut an Haut, aneinandergeschmiegt liegen würden.

Sacht streichelte Jacks Hand über ihre Scham, seine Finger suchten tiefer, ertasteten Punkte, die Jessica dazu brachten, scharf die Luft einzuziehen und sich unter seinen Berührungen zu winden. Und dann zog er langsam den Unterrock über ihre Hüften hinunter und über ihre Beine.

Ihre völlige Nacktheit irritierte sie für einen kurzen Augenblick, noch dazu, weil Jack sie betrachtete. Sein Blick glitt mit einem unbeschreiblichen Ausdruck über sie. So, als hätte er etwas gefunden, das er immer gesucht und gewollt hatte. Sie erbebte. Wie viele Frauen musste er auf seinen Reisen schon gekannt haben. Wie viele waren vor ihr auf diese Art unter seinem Blick gelegen, erwartungsvoll, erregt. Verglich er sie mit den anderen?

Sie sah ihm nach, als er sich erhob und den Verschluss seiner Hose öffnete. Zuerst wollte sie verschämt wegsehen, aber dann sagte sie sich, dass auch Jack keinen Moment lang seinen Blick von ihr gelöst hatte. Als er endlich die Hose abstreifte, hielt sie den Atem an. Er war geschwollen, größer und aufrechter, als sie gedacht hatte. Ähnliche Abbildungen von erregten Männern hatte sie auch in dem Buch erblickt, aber noch lange nicht genügend, um jetzt nicht fasziniert Jack zu betrachten. Sie hatte nur eine knappe Viertelstunde, vielleicht zwanzig Minuten dort gesessen und geblättert, ehe Jack heimgekommen war und sie gestört hatte. Diese Minuten waren lehrreich gewesen, aber die bunten, zart gemalten, wenn auch detailreichen Bilder hatten sie doch nicht auf die Wirklichkeit vorbereitet.

Sie bemerkte, dass Jack sie ansah. Amüsement, Besorgnis, Verlangen lagen auf seinem Gesicht.

Sie streckte die Hand nach ihm aus, und er kam sofort zu ihr, glitt neben sie auf das Bett und zog sie an sich. Sein Glied strich über ihren Schenkel. Es fühlte sich hart und zugleich seidig an, und sie wünschte, sie hätte den Mut, ihn ebenso zu ertasten wie Jack sie.

Da nahm Jack ihre Hand. Er küsste sie, legte seine Wange hinein, küsste sie abermals auf die Handinnenfläche, und dann führte er sie an seinem Körper herab. Sie hatte zuvor schon seine Brust gestreichelt, ihre Finger durch die Haare darauf gleiten lassen, seine Brustwarzen mit ihrer Fingerspitze umrundet, bis sie erregt hochstanden. Sie kannte die Weichheit seiner Haut, die Vertiefungen der alten Narben, aber sie hielt den Atem an, als Jack sie an seinen Schaft führte und ihre Finger darumschlang. Er zuckte unwillkürlich zusammen, als er das tat, und stieß erregt den Atem aus, was wie ein Stöhnen klang. Sie kuschelte ihr Gesicht an seine Brust und sah zwischen ihnen beiden hinab, während sie – mutiger geworden – seine Männlichkeit streichelte, massierte, berührte und ertastete. Jacks Reaktionen darauf wurden immer heftiger, und sie hatte den Eindruck, dass sein Stab noch mehr anschwoll. Eine leise Furcht überkam sie, als Jack sich endlich über sie rollte und zwischen ihren Beinen lag.

Er stützte sich mit dem Ellbogen neben ihrem Körper auf und küsste sie, als er mit der anderen Hand ihre Beine ein wenig mehr auseinanderbog, die Knie etwas zur Seite legte, bis sie völlig offen und hilflos vor ihm lag. Was immer jetzt geschah, war nicht mehr abzuwenden. Und erwünscht. Sie wollte auf jede erdenkliche Weise mit ihm eins und vereinigt sein. Er küsste zärtlich ihr Gesicht, als er die Spitze seines Gliedes ihre heiße Scham berühren ließ, wartete geduldig, bis sie sich wieder entspannte, bevor er sich in sie presste, während ihr Körper ihm zuerst Widerstand entgegensetzte. Er legte seinen Mund auf ihren, als er sich unaufhaltsam in sie drängte, küsste den erschrockenen, leisen Aufschrei von ihren Lippen, als er den Widerstand überwand und sich tief in sie schob.

Zuerst blieb er nur ruhig in ihr, ließ ihr Zeit, sich an ihn zu gewöhnen, obwohl er heftig atmete und immer wieder Schauer durch seinen Körper gingen, als ihr Inneres ihn umschloss. Zuerst fühlte Jessica leisen Schmerz, ein gewisses Unbehagen, das jedoch schnell vergessen war, als Jack begann, sich in ihr zu bewegen. Vorsichtig und mit verhaltener Leidenschaft, sie dabei küssend, bis Jessica in der steigenden Hitze ihrer Erregung den

Eindruck hatte, der Raum um sie verschwimme, und zurück blieb nur Jack, der auf und in ihr lag und sie liebte.

Als der Morgen graute, lag Jack immer noch wach. Jessica war irgendwann unter seinen Liebkosungen in seinen Armen eingeschlummert, und er hatte ihrem Atem gelauscht, ihre Haut, ihren Duft genossen und versucht, sich so viel wie möglich davon einzuprägen, um es mitzunehmen und in den kommenden einsamen Monaten wieder in die Erinnerung zurückzurufen und davon zu zehren.

Jetzt kannte er ihren Körper völlig. Jessica war oft verlegen geworden, als er sie während der Nacht immer wieder im Kerzenschein betrachtet, überall gestreichelt, keine Stelle ausgelassen hatte, aber er hatte ihre Verlegenheit und Scham immer wieder unter seinen Zärtlichkeiten erstickt. Er strich sanft eine Haarsträhne von ihrer Schläfe zurück und rieb sie sacht zwischen seinen Fingern. So weich, so seidig. Er hatte sein Gesicht in der glatten Fülle vergraben gehabt, als er sich von hinten an sie geschmiegt hatte, während sie schlief, bis sie sich wieder gerührt und er von neuem begonnen hatte, ihren Körper zu erforschen.

Nur eine einzige Nacht, um so vieles zu bewahren. Eine Nacht, die die Erfüllung seiner Sehnsucht gewesen war und zugleich ein Abschied.

Er zog vorsichtig die Decke zurück, um den Ansatz ihrer Brüste zu betrachten, dann die vollen Hügel mit den rosigen Spitzen, die unter seinen Liebkosungen hart und dunkel geworden waren.

Er bemerkte, dass sie die Augen geöffnet hatte und ihn ansah. Er lächelte. »Versprich mir, diesen Fetzen nicht mehr zu tragen.«

Sie hob verschlafen die Augenbrauen. »Fetzen?« Sie klang müde. Er küsste sie, um sie wacher zu machen. Sie konnte schlafen, sobald er abgereist war.

»Dieses Nachthemd, das du Ballkleid nennst, und in dem dich alle angestarrt haben.«

Jessica lachte leise. Ihre Hand wanderte jetzt schon wie selbstverständlich über seine Brust, seine Schultern, streichelte seinen Bauch. Die vergangene Nacht hatte ihr die Schüchternheit genommen, und es war ihr, als hätte es niemals eine Zeit gegeben, in der sie nicht in Jacks Armen erwacht war. Die Stunden mit ihm waren sehr intensiv und ebenso lehrreich gewesen.

Das Buch, in dem sie geblättert hatte, fiel ihr ein. Die Stellungen, die sie darin gesehen hatte, schienen sehr kompliziert zu sein. Jack hatte nichts davon mit ihr getan – oder fast nichts.

»Warum hast du nicht das mit mir gemacht, was in dem Buch steht?«

Jacks Lippen waren gerade um ihre Brustwarze geschlossen. Er stieß so heftig den Atem aus, dass es wie ein Prusten klang. »Was?«

»Ich wollte wissen, ob es so üblich ist«, sagte Jessica stirnrunzelnd, als sein Gesicht sich zu einem Grinsen verzog. Sie schob ihn ein wenig von sich fort.

Jack legte den Arm um sie und presste sie wieder eng an sich. »Nicht hier. Und nicht heute«, erwiderte er. »Auch wenn …«, fügte er nachdenklich hinzu, dann schüttelte er den Kopf. »Nein. Nicht heute.« Er betrachtete sie mit einer Mischung aus Neugier, Erheiterung und liebevoller Erregung. »Es sei denn, du bestehst darauf.«

Jessica packte seinen Haarschopf und zog seinen Kopf an sich heran.

»Versprich du mir lieber, dass du zu mir zurückkommst, Jack.«

»Wenn es an mir liegt, immer. Das verspreche ich. Und wenn ich schwimmen muss. Aber wenn nicht, dann nicht, weil ich nicht wollte.« Er sah sie sehr ernst an. »Was immer passiert, Jessica, zweifle niemals daran, wie sehr ich dich liebe.«

Kapitel 8

Jack saß mit Smithy in einer Schenke im Hafen von New York und starrte durch das halbblinde Fenster auf die *Tuesday*, die ruhig im Wasser lag. Jenkins hatte ganze Arbeit geleistet. Sie konnten tatsächlich in wenigen Tagen fertig sein. Es war nicht immer ganz glattgegangen, besonders gegen Ende hatte sein Erster Maat mit Widerstand zu kämpfen gehabt, da einige amerikanische Kriegsschiffe eingelaufen waren, die Ersatzteile brauchten. Aber dann war Jack mit einem Schreiben von Mr. Miller gekommen, in dem dieser Jack und die *Tuesday* der besonderen Obacht des Hafenmeisters empfahl. Von da an war alles in Fülle vorhanden gewesen, und einer der Kapitäne der Linienschiffe hatte sich im Gegenteil bitter über die Benachteiligung gegenüber einem Freibeuter beklagt.

»Wir können in sechs Tagen schon Proviant an Bord nehmen und dann in See stechen«, sagte Jack zu Smithy. Sie hockten an einem von zahlreichen Flecken gefärbten Tisch, und vor ihnen standen Krüge mit Bier. Er hatte seinen ursprünglichen Plan, Martin eine Nachricht zu schicken, geändert. Martin war bei ungünstigem Wind zwar unter Umständen auf dem Landweg schneller als die *Tuesday*, und es war ein Umweg, zuerst nach Norden zu segeln und dann wieder nach Süden, aber ihn in Boston abzuholen war eine gute Gelegenheit, Jessica noch einmal zu sehen.

»Wir segeln von hier nach Boston und sammeln Martin ein, und dann setzen wir am besten Kurs auf die afrikanische Küste. Auf den Kanarischen Inseln können wir noch einmal frischen Proviant und Wasser aufnehmen, und danach halten wir uns die Küste entlang. Wenn alles gutgeht, sollten wir bis Ende September das Kap der Guten Hoffnung erreicht haben.«

Smithy wischte sich den Bierschaum vom Mund. »Zeit wird's. Mein Glasauge wird schon ganz unruhig, weil es wieder ein paar Stürme und gute Kämpfe sehen will.« Als er sah, dass Jack nicht grinste, wurde er ebenfalls ernst. »Was schiefgegangen mit dem Mädchen?«

»Wie?« Jack hatte gedankenverloren vor sich hin gestarrt.

»Jessica«, sagte Smithy bedächtig. Dies war ein heikles Thema, das erkannte er an Jacks Gesicht, das sich sofort verschloss. Aber noch mehr sah er es in seinen Augen. Die waren dunkel und traurig.

Smithy sah ihn ernst an. »Jack, ich wollte, du wärst aus der Sache draußen. Du steckst mit jedem Mal tiefer drinnen.«

Er hatte Smithy nur erzählt, dass Miller und Martin glaubten, Harding könnte sie zu einem Piraten, der sich El Capitano nannte, führen. Er hatte jedoch nichts über die wahren Gründe gesagt, die Martin auf die Spur dieses Mannes setzten. »Es ist das aber nicht allein. Der Mann, der damals im Hintergrund blieb, als Harding mich folterte, sagte etwas, das mir nicht aus dem Kopf geht.«

Sein Freund sah ihn neugierig an. »Was war es?«

»Er sagte, ich solle Martin Grüße von El Capitano bestellen, und dann noch etwas über meinen Vater.«

Smithy runzelte die Stirn. »Wie?«

»Er meinte auch, wenn Martin den Mann treffen möchte,

der mir das Fell hat gerben lassen, dann soll er nach Ostindien kommen, dort wird er ihn finden. Und …«, jetzt zögerte Jack, »dass ich wie mein Vater wäre.« Seine genauen Worte zu Harding waren gewesen: »Er ist genauso wie sein Vater. Der hat sich auch töten lassen, ehe er klein beigegeben hätte.«

»Dieser Capitano muss ihn gekannt haben«, fügte Jack hinzu. »Aber wenn er ein Pirat ist, was war dann mein Vater? Waren sie gemeinsam auf einem Schiff?«

Smithy runzelte die Stirn. »Dein Vater? Der war doch Farmer in Irland?«

»Er war Seemann. Die Schwester meiner Mutter hat mich nach dem Tod meiner Eltern bei sich aufgenommen. Sie hatten einen Bauernhof, der aber kaum genug Nahrung für die kleine Familie abwarf. Als mein Onkel mich einmal nach Dublin mitnahm, wo er ein Rind verkaufen wollte, habe ich mich abgesetzt und bis zum Hafen durchgeschlagen. Dort habe ich mich heimlich auf ein Schiff geschmuggelt.« Jack grinste. »Es war ein Frachter der East India Company, dessen Kapitän mich als Schiffsjunge in seine Mannschaft gesteckt hat. Dadurch kenne ich Ostindien, ich habe den Weg zweimal gemacht, bis ich dann auf das Handelsschiff kam, das Waren auf die Westindischen Inseln transportierte, und auf dem ich dann Vanessa kennenlernte.«

Der Mann von Jacks Tante hatte einmal so eine Bemerkung gemacht, dass Jacks Vater nichts Rechtes gewesen wäre. Jack war damals zornig geworden und hatte sich auf ihn gestürzt, woraufhin er eine Tracht Prügel mit dem Gürtel auf den Hintern bekommen und einen Tag gehungert hatte. An seinen Vater konnte Jack sich überhaupt nicht und an seine Mutter nur dunkel erinnern. Alles, was er von den beiden wusste, hatte er von seiner Tante gehört. Sein Vater war eines Tages nicht mehr von der See zurückgekehrt. Seine Mutter hatte versucht, sie beide durchzubringen, aber sie war krank geworden und gestorben. Seine Tante war gekommen und hatte ihn mitgenommen. Damals war er vier oder fünf gewesen. Mit zehn war er dann abgehauen. Und mit dreizehn hatte er Vanessa kennengelernt. Womit sich sein Leben völlig verändert hatte. Er hatte viel später einmal, als ihn eine Fahrt mit der Boston Independence Trading Company nach England gebracht hatte, seine Verwandten gesucht, aber Onkel und Tante waren bei einer Epidemie ums Leben gekommen, und die beiden Kinder, seine Vettern, waren weggezogen.

Smithy hob die Augenbrauen und pfiff leise vor sich hin. »Das hört sich an, als wollte er Martin dorthin locken. Und dich hat er dazu benutzt.«

»Unter anderem. Ich sollte wohl zweimal nützlich sein. Einmal, um die Pläne zu beschaffen, und das andere Mal, um Martin diese Nachricht zukommen zu lassen. Vermutlich ist das der Grund, weshalb Harding mich damals so problemlos hat davonkommen lassen.«

Smithy, der inzwischen von den Plänen wusste, nickte nachdenklich. »Hast du es Martin erzählt?«

Jack starrte in seinen Bierkrug. »Noch nicht. Ich werde es ihm auf der Reise sagen, da ist Zeit genug. Ich würde niemals etwas erwähnen und Martin auf etwas bringen, das Jahrzehnte zurückliegt und ihm nur gefährlich werden kann, wäre er nicht ohnehin schon auf El Capitanos Fährte. Aber es ist der Grund, weshalb ich unbedingt mit ihm fahren und ihn nicht allein in eine mögliche Falle laufen lassen will.«

Smithy sah nachdenklich zum Fenster hinaus. »Dann stehen

uns interessante Zeiten bevor.« Er war eine Weile still, bevor er sagte: »Eine knappe Woche also noch bis zur Abreise, hm?« Er wandte sich Jack zu. »Vertraust du mir?«

Jack war überrascht. »Natürlich. Wir sind Freunde und Partner.«

Smithy schüttelte den Kopf. »Das meinte ich nicht. Hast du zu Jenkins und mir Vertrauen, dass wir die *Tuesday* allein nach Boston segeln?«

Jacks Blick wurde intensiver.

»Dann wäre es nämlich«, fuhr Smithy bedächtig fort, »eine gute Gelegenheit, mal schnell rauf nach Boston zu reiten und noch klar Schiff mit deinem Mädchen zu machen. So wie ich das sehe, können wir nicht vor zehn Tagen oder zwei Wochen oben sein.«

Jack hielt den Atem an. Noch einige Tage mit Jessica. Mit ihr zusammen sein, sie im Arm halten, sie spüren. Sein Herz klopfte rascher, und sein ganzer Körper begann bei dieser Vorstellung vor Sehnsucht nach ihr zu schmerzen. Aber seine Verpflichtung dem Schiff gegenüber stand dazwischen. Er war der Captain und …

»Na mach schon«, knurrte Smithy. »Nutze die Zeit. Wer weiß, was uns in Ostindien erwartet. Dort hinten ist der Reitstall. Leih dir 'nen Gaul, und dann nix wie weg. Und«, feixte er, »lass die Lady Alberta von mir grüßen.«

»Lady Alberta?«, fragte Jack grinsend zurück.

Smithys Gesicht wurde verträumt. »Hab ihr gesagt, dass ich sie mal entführen und auf eine einsame Insel bringen werde wie diese Zirke oder Kirze oder wie die Dame hieß, die auch von 'nem Kerl dort festgehalten und verführt wurde.«

Jack unterdrückte ein Schmunzeln. Smithy verwechselte

offensichtlich einiges, aber er war sich sicher, dass Alberta von dieser Vorstellung nicht unberührt geblieben war. So viel Romantik hätte er Smithy gar nicht zugetraut.

»Und deshalb«, fügte dieser mit einem bekräftigenden Kopfnicken hinzu, »mach, dass du jetzt nach Boston kommst. Und gib Miss Jessie einen Kuss von mir.«

Jack erhob sich, halb widerwillig, halb in Gedanken schon in Boston.

»Na mach schon!«, schnauzte sein Freund ihn an. »Ich zahl sogar das Gesöff hier für dich!«

Jack schlug ihm auf die Schulter und stiefelte grinsend hinaus. Jetzt war er völlig in Gedanken bei Jessie. So sehr, dass er übersah, wie sich einige Kerle vor dem Gasthof zusammenrotteten und ihm folgten.

Kapitel 9

Jessica hatte eine unbestimmte Unruhe fortgetrieben. Sie hatte, anstatt Alberta bei der Apfelernte zu helfen, das Haus verlassen, um bei Vanessa Zuflucht zu suchen. Hier hatte sie wenigstens jemanden, mit dem sie über Jack reden konnte. Albertas Gegenwart war ihr ein wenig peinlich. Ihre Tante hatte zwar kein Wort darüber verloren, sie einfach an jenem Morgen ins Haus gelassen und hinter ihr zugesperrt, aber seitdem fühlte Jessica sich ihr gegenüber verlegen. Es war jetzt zwei Wochen her, dass Jack abgereist war. Er hatte ihr versprochen zu schreiben, Martin war – wie vereinbart – vor einer Woche nach New York aufgebrochen, aber bisher war kein Brief, nicht die kleinste Nachricht gekommen. Jessica war mit jedem Tag beunruhigter geworden, versuchte sich jedoch einzureden, dass Jack mit den letzten Vorbereitungen beschäftigt war und eben keine Zeit hatte.

Sie hatte einen kleinen Umweg gemacht und dieses Mal nicht den Vordereingang zu Vanessas Haus benützt, sondern war durch den Garten spaziert, um dann die Hintertreppe hinaufzulaufen. Als sie bei Martins Wohnung vorbeikam, hörte sie hinter der nur angelehnten Tür heftige Stimmen. Sie blieb überrascht stehen, als sie Martin erkannte. Der war doch schon längst in New York? Weshalb war er zurückgekommen? Hatten sie es sich anders überlegt? War Jack auch hier? Ihr Herz schlug so heftig, dass sie kaum atmen konnte. Schon wollte sie die Tür aufstoßen und hineinstürmen, als jemand im Zimmer sagte: »Ich habe gleich gewusst, dass dieser verdammte O'Connor ein Gauner ist!«

Jessica blieb stehen und presste die Hand auf ihr klopfendes Herz.

»Hören Sie auf, in diesem Ton über Jack zu sprechen«, vernahm sie Martins kalte Stimme.

»Sie sind blind von irgendeiner Art von väterlicher Freundschaft, die Sie für den Kerl hegen. Aber sehen Sie den Tatsachen ins Auge: Er ist ohne Sie abgereist. Die *Tuesday* hat New York Richtung Süden verlassen. Keine Rede davon, dass er Sie mitnimmt. Der hatte niemals die Absicht, sondern hat sich auf und davon gemacht, um seinen zwielichtigen Geschäften nachzugehen! So reingelegt worden bin ich noch selten!«

Jessica hielt den Atem an. Jack war mit der *Tuesday* nach Süden gesegelt? Das war doch unmöglich! Er hatte ihr doch erzählt, dass er nur Martins wegen fortwollte – wenn Martin jetzt hier war, weshalb sollte Jack dann abreisen? Sie trat noch ein bisschen näher.

»Dem Kerl ist der Boden unter den Füßen zu heiß geworden. Weshalb ist er sonst geflohen? Kurz, nachdem ich ihn zur Rede gestellt habe?«

»Wer sagt, dass es eine Flucht war? Er hatte sicher seine guten Gründe. Und wir sind nicht auf die *Tuesday* angewiesen. Es fahren noch andere Schiffe nach Kalkutta. Das nächste fährt in zwei Tagen ab. Aber sprechen Sie gefälligst leiser. Sie haben die Tür nicht geschlossen.«

Jessica hörte, wie sich Schritte näherten. Sie lief los, hastete die Treppe hinauf und war gerade noch rechtzeitig verschwunden, als Martin die Tür öffnete und misstrauisch hinaussah. Sie blieb mit pochendem Herzen stehen und lauschte hinunter. Dann hörte sie, wie die Tür zufiel. Sie hatte keine Zeit, erleichtert aufzuatmen, denn in diesem Moment traf sie der Schock über das Gehörte so heftig, dass sich alles um sie drehte und sie sich an der Wand abstützen musste. Jack war fort. Ohne Martins Wissen und ohne sich von ihr zu verabschieden. Das war schon schlimm genug, aber was war nur geschehen, das ihn einfach sein Versprechen Martin gegenüber hatte brechen lassen? Es schien wirklich wie eine Flucht zu sein. Aber wovor?

Vielleicht wusste Vanessa mehr als Martin. Jessica atmete tief durch und wollte soeben die Halle durchqueren, als sich eine Tür öffnete und Darnberry erschien. Er führte sie sofort zu Vanessa, aber zu Jessicas Leidwesen war diese nicht allein. Ausgerechnet Marietta und ihr Mann Patrick waren zu Besuch.

Marietta war so hübsch, lebhaft und strahlend wie immer und plapperte ununterbrochen. Jessica hatte neben Vanessa Platz genommen, hörte zuerst nicht zu, sondern starrte – in Gedanken völlig mit Jack und dessen überstürzter Abreise beschäftigt – vor sich hin, bis Marietta ein interessanteres Thema als Kleider und den üblichen Gesellschaftsklatsch anschlug. Es ging jetzt um den geplanten Konvoi nach Ostindien.

»Hat es nicht geheißen, Jack O'Connor sollte den Konvoi begleiten? Aber wie man sieht, ist er völlig unzuverlässig! Patrick hat gehört, dass er nach Ostindien segeln will, aber als er ihm einen Brief an einen Geschäftspartner in Madras mitgeben wollte, war Jack schon weg! Hatte New York schon verlassen!«

Vanessa warf einen schnellen, besorgten Blick zu Jessica. Sie hatte also auch davon gewusst. Hatte gewusst, dass Jack wieder einfach abgereist war. Jessica presste die Lippen zusammen.

Patrick nickte eifrig. Er war immer bereit, seiner angebeteten Gattin zuzustimmen. »Seine Fregatte ist Richtung Süden abgesegelt. Ziemlich hektisch, wie man sagt. Sie hatten nicht einmal Wasser gebunkert oder Vorräte an Bord genommen.« Er lachte, als würde er einen guten Witz machen: »Es war fast wie eine Flucht, hat man mir erzählt.«

Marietta rümpfte die Nase. »Er sucht das Abenteuer! Wahrscheinlich ist er nur wieder auf Raub aus.«

Vanessas Griff um ihre Finger war so nachdrücklich, dass Jessica, die den Mund zu einer scharfen Bemerkung geöffnet hatte, ihn wieder schloss.

»Ach, mich würde das auch so sehr reizen!«, sagte Marietta begeistert, ohne zu wissen, wie knapp sie Jessicas Wutanfall entkommen war. »Ostindien! Es ist so aufregend! Aber«, fügte sie sittsam hinzu und lächelte Vanessa an, »da ich ja eine verheiratete Frau bin, ist das natürlich unmöglich.« Sie warf Patrick einen zärtlichen und zugleich besitzergreifenden Blick zu, der Jessica vor Neid den Hals zuschnürte. Wie gerne hätte sie jetzt Jack an ihrer Seite gehabt, um von ihm ebenso angesehen zu werden, wie Patrick Marietta anlächelte. Aber Jack war fort. Ohne Abschied. Einfach davongesegelt. Weshalb war sie nur so enttäuscht? So schockiert?

»Ich glaube nicht, dass Ihnen die Reise behagen würde, Marietta«, erwiderte Vanessa nüchtern. »Es mag vielleicht abenteuerlich klingen, aber viele Monate auf engstem Raum auf einem Schiff zu leben, würde Ihnen bald lästig werden. Dazu noch Stürme, die ganzen Entbehrungen. Ich glaube, offen gesagt, auch nicht, dass es Ihnen gefallen würde, monatelang von wurmigem Brot und Madensuppe zu leben. Oder brackiges Wasser zu trinken, weil das Schiff längere Zeit nicht in einen Hafen einlaufen konnte.«

»Aber Sie haben doch auch Robert begleitet. Und Jessica«, Marietta lächelte ihr zu, die still danebensaß und auf ihre Hände blickte, »ist auch schon auf einem Schiff mitgefahren!«

»Das waren nur kurze Reisen«, meinte Jessica. Sie holte tief Luft und sprach das aus, was ihr soeben durch den Kopf gegangen war. »Aber ich werde nach Ostindien reisen.«

Die auf ihre Worte folgende Stille lastete drückend über dem Raum, und Jessica weigerte sich, ihre vorschnellen Worte zu bereuen. Und jetzt war es ohnehin zu spät. Außerdem erwachte der Trotz in ihr. Jack war ohne Abschied, ohne sie noch einmal wiedersehen zu wollen, abgefahren. Weshalb sollte sie nicht das tun, was sie geplant hatte, bevor sie sich in seine Arme geworfen hatte? Was ihm recht war, war ihr nur billig!

Marietta war die Erste, die sich fing. »Nach Ostindien?!« Sie kreischte fast vor Entzücken, während Vanessa und Patrick wortlos auf Jessica starrten. »Etwa zu diesem liebenswerten jungen Mann, der dir damals so den Hof gemacht hat?«

Jessica rang sich ein Lächeln ab. »Charles Daugherty. Wie konntest du das nur erraten? Er hat mir tatsächlich geschrieben und mich eingeladen. Also habe ich beschlossen, hinzureisen. Er hat mir so wunderbare Dinge von diesem Land erzählt.« Sie wich geflissentlich Vanessas Blick aus.

Marietta klatschte begeistert in die Hände. »Ich kann mich an ihn erinnern. Ein sehr hübscher Mann! Sehr liebenswürdig. Ein bisschen blass und eher schüchtern, aber sehr wohlerzogen. Und sein Vater – so ein stattlicher, eleganter Mann!

Du Geheimniskrämerin! Hast bisher kein Wort gesagt! Nein, so eine Überraschung! Ihr habt euch sicher heimlich verlobt, sonst würdest du nicht diesen weiten Weg auf dich nehmen!«

Mariettas Ausrufezeichen summierten sich, und Jessica wäre am liebsten aufgestanden und gegangen. »Nun …«, sagte sie zögernd.

»Oh, wie romantisch! Eine Liebe, die Meere überwindet.« Marietta drückte enthusiastisch Patricks Hand.

Der Blick, mit dem ihr Mann sie ansah, war von zärtlicher Hingabe erfüllt. »Es tut mir leid, dich ausgerechnet jetzt unterbrechen zu müssen, meine Liebe, aber wir haben uns schon viel zu lange aufgehalten. Wir sind mit deinen Eltern verabredet.«

»Ja, natürlich. Aber du musst mir ein andermal unbedingt noch mehr erzählen, Jessica!«

Jessica nickte nur halbherzig, rang sich ein Lächeln ab, die beiden erhoben sich, und Vanessa begleitete sie bis zur Haustür.

Jessica erhob sich ebenfalls, als Vanessa zu ihr zurückkehrte. »Ich muss jetzt gehen, Vanessa.« Die Zeit drängte. Und sie durfte sich nicht allzu viel Gelegenheit geben, nachzudenken, sonst wurde sie vielleicht ängstlich. Martin wollte trotzdem nach Ostindien. Wenn er es so eilig hatte, abzureisen, dann hatte sie ebenfalls keine Zeit zu verlieren. Sie musste ihren Eltern Bescheid sagen, sie vermutlich erst mühsam davon überzeugen, sie fahren zu lassen und natürlich packen. Dann Charles in einem Brief ihren Besuch ankündigen – die Postschiffe waren meist schneller als die im Verband reisenden, schwer beladenen Handelsschiffe. Er musste von ihrer Ankunft erfahren, bevor sie leibhaftig dort auftauchte. Eine fiebrige Aufregung stieg in ihr hoch – eine Mischung aus mulmigem Gefühl, Abenteuerlust und Vorfreude. Es wurde ihr langsam klar, worauf sie sich da einließ. Sie wollte Monate auf einem Schiff verbringen, in ein Land reisen, in dem sie kaum einen Menschen kannte. Wenn Martin sich weigerte, sie bis Kalkutta mitzunehmen, dann musste sie die weite Reise ganz allein machen. Aber das war es wert, um einem gewissen Mann zu beweisen, dass sie es nicht nötig hatte, allein daheimzusitzen und ihm nachzuweinen.

»Jessica?«

Sie blieb stehen, und als Vanessa ihre Hand nach ihr ausstreckte, ging sie widerstrebend zu ihr zurück. Vanessa zog sie wieder neben sich auf die Bank, hielt sie fest und sah sie ernst an.

»Das mit Charles Daugherty – war das dein Ernst?«

»Er hat mir geschrieben und mich eingeladen. Und er hat mir damals schon einen Heiratsantrag gemacht«, erwiderte sie defensiv. »Weshalb sollte ich ihn nicht besuchen? Andere reisen ja auch in der Weltgeschichte herum. Und wer weiß«, sie rang sich ein Lächeln ab, »vielleicht stellt sich heraus, dass Charles tatsächlich der Mann fürs Leben ist.«

»Und deine Eltern heißen diese Entscheidung gut?«

Jessica schwieg. Ihre Eltern würde der Schlag treffen.

»Du weißt, wie sehr ich an Jack hänge, nicht wahr?«, sagte Vanessa nach einer kleinen Pause eindringlich. »*Qui?*«

Jessica nickte.

»Er ist für mich wie ein jüngerer Bruder oder noch mehr wie mein Sohn.« Sie wartete, bis Jessica abermals nickte, ehe sie fortfuhr. »Dann wirst du es auch richtig verstehen, wenn ich dir sage, dass er vielleicht wirklich ein … ein ganz klein wenig Abenteuerblut in den Adern hat. Aber das ist kein Grund, weshalb du dich aus Trotz jetzt an einen anderen binden solltest.«

Jessica erstarrte.

»Er ist fort, das ist eine Tatsache. Aber ich habe dich in Verdacht, *ma petite,* dass nicht unbedingt Charles der Grund ist, weshalb dir Ostindien plötzlich so interessant erscheint, sondern eher die Tatsache, dass du jemandem etwas beweisen willst. Die Reise ist weit und gefährlich, und obwohl Charles einen guten Eindruck auf mich gemacht hat, kann ich nicht sagen, dass ich seinem Vater ebenso zugeneigt gewesen wäre. Er ist ein harter Geschäftsmann, und Charles ist dagegen ein bisschen weich. Zu nachgiebig seinem Vater gegenüber, auch wenn ich glaube, dass er einen guten Charakter hat.«

»Du meinst, Charles' Vater könnte gegen die Hochzeit sein? Das glaube ich nicht. Charles hat mir ausdrücklich geschrieben, dass auch sein Vater sehr erfreut sein würde, mich bei ihnen zu begrüßen. Und wenn doch nicht – fahre ich eben wieder heim. Außerdem – noch bin ich nicht mit Charles verheiratet.«

»Aber diese lange Reise …«

»Ich werde nicht allein reisen. Sondern mit Martin.«

»Martin? Ist das schon abgemacht?«

»Nein.« Jessica fasste nach Vanessas Hand und sah sie flehentlich an. »Bitte, helfen Sie mir. Ich muss fahren.«

Jack war mit hämmernden Kopfschmerzen erwacht. Er hatte nicht lange gebraucht, um herauszufinden, dass er sich im Laderaum eines Schiffes befand und an die Planken gekettet war. Der zahnlose Kerl, der ihm einmal am Tag einen kaum genießbaren Fraß und einen Krug mit schalem Bier brachte, gab keine Antwort, sondern hatte bei Jacks Versuch, ihn zu fassen zu bekommen, nur nach ihm getreten.

Er wusste nicht, wie lange er schon bewusstlos hier lag. Alles, woran er sich erinnern konnte, war, dass er unterwegs gewesen war, um ein Pferd zu mieten. Kurz vor dem Mietstall war eine Gruppe Matrosen auf ihn zugekommen. Jack hatte ausweichen wollen, aber mit einem Mal hatten sie ihn gepackt, und einer hatte ihm so kräftig mit einem Stock auf den Schädel geschlagen, dass Jack wie ein Stein zu Boden gegangen war. Die Stelle, an der sie ihn am Kopf getroffen hatten, war blutverkrustet und brannte immer noch.

Und jetzt lag er hier und wusste nicht, weshalb. Nach seiner Berechnung mussten zwei Tage vergangen sein, wenn die zweimalige Wiederkehr von zahnlosem Kerl, Fraß und mit Wasser verdünntem Bier ein Indiz für den Ablauf eines Tages war. Jack hatte keine Ahnung, auf welchem Schiff er sich befand und wer der Kommandant war. Sie hatten ihn schanghait, das war klar, aber üblicherweise ließ man die von Pressgangs entführten neuen Mannschaftsmitglieder nicht unter Deck schmoren, sondern trieb sie rasch nach oben und an die Arbeit.

Das Rätsel fand allerdings eine unwillkommene Lösung, als mehrere Männer kamen und Jack an Deck schleppten, wo er sich seinem alten Feind Rochard gegenübersah.

»*Bonjour*«, begrüßte der ehemalige Korvettenkapitän Jack mit einem ebenso breiten wie bösartigen Grinsen. »Kaum wiederzuerkennen, der stolze Captain der *Tuesday*. Reißt du heute auch so das Maul auf?«

»War die Sehnsucht nach mir so groß, dass ihr mir deshalb eins über den Schädel schlagen und mich mitnehmen musstet?« Jacks Kopf dröhnte im hellen Tageslicht.

»Dir wird das Lachen noch vergehen. Ich hoffe, du hast die Fahrt unter Deck genossen, aber jetzt wird es Zeit, dich nützlich zu machen. Unnötige Esser können wir uns hier nicht leisten.« Rochard musterte Jack aus zusammengekniffenen Augen. »Es gibt nur zwei Gründe, weshalb du überhaupt noch lebst. Und an deiner Stelle würde ich gut drüber nachdenken. Der eine ist, dass ich mich frage, weshalb Harding so viel daran liegt, dich loszuwerden. Und der zweite ist, dass ich zu wenig Leute habe, um auf einen verzichten zu können, der das Deck schrubbt.« Er grinste anzüglich. »Das kannst du doch, oder?«

Jack hatte nicht vor, sich provozieren zu lassen. Er sah sich unauffällig um, um festzustellen, ob sie sich auf dem offenen Meer befanden, und bemerkte, dass sie nach Süden segelten. Rochard hatte zweifellos vor, die Westindischen Inseln anzusteuern und dort einen französischen Hafen anzulaufen.

Interessant war, dass Hardings Name schon wieder gefallen war. Der Kerl steckte also dahinter, und höchstwahrscheinlich war auch er der edle Spender des Schiffes, auf dem Jack sich jetzt befand.

»So wie du aussiehst, kann ich dich allerdings nicht an Bord dulden. So total verdreckt«, sprach Rochard weiter. Er sah an Jack herab. »Hast dich sogar besudelt, was?«

Jack erwiderte nichts und biss nur die Zähne zusammen. Er konnte sich vorstellen, was jetzt kam.

Rochard winkte seinen Leuten. »Hängt ihn ein wenig ins Wasser, damit er sauber wird.«

Gegenwehr war ohnehin sinnlos, das kostete nur kostbare Kräfte, daher wehrte Jack sich nicht, als sie ihm ein Tau unter seinen Armen hindurchzogen und ihm die Hände auf den Rücken banden. Dann zerrten sie ihn über die Heckreling und stießen ihn ins Wasser. Jack füllte seine Lungen mit Luft, bevor das schäumende Kielwasser ihn verschluckte. Nur nicht in

Panik geraten. Er wusste, dass Rochard ihn nicht töten wollte. Jedenfalls nicht so. Und vor allem nicht so bald.

Er kam wieder hoch, schnappte nach Luft, bevor er wieder unterging. Er fluchte stumm vor sich hin. Es war nicht das erste Mal, dass er sich in solch einer Situation befand. Jener Captain des Handelsschiffes, auf dem er vor vielen Jahren auf Vanessa getroffen war, hatte ihm diese Behandlung ebenfalls angedeihen lassen. Damals hatte Jack gekreischt, gezappelt, nach Luft geschnappt und wäre beinahe ersoffen. Aber er war nicht mehr der verängstigte zwölfjährige Junge von früher. Er hatte dazugelernt. Er war zwar atemlos, seine Arme und Beine waren taub vom kalten Wasser, aber er war sonst noch recht lebendig und zornig, als sie ihn endlich an Deck zogen.

Man ließ ihm keine Zeit, sich zu erholen. Rochards Erster Maat achtete darauf, dass ihm sofort Arbeit zugeteilt wurde. Er musste zwar nicht das Deck schrubben, aber man jagte ihn in die Wanten und auf die äußerste Spitze einer Rah, was bei seinem benommenen und halbertrunkenen Zustand eine Tortur war. Er kam schließlich mehr tot als lebendig wieder unten an. Seine Kleider trockneten im Wind, und das Salzwasser machte sie steif und kratzig; kleine Krusten bildeten sich auf seiner Haut. Er hatte verfluchten Durst. Jetzt hätte er sonst was für diesen Krug mit wässrigem Bier gegeben.

Am Abend schleppten sie ihn wieder hinunter und ketteten ihn an. Als der Zahnlose mit dem Topf und dem Krug kam, hätte Jack ihn am liebsten freudig begrüßt. Der Alte sah ihn finster an, bevor er ihm beides hinschob.

»Der Captain hat verboten, dass wir dir was bringen. Ich weiß nich, was er gegen dich hat, aber es gibt etliche unter uns, die den Frenchman nicht mögen.«

Jack war uneingeschränkt in der Lage, das nachzuvollziehen. Er sagte nichts, nickte dem Alten nur dankbar zu und goss das schale Bier in sich hinein, bevor er sich über den Fraß hermachte. Rochard wollte etwas über Harding wissen und daneben ein wenig mit Jack spielen. Das gab Jack eine Chance, zumindest eine Zeitlang zu überleben. Und solange er lebte, hatte er Hoffnung, zu entkommen.

Zur selben Zeit, als Jack ins Wasser geworfen wurde, lehnte Jessica an der Reling eines Handelsschiffes und sah zurück auf den kleiner werdenden Hafen. Ihre Eltern und Geschwister standen neben Vanessa und Robert am Ufer und winkten. Ihre Mutter hatte geweint, und sogar ihr Vater hatte Tränen in den Augen gehabt. Jessica war so traurig geworden, dass sie am liebsten ihre Reisekiste wieder von Bord geholt und daheimgeblieben wäre, und nur ein Blick in Martins ernstes Gesicht und der trotzige Gedanke an Jack hatten sie davon abgehalten.

Außerdem war Martin nicht der Einzige, der ihr auf dieser Reise zur Seite stand und ihr Sicherheit gab. Denn neben ihr an der Reling lehnte niemand anders als Alberta Finnegan. Jessica hatte es kaum fassen können, als Alberta ihre Teilnahme an dem Unternehmen verkündet hatte. Sie konnte es jetzt noch nicht glauben und tastete unwillkürlich nach der kräftigen Hand ihrer Tante, die ruhig auf der Reling lag. Alberta sah sie erstaunt an, dann verzog sie das Gesicht zu ihrem für sie so typischen Lächeln und legte ihre andere Hand über Jessicas eiskalte, um sie beruhigend zu drücken.

Ihre Eltern hatten Jessicas Eröffnung, dass sie nach Ostindien reisen wollte, mit entschiedener Ablehnung aufgenommen. Sie wussten von der zarten Romanze zwischen Charles und ihr und dessen Einladung nach Kalkutta. Aber weder ihrer Mutter noch ihrem Vater hatte die Aussicht gefallen, ihre Tochter auf einer monatelangen, gefährlichen Reise zu wissen und sie dann möglicherweise auch noch an einen in Kalkutta sitzenden Engländer zu verlieren. Philipps Begeisterung für diesen Plan und seine Entschlossenheit, Jessica zu begleiten und zu beschützen, hatte die Ablehnung noch untermauert. Es war schon schlimm genug, wenn Jessica Hirngespinsten nachjagte, da musste nicht auch noch ihr Bruder auf die Idee kommen, ebenfalls Hals über Kopf mitzureisen. Nicht einmal Vanessas Unterstützung hatte an dieser Antwort etwas geändert, auch nicht die Tatsache, dass Martin dabei war und ein wachsames Auge auf Jessica haben würde. Auch nicht der Umstand, dass Jessica in Kalkutta unter dem Schutz von Vanessas Vetter, Sir Percival, und dessen Gattin leben würde, hatte etwas genützt. Erst Tante Alberta hatte den Ausschlag gegeben.

Diese war lange Zeit stumm danebengesessen, hatte jedoch den Blick nicht von Jessica abgewandt, deren Miene abwechselnd Bitten, Verzweiflung, Ärger und endlich trotzige Entschlossenheit widergespiegelt hatte. Das war der Moment gewesen, in dem Alberta ihre Stimme erhoben hatte.

»Und ich«, hatte sie gesagt, »bin ja schließlich auch noch da. Die Reise lasse ich mir nicht entgehen! Ostindien! Warum sollen immer nur die Männer den Spaß haben? Mein Alter hat sich auch auf See vergnügt, und ich bin daheimgehockt und habe mich gefragt, wie es da draußen wohl so ist. Wenn das Kindchen reisen will, dann soll es auch.« Als Finnegan widersprechen wollte, hatte sie nur die Hand gehoben. »Den Haifisch oder den Piraten möchte ich sehen, der Jessica etwas antut, wenn ich dabei bin. Und soweit ich gehört habe, geht es dort nicht unzivilisierter zu als bei uns. Die Reise wird ihr nicht schaden. Sie wäre nicht die einzige junge Lady, die Verwandte in Ostindien besucht. Viele Töchter, Schwestern und Frauen der Offiziere oder Angestellten der East India Company machen die Reise sogar mehrmals.«

Und jetzt war Jessica also auf dem Schiff, und Martin und Alberta standen neben ihr. Sie schluckte zwar noch ein paar Tränen des Abschiedsschmerzes hinunter, besonders als sie sah, wie schnell ihre Lieben kleiner wurden, aber dann atmete sie tief durch.

Sie war unterwegs.

Kapitel 10

Eine knappe Woche nach Jacks Gefangennahme stieß Rochards kleine, zweimastige Sloop auf einen englischen Freibeuter.

Jack war an Deck und arbeitete an einem Tau, als der Mann im Ausguck Alarm gab. Im nächsten Moment herrschte ein Durcheinander, wie Jack es auf seinem Schiff niemals geduldet hätte. Alle sich an Deck befindlichen Männer liefen zur Backbordseite, wo die Segel gesichtet worden waren. Jack erhob sich und sah ebenfalls hinüber. Der Mann im Ausguck musste geschlafen haben, denn das andere Schiff war schon so nahe, dass man seine Bugwelle erkennen konnte. Es war eine Fregatte. Sekundenlang hoffte Jack, es wäre die *Tuesday* auf der Suche nach ihm, aber dann sah er, dass es sich um ein fremdes Schiff handelte, auf dem noch dazu die englische Flagge wehte. Der Kurs des Engländers verlief parallel zu ihrem, sie hatten alle Segel gesetzt, und es war klar, dass sie der Sloop den Weg abschneiden wollten.

Rochard erschien an Deck und brüllte Befehle, sein Zweiter Maat unterstrich deren Dringlichkeit durch einen Schlagstock, mit dem er die immer noch gaffenden Leute antrieb. Hektische Betriebsamkeit brach aus, die Männer liefen die Wanten hinauf, setzten Segel, und der Mann am Ruder drehte hart Steuerbord.

An Rochards Stelle hätte Jack einige Grad Backbord gesetzt, um etwas abzufallen und dann hinter der wesentlich schnelleren Fregatte wieder in die offene See zu segeln. So kamen sie jedoch viel zu nahe an das Land, das jetzt noch wie ein grünlicher Dunstschleier etwa drei bis vier Seemeilen entfernt lag. Nach Jacks Schätzung hatten sie vermutlich die Höhe von Norfolk oder ein wenig südlicher erreicht. Sie waren dem Land zeitweise so nahe gekommen, dass Jack geglaubt hatte, dem Festland vorgelagerte Inseln zu sehen.

Der Wind wehte vom Meer her Richtung Land, was zwar ihre Schnelligkeit erhöhte und ihnen einen scheinbaren Vorsprung gegenüber der Fregatte verschaffte, sie aber auch näher an die Küste brachte. Vermutlich hoffte Rochard, zwischen dem Land und dem anderen Schiff hindurchzuschneiden und so zu entkommen.

Einige Männer trampelten vorbei zu den Kanonen und rempelten Jack an, der sich unauffällig zur Seite schob. Zum Glück herrschte genügend Tumult an Deck, und Rochard war zu sehr damit beschäftigt, das Schiff gefechtsklar machen zu lassen, um Jack zu beachten oder auf die Idee zu kommen, ihn unter Deck bringen zu lassen. Vermutlich war er auch davon überzeugt, dass Jack ohnehin nicht entkommen konnte. Sie hatten eine wirksame Methode gefunden, ihn an einer Flucht zu hindern, indem sie schwere Eisenkugeln an die Kette geschmiedet hatten, die seine Beine miteinander verband. Auf diese Art wäre er sofort untergegangen, hätte er versucht, von Bord zu springen.

Wenn die beiden Schiffe allerdings in einen Kampf verwickelt wurden, dann hatte Jack die erste gute Chance zu entkommen – vorausgesetzt, er bekam vorher die verfluchten Kugeln los. Er sah nach Steuerbord. Das Land kam stetig näher und der Wind hatte noch aufgefrischt. Nun liefen beide Schiffe parallel. Die Männer jubelten, aber auf der Fregatte wurden noch Segel gesetzt, und Jack hörte Flüche, als sie aufholte.

Pulverrauch stieg von der Breitseite der Fregatte auf. Einige Kugeln fielen etwa zwanzig Meter vor Rochards Schiff ins Wasser und wirbelten hohe Fontänen auf, aber zwei Kugeln rissen ein Loch in das Großsegel und ließen einen Teil der Reling zersplittern.

Rochards Geschützcrews hatten nun ihrerseits die Kanonen ausgefahren, um eine Antwort hinüberzuschießen, aber soweit Jack sehen konnte, richteten sie kaum Schaden an.

Die Fregatte kam auf ihrem Abfangkurs unaufhörlich näher, und die Kanonen auf dem anderen Schiff spien abermals Feuer. Sie schossen mit Kettenkugeln, von denen der Mann neben Jack in zwei Hälften gerissen wurde. Blut spritzte auf Jack. Ein weiterer Matrose wälzte sich mit abgerissenem Bein am Boden. Jack stieß den Leichnam fort und stolperte zurück. Das Land war inzwischen so nahe, dass er schon einzelne Teile der Landschaft erkennen konnte. Es konnten nur noch knapp zwei Seemeilen sein. Der Wellengang war zwar hoch, aber wenn er noch etwas wartete, dann kamen sie noch näher, und er konnte es wagen, hinüberzuschwimmen.

Eine weitere Salve ging los. Die Kanone links neben Jack zerbarst, Holz- und Metallsplitter flogen durch die Luft. Jack hatte sich, kaum dass er das Donnern der Kanonen gehört hatte, zu Boden geworfen. Über ihm krachten einige Spieren herunter, und es regnete Seilstücke herab.

Der andere war ein typischer Freibeuter, der das Deck leerräumte und die Segel und Wanten zerschoss, um den Gegner an der Flucht zu hindern und ihn manövrierunfähig zu machen, den Schiffsrumpf jedoch schonte, um die Prise dann nach einigen Arbeiten zumindest abschleppen zu können. Und er war verdammt gut und schnell. Jack verstand etwas davon, mit dieser Strategie hatte er selbst schon so manches gute Schiff gekapert.

Jack kroch zu einem der toten Seeleute und riss ihm das Messer aus dem Gürtel. Er schob die Klinge in die Nieten der Metallfesseln. Es dauerte eine Weile, bis sie sich etwas lockerten. Dann brach das Messer ab. Jack duckte sich, als eine weitere Salve das Schiff erbeben ließ. Er hörte die Schreie der Verwundeten, das Stöhnen und nahm den metallischen Geruch nach Blut wahr, nach Erbrochenem, zerrissenen Gedärmen. Nichts Neues für Jack, der keinen weiteren Gedanken an die Besatzung der Sloop verschwendete, sondern nur daran dachte, in diesem Inferno zu überleben.

In diesem Moment kippte der Vormast. Er fiel nach Steuerbord, stürzte ins Wasser und zog die Segel mit. Das Schiff neigte sich zur Seite. Zwei Männer sprangen hinüber und schlugen mit Beilen auf die Taue ein, die das Segel hielten. Das Schiff neigte sich weiter. Vom Achterdeck hörte er Flüche.

Den beiden Männern gelang es, das Schiff aus dem Sog zu befreien, der die durchtränkten Segel unter Wasser ziehen wollte. Einer der beiden rannte zurück und an Jack vorbei, der sich aufbäumte und ihm die abgebrochene Messerklinge ins Bein stach. Der Mann stürzte, Jack verpasste ihm einen Fausthieb und entrang ihm das Beil.

Einige harte Schläge auf die Ketten, dann hatte er sie los. Die Manschetten waren immer noch um seine Fußgelenke genietet, aber er konnte immerhin die Beine frei bewegen. Mehr brauchte er nicht, um sich über Wasser zu halten und Land zu gewinnen. Der Mann, den er angegriffen hatte, hatte sich inzwischen herumgewälzt und aufgerichtet. Er hielt eine Pistole in der Hand. Jack schleuderte das Beil, das tief zwischen Schulter und Hals in den Körper seines Gegners eindrang. Dessen Brüllen ging während einer nochmaligen Salve der feindlichen Fregatte unter.

Jetzt war der Moment gekommen. Jack lief geduckt über das Deck, sprang über Mastteile, Spieren, Wanten, Tote und Sterbende. Dann hatte er die Reling erreicht und hechtete darüber. Sekundenlang war er in der Luft. Hinter ihm hörte er noch Musketen- und Pistolenschüsse, und dann tauchte er ins Wasser ein.

Als er wieder an die Oberfläche kam, rang er heftig nach Atem und versuchte, sich zu orientieren. Jetzt, vom Wasser aus gesehen, war das Land endlos weit entfernt. Aber er musste es schaffen. Er hatte Jessica gesagt, er würde sogar schwimmen, um zu ihr zurückzukehren. Das konnte er jetzt beweisen, auch wenn er es damals wahrhaftig nicht so wörtlich gemeint hatte.

»Madam, da ist ein … Mann, der Sie sprechen will.«

»Ein Mann?« Normalerweise waren die Angestellten dazu angehalten, Vanessas Besucher höflicher anzumelden. Das Mädchen war gerade erst drei Wochen hier, und Darnberry hatte vermutlich versäumt, es entsprechend einzuweisen. Vanessa hatte ihr früheres Dienstmädchen Alberta und Jessica mitgegeben. Peggy war ein verlässliches, kerniges Geschöpf, das nichts so leicht umwarf, nicht einmal ein starker Sturm. Eine gehörige Portion Abenteuerlust hatte sie veranlasst, Vanessas Vorschlag mit Begeisterung aufzunehmen. Jessica und

Alberta brauchten eine vertrauenswürdige Frau, die sich um sie kümmerte.

»Ja, Ma'm. Ein Mann. Er will unbedingt …«

»Vielleicht lassen Sie mich doch kurz ein persönliches Wort mit Mrs. McRawley sprechen«, hörte Vanessa jetzt eine heisere, aber durchaus autoritäre Stimme. Das Mädchen trat zur Seite, und dann stand ein Mensch in der Tür, der Vanessa einen Ausruf des Schreckens abrang. Seine Kleidung war schmutzig und zerfetzt, ein mehrwöchiger, ungepflegter Bart zierte – oder vielmehr verunzierte – sein Gesicht, und das dunkelbraune Haar hing ihm strähnig bis auf die Schultern.

Und trotzdem sprang sie auf und fiel ihm um den Hals.

»Ich bin nicht sehr sauber«, krächzte Jack.

Vanessa lachte und weinte zugleich. »Nicht sehr sauber? Mein Liebling, du stinkst wie eine ganze Ziegenherde.« Sie küsste ihn dennoch auf die Wange, dann wandte sie sich an das staunende Mädchen. »Sorgen Sie dafür, dass sofort eines der Gästezimmer für Mr. O'Connor hergerichtet wird.«

»Ich kann aber auch …«

»Kommt überhaupt nicht in Frage!«, unterband Vanessa energisch jede Widerrede. »Und ein heißes Bad! Darnberry soll frische Kleidung bereitlegen und«, fügte sie nach einem kritischen Blick auf Jack hinzu, »ein sehr scharfes Rasiermesser. Entlausen könnte vielleicht auch nicht schaden. Die Kleidung verbrennen wir am besten gleich.«

Jack protestierte lachend, als sie ihn in die Halle und die Treppe hinaufschob. »Ich hatte es zuerst in der Wohnung versucht, aber es war niemand mehr in den Geschäftsräumen, der einen Schlüssel hatte. Und dann habe ich bei Martin geklopft, aber der scheint ausgegangen zu sein.«

Vanessa zögerte nur den Bruchteil einer Sekunde. »Martin ist verreist.«

»Verreist?« Jack blieb auf dem ersten Treppenabsatz stehen. »Ist er etwa ohne mich nach Ostindien gefahren?«

»Ja …«, Vanessa klang unbehaglich. »Aber das erkläre ich dir später. Jetzt sieh zu, dass du wieder halbwegs repräsentabel wirst, dann bekommst du ein gutes Mahl – du siehst wirklich aus, als hättest du dich seit Wochen von Schiffsratten ernährt –, und danach reden wir weiter.«

»Schiffsratten ist gar nicht so verkehrt«, knurrte Jack, während er ihrem drängenden Schieben nachgab und weiter hinaufstieg. »Und ein paar zusätzliche hätte ich gerne erschlagen.«

Als Jack eine Stunde später wieder herunterkam, wartete Vanessa schon ungeduldig auf ihn. Er sah gleich viel besser aus. Zumindest was Haar, Rasur und Kleidung betraf. Sonst wirkte er so abgezehrt, dass Vanessas Herz sich schmerzhaft zusammenzog.

Er setzte sich an den Tisch und begann langsam an dem Braten zu kauen, den Vanessa ihm stückweise vorlegte. Darnberry hatte schon dafür gesorgt, dass er während der Säuberungsprozedur eine Kleinigkeit bekommen hatte, um den größten Hunger zu stillen. Und tatsächlich war ein leerer Magen im Moment die kleinste seiner Sorgen. Darnberry war allen seinen Fragen ausgewichen, und auch Vanessa wirkte bedrückt. Die bösen Vorahnungen, die Jack seit seiner Flucht begleitet hatten, wurden stärker und drängender.

Er nahm einen großen Schluck Wein, spürte den Alkohol warm und tröstend in seinen Magen rinnen und hob abwehrend die Hand, als Vanessa ihm noch nachlegen wollte.

»Vielen Dank, jetzt nicht. Zuerst will ich wissen, wann Martin abgereist ist.«

»Bald nachdem wir hörten, dass die *Tuesday* Richtung Süden davongesegelt ist.«

»Richtung Süden?« Jack setzte sich auf. »Es war ausgemacht, dass Smithy und Jenkins mit der *Tuesday* hierherkommen, um mich hier zu treffen!«

»Smithy war auch hier, aber viele Tage zu spät.« Jetzt noch fühlte Vanessa den eisigen Schrecken, als Smithy und die *Tuesday* ohne Jack in den Hafen eingelaufen waren. »Aber in der Zwischenzeit war Martin schon fort. Er konnte nicht länger warten.« Und er war nicht allein gefahren, aber das musste sie Jack schonender beibringen.

Jack nickte. »Und die *Tuesday?* Ich war im Hafen und habe sie dort nicht vor Anker gesehen.«

»Smithy ist immer noch unterwegs, um dich zu suchen.«

Und dann erzählte sie Jack von Beginn an: Smithy war mit sehr grimmigem Ausdruck hier aufgetaucht und hatte nach Jack gefragt. Einer von der Mannschaft hatte ihm erzählt, dass er diesen Froschfresser, diesen Rochard, in New York gesehen hätte. Das war Smithy komisch vorgekommen, weil der ja in Boston sitzen sollte. Smithy hatte sich also aufgemacht, um im Pferdestall nach Jack zu fragen, aber der war nie dort angelangt. Und dann hatten sie von anderer Seite Gerüchte gehört, dass eine Freibeuterpressgang offenbar einen Mann schanghait hätte. Smithy hatte jedenfalls sofort »das dumme Gefühl gehabt«, es könnte sich um seinen Freund handeln. Nach kurzer Beratung mit Jenkins hatte die *Tuesday* nicht Kurs nach Boston, sondern nach Süden gesetzt, um diesen Freibeuter zu verfolgen. Sie hatten ihn tatsächlich südlich von Norfolk gefunden. Allerdings war er da schon ziemlich tot gewesen. Ein Kaperfahrer hatte in der Sloop eine hübsche Prise gesehen und sie angegriffen. Rochard war dabei gegen Ende des Gefechts von einer Musketenkugel getötet worden, aber Smithy hatte eines alten Seemannes habhaft werden können, der ziemlich schnell die Information ausgespuckt hatte, dass Jack tatsächlich an Bord gewesen war. Allerdings war er bei dem Kampf mit dem englischen Schiff entweder ins Wasser gefallen oder gesprungen und vermutlich abgesoffen.

»Smithy und seine Männer haben dort alles abgesucht«, erzählte Vanessa weiter, »und herumgefragt, aber nichts gefunden. Also sind sie mit der *Tuesday* hierhergesegelt, in der Hoffnung, dir wäre die Flucht gelungen. Und als sie dich hier auch nicht vorfanden, sind Smithy und Jenkins abermals los, um die Küste abzufahren. Ich habe aber vorhin schon eine Nachricht an unsere verschiedenen Stationen entlang der Küste losgeschickt. Wenn Smithy, wie vereinbart, dort nachfragt, wird er erfahren, dass du heil hier angekommen bist.«

Jack lehnte sich im Stuhl zurück und nickte. Das Nachrichtensystem der Company war effizient und schnell – Smithy und seine Fregatte würden bald hier auftauchen. Auf die Idee, selbst eine der Niederlassungen der Company um Hilfe zu bitten, war er nicht gekommen. Das hätte sein Stolz nicht zugelassen. Dann stellte er die Frage, die Vanessa gefürchtet hatte.

»Alles in Ordnung mit Jessica?«, fragte er möglichst beiläufig. Jacks erster Impuls war gewesen, bei Jessica aufzutauchen, er hatte sich dann jedoch entschlossen, ihr erst unter die Augen zu kommen, wenn er wieder halbwegs menschlich aussah, um sie mit seinem Aussehen weder zu erschrecken noch abzustoßen. Aber nun, da es ihm besserging, war es an der

Zeit, sie aufzusuchen. Zweifellos hatte sie sich nicht weniger Sorgen gemacht als Vanessa, und er wollte ihre Angst um ihn bald mit seinen Küssen zerstreuen. Der Gedanke an sie, der Wunsch, sie so schnell wie möglich wiederzusehen, hatte ihn die vergangenen Wochen angetrieben. Jessica schien immer bei ihm gewesen zu sein, Tag und Nacht, hatte ihm Kraft gegeben durchzuhalten, als er an Land geschwommen war und als er sich auf den endlosen Weg die Küste entlang gemacht hatte, um Boston zu erreichen. Er hatte auch Glück gehabt. Einmal hatte ihn ein Fischerboot mitgenommen, dann wieder war er hinten auf einem Karren mitgefahren, hatte dem Mann dafür beim Aufladen und Abladen geholfen und noch Essen dazu bekommen.

Er wusste noch nicht, wie er die Nachricht, dass Martin bereits abgereist war, aufnehmen sollte. Einerseits hatte er nun die Möglichkeit, sich rauszuhalten, alles zu vergessen und bei Jessica zu bleiben. Aber andererseits hätte er einen Freund im Stich gelassen.

Aber vorerst war Jessie wesentlich wichtiger als alles andere. Er wollte sie halten, sie küssen und dabei die vergangenen Wochen vergessen.

In seine Überlegungen hinein sagte Vanessa etwas, das ihn abrupt aus seinen Träumen riss. »Jessica ist nicht in Boston.«

Jack versuchte gleichmütig zu wirken, auch wenn die Enttäuschung ihm die Kehle zuschnürte. »Besucht sie ihre Verwandten in Hartford?« Das tat sie zweimal im Jahr, und er wusste, dass sie es für diese Zeit geplant gehabt hatte. Allerdings traf es ihn, dass sie ausgerechnet dann wegfuhr, wenn alle anderen auf der Suche nach ihm waren.

»Nein.« Vanessas plötzlich so verlegenes, sorgenvolles Gesicht ließ ihn sich hastig vorbeugen und nach ihrem Arm fassen.

»Ist etwas passiert? Geht es ihr nicht gut?«

Vanessa hob die Hände. »Es geht ihr gut. Zumindest nehme ich das an. Jedenfalls ist es ihr gutgegangen, als sie abgereist ist.«

»Und wohin ist sie nun gereist?«

Vanessa räusperte sich. »Nach Kalkutta.«

Jacks Gehirn war leer. Es begann nur ganz langsam und fast widerwillig zu arbeiten, gerade so viel, dass er tonlos fragen konnte: »Jessica ist nach Kalkutta abgereist? Das kann nicht Ihr Ernst sein.«

Vanessa sprach weiter, aber Jack hörte nur Bruchteile der Sätze. Der Name Charles Daugherty fiel. Jener Mann, von dem Jessica gesprochen hatte. Jacks Magen krampfte sich schmerzhaft zusammen. Er hatte das Gefühl, den guten Braten wieder ausspucken zu wollen.

Vanessa erzählte nervös von der Einladung, von ihrem Vetter, der dort lebte, und davon, dass auch Alberta mitgereist war.

Endlich hob Jack die Hand und unterbrach Vanessa. Er war überrascht, dass er nicht zitterte. »Moment. Damit ich das auch wirklich richtig verstehe. Ich werde niedergeschlagen, entführt, beinahe getötet, saufe fast ab, und Jessica reist seelenruhig zu diesem Charles Dingsda?«

Vanessa sah ihn gequält an. »Sie konnte ja nicht wissen, was mit dir passiert ist. Hat sie dir nie etwas von Charles erzählt?«

»Doch.« Und das hätte er verflucht ernst nehmen sollen. Aber er hatte sich ihrer nach dieser Nacht sicher gefühlt. Die Tatsache, dass dieser Verbrecher Jessica dazu gebracht hatte,

Jack nach allem, was vorgefallen war, zu verlassen, war so ungeheuerlich, dass es im Moment jedes Gefühl betäubte. Er wusste noch nicht, was er später spüren würde. Zorn, Kränkung, Eifersucht. Mordlust. Alles zusammen vermutlich. Aber im Moment war er noch zu rationalem Handeln fähig und in der Lage, Fragen zu stellen. »Und das hat ihr Vater zugelassen?«, knurrte er. »Und Sie? Wussten Sie von diesem Mann?«

»Gewiss. Ich habe ihn hier getroffen. Mehrmals. Es war offensichtlich, dass er Jessica den Hof machte. Und dann hat er ihr eben geschrieben.«

»Unbegreiflich, dass man den Kerl hier überhaupt ins Land gelassen hat. Man hätte ihm nicht einmal erlauben sollen, auch nur von Bord seines Schiffes zu gehen. Und Jessica hat nichts anderes zu tun, als kaum, dass ich weg bin, mit fliegenden Fahnen zu ihm zu rennen!« Sein Körper begann wieder zu arbeiten, und die Gefühle wurden wach. Sein Magen revoltierte, und sein Herz schlug hart und schmerzhaft. Kaum zu bändigender Zorn stieg in ihm hoch.

»Bist du jetzt nicht doch ein wenig ungerecht, mein Lieber? Ich weiß nicht, was zwischen euch vorgefallen ist, aber als du dann … ich meine, als sie glauben musste, du wärst abgereist … Außerdem ist Jessica ja noch nicht in Ostindien und verheiratet«, meinte Vanessa beschwichtigend, als Jacks flackernder Blick ihren traf.

»Verheiratet??« Jack konnte sich kaum auf dem Stuhl halten. »Wer hat etwas von Heirat gesagt?«

»Nun …« Vanessas Stimme erstarb.

Jack starrte sie an. Er war trotz der Bräune so bleich, dass seine Augen schwarz in seinem Gesicht wirkten. »Wer«, wiederholte er jetzt mit so leiser, kalter Stimme, dass Vanessa

Schauer über den Rücken rannen, »hat etwas von Heirat gesagt? Jessica?« Ein Besuch bei einem Verehrer war schon schlimm genug, aber das schlug dem Fass den Boden aus.

»Es war zur Sprache gekommen, aber ich denke nicht, dass sie …«

Jack unterbrach sie. »Welchen Vorsprung hat sie?« Noch mehr Gefühle stiegen hoch, und er konnte sie kaum zurückhalten. Es wurde unerträglich. Er musste hier raus, sonst drehte er durch. Und ausgerechnet vor Vanessa wollte er sich nicht gehenlassen.

»Zwei Wochen. Sie ist mit Martin und Alberta gereist.« Vanessa sah ihn schmerzlich an. »Jack …«

Jack erhob sich, hölzern und ungewohnt schwerfällig. Zumindest würde Martin ein Auge auf sie haben. Albertas Komplizenschaft bei dieser Reise traf ihn allerdings. Gerade von ihr hätte er angenommen, dass sie Jessica den Unsinn ausredete. Er griff nach Vanessas Hand und küsste sie, sich kaum bewusst, was er tat. »Dann werde ich jetzt sehen, dass ich mein Schiff wiederfinde.« Und danach Jessica, fügte er in Gedanken grimmig hinzu. Sie und ihr Charles konnten sich auf etwas gefasst machen.

Verheiratet?, dachte er, als er das Haus verließ und Vanessa in tiefer Sorge zurückließ. Witwe bestenfalls, wenn er diesen Daugherty erwischte.

Kapitel 11

Jessica war zutiefst niedergeschlagen, auch wenn sie nach außen hin Gleichmut und Heiterkeit zeigte. All die Monate, die sie unterwegs gewesen war, hatte sie die Hoffnung begleitet, in irgendeinem Hafen auf die *Tuesday* und auf Jack zu treffen oder zumindest von ihnen zu hören. Aber je länger die Reise gedauert hatte, desto verzagter war Jessica geworden, auch wenn sie es nicht einmal vor sich selbst zugegeben hätte, denn andernfalls wäre sie in Versuchung gekommen, bei ihrem nächsten Landgang ein Schiff zu suchen, das wieder heimfuhr. Dass Jack keinen der Häfen auf der Route, die um das Kap der Guten Hoffnung führte, angelaufen hatte, stand bald außer Zweifel. Martin hatte sich in jedem Hafen, bei jedem ihnen begegnenden Schiff nach der *Tuesday* erkundigt, aber niemand hatte etwas gewusst.

Martin hatte nicht viel über Jacks plötzliche Abreise geredet, aber er hatte Jack verteidigt, gemeint, dass er gute Gründe gehabt haben musste, und dass es falsch wäre, vorschnell zu urteilen. Und dann, während der Reise, hatte Martin immer wieder kurze Bemerkungen gemacht: Es wäre gar nicht sicher, dass Jack wirklich hierherwollte. Vielleicht hatte er eine andere Route genommen, war aufgehalten worden, und sie hatte deutlich gespürt, dass er sich ebenfalls Sorgen machte.

Jacks Fregatte war auch nicht in Kalkuttas Hafen gelegen,

als Jessica und ihre Freunde angekommen waren. Dafür war Jessica gleich am zweiten Tag nach ihrer Ankunft auf Harding gestoßen, der sich in Charles' Begleitung befand. Jessica hatte Harding zurückhaltend begrüßt, es war jedoch offensichtlich, dass Charles ihre Vorbehalte nicht teilte. Im Gegenteil, er schien sich – nachdem sein Vater einige Tage vor Jessicas Ankunft bei der Tigerjagd einen schweren Unfall gehabt hatte, der ihn an sein Bett fesselte – mehr denn je auf Harding zu stützen. Jessica hatte Charles' Vater nur ein einziges Mal aufgesucht und war erschrocken gewesen über die Veränderung dieses kräftigen energischen Mannes, der jetzt aussah, als würde er stündlich mit dem Tod ringen. Aber er schien sich so zäh ans Leben zu klammern, dass Charles Hoffnung hatte, er könne doch wieder gesund werden.

Jessica hatte jedoch schon genügend Verletzungen bei Seeleuten gesehen, die oft nur zum Sterben wieder heimgekommen waren. Aber sie schwieg Charles gegenüber. Er tat ihr leid.

Der Unfall brachte sie auch noch in eine andere Art von Bedrängnis. Charles machte zwar nur Andeutungen, aber immer mehr wurde es Jessica klar, dass er sich eine Bindung erhoffte und diese anstrebte. Wie konnte sie ihn jetzt, wo sein Vater im Sterben lag, denn so sehr enttäuschen und ihm sagen, dass sie diese Reise nur aus Trotz unternommen hatte?

Sie wurde sich erst bewusst, dass sie geseufzt hatte, als Lady Elisabeth, Sir Percivals Gattin, sie ansprach. »Fehlt Ihnen etwas, meine Liebe?«

Jessica sah verlegen von ihrer Näharbeit hoch. Sie leistete Lady Elisabeth Gesellschaft, während Alberta und Martin zum Hafen hinuntergefahren waren. Für sie selbst war der

Reiz des bunten Treibens längst verflogen. Jetzt stand sie nur dort und starrte den Hugli River hinab, Richtung Meer, in der Hoffnung, Jacks *Tuesday* würde doch noch auftauchen.

Also hatte Jessica Lady Elisabeths Vorschlag Folge geleistet und saß nun mit ihr in dem schattigen Pavillon im Garten des Hauses, um sich mit dem Umsäumen eines Taschentüchleins abzuquälen. Sie war diese Arbeit zwar gewohnt, da Alice Finnegans Töchter niemals verwöhnt worden waren und jede Hausarbeit verstanden, aber sie lief dabei so wie jetzt eben nur allzu leicht Gefahr, dass sie Lady Elisabeths gleichmäßig dahinplätscherndem Geplauder nicht mehr folgte, sondern eigenen Gedanken nachhing.

»Fühlen Sie sich nicht wohl?«, fragte Lady Elisabeth nach.

»Doch, doch.« Jessica bemühte sich um ein Lächeln. »Der Stich wollte nur nicht so recht gelingen.« *Eigentlich will in der letzten Zeit gar nichts recht gelingen,* dachte sie bitter.

Aber dies war wiederum auch ungerecht. Die Reise selbst war zwar anstrengend, aber auch aufregend gewesen, und wäre Jessica gemeinsam mit Jack gesegelt, hätte sie jeden Moment davon genossen. Auch hier hatte sie es gut getroffen und keinen Grund zur Klage. Sie waren herzlich empfangen und geradezu königlich untergebracht worden. Sir Percival, Vanessas Cousin, nahm in der britisch dominierten Gemeinschaft eine bedeutende Stellung ein. Er arbeitete eng mit Wellesley, dem derzeitigen Generalgouverneur, zusammen, und sein Rang drückte sich schon in dem großen, palastartigen Haus aus, in dem er sein Domizil hatte, und wo auch Alberta und Jessica wohnten.

Sie hatte – wenn man von Jacks Abwesenheit und ihrer Sorge um ihn absah – eine interessante Zeit verbracht. Indien hatte einen großen Einfluss auf sie. Die Stimmung, die Menschen, das lautstarke, exotische Treiben auf den Straßen, das sich so sehr von Boston unterschied. Jessica war zu Beginn ganz verwirrt gewesen, aber langsam gewöhnte sie sich daran, anstatt der Trapper in Pelzmützen, dunkel gekleideten Puritanern und bestenfalls abenteuerlich gewandeten Seeleuten Menschen aus allen Ländern zu sehen: Hindus im Lendenschurz, englische Soldaten im Roten Rock, chinesische Händler, dazwischen Frauen im Sari, Sänften, Barbiere, die auf der Straße arbeiteten, Kühe, Pferde, sogar Kamele mit schweren Lasten, halbnackte Kinder, die sich zwischen dem ganzen Treiben tummelten.

Und dann machte sie immer wieder dieser Gegensatz zwischen bitterster Armut und unvorstellbarem Reichtum betroffen. Auch in Boston gab es Armenviertel, aber hier wucherte in den Vorstädten alles ebenso durcheinander wie die verschiedensten Pflanzen in den angrenzenden dichten, exotischen Wäldern. Die Armut war Jessica vertraut, die Pracht in dieser Form jedoch nicht, und immer noch standen sie und selbst die nüchterne Alberta staunend vor den mit Arkaden, Säulen und Balustraden ausgestatteten Häusern der wohlhabenden Engländer.

Am Tag davor war sie mit Charles und einigen anderen zu einem Tempel geritten. Es war einer dieser typischen Ausflüge, die man – und vor allem die Frauen der East India Company – für Besucher veranstaltete. Dabei wurde ein ziemlicher Aufwand betrieben. Ganze Kolonnen mit Dienern, Tischen, Stühlen und Verpflegung setzten sich in Bewegung. Jessica war mit Sir Percivals Gattin, Alberta und Charles in einer Sänfte auf einem Elefanten gereist. Das sanfte Wiegen hatte sie ein wenig an das Schaukeln eines Schiffes erinnert. Jessica musste schmunzeln, wenn sie daran dachte, wie sie beim Tempel angekommen waren. Sie hatten dort ein Picknick abgehalten, und Charles hatte sie und Alberta sowie Lady Elisabeth hineingeführt. Das Dach war zum Teil eingefallen, Schlingpflanzen und Insekten, kleine Vögel und sogar Affen hatten sich im Tempel eingenistet, aber Jessica hatte fasziniert die Darstellungen betrachtet, die sie ahnen ließen, dass es sich hierbei um einen Tempel handelte, der einer Liebesgottheit geweiht gewesen war. Die Figuren hatten Jacks »unanständigem Bilderbuch« geähnelt, das sich tatsächlich in ihrem Reisegepäck befand, um sie an Jack zu erinnern.

Charles und Lady Elisabeth war es peinlich gewesen, eine junge, angeblich unschuldige Frau zum Betrachten obszöner Liebesstellungen verleitet zu haben, aber Alberta und sie hatten einen kurzen, sehr sprechenden Blick getauscht, und Jessica hatte nur gelacht. Charles hatte dann ebenfalls geschmunzelt, woraufhin Lady Elisabeth indigniert hinausgegangen war.

Jessica begann Charles wirklich zu mögen. Er war aufmerksam, sehr ernsthaft, hatte aber auch wiederum einen mitreißenden Sinn für Absurdes, und er machte ihr auf eine so angenehme, zurückhaltende Weise den Hof, dass sie sich in seiner Gegenwart niemals bedrängt, sehr wohl aber verehrt und bewundert fühlte.

Lady Elisabeth ließ die Arbeit sinken, als abermals ein tiefer Seufzer zu ihr drang. »Meine Liebe, ich beginne mir ernstlich Sorgen um Sie zu machen. Fühlen Sie sich bestimmt wohl?«

Jessica wurde einer Antwort enthoben, denn in diesem Moment trat Alberta in den Pavillon.

»Ich glaube ja nicht, dass dich das wirklich interessiert, Jessica«, sagte sie beiläufig, »aber die Barkasse der *Tuesday* ist vor einer Stunde eingelaufen. Und Jack soll an Bord sein. Martin hat mich hier abgeliefert und ist nochmals zurückgegangen, um unsere Freunde zu begrüßen.«

Jessica wurde totenblass. Das Taschentuch fiel aus ihrer Hand. Der Garten drehte sich um sie, und das Singen der Vögel und Summen der Insekten trat in weite Ferne.

Die Stimmung an Bord der *Tuesday* hatte sich deutlich gehoben, als sie endlich nahe der Mündung des Hugli River vor Anker gegangen waren. Die Fahrt war kein Honiglecken gewesen. Für keinen von ihnen.

Üblicherweise war die *Tuesday* unter Jacks Kommando ein Schiff, auf dem es sich gut arbeiten, segeln und leben ließ. Dieses Mal hatte Jacks Mannschaft jedoch schon beim Verlassen des Bostoner Hafens feststellen müssen, dass ihr Captain nicht die ausgeglichene Persönlichkeit war, als die sie ihn kannten. Man hatte in den Mannschaftsquartieren am Vorderdeck über die Gründe gerätselt, die Ursache anfangs in Jacks Entführung und Gefangennahme gesucht, bis schließlich zwei findigen Vormasttopgasten aufgefallen war, dass der Captain sich bei jedem Halt und jedem Schiff, das ihnen unterwegs begegnete, nach der *Charleston,* einem Handelsschiff, erkundigte. Danach war es nur ein kleiner Schritt zur Erkenntnis gewesen, wer sich auf eben dieser *Charleston* befand, und schließlich hatte sich das Gerücht verbreitet, Jack O'Connor würde Jessica Finnegan hinterherjagen, die zu ihrem Verlobten nach Kalkutta durchgebrannt war. Ein besonders einfältiger Bursche war dann auf die für ihn und andere ungesunde Idee gekommen, Wetten darüber abzuschließen, ob Jessica freiwillig heimkam oder ob der Captain ihrem Verlobten vorher den Hals umdrehte. Der Zuspruch war groß, denn es war kaum einer an Bord, der Jessica nicht seit Jahren kannte, und die meisten konnten sich sogar noch gut an das kleine Mädchen erinnern, das so gerne in den Wanten herumgeklettert war.

Letzten Endes konnte es nicht ausbleiben, dass Jack von der Wette erfuhr. Als sie danach noch fast eine Woche guten Wind verloren hatten, war er nicht nur schlecht gelaunt, sondern gereizt gewesen wie ein harpunierter Finnwal.

Am Ende hatte es sogar vom Captain angeordnete Prügel gegeben. Etwas Unerhörtes bei Jack O'Connor, der die Schiffe, auf denen er das Kommando hatte, immer mit großer Disziplin führte, aber als schwerste Strafen Grogentzug, Ketten und doppelte Arbeitsschichten verhängte. Und dieses Mal hatten gleich vier Matrosen die Katze zu spüren bekommen.

Danach war die Stimmung auf dem Schiff mehr als bedrückt gewesen. Kaum jemand hatte ein lautes Wort riskiert, alle waren wie auf rohen Eiern herumgeschlichen, und die Männer hatten sich vor Diensteifer überschlagen, wenn der Captain auch nur den Mund aufmachte, um einen Befehl zu erteilen.

Jack hatte beim Einlaufen in den Hugli River schon gesehen, dass die *Charleston* in der Bucht von Bengalen vor Anker lag. Er hatte es kaum erwarten können, bis seine Barkasse die etwa einhundertzwanzig Kilometer bis Kalkutta hinter sich brachte. Seine Leute hatten sich jedoch ordentlich ins Zeug gelegt, und Jack bedachte verärgert, dass die Wetten, sobald er das Schiff verließ, in die Höhe schnellen würden. Er hatte sie zwar verboten, aber er wusste, dass auf dem Vordeck immer noch heimlich gewettet worden war. Das Getuschel und Gemurmel war an manchen Tagen bis zum Achterdeck zu hören gewesen.

Er wollte es vor sich selbst nicht zugeben, wie nervös er diesem Treffen entgegensah. Die erste, fast blinde Wut war im Laufe der langen Reise verflogen, aber der Gedanke an Jessica hatte ihn die ganze Zeit über nicht losgelassen, und er war permanent zwischen Sehnsucht und Ärger geschwankt. Es war zum einen mörderischer Zorn auf diesen Charles, der ihm zu schaffen machte, dann heißer Ärger auf Jessica, die zu einem Wildfremden auf und davon lief, kaum dass er ihr den Rücken gekehrt hatte. Aber das Schlimmste war immer noch das unerträgliche Verlangen gewesen, sie endlich wieder in seinen Armen zu halten. Er war der Erste gewesen, der sie besessen hatte, und er würde auch der Letzte sein. Das hatte er sich auf dem Weg hierher geschworen. Und wenn sie das anders sah, dann war das ihr Problem. Schlimmstenfalls musste sie eben mit Gewalt dazu gebracht werden, Vernunft anzunehmen. Einen Sack über den Kopf, rauf aufs Schiff und dann in der Koje festgebunden, bis sie wieder abfuhren. Der Gedanke hatte einen gewissen Reiz, der Jack sogar ein schwaches Lächeln entlockte, obwohl ihm seit Monaten wahrlich nicht zum Grinsen zumute gewesen war.

Jack war auf der Reise dankbar für jede noch so kleine Ablenkung gewesen. Dankbar, wenn er eingeschlafen war und ausnahmsweise einmal nicht von ihr geträumt hatte. Fast ständig hatte ihn ihr Bild verfolgt. Die Erinnerung an ihren Körper, ihr Gesicht, die grünbraunen Augen, ihre Arme, ihre zitternden, von seinen Küssen geschwollenen Lippen, ihre Hände, die zuerst getastet und dann immer selbstbewusster, neugierig suchend über ihn und seine intimsten Stellen gewandert waren.

Was hatte diese eine Nacht mit Jessica zu so etwas Besonderem gemacht? War es die innige Zuneigung, die er für sie empfand? Wann immer er davor bei einer anderen Frau gelegen, sie umarmt hatte, war er dabei innerlich allein gewesen. Er hatte sich selbst befriedigt, darauf geachtet, dass auch die Frau auf ihre Kosten kam, aber noch nie davor hatte er dieses überwältigende Gefühl gehabt, mit einem anderen Menschen zu verschmelzen. Im Gegenteil, wäre ihm jemals der Gedanke gekommen, diesen Ausdruck überhaupt zu gebrauchen, hätte er spöttisch gelacht. Jetzt grinste er nur schief und konnte es kaum erwarten, diese Erfahrung zu wiederholen.

Und ausgerechnet jetzt wagte es ein anderer, seine dreckigen Finger nach seiner Jessica auszustrecken.

Wenn sie Wasser gebunkert und Vorräte an Bord genommen hatten, hatte er gleichzeitig Erkundigungen eingezogen. Das Schiff mit Jessica an Bord hatte keinen allzu großen Vorsprung. Sie kamen langsamer voran als Jack, waren einmal sogar über eine Woche in einem Hafen gelegen, weil der Hauptmast in einem Sturm beschädigt worden war.

Als sie schließlich mit der Barkasse im Hafen von Kalkutta anlegten, war Jack kaum imstande, den Blick auf die prächtige Stadt, die weißen Paläste, Palmen und das die anderen Gebäude überragende und neu erbaute Fort William zu genießen. Er sprang an Land und zog nervös seine blaue Jacke zurecht. Er hatte lange geschwankt, ob er Kniehosen, Strümpfe und Schuhe tragen sollte, wie die Engländer sie bevorzugten, aber dann hatte er sich für lockere Hosen und Stiefel entschieden. Dazu der gute blaue Rock. Er strich sich nochmals über das Haar, das im Nacken mit einem schwarzen Band zusammengehalten wurde. Sein Bootsführer reichte ihm seinen Hut. Er hasste Hüte, sofern sie nicht als Sonnenschutz dienten, aber ohne war die Aufmachung nicht korrekt. Eine letzte Musterung, ein Blick auf seine Hände. Alles sauber, manierlich. An seinem Aussehen konnte selbst Vanessa nichts auszusetzen haben.

Beim Hafenmeister hörte er zu seiner Genugtuung, dass sich Sir Percival in der Stadt befand. Ja, und zwei Ladys aus Amerika wären ebenfalls in seiner Gesellschaft. Er erfuhr auch, dass der Fluss tief genug für die *Tuesday* war, um hinauf bis nach Kalkutta zu fahren. Jack war nur ein einziges Mal hier gewesen, aber damals hatten nicht so viele Schiffe den Fluss hinauf- und in den Hafen einfahren können. Dieses Mal war er überrascht, so viele hochmastige Schiffe vorzufinden. Auch Hardings Schiff lag vor Anker. Jack hatte nicht mehr vor, auf die *Tuesday* zurückzukehren, sondern würde seinen Bootsführer mit der Nachricht zurückschicken, dass Jenkins das Schiff nach Kalkutta bringen sollte.

Seine Unruhe vor dem Wiedersehen mit Jessica wuchs ebenso wie seine Ungeduld. Als er bei einem kleinen, ohnehin halb blinden Fenster vorbeikam, konnte er sich nicht verkneifen, einen Blick hineinzuwerfen, sich übers Haar zu streichen und seinen Rock zurechtzuzupfen, bevor er den Hut wieder aufsetzte und weiterging. Er wollte sich, nachdem er seinen Bootsführer mit seinen Befehlen zu Jenkins geschickt hatte, mit Smithy zu Sir Percivals Haus begeben, um dort endlich Jessica zu treffen und ihr klarzumachen, wie ungeheuerlich sie sich benommen hatte.

Als er jedoch Richtung Anlegestelle unterwegs war, wo seine Leute mit der Barkasse warteten, wurde seine Aufmerksamkeit von einer Gruppe Matrosen angezogen, die sich um etwas geschart hatten. Derbe Ausdrücke und Drohungen drangen bis zu Jack hinüber, einige lachten höhnisch. Wahrscheinlich ein

Streit. Jack hatte Besseres zu tun, als sich darum zu kümmern. Das war Sache des Hafenmeisters und der Soldaten.

Er wollte schon weitergehen, als eine unverkennbare Stimme an sein Ohr drang. »Wartet nur, bis Captain O'Connor kommt! Dann könnt ihr etwas erleben, ihr dreckigen Inselaffen!«

Mike, einer der Schiffsjungen. Für den Bruchteil einer Sekunde stieg in Jack der heiße Wunsch hoch, einfach in die andere Richtung zu sehen und arglos pfeifend seinen Weg zu Jessica fortzusetzen. Dann war der Moment der Versuchung vorbei, und er hielt entschlossen auf die Gruppe zu.

»Dein Captain soll ruhig kommen!« Höhnisches Gelächter. Ein großer, breitschultriger Mann trat vor, und Jack konnte zwischen den anderen hindurch Mike sehen, der in der Mitte des Kreises stand, die Hände zu Fäusten geballt, und den wesentlich größeren Mann ebenso zornig wie lebensmüde anfunkelte. Jack verzog das Gesicht. Mike war ein netter, bemühter Bursche, und Jack hatte ihn mitgenommen, um ihm eine Freude zu machen, aber jetzt wünschte er ihn daheim in Boston.

»Weißt du, was ich mit dem mache?«, fuhr der Riese fort. »Ich werde ihn so bei den Beinen packen.« Bei diesen Worten beugte er sich blitzschnell nieder. Jack sah, dass Mike zurückwich, nach dem Angreifer treten wollte, aber er wurde von hinten gehalten. Da hatte der Mann auch schon seine Knöchel gepackt und hob den Jungen an den Beinen hoch in die Luft. Mike war nicht gerade ein zarter, kleiner Bursche, aber gegen diesen Matrosen wirkte er wie ein Zwerg.

»Das werde ich mit ihm machen!« Schallendes Gelächter. »Und so was wie dich verspeise ich zum Frühstück. Was meint ihr, soll ich mit ihm tun?«

Verschiedene Vorschläge drangen zu Jack, während er sich der Gruppe näherte.

»Ins Wasser werfen!«

»Zuerst den Hintern versohlen!«

»Ein paar Zähne ausschlagen! Hast du noch deine Milchzähnchen? Lass mal sehen! Autsch, verdammt, der Mistkerl beißt!«

Es sprach für Mike, dass er nicht um Hilfe schrie, sondern nur laut fluchte und versuchte, den Mann mit seinen Fäusten zu erreichen.

Aber da war Jack schon heran. »Lass den Jungen runter.«

Etliche Köpfe wandten sich ihm zu, und der Mann, der Mike an den Beinen hochhielt, drehte sich mitsamt dem sich windenden Jungen zu ihm herum.

»Na sag bloß, der geschniegelte Bursche ist der Captain, mit dem du uns drohen wolltest! Och, jetzt mach ich mir aber glatt in die Hosen!« Eine Lachsalve seiner Freunde antwortete. Der Kerl war tatsächlich ein Hüne, größer und breiter als Jack, mit Fäusten von der Größe eines Kinderkopfes.

»Lass den Jungen runter.« Jack wiederholte seine Worte mit gefährlicher Ruhe. »Und ich sage es kein weiteres Mal.«

»Hey, du willst den Kleinen? Hier hast du ihn!« Eine rasche Bewegung, und er schleuderte Mike auf Jack. Der fing ihn auf, bevor er mit dem Kopf voran auf dem Boden aufprallen konnte, warf ihn mit einer raschen Bewegung hinter sich, so dass Mike auf seinem Hintern landete, und duckte sich gleichzeitig, als die behaarte Faust des Hünen folgte.

»Schluss damit!«, donnerte er ihm entgegen.

Vielleicht hätte er die Keilerei noch aufhalten können, aber in diesem Moment kam Mike auf die Idee, sich aufzurappeln und mit einem Gebrüll, das einem ganzen Enterkommando Ehre gemacht hätte, auf den Mann loszugehen. Jack wollte ihn noch am Kragen erwischen, aber da war er auch schon vorbei und rammte dem Mann seinen Kopf in den Unterleib.

Der wich aus, wurde jedoch noch genug getroffen, um aufzuschreien, und stürzte sich auf den Jungen. Jack riss Mike zur Seite, trat dazwischen und bekam einen Schlag in die Rippen ab. Hände griffen nach ihm. Jack drehte sich mit einer Bewegung herum, schleuderte zwei der Burschen weg und schlug einem auf die Nase. Ein Schlag aufs Kinn ließ ihn für Sekunden nur graue Punkte sehen. Sechs Männer. Und er in seinem besten Sonntagsstaat und auf dem Weg zu Jessica. Das würde er Mike lange nicht verzeihen.

Rufe erklangen. Schnelle Schritte. Flüche. Und dann ertönte Smithys Kampfschrei und das Gebrüll seiner anderen Leute, die sich mit dem Schlachtruf »*Tuesday!*« in den Kampf stürzten.

Jack wischte sich übers Kinn. Ein schmales Blutrinnsal floss von seiner Lippe hinunter auf sein Hemd. Er sah an sich herab, fluchte herzhaft und blickte sich nach Mike um. Der wurde von Bailey, Jacks Bootsführer, an der Schulter festgehalten. Der Junge grinste zu ihm hinauf.

Rufe erklangen in Jacks Rücken, dann trabten etliche rotberockte Soldaten mit Musketen heran.

»Sofort aufhören!«, brüllten sie und stießen die Kämpfenden auseinander.

Der Major kam zu Jack, der seine Männer zu sich beordert hatte. »Gehören die Leute zu Ihnen?«

»Ein Teil davon.«

»Was war los?«

»Ich bin dazugekommen, als die sechs Männer meinen Schiffsjungen traktierten.«

Die hellen Augen des Majors glitten zu Mike.

»Hat man dir nicht beigebracht, Matrosen auf Landgang auszuweichen?«

»Ist frech geworden, der Zwerg«, knurrte einer der Männer herüber. »Hat mit dem Zoff angefangen.«

»Ruhe!« Der Major wandte sich wieder Jack zu. Dieser zog auf die Aufforderung des Soldaten hin seine Ausweispapiere heraus. Der Major sah sie sich an und blickte dann zur Barkasse hinüber.

»Sie kommen aus den amerikanischen Kolonien.« Was, nach seinem Tonfall zu urteilen, keine Empfehlung war.

»Die jetzt die Vereinigten Staaten heißen«, korrigierte Jack verärgert. »Und das schon seit etwa fünfundzwanzig Jahren.«

»Und kaum an Land, fangt ihr Leute schon Streit an.«

»Wir haben nicht angefangen.«

»Sie haben auf englischem Boden eine feindliche Handlung begangen. Und dabei haben einige Ihrer Handlanger unsere Leute übel zugerichtet«, erwiderte der Offizier feindselig.

Jack schüttelte ungläubig den Kopf. »Ein Streit unter Seeleuten ist doch nichts Ungewöhnliches.«

»Bei uns schon. Ihr aus den rebellischen Kolonien glaubt, ihr könnt einfach herkommen und Ärger machen. Aber da habt ihr euch getäuscht. Korporal! Alle abführen.«

Ein schmächtiger Soldat in der Uniform eines Korporals näherte sich. »Und die anderen, Sir?«

»Die lassen wir laufen.« Er wandte sich an die englischen Matrosen. »Wenn ich euch noch einmal erwische, dass ihr euch im Hafen prügelt, sitzt ihr fest. Ist das klar?«

Zustimmendes Gemurmel, höhnische und boshafte Blicke auf Jack und seine Leute, und die anderen verzogen sich.

»Ich kann nicht glauben, was ich da sehe«, sagte Jack fassungslos. »Sie lassen diese Kerle frei?«

»Halt's Maul.«

»Ich protestiere gegen diese Behandlung!« Jack riss sich los, als zwei der Soldaten ihn ergriffen. Seine Männer wollten zu ihm, wurden jedoch von den Musketen der Soldaten aufgehalten.

»Die Barkasse wird beschlagnahmt.«

»Das werden Sie nicht wag …« Jack sah den Schlag mit dem Gewehrkolben nicht mehr kommen. Er spürte nur einen Knall, der ihn glauben ließ, der Himmel wäre explodiert, dann war alles schwarz.

Als Jack wieder aufwachte, war es um ihn herum düster. Er wollte sich aufsetzen, doch sein Kopf schmerzte, rote Kreise drehten sich vor seinen Augen, und als er an seinen Hinterkopf griff, fühlte er eine beträchtliche Beule. Er zog seine Hand zurück und sah sie sich an. Kein Blut. Er blinzelte aus halbgeschlossenen Augen, um festzustellen, wo er sich befand. Mehrere Personen waren um ihn, aber er konnte ihre Gesichter nicht erkennen. Er lag halb auf der Seite, unter seinem Kopf eine Jacke. Er setzte sich auf, hielt sich dabei mit beiden Händen den Kopf und sah sich um. Langsam kam die Erinnerung zurück.

»He, der Captain ist wieder unter uns. Ganz langsam, mein Junge. Ganz langsam.« Smithys wasserblaue Augen musterten ihn besorgt, und dann schob ihm sein Freund drei Finger vor die Nase. »Wie viel?« Von oben fiel ein dämmeriger Schein in den Raum und beleuchtete die triste Umgebung und Smithys Hand.

»Fünfundzwanzig«, knurrte Jack. Jeder Laut, jede Bewegung schmerzte. »Fünfundzwanzig Prügel mit dem Stock für Mike, weil er sich mit solchen Strolchen einlässt. Erinnert mich daran, wenn wir da wieder draußen sind.« Er musterte seine Umgebung. Der Lichtschein kam von einem vergitterten Fenster, das in Übermannshöhe in die Wand eingelassen war. Feuchtes, übelriechendes Stroh am Boden, Wände aus roh behauenen Steinen, Eisenringe und Ketten vervollständigten das deprimierende Bild. Um ihn herum hockten seine Männer, die an der Schlägerei beteiligt gewesen waren. Mike saß schlotternd und mit weit aufgerissenen Augen ganz hinten.

»Wo haben sie uns hingebracht?«

»Nach Fort William.«

Jack verzog den Mund. »Wie lange sind wir schon hier?«

»Nicht sehr lange«, erwiderte einer seiner Leute. »Sie haben uns gleich, nachdem der eine Kerl Sie niedergeschlagen hat, mit den Waffen bedroht und gezwungen, Sie aufzuheben und mitzubringen.«

Jack ballte die schmerzenden Fäuste. Seit einigen Monaten ging alles schief. Es war, als würde das Unglück ihn verfolgen.

Wann hatte sein Leben eigentlich begonnen, so derart aus dem Ruder zu laufen? War es von dem Moment an, an dem er Harding getroffen hatte? Oder schon früher? Nein, es waren Harding und dessen Auftraggeber El Capitano, die das alles heraufbeschworen. Und jetzt steckte der Engländer vermutlich wieder dahinter. Einen der Männer, die Mike verprügeln wollten, hatte Jack damals, als er in New York seine Leute ausgelöst hatte, bei Harding gesehen.

Der Gedanke an Jessica trieb ihn auf. Was nicht so einfach war. »Verflucht.« Jack kämpfte sich hoch, blieb einige Sekunden schwankend stehen und tastete sich dann halb blind zur gegenüberliegenden Seite des Raumes, wo sich eine schwere Holztür befand. Übelkeit, die sowohl von dem Gestank in dieser Zelle als auch von der Schlägerei herrühren konnte, stieg in ihm hoch. Bloß nicht schlappmachen und kotzen. Das war jetzt das zweite Mal, dass er was auf den Schädel kriegte. Jetzt war hoffentlich Schluss, bevor es zur Gewohnheit wurde.

Er stützte sich an der Wand ab und atmete einige Male tief durch, dann taumelte er weiter. Er hob die Faust und schlug gegen das Holz. »Aufmachen! Sofort aufmachen!« Sein Kopf barst beinahe.

»Was hast du vor, Junge?« Smithy war mit zwei Schritten neben ihm und hielt ihn fest. »Die kommen nur rein und vermöbeln dich wieder.«

»Ich muss hier raus.« Er trommelte mit der Faust gegen die Tür. Zorn und Schmerzen ließen ihn Smithys gutgemeinte Warnung ignorieren. »Sofort aufmachen! Sie haben kein Recht, uns festzuhalten!«

»Maul halten da drinnen!« Schwere Schritte kamen näher. »Ich werde dir gleich eins auf die Schnauze geben.« Der Riegel wurde zurückgeschoben, die Tür aufgerissen, und dann sah sich Jack mehreren Männern mit angelegten Musketen gegenüber. Der Wächter, ein plumper Kerl mit fast flachgeschlagener Nase trat auf Jack zu. »Jetzt gibt's was auf die Rübe …«

»Einen Moment.«

Der Mann hielt inne, und Jack sah, wie sich ein Spazierstock zwischen die Männer schob. Sein Magen krampfte sich zusammen. Die Männer traten beiseite, und dann stand Harding vor ihm. Der Überfall auf Mike war also tatsächlich eine Provokation gewesen. Auf diese Art war es dem Engländer möglich, Jack hinter Gitter zu bringen. Sie waren in eine Falle gelaufen.

Zwei der Wächter packten Jack und zerrten ihn aus der Zelle. Als seine Männer ihm folgen wollten, wurden sie von Musketen und Bajonetten aufgehalten. Die Tür schlug hinter Jack zu, der schwere Riegel wurde vorgeschoben. Smithys vor Wut und Sorge verzerrtes Gesicht erschien an dem kleinen, vergitterten Fenster.

Sie warfen Jack auf die Knie und banden ihm die Hände hinter dem Rücken zusammen. Hardings verhasster Spazierstock bewegte sich vor seinem Gesicht hin und her. Dann legte er ihn unter Jacks Kinn, um seinen Kopf anzuheben. Jack versuchte, auszuweichen, aber der Stock presste sich hart an seinen Hals. Jack wusste, als er Harding ansah, dass in seinen Augen purer Hass zu lesen sein musste. Genauso hatte er ihn schon damals gequält. Er hätte ihn in Boston töten sollen. Warum, zum Teufel, hatte er ihn laufenlassen? Die Chance, ihn loszuwerden, hätte er damals gehabt. Aber da war er so mit Jessica beschäftigt gewesen, mit der Idee, ein neues Leben anzufangen, dass er alles hatte hinter sich lassen wollen. Jetzt hatte er Gelegenheit, diese Schwäche zu bereuen.

»Sie werden langsam lästig, O'Connor.«

»Dasselbe wollte ich gerade zu Ihnen sagen«, ächzte Jack.

Hardings Augen wurden hart, und jene Grausamkeit trat in sie, die Jack damals schon zur Genüge kennengelernt hatte.

»Sie hätten Rochard nicht entkommen dürfen«, sagte Harding langsam. »Es war alles gut eingefädelt. Aber Sie scheinen sieben Leben wie eine verdammte Katze zu haben. Dieses Mal aber«, er beugte sich nieder und senkte seine Stimme, »ist es aus. Hier kommen Sie nicht mehr heraus. Und Sie werden es genießen.« Er richtete sich wieder auf. »Bringt ihn in die andere Zelle.«

Die Männer schleppten Jack in die nächste leere Zelle. Als sie ihn an die Ketten an der Wand fesseln wollten, riss Jack sich los. Wenn es ihnen einmal gelang, ihn hier anzubinden, war er verloren. So hatte er noch eine kleine – wenn auch kaum wahrnehmbare – Chance. Er packte einen der Wächter mit beiden Händen um den Hals und wirbelte ihn unter Aufbietung all seiner Kräfte herum, auf die anderen zu, die stolpernd zur Seite sprangen. Jack hechtete los. Er musste Harding in seine Gewalt bringen, oder noch besser, ihn töten. Harding wich zurück, aber Jack in seiner Wut war schneller. Er erwischte ihn an seinem blauen Uniformrock. Hardings Stockgriff traf ihn in den Magen. Jack stolperte, aber er ließ Harding nicht los. Sie taumelten gemeinsam zur Seite und durch die offene Zellentür hinaus auf den Gang. Harding versetzte Jack einen weiteren Schlag. Inzwischen waren die anderen schon heran und fielen gemeinsam über Jack her.

»Was geht hier vor?« Keiner hörte auf den Mann, der soeben die Treppe heruntergekommen war.

Jack wurde zu Boden gerissen und rollte sich herum. Harding stand über ihm, den Stock in der Hand. Er holte aus. Jack wappnete sich gegen den Schlag, riss die Arme hoch, um ihn abzufangen, aber es kam nicht mehr dazu.

Ein Schuss dröhnte durch die Gewölbe. Betäubt hielten alle mitten in der Bewegung inne.

Sogar Harding sah sich um. Jack konnte zwischen seinen Beinen hindurch in den Gang dahinter sehen, der in eine Treppe mündete, an deren Fuß nun ein kleiner Mann in der Kleidung eines Zivilisten stand. Hinter ihm warteten zwei Soldaten, und weiter oben stand noch jemand, von dem Jack von seiner Position aus jedoch nur die Hose und die Stiefel erkennen konnte. Und eine Hand, die eine noch rauchende Pistole hielt.

Der Wächter wandte sich giftig um. »Was woll'n Sie hier?«

Der Fremde trat näher und reichte ihm ein Dokument. »Mein Name ist Hopkins. Ich komme im Auftrag von Sir Percival. Diese Männer sind sofort freizulassen.«

Der Wächter beäugte das Dokument misstrauisch, dann gab er das Papier zurück und betrachtete Jack gehässig. »Is aber nich so einfach. Hab andere Befehle.«

Harding griff nach dem Dokument. »Lassen Sie sehen.« Er überflog die Zeilen. »Das muss ein Irrtum sein. Diese Männer haben im Hafen eine Schlägerei angefangen. Außerdem ist auf diesen Mann hier«, er zeigte mit dem Stock auf Jack, der die Hände der anderen abgeschüttelt und sich erhoben hatte, »ein Haftbefehl ausgestellt. Wegen Piraterie.«

»Piraterie?« Der Mann, der bisher oben an der Treppe gestanden hatte, kam herunter. »Das muss ein Irrtum sein. Ich kenne diesen Mann. Er arbeitet für die Boston Independence Trading Company. Mr. Hopkins, hätten Sie die Güte, den Gentlemen zu sagen, dass die Company und Captain O'Connor einen legalen Kaperbrief der Vereinigten Staaten besitzen und er überdies Gast von Sir Percival ist?«

»Das ist korrekt«, sagte Hopkins.

»Er hat englische Schiffe angegriffen!« Hardings Augen waren schmale Schlitze.

»Das kann ich mir nicht vorstellen«, sagte Martin unbeeindruckt. Er kam langsam näher. Die abgeschossene Pistole hatte er in den Hosenbund gesteckt. Aber Jack sah noch einen zweiten Knauf unter der Jacke hervorblitzen. Unter anderen Umständen hätte er gegrinst. *Zwei Pistolen, Junge, nimm immer zwei. Dann hast du die doppelte Chance zu überleben.* Er hatte wirklich einiges von Martin gelernt.

Hopkins drängte sich nach vorn. »Diese Angelegenheit wird vor dem Generalgouverneur geklärt, wenn nötig. Sir Percival wird sich mit ihm beraten. Und jetzt lassen Sie diese Männer frei. Alle.«

Der Wächter warf einen fragenden Blick auf Harding, aber der starrte zornig auf Martin. Als er nicht antwortete, gab der Mann seinen Gesellen ein Zeichen. »Aufschließen. Sie können sie mitnehmen.«

»Gut.« Hopkins nickte Jack zu. »Gehen wir.«

Jack trat dicht vor Harding, aber er spürte Martins Hand auf seiner Schulter. Die linke. Die rechte war in der Nähe des Pistolenknaufs. »Gehen wir, Jack.« Er schob ihn vor sich die Stiegen hinauf, gefolgt von Jacks Männern.

»Ganz der alte Martin«, murmelte Jack. »Immer zur richtigen Zeit am richtigen Ort.« Sie hatten die oberste Treppenstufe erreicht und traten durch eine Tür in einen Vorraum und von dort in einen Innenhof. Er blinzelte ins Licht und atmete tief ein. Die Luft hier war zwar nicht viel besser, es roch nach Senkgrube, Urin und verbrannten Speisen, aber es war hier um einiges gesünder als in dem Kerker da unten. Einige bewaffnete Soldaten standen herum. Jacks Kopf wurde zunehmend klarer.

Smithys böses Grinsen hatte sich zu einem der reinsten Freude verzogen, als er mit den anderen ebenfalls ans Tageslicht kam. Mike hielt sich im Hintergrund.

»Mr. Hopkins arbeitet für Sir Percival«, erzählte Martin.

»Ich war im Hafen, als es passierte und habe noch einen Teil der Schlägerei gesehen. Sir Percivals Name ist hier bekannt, und mit ihm wollte sich keiner anlegen. Und jetzt kommt mit, machen wir, dass wir von hier verschwinden.«

Hopkins trat vor. Sein Blick wanderte von Jacks schmutzigen Stiefeln zu der zerrissenen Hose, dem zerfetzten Hemd und der verdreckten Jacke. Beim Gesicht angelangt, traf er auf Jacks funkelnden Blick und sah weg. »Wenn Sie mir jetzt folgen wollen, Captain O'Connor.«

Jack blieb stehen und sah an sich herab. »Ich sollte mich zuerst ein wenig frischmachen, bevor ich vor Sir Percival erscheine.«

»Und vor Jessica«, setzte Martin in seiner trockenen Art hinzu.

»Hm.«

»Ich nehme an, du wirst mir später erklären, wo du dich herumgetrieben hast.«

»Es hat gewisse Komplikationen gegeben.« Jack war im Moment nicht gewillt, mehr zuzugeben.

»Sir Percival hat mir aufgetragen, Sie sofort zu ihm zu bringen. Er ist sehr verärgert über die Eigenmächtigkeit des Majors.« Mr. Hopkins klang drängend.

»Geh nur. Ich sehe nach Miss Jessie und Mrs. Finnegan, um ihnen zu sagen, dass mit dir alles in Ordnung ist, Jack.« Martin lächelte dieses warme, kurze Lächeln, das er nur ganz alten Freunden gönnte. »Sie werden sich freuen, dich zu sehen.«

Jacks Kopf brummte zwar immer noch, seine Lippe, sein Kiefer, seine Rippen schmerzten, er fühlte sich jedoch um Zentner erleichtert, denn der Gedanke, der ihn wirklich belebte, war die Erkenntnis, dass Jessica nicht weit war.

Jack hatte gehofft, sich doch noch reinigen, das Blut abwaschen und die Kleidung wechseln zu können. Hopkins schien diesen Notwendigkeiten jedoch keinerlei Bedeutung beizumessen, denn die Kutsche, in die er Jack und Smithy verfrachtet hatte, nahm sofort Kurs auf das Haus, in dem die East India Company ihre Niederlassung hatte. Jack blickte missmutig aus dem Fenster und sah seinen Leuten nach, die in Begleitung von einigen Soldaten zum Hafen gebracht wurden. Sie sollten zur *Tuesday* zurückkehren. Er hatte seinem Bootsführer die Befehle für Jenkins mitgegeben. Jeder Landgang war vorerst strengstens untersagt, bis er wusste, woran sie hier waren und welchen Einfluss Harding wirklich hatte.

Die Kutsche hielt, und Hopkins stieg würdevoll aus, gefolgt von Jack, der versuchte, die Reste seiner Kleidung zumindest etwas zurechtzuziehen und mit einem Taschentuch das Blut von seinem Kinn und seiner Lippe zu wischen. Als er auf seine Hände sah, bemerkte er, dass auch seine Knöchel blutig waren.

So viel zu dem guten ersten Eindruck, den er hatte machen wollen. Die Sorgfalt, mit der er seine Kleidung gewählt hatte, hätte er sich sparen können. Viel schlechter konnte seine Ankunft in Kalkutta und sein erstes Zusammentreffen mit Vanessas Vetter wirklich nicht ausfallen.

Ein Diener öffnete die Tür, Hopkins nannte seinen und Smithys Namen, und dann wurden sie auch schon eine geschwungene Treppe hinaufgeführt. Der Diener klopfte an einer Doppeltür, Jack trat ein und fühlte den Blick von sieben Augenpaaren auf sich ruhen.

Einer der Männer, ein Gentleman mittleren Alters, mit schütterem Haar und einem runden Gesicht, erhob sich, eilte auf Jack zu und streckte ihm mit einem erschrockenen Blick die Hand hin. »Captain O'Connor, Sie sehen mich zutiefst betroffen! Ich bin Sir Percival Dorley, Vanessas Vetter. Wir hörten, dass es eine Auseinandersetzung im Hafen gab, in die Sie verwickelt wurden, aber ich hatte ja keine Ahnung! So nehmen Sie doch bitte Platz!« Er winkte dem Diener. »Sofort ein Glas Portwein für Captain O'Connor. Oder ziehen Sie etwas Stärkeres vor?«

»Etwas Stärkeres wäre hervorragend.«

»Ja. Wäre genau richtig.« Smithy war hinter Jack stehen geblieben.

»Darf ich Ihnen Mr. Jacob Smith vorstellen, Sir Percival? Mr. Smith ist Miteigentümer der *Tuesday*.«

Sir Percival schüttelte auch Smithy die Hand, dann nannte er die Namen der anderen Männer. Als der letzte vortrat, der bisher am Fenster gelehnt und Jack schweigend beobachtet hatte, sagte Sir Percival: »Und dieser Gentleman ist Mr. Charles Daugherty.«

Jack versteinerte für den Bruchteil einer Sekunde. Charles Daugherty. Der Mensch, der es gewagt hatte, sich an Jessica heranzumachen. Jack wusste nicht, was oder wen er erwartet hatte. Aber auf gar keinen Fall einen etwas über mittelgroßen, schlanken Mann in der hier üblichen weißen Leinenweste und Jacke, dessen Haar mit einem schlichten Samtband zurückgehalten wurde.

»Eine ruppige Überfahrt gehabt?« Die Stimme war angenehm. Jack blickte ihm in die Augen. Daugherty war ein eher unauffälliger junger Mann. Jünger als er selbst, vermutlich Mitte zwanzig. Er hatte hellbraune, wache Augen, die Jack zu messen schienen.

Jack tat, als würde er nicht verstehen. »Wir hatten hervorragendes Wetter und guten Wind.« Er ergriff widerstrebend die angebotene Hand. Der Bursche war zwar nicht unsympathisch, aber er war sein Rivale, derjenige, der ihm Jessica wegnehmen wollte, und dessentwegen sie ihn verlassen hatte.

Sir Percival rettete ihn vor der Unannehmlichkeit, die Konversation fortsetzen zu müssen. »Hier, bitte sehr, Captain O'Connor.«

Jack nahm dankend und erleichtert das Glas entgegen und leerte es in einem Zug. Der Whisky war hervorragend, brannte jedoch höllisch und trieb ihm fast die Tränen in die Augen.

Und dann geschah etwas, das Jack liebend gerne vermieden hätte. Etwas, das ihn kurzzeitig seine so mühsam aufrechterhaltene äußere Gleichmut kostete: Jemand kam die Treppe heraufgelaufen, die Tür wurde aufgerissen, und große grünbraune Augen durchforschten hastig den Raum und blieben an ihm hängen.

Nicht ausgerechnet jetzt! Nicht mit einer aufgeplatzten Lippe, besudelt vom Stroh im Kerker, während der andere Kerl wie aus dem Ei gepellt dastand. Mit diesem Auftritt war Jack seinem Rivalen schon in den ersten Minuten des Wiedersehens weit unterlegen.

Er stopfte seine Hände in die Jackentaschen, um nicht in Versuchung zu geraten, Jessica an sich zu reißen, und setzte eine grimmige Miene auf. Sie sollte nur nicht glauben, dass er ihre Untreue und ihre Flucht so leicht hinnahm.

Jessica machte einen Schritt auf ihn zu, aber dann verharrte sie mitten in der Bewegung. Ihr besorgter Gesichtsausdruck veränderte sich und wurde trotzig; sie musterte Jack kühl von oben bis unten, dann streckte sie Smithy mit einem bezaubernden Lächeln beide Hände entgegen.

»Smithy! Wie schön, dass Sie hier sind! Martin hat mir gesagt, dass Sie vor kurzem angekommen sind und leider einen Zusammenstoß mit einigen Soldaten hatten. Wie ärgerlich! Ich hoffe, Sie hatten keine zu großen Unannehmlichkeiten.«

Smithy hatte Jessicas Hände ergriffen und warf einen unsicheren Blick auf seinen Freund, auf dessen Stirn Gewitterwolken aufzogen. »Ne, nich so schlimm. Bloß ein bisschen Ärger. Aber«, er grinste sie erfreut an, als sie ihn links und rechts auf die Wange küsste, »jetzt sind wir ja hier.«

»Und wie sehr ich mich darüber freue!«, erwiderte Jessica enthusiastisch. Sie wandte sich Charles Daugherty zu, und Jack ballte in stummem Groll die Hände in seinen Jackentaschen zu Fäusten. Diese Behandlung war er von ihr nicht gewohnt. Üblicherweise hätte sie ihm sofort um den Hals fallen müssen und nicht zuerst Smithy begrüßen dürfen. Was fiel ihr eigentlich ein, ihn so offensichtlich zu übersehen? Hatte sie ihn schon komplett abgeschrieben?

»Ich hatte Ihnen doch von Mr. Smith erzählt, nicht wahr, Charles?«

So. Sie sprachen sich also schon mit dem Vornamen an. Jacks Blick wurde immer finsterer. Dazu gehörte schon eine ordentliche Portion Kaltschnäuzigkeit, in derart freundlichem Ton mit diesem Charles zu reden, während ihr Liebhaber daneben stand und übersehen wurde. Wenn er mit ihr allein unter vier Augen sprach, konnte sie sich auf einiges gefasst machen. Er würde ihr ziemlich schnell klarmachen, wie unverantwortlich und herzlos sie gehandelt hatte und wohin sie wirklich gehörte.

Daugherty trat vor, und sein ernstes Gesicht erhellte sich, als er Jessica ansprach. »Ja, das haben Sie, meine Liebe.« Er reichte Smithy die Hand. »Ich freue mich sehr, Mr. Smith.«

»Und dieser Gentleman hier, der aussieht, als wäre er aus den Wanten gefallen …«, Jessica wandte sich Jack zu, und ihr Gesichtsausdruck wurde merklich zurückhaltender, »… ist Jack O'Connor.«

»Wir wollten uns soeben besser miteinander bekannt machen. Wenn ich mich recht entsinne, sind Sie jener O'Connor, der sich einen Ruf als Freibeuter erworben hat. Ich habe schon viel von Ihnen gehört.«

Jack erwiderte nichts. Er sah von Daugherty auf Jessica, aber die wich seinem Blick aus.

»Und«, fuhr Daugherty fort, »Sie sind so etwas wie ein Bruder für Miss Jessica, nicht wahr?«

Jack wandte seinen durchdringenden Blick nur langsam von Jessica ab. »Bruder? Wie man's nimmt«, erwiderte er grimmig.

»Nun denn, willkommen in Ostindien. Ich hoffe, Ihr Aufenthalt wird erfolgreicher als Ihre Ankunft.«

Sir Percival machte sich bemerkbar. »Ich bedaure diesen Zwischenfall wirklich zutiefst, Captain O'Connor. Wenn ich gewusst hätte, dass Sie sich in einem derart … ähem … derangierten Zustand befinden, hätte ich natürlich dafür gesorgt, dass Sie zu meinem Haus gebracht werden, um sich frischmachen zu können.«

»Es wäre sehr freundlich, wenn Sie Ihrem Kutscher jetzt Anweisung geben würden, mich in einen Gasthof zu fahren, wo ich mich umziehen und auf mein Schiff warten kann«, erwiderte Jack. »Selbstverständlich«, beeilte sich Sir Percival zu versichern, dem man die Erleichterung ansah, dass Jack nicht bei ihm zu wohnen gedachte. Kein Wunder. Ein Freibeuter, der gleich bei seiner Ankunft im Knast gelandet war, war nicht gerade *bon ton.* »Ich werde veranlassen, dass Sie frische Kleidung erhalten, bis Ihr Schiff im Hafen liegt. Und ich hoffe, Sie erweisen uns heute Abend die Ehre, Captain O'Connor. Meine Gattin gibt einen kleinen Empfang zu Ehren eines hochrangigen Mitgliedes der East India Company, das vor kurzem aus England eingetroffen ist.«

Jack verneigte sich leicht. »Mit dem größten Vergnügen.«

Sir Percival nickte Jack zu. »Der Kutscher wird Sie zum Gasthof bringen.«

»Eine gute Idee. So verhindert man wohl weitere Zwischenfälle.« In Jessicas Stimme schwang leiser Spott mit.

Jack warf ihr einen scharfen Blick zu. Sie sollte es besser nicht übertreiben, sondern sich lieber eine verdammt gute Ausrede einfallen lassen, weshalb sie hinter seinem Rücken zu diesem Stutzer nach Kalkutta gereist war. Er bemühte sich jedoch, seiner Stimme einen gleichmütigen Klang zu geben, als er sagte: »Vielleicht hast du ja später Lust, mich an Bord zu besuchen, sobald die *Tuesday* hier ist. Es sind viele auf dem Schiff, die du gut kennst.«

Jessicas Miene wurde etwas weicher. »Lass bitte alle von mir grüßen, vielleicht komme ich ein anderes Mal, zusammen mit Tante Alberta. Es wäre nicht angemessen, ohne Begleitung auf dein Schiff zu gehen.«

Jack verkniff sich eine höhnische Bemerkung. Als wäre sie nicht schon unzählige Male allein dort gewesen. In jeder Ecke, auf jedem Deck, auf jeder Rah; sogar auf der Galionsfigur, dem Seepferd, war sie herumgeturnt. Er nickte nur kühl und verbarg seinen Ärger.

Sie trat knapp an ihm vorbei. »Vielleicht sehen wir uns ja heute Abend.« Damit legte sie die Hand auf Daughertys Arm und ging hocherhobenen Hauptes hinaus.

Da konnte sie sicher sein. Er hatte nicht die geringste Lust, zu diesem Empfang zu gehen, aber zweifellos waren Jessica und dieser geschniegelte Affe ebenfalls dort. Das war eine gute Gelegenheit, Daugherty klarzumachen, dass hier ein anderer weitaus ältere und überzeugendere Rechte hatte. Und wenn es nicht anders ging, auch mit Gewalt.

Jessica bei Charles zurücklassen zu müssen, war eine schwere Prüfung für einen Mann, der auf der monatelangen Reise hierher seine gesamte freie Zeit damit verbracht hatte, sich das Wiedersehen vorzustellen und es – nachdem er Jessica zur Einsicht gebracht hatte – auf erotisch-erbauliche Weise weiterzuspinnen. In diesen Phantasien war sie allerdings immer nur halb bekleidet – vielleicht mit diesem Ballkleid – oder ganz nackt und vor allem mit ihm allein gewesen, und er hatte ihre Hände, die über seinen Körper glitten, ihn verwöhnten, förmlich schon spüren können. Diese Träume hatten ihn erregt, ihn verfolgt, aber er hatte kein einziges Mal versucht, sie bei einer der käuflichen Damen auszuleben, wenn sie einen Hafen angelaufen waren, um Proviant aufzunehmen. Das hatte er seinen Leuten überlassen, und die waren ebenfalls kaum auf ihre Kosten gekommen, weil er die Aufenthalte auf das absolute Minimum beschränkt hatte, um keine Zeit zu verlieren.

Wenn es sich um eine andere Frau als Jessica gehandelt hätte, wäre er vielleicht ebenfalls im Bett einer Schönen gelandet, aber in diesem Fall stand Jessica ihm zu nahe, als dass er seine Sehnsucht auf eine andere übertragen konnte. Ein Mann konnte sich über die Gefühle zu einer Frau lange hinwegtrösten, aber wenn er jede zweite Nacht aufwachte und fluchte, weil er eine Frau begehrte, die Tausende Meilen weit fort und vielleicht schon im Begriff war, einen anderen zu heiraten, war er so gut wie verloren. Wenn die Angst, es könnte schon zu spät sein und sie in den Armen eines anderen liegen, so heftig von ihm Besitz ergriff, dass er kaum atmen konnte.

Nun, das war zum Glück nicht der Fall, aber die gegenwärtige Situation war auch nicht gerade so, wie er sie sich gewünscht hätte. Jessica war ihm nicht – wie er es insgeheim erhofft hatte – reumütig um den Hals gefallen, sondern auch noch recht keck gewesen. Das war gewiss dem schlechten Einfluss dieses Daugherty zuzuschreiben.

Martin traf nur eine halbe Stunde nach Jack im Gasthof ein. Jacks Vorwürfe Jessica betreffend kamen für Martin nicht unerwartet. Er saß daneben, während Jack sich Schweiß und Gefängnisdreck abwusch und den von Sir Percival zur Verfügung gestellten frischen Anzug hervorholte. »Es war nicht richtig, Jessica da reinzuziehen. Sie hätten sie nicht mitnehmen dürfen«, sagte Jack, während er sein Hemd verschloss.

Martin sah ihn unbewegt an. »Jessica aufhalten, wenn sie hierher will? Das kann nicht dein Ernst sein.«

»Sie kann in Gefahr geraten.«

»Sir Percival hat gute Beziehungen und ist beliebt. Mit ihm wird sich nicht einmal El Capitano anlegen, falls er hier auftauchen sollte. Außerdem steht sie auch unter dem Schutz von Charles Daugherty und dessen Vater.«

Jack schnaubte verächtlich, und Martin musste ein Grinsen unterdrücken.

»Diesen Charles habe ich schon kurz gesehen. Aber was ist

mit dem Vater? Was für ein Mensch ist er?« Wenn er Jessica aus den Krallen von Charles löste, konnte er auch mit dem Vater zusammenstoßen. Vanessa hatte ihm vor seiner Abreise auf sein Drängen hin noch einiges über die Daughertys erzählt, und unter anderem, dass Charles' Vater die Verbindung zwischen seinem Sohn und Jessie offenbar wärmstens unterstützte.

Martin zuckte mit den Schultern. »Ich habe ihn nie getroffen. Mr. Daugherty hatte, eine Woche bevor wir hierherkamen, einen Jagdunfall. Er kann sein Zimmer und angeblich nicht einmal sein Bett verlassen.«

»Und sein Sohn ist dafür umso lebendiger, was?« Jack griff nach seinen Stiefeln. Sir Percival hatte ihm den hier üblichen Anzug aus weißem Leinen geschickt. Er war angenehm zu tragen – auf jeden Fall besser als Kniehosen.

»Liebenswürdig, aber eher eine blasse Figur. Vermutlich ein Schwächling, der von seinem Vater beherrscht wird. Ich kann aber nichts Schlechtes über ihn sagen. Er verehrt Miss Jessie ehrlich und benimmt sich ihr gegenüber immer wie ein Gentleman. Ich bin sogar überzeugt, dass er sehr ernsthaft in sie verliebt ist.«

Jack knurrte nur als Antwort.

»Harding hat also hinter dem Streit gesteckt«, stellte Martin fest, während Jack schon plante, wie er Jessica an Bord der *Tuesday* und Charles neben seinen Vater aufs Krankenlager brachte.

Jack zog seinen rechten Stiefel an. Er trat so fest hinein, dass die Bodendielen erzitterten. »Er hat uns zweifellos ankommen gesehen und sofort gehandelt. Vielleicht hatte er sogar Spione an der Einfahrt zum Fluss. Die Kerle, die Mike angepöbelt haben, gehörten jedenfalls zu seiner Mannschaft.« Jack senkte seine Stimme, als er weitersprach. »Und was haben Sie bisher über diesen El Capitano in Erfahrung gebracht?«

»Ich habe mich unauffällig umgehört«, erwiderte Martin. »Mein Freund, der mich als Erster auf El Capitano aufmerksam gemacht hat, hat nur herausgefunden, dass er seine Piratenflotte jetzt bei den Sumatra vorgelagerten Inseln versteckt. Mein Freund vermutet, dass er sich ebenfalls dort aufhält.«

»Dann müssen wir wohl auch dorthin«, sagte Jack ruhig.

»Nein, du bleibst bei Jessica.«

»Wir hätten schon einmal gemeinsam reisen sollen. Dieses Mal segeln Sie auf der *Tuesday*. Und damit Schluss. Jessica und ihren Dickkopf überlassen Sie ruhig mir.«

Kapitel 12

Es gab nur einen einzigen Grund, weshalb Jessica diesem Abend entgegenfieberte: Der hieß Jack und tauchte, obwohl sie sich heimlich die Augen nach ihm aussah, nicht auf. Sie sehnte sich so sehr nach ihm, auch wenn er sie bei dem Wiedersehen so kränkend behandelt hatte.

Dabei wäre sie ihm fast um den Hals gefallen. Die aufgeplatzte Lippe und das blaue Auge hatten sie erschreckt. Sie hatte sofort nachsehen wollen, ob er noch anderweitig verletzt war, aber der Blick, mit dem er sie gemustert hatte, war so streng, sein Gesicht so abweisend gewesen, dass sie förmlich zurückgeprallt war. Bei der Erinnerung daran waren ihr später in ihrem Zimmer die Tränen gekommen, bis sie sich selbst energisch zur Vernunft gerufen hatte.

Jack war nicht erfreut gewesen, sie zu sehen, so viel war klar. Vielleicht dachte er sogar, sie wäre ihm nachgelaufen. Was ja auch stimmte. Hatte er bereut, was zwischen ihnen geschehen war? Jessica hätte damals in jener Nacht geschworen, dass Jack sie ebenso liebte wie sie ihn. Aber bei Männern wusste man wohl nie. Die waren in dieser Hinsicht – was Liebe und Treue betraf – so schlecht einzuschätzen. Und sie hatte nicht vergessen, was Vanessa über sein Abenteurerblut gesagt hatte. Hatte er Angst gehabt, sie würde ihn zu fest halten und mit ihrer Liebe ersticken wollen?

Sie durfte jedenfalls nicht länger die Augen vor der Tatsache verschließen, dass Jack auch deshalb fortgereist war, weil er sich nicht binden wollte und fürchtete, sie könne nach dem, was zwischen ihnen geschehen war, Ansprüche an ihn stellen. Sie hatte sich ihm in Boston ja wirklich regelrecht aufgedrängt, sich ihm an den Hals geworfen. Nur ein völlig herzloser Mann hätte sie dann noch fortgeschickt. Er hatte es ja sogar tun wollen, aber sie war geblieben. Jessica biss die Zähne zusammen. Damals hatte sie weder an ihm noch an sich selbst gezweifelt, aber die Monate der Trennung waren lang genug gewesen, um sie – und sicherlich auch ihn – vieles anders sehen zu lassen.

Sie hatte eine strategisch günstige Position in Lady Elisabeths Salon eingenommen. Hier versammelten sich die Gäste, bevor zum Diner gebeten wurde, und hier konnte sie am besten die Ankommenden sehen, die von Sir Percival begrüßt wurden. Wobei Salon eine wahre Untertreibung war, die auch nur einer an den Reichtum dieses indischen Lebensstils gewöhnten Lady Elisabeth einfallen konnte.

Auch die reichen Bostoner Bürger hatten große Häuser, mit Wohnraum, Salon, einige – wie die Farnsworths und Mariettas Vater – sogar kleinere Ballsäle. Aber das Haus ihrer eigenen Eltern hätte knapp in die Empfangshalle von Vanessas Vetter gepasst.

Nicht nur die Dimensionen waren beeindruckend, auch der Luxus, der in den Räumen herrschte. Jessicas geräumiges Zimmer, das sie mit niemandem teilen musste, war mit einem weichen Teppich mit wunderbaren Mustern ausgelegt, über den sie gerne barfuß lief. Manches Mal saß sie auch wie ihre indische Dienerin, die Lady Elisabeth ihr und Alberta zugeteilt hatte, auf dem Boden. Sie hatte sogar begonnen, in ihrem Schlafzimmer einen Sari zu tragen – dieses mehrere Meter lange Tuch, das man sich über einem enganliegenden Oberteil und leichten Hosen um den Körper schlang. Es war viel luftiger und bequemer als die engen Kleider.

An diesem Abend jedoch war sie entsprechend der Mode der in Kalkutta lebenden englischen Damen gekleidet. Lady Elisabeth hatte ihr ein ganz besonderes Geschenk gemacht, ein aus gefärbtem und handbemaltem Chintz genähtes Kleid. Um den Ausschnitt waren kostbare, aus Europa importierte Spitzen appliziert, und auch die über dem Ellbogen gerafften Ärmel hatten lange Spitzenvolants, die bis zur Hälfte des Unterarms reichten. Der vorne hervorblitzende Unterrock war aus demselben Stoff und besaß übereinander mehrere reiche Volants. Jessica konnte sich selbst jetzt, als sie hier saß und auf Jack wartete, während sie dem mit Komplimenten durchsetzten Geschwätz einiger Herren lauschte, kaum an den wunderbar gemalten Blüten sattsehen. Sie strich immer wieder über den Stoff, fuhr mit dem Finger einzelne Teile nach. Sie stellten eine Hibiskusart dar, mit Ranken, Blüten, Stengeln. Es war – obwohl weit ausgeschnitten – züchtig durch die reichen Spitzen. Und es war alles andere als durchsichtig. Dadurch war es auch ein wenig zu heiß. Jessica schwitzte darin, aber die Schönheit des Stoffes wog das auf. Tagsüber, wenn sie ausging, trug sie ohnehin wie die anderen englischen Damen die hellen, leichten Kleider. Dazu ausladende Hüte, die vor der Sonne schützten, und oftmals sogar einen kleinen Sonnenschirm. Viele der Damen blieben lieber daheim – so wie Lady Elisabeth, die es vorzog, im Pavillon im kühlen Garten ihres Palastes oder unter den Arkaden zu sitzen oder sich in einer

Sänfte, dem Palankin, herumtragen zu lassen. Aber Alberta und Jessica waren zu neugierig auf dieses Leben hier und meist in Begleitung ihrer stämmigen und ebenso unternehmungslustigen Peggy sowie von Martin und zwei Dienern unterwegs. Manches Mal schlossen sich ihnen auch Charles oder einige Offiziere der Armee der East India Company an.

Auch heute waren wieder viele der Offiziere anwesend, die sich um Jessica und die anderen Damen scharten. Es gab zwar viele europäische Frauen hier – Jessica hatte innerlich gestöhnt, als sie die formellen Begrüßungsbesuche hinter sich hatte bringen müssen –, aber nicht allzu viele davon waren unverheiratet oder nicht bereits in festen Händen. Und obwohl jeder der Männer zweifellos privat seine sanftmütige, mandeläugige Geliebte vorzog, so wussten sie doch die Unterhaltung mit einer Frau, die ihnen gesellschaftlichen Status zu verschaffen wusste, zu schätzen. Vor allem eine, die bei dem einflussreichen Sir Percival residierte und – wie es hieß – aus einer wohlhabenden Kaufmannsfamilie stammte. Jessica ahnte, dass auch Charles eine indische Geliebte hatte, aber der Gedanke bestürzte sie weder, noch bekümmerte er sie. Bei Jack wäre sie – wie sie ehrlich zugeben musste – in dieser Hinsicht von jeher weniger großzügig gewesen, und der Gedanke, was alles in den langen Monaten geschehen sein konnte, bedrückte sie. Auf dem Weg nach Kalkutta gab es viele Häfen und zweifellos unzählige Hafenschönheiten, die nur darauf lauerten, einen gutaussehenden Mann wie Jack zu verführen.

Jessica sah sich suchend um. Immer mehr Leute trafen ein. Nur Jack nicht. Charles hatte Jessica gleich zu Beginn begrüßt, ihr einen Kranz aus duftenden Blüten überreicht, der von einem der Diener auf ihr Zimmer gebracht worden war, und hatte sich dann zu anderen Männern begeben, mit denen er über Handelsgeschäfte sprach. Und Jessica sah sich von einer wachsenden Anzahl englischer Offiziere umringt, die ihr – völlig vergessend, dass ihre Väter noch gegen die Unabhängigkeit der ehemaligen Kolonien gekämpft und diese geschmäht hatten – den Hof machten und ihre Aufmerksamkeit zu erringen suchten. Einer, ein hochrangiger Offizier, hatte sich sogar neben sie gesetzt und versuchte nun, die anderen mit Artigkeiten und humorvollen Bemerkungen auszustechen. Er war Witwer und einer von Jessicas besonders hartnäckigen Verehrern.

»Sie gestatten?« Eine schlanke, aber kräftige Hand mit einer Narbe schob zwei der Herren zur Seite. Eine Hand, die Jessica aus dem Gedächtnis hätte zeichnen können, so gut kannte sie sie und ihren Besitzer. Eine Hand, die sich vor acht Monaten, bevor Jack verschwunden war, auch sehr intensiv mit ihrem Körper vertraut gemacht hatte. Sie sah hoch und traf auf Jacks Blick. Ihr freudiges Lächeln erstarrte jedoch unter seinem missbilligenden Gesichtsausdruck.

»Offenbar muss man sich hier mit dem Entermesser zu den Damen durchkämpfen.« Jacks halb abfällige, halb spöttische Stimme zusammen mit dem irisch-amerikanischen Akzent veranlassten die anderen, die Stirn zu runzeln. Er trug so wie die meisten anderen Gentlemen eine Jacke und Weste aus hellem Leinen, und Jessica fand, dass er alle anderen bei weitem ausstach. Aber sie würde sich im Moment eher auf die Zunge beißen, als das zuzugeben.

Jack wandte sich an den Offizier, der an Jessicas linker Seite saß. »Ich fürchte, Sie sitzen auf meinem Platz.«

»Wie? Was?«

»Und ich wäre Ihnen allen verbunden, wenn Sie Miss Jessica und mich jetzt allein lassen würden. Wir haben uns lange nicht gesehen und einiges zu besprechen.«

Eine Welle des Ärgers wogte durch die anderen Männer. Einer davon hatte in Jack den »Burschen« erkannt, der schon im Gefängnis gelandet war, und er teilte diese Erkenntnis jetzt mit halblauter Stimme mit seinem Nachbarn.

Jessica hörte bedrohliche Sätze wie »Unglaublich! … Grund, Satisfaktion zu verlangen …« und schritt schleunigst ein. Sie setzte ihr liebenswürdigstes Lächeln auf. »Sie müssen Captain O'Connor verzeihen, meine Herren. Er ist ein sehr alter Freund – so etwas wie ein Bruder für mich –, und wir haben uns schon lange nicht gesehen. Gewiss hat er viele Nachrichten von daheim mitgebracht.«

Die anderen machten mit wachsendem Groll Platz, und Jack baute sich vor Jessica auf.

»Das war ziemlich unhöflich«, stellte sie fest.

»Das ist mir gleichgültig. Ich muss mit dir sprechen.« Jacks Laune hatte sich seit dem Nachmittag nicht gebessert. Im Gegenteil, je länger er darüber nachgedacht, je öfter er sich Daughertys Benehmen Jessica gegenüber und ihres in Erinnerung gerufen hatte, desto übellauniger war er geworden. Und sie jetzt inmitten all dieser Kerle vorzufinden, hatte ihn endgültig erzürnt. So hatte sie sich daheim nicht benommen. Da war sie bei Gesellschaften neben einigen alten Freunden, älteren Damen gesessen und nicht im Mittelpunkt eines Haufens Komplimente sabbernder Idioten.

Jessica sah kühl zu ihm auf. »Ich höre.«

»Ich glaube nicht, dass du das hier vor allen Leuten erörtern willst.« Jack sah sich um. »Wo kann man sich hier ungestört unterhalten?«

Jessica erhob sich. Sie hatte Jack schließlich auch so einiges kundzutun, wofür sie keine Zeugen gebrauchen konnte. »Wir können in den Pavillon gehen, dort ist jetzt niemand, da alle auf das Diner warten. Aber ich gehe voran, und du kommst nach.« Sie sprach leise. »Um zum Pavillon zu gelangen, musst du durch die Hintertür und dann links die Arkaden entlang, dann siehst du ihn schon. Er ist von bunten Laternen beleuchtet.«

Als Jack wenig später den Pavillon betrat, stand Jessica tatsächlich schon wartend darin. Die Öllichter und Laternen warfen genügend Licht auf sie, um ihr blasses Gesicht erkennen zu lassen. Sie hatte die Finger ineinander verschlungen und sah ihm entgegen.

Jack hatte damit beginnen wollen, ihr Vorhaltungen zu machen, aber er machte kurzen Prozess. Er trat auf sie zu, packte sie und riss sie in seine Arme. Sein Kuss war gierig und rücksichtslos, und hätte Jessica nicht ein ähnliches Verlangen nach Jack verspürt, wäre sie davon erschreckt worden. Als er endlich von ihr abließ, atmeten sie beide heftig. Jacks Arme lagen immer noch fest um sie, hielten sie an seinen Körper gepresst, ließen sie seine Hitze und seine erwachende Erregung spüren. Jessica zögerte, hin- und hergerissen zwischen ihrem eigenen Begehren und der Vernunft, dann hob sie die Hände und drängte Jack ein wenig zurück. Er ließ nur widerwillig etwas lockerer, hielt sie jedoch immer noch so, dass sie nicht ganz zurückweichen konnte.

»Jessie …« Seine Stimme klang rauh, verlangend, und seine Augen blickten weicher als noch zuvor im Saal. Es schien, als wollte er noch etwas hinzufügen, aber Jessica machte sich frei. Kaum hatte er sie jedoch losgelassen, hatte sie das Gefühl, sich wieder eng an ihn drängen zu müssen, um ihn zu fühlen. Um zu spüren, wie er sie hielt und selbst das Gefühl zu genießen, dass er hier und dass alles nicht nur ein Traum war.

Jack schien ähnlich zu empfinden; als er jedoch wieder nach ihr greifen wollte, wich sie ihm aus.

»Nicht, es könnte uns jemand sehen.«

Jacks Arme sanken herab. »Warum so furchtsam?«, fragte er spöttisch. »Fürchtest du, dein hochgeschätzter Charles könnte kommen und dich mit einem anderen vorfinden? Daheim warst du nicht so zimperlich.«

»Jack, hör auf, so mit mir zu sprechen. Dazu hast du kein Recht.«

Jacks Augen funkelten zornig. »Aha, so ist das also. Ich habe kein Recht, dich daran zu erinnern, was zwischen uns vorgefallen ist. Oder ist dir die Erinnerung daran unangenehm, jetzt, wo dieser Charles dir den Hof macht und jeder schon von Verlobung und Heirat faselt?«

»Das hat nichts mit Charles zu tun! Aber ausgerechnet du darfst mir keine Vorhaltungen machen. Jemand, der einfach davonsegelt …«

»Das scheint dir aber sehr willkommen gewesen zu sein«, unterbrach er sie grob. »Andernfalls hättest du nicht, kaum, dass ich fort war, Boston den Rücken gekehrt, um zu deinem Charles zu reisen.« Jack schrie nie, wenn er wirklich wütend war. Seine Stimme wurde dabei gefährlich leise. Seine Augen wurden schmal. »Ich frage mich nur, ob du diesen Plan auch schon hattest, während du noch in meinen Armen lagst.«

»Auf diese Art werde ich mich sicher nicht mit dir unterhalten.« Jessica war blass geworden. »Es tut mir leid, dass ich hergekommen bin. Vermutlich bist du betrunken.«

Sie wollte den Pavillon verlassen, aber Jack packte sie an den Armen und zog sie wieder heran. Als er sie erneut küssen wollte, stieß sie ihn fort.

»Was soll das? Ist das wieder einer dieser Jetzt-werde-ich-dich-bestrafen-Küsse?«

»Offenbar verstehst du nichts anderes«, grollte Jack. »Und dieses Mal werde ich mich bestimmt nicht dafür entschuldigen. Mich würde es ohnehin nicht stören, wenn dein lieber Charles erfährt, dass es kaum ein Dreivierteljahr her ist, dass du weitaus weniger Hemmungen hattest, mich sogar in meiner Wohnung aufzusuchen.«

Jessica riss sich los. »Oh, wie ich das alles ohnehin schon bedaure!« Sie war den Tränen so nahe, dass sie kaum sprechen konnte, ihre Kehle war wie zugeschnürt.

Jack war blass geworden. »Dafür ist es jetzt allerdings schon zu spät. Das hättest du dir damals besser überlegen müssen. Oder ist dir die Erinnerung plötzlich derart unangenehm wegen deines Charles? Spielst du ihm etwa die Unschuld vor? Jedenfalls kannst du mir nicht vorhalten«, fuhr Jack gepresst fort, »ich hätte dich verführt und dann sitzengelassen. Denn du bist zu mir gekommen, falls ich deinem Gedächtnis nachhelfen darf.«

Als sie davonlaufen wollte, hielt er sie fest. Jack redete weiter, obwohl er sah, dass Jessicas Augen in Tränen schwammen, dass sie bleich wie der Stein dieses Pavillons war. Er wusste kaum noch, was er sagte. Eine Welle aus Schmerz und Eifersucht überschwemmte ihn. Er hatte die Unterredung ruhig hinter sich bringen, ihr klarmachen wollen, dass er sich nicht so einfach abschieben ließ, ihr zeigen, wohin sie gehörte, aber nun brachen all die Monate der Unsicherheit, der Angst um Jessica, die Eifersucht, die Kränkung hervor, weil sie einfach abgereist war, einem prunkvollen Leben an der Seite dieses Kerls entgegen, während er beinahe getötet worden war.

»Weshalb bist du damals überhaupt zu mir gekommen? Aus Mitleid, weil ich dir meine Liebe gestanden habe? Oder um mit dem verliebten Trottel zu spielen und dann hinzugehen und den reichen Mr. Daugherty zu heiraten, weil dir einer wie ich nicht gut genug ist?«

»Jetzt reicht es aber.«

Jack fuhr beim Klang der eisigen Stimme herum. Hinter ihm stand Alberta.

»Jack O'Connor, Sie benehmen sich wie eine der schlimmsten Landratten, die ich jemals getroffen habe. Schämen Sie sich!« Alberta sah grimmig von ihm zu Jessica. »Ihr habt Glück, dass ich es bin. Lady Elisabeth wollte schon jemanden schicken, um nach dir zu sehen, Jessica.« Sie ging an Jack vorbei und legte resolut den Arm um die Schultern ihrer Nichte. »Ich werde dich jetzt auf dein Zimmer begleiten, du wirst dich ein wenig frischmachen, dich erholen, und dann bringe ich dich zum Diner und werde überall herumerzählen, dass dir die Hitze zugesetzt hat. Der nette Mr. Daugherty war schon ganz besorgt, weil du verschwunden bist. Und Sie, junger Mann«, sagte sie kalt an Jack gewandt, »gehen in der Zwischenzeit in sich und überlegen sich eine gute Entschuldigung.«

»Der *nette* Mr. Daugherty soll zum Teufel gehen. Oder besser zum Südpol, da bleibt er schön frisch und kühlt sich ein wenig ab!«, brauste Jack auf. »Ich kann ihm sogar eine kostenlose Überfahrt anbieten!«

»Abkühlung braucht hier offenbar jemand anders«, knurrte Alberta. »Was für eine elende Landratte. Komm, Jessica.«

»O nein«, widersprach Jack hart und stellte sich ihnen in den Weg. »Wir sind noch nicht fertig.«

»Bis wir keine Entschuldigung von Ihnen gehört haben, sind wir das.« Alberta schob Jack energisch zur Seite und führte Jessica hinaus.

»Ich will keine Entschuldigung von ihm«, hörte er Jessicas bebende Stimme, als die beiden sich entfernten. »Ich will ihn nicht mehr sehen. Nie wieder.«

»O doch, das willst du. Davon bin ich genauso überzeugt wie davon, dass dieser Esel sich in den Hintern beißen wird, wenn er dahinterkommt, wie schlecht er sich dir gegenüber benommen hat.«

Jack blieb allein zurück. Er ballte die Fäuste. Der Wunsch, etwas kurz und klein zu schlagen, war übermächtig. Er schloss die Augen, atmete tief durch, und am Ende eilte er mit langen Schritten hinter Jessica und Alberta her.

Zuerst verlief er sich im Haus, bis ihm eine verschreckte Dienerin den Weg wies. Als er zu Jessicas Zimmer kam, hörte er schon vor der Tür ihre tränenerstickte Stimme.

»Jack ist dumm und eigensinnig. Aber keine verlauste Ratte mit dem Gehirn einer Qualle. Ich möchte nicht, dass du ihn so nennst, Alberta.«

Jack, der soeben wütend hatte hineinstürmen wollen, hielt inne. Das war seine Jess. Er benahm sich wie ein Schuft – gleichgültig wie recht er auch hatte –, und sie nahm ihn noch in Schutz. Eine heiße Aufwallung von Liebe ließ ihn ins Zimmer stürzen.

Alberta saß neben Jessica auf dem Bett. Sie hatte ihr ein nasses Tuch gereicht, mit dem Jessica ihre geröteten Augen und Wangen betupfte. Jack durchquerte entschlossen das Zimmer und kniete sich vor Jessica hin, die sich hinter dem Handtuch verschanzte. »Geh weg!«

»Das kann ich nicht. Das weißt du genau.« Er zerrte das Tuch fort, warf es zu Boden und legte seine Hände um ihr Gesicht. Sie wollte den Kopf wegdrehen, aber er ließ es nicht zu. Er sah sie reuig an. »Ich habe die Beherrschung verloren und Dinge gesagt, die kränkend waren. Es tut mir so leid, Jessie.«

»Mir nicht«, stieß sie hervor, wobei sie die Augen gesenkt hielt, um seinem Blick auszuweichen. »Jetzt kenne ich dich wenigstens wirklich. Du bist …«

»Doch ein dämlicher Esel«, fiel Alberta kühl ein. »Und ein eifersüchtiger noch dazu. Einer, der durchdreht, nur weil ein anderer auf einen Knochen schielt, den er selbst haben will.«

Jessica schniefte auf, und Jack warf Alberta einen schrägen Blick zu, bevor er sich wieder seinem Mädchen zuwandte.

»Sag mir eines, Jessie: Liebst du diesen Charles?«

»Was geht dich das an?« Eine Träne rollte über ihre Wange, sie wollte sie wegwischen, aber Jacks Lippen küssten sie trotz Jessicas Widerstand fort.

»Um dir das wirklich klarzumachen, müsste ich mit dir allein sein«, sagte er leise an ihrer Schläfe.

Alberta brummte verächtlich. »Das kann nicht Ihr Ernst sein. Ich bin für das Mädchen hier verantwortlich. Ich werde sie bestimmt nicht mit einem halb Verrückten allein in ihrem Zimmer lassen. Ganz abgesehen von Jessicas Ruf. Der ist nämlich weitaus besser als Ihrer, O'Connor.«

Sie nannte ihn nur beim Nachnamen. Üblicherweise sagte sie Jack O'Connor zu ihm. Tante Alberta war also wirklich erzürnt.

Jack gab keine Antwort. Er kniete so knapp vor Jessica, dass er ihren Duft und die Wärme ihres Körpers spürte. Er runzelte jedoch die Stirn, als er sie genauer betrachtete. Ihr Gesicht war blass, trotz der vom Weinen geröteten Nase und Wangen. Viel bleicher als daheim. War der Streit schuld? Oder ging sie nicht an die frische Luft? Sie sah auch etwas magerer aus. Nicht, dass die Formen nicht noch anziehend gewesen wären, aber die zarten Konturen ihres Gesichts wirkten ein wenig schärfer. Die Backenknochen traten stärker hervor. War sie krank gewesen? Aß sie zu wenig? Hatte die monatelange Reise an ihr gezehrt?

Seine Hände bebten vor Verlangen, sie an sich zu ziehen, sie zu spüren, an sich zu pressen, bis sie aufhörte zu weinen, ihm verzieh und schwor, auf der Stelle mit ihm heimzufahren. »Jessie«, sagte er weich. »Liegt dir etwas an dem Mann?«

»So sag es ihm schon, bevor er hingeht und den armen Charles umbringt«, meinte Alberta ungerührt. »So wie der sich benimmt, ist er zu allem fähig.«

Jack hatte begonnen, Alberta zu schätzen, aber jetzt ging sie ihm empfindlich auf die Nerven.

Jessica atmete zitternd ein. »Ich mag ihn, aber das ist auch schon alles.«

»Weshalb hast du dann Boston verlassen und bist hierher gereist?« Jack forschte in ihrem Gesicht.

»Weshalb bist *du* verschwunden?«, fragte sie zurück.

»Ja, das wollen eine ganze Menge Leute gerne wissen«, setzte Alberta bissig hinzu.

Jack versuchte, sie zu ignorieren. »Es war nicht freiwillig. Man hat mich niedergeschlagen und schanghait. Es hat eine Weile gedauert, bis ich mich befreien und zurückkommen konnte.«

Alberta pfiff leise durch die Zähne, und Jessicas Augen wurden groß und erschrocken. »Um Himmels willen!«, stieß sie hervor. »Aber wie sollte ich denn das wissen? Ich hatte doch keine Ahnung!« Im nächsten Moment hing sie an seinem Hals. »Ich dachte, du wärst verschwunden, abgereist. Alle dachten das! Wenn ich das nur gewusst hätte! O Jack!«

Jacks Arme schlossen sich um sie. So war das schon wesentlich besser. Er empfand eine tiefe Genugtuung, als er sie eng an sich zog.

»Warum hast du nur nichts gesagt?« Sie klammerte sich an seinen Kragen.

»Es war doch gar keine Gelegenheit. Wir waren ja nie allein.«

»Stattdessen hast du mir Vorwürfe gemacht«, sagte Jessica erstickt. »Ich hatte doch solche Angst um dich.«

»Es tut mir leid«, wiederholte Jack. Er begann sie im Arm zu wiegen wie ein kleines Kind. Es tat verflixt gut, sie zu halten und zu trösten. Genau so war es richtig. Sie war dort, wo sie hingehörte. In seinen Armen, an seinem Hals, und er wollte verdammt sein, wenn er sie nochmals losließ oder zugab, dass sie sich auch nur eine Seemeile weit von ihm entfernte.

»Jessica! Ist alles in Ordnung?« Lady Elisabeth kam aufgeregt und besorgt näher, als sie Jessicas Schniefen hörte. »Kindchen! Geht es Ihnen nicht gut?«

Jack machte keine Anstalten, Jessica loszulassen oder sich auch nur umzudrehen. Diese Leute gingen ihn nichts mehr an. Sollten sie denken oder reden, was sie wollten.

»Schlechte Nachrichten von daheim«, hörte er in diesem Moment Alberta mitleidig sagen. »Ihre Lieblingshenne … vom Fuchs gefressen.«

Jack versteckte sein Gesicht hinter Jessicas üppigem Haarschopf. Jessica verbarg ihres an seinem Hals und lachte lautlos und zittrig in sein Halstuch.

Das Diner fand – obwohl indische Speisen serviert wurden und die Diener von Zeit zu Zeit aus kostbaren Gefäßen Rosenwasser auf die Gäste versprühten – ganz im englischen Stil und an einer langen Tafel statt.

Jack, der wohl nur wegen seiner langjährigen Beziehung zu den McRawleys, und hier insbesondere zu Vanessa, geladen worden war, hatte man einen Platz zwischen Alberta und einer der Offiziersgattinnen zugewiesen, während Jessica natürlich neben Charles Daugherty plaziert war. Jacks einziger Trost war, dass er ihr schräg gegenübersaß und sie beobachten konnte, während er sich mit seiner Tischdame unterhielt. Unterhalten war hier allerdings zu viel gesagt. Er gab Alberta, die in ihrer trockenen Art Bemerkungen machte, nur einsilbige Antworten und war selbst dabei noch völlig in Jessicas Anblick vertieft, die soeben ein Stück einer roten Frucht in den Mund schob, die ihr offensichtlich schmeckte. Jack erkannte dies an der Art, wie sie kaute. Die meisten Menschen kauten mit breiterem Mund. Jessicas Lippen dagegen, wenn sie etwas genoss, rundeten sich, formten sich wie zu einem Kuss. Es war nett, ihr dabei zuzusehen. So hatte sie gekaut, seit er sie kannte, schon als Kind. Aber er wäre damals nicht auf die Idee gekommen, diese Lippen mit seinen zu berühren. Wohingegen der Drang jetzt fast unbezähmbar war. Wären sie allein gewesen, ohne Charles und die anderen Gäste, hätte er es wohl getan.

Sein Blick ging gereizt zu Jessicas Verehrer hinüber, und er sah zu seinem Ärger, dass dieser Jessica angaffte. Allerdings sah er nicht auf ihre Lippen, ja nicht einmal in ihr Gesicht, sondern er stierte auf ihren Busen – der dieses Mal zum Glück entsprechend verdeckt war. Aber Jack hätte ihm dieses Glotzen am liebsten aus dem Gesicht gewischt – vorzugsweise mit der Faust.

»Bin wirklich froh, dass Sie hier sind«, bemerkte Alberta. »Mit keinem anderen hätte ich mich so gut unterhalten. Es geht doch nichts über einen amüsanten, aufmerksamen Tischnachbarn.«

Jack riss sich von Jessicas Anblick los und wandte sich schuldbewusst Jessicas Tante zu. Er setzte sein charmantestes Lächeln auf.

Alberta betrachtete ihn wohlgefällig. »Verschwenden Sie das wirklich an mich? Zu viel der Ehre.«

Unter anderen Umständen hätte Jack gelacht, aber nun sagte er: »Ich habe mich noch nicht bei Ihnen bedankt, dafür, dass Sie Jessica damals zu meiner Wohnung begleitet haben.«

»Ich habe mich in den vergangenen Monaten oft gefragt, ob das überhaupt richtig war«, sagte Alberta. »Denn als die Kleine so wild darauf war, Ihnen nachzusegeln …«

Jack riss es herum. »Mir nachzusegeln?« Einige Blicke wandten sich ihnen neugierig zu, und Jack senkte die Stimme. »Meinen Sie wirklich, Jessica wäre mir nachgesegelt?«

»Zumindest sah es verdammt danach aus«, erwiderte Alberta.

»Aber sie hatte mir doch vorher schon von diesem Dingsda erzählt. Dass er sie heiraten wollte. Ich dachte …«

»Und einfältig wie eben nur ein Mann sein kann, haben Sie's auch geglaubt.« Sie sah ihn von oben herab an. »Ich dachte es mir gleich, worum es Jessie ging, als sie unbedingt hierher wollte, auch wenn sie trotzig an dem Gerede über Charles festgehalten hat. Aber als sie dann in jedem Hafen vor Aufregung zitternd gehofft hat, etwas von der *Tuesday* zu hören, war es offensichtlich. Und dann«, setzte sie triumphierend hinzu, »hat sie im Schlaf ja auch immer wieder von Ihnen gesprochen. Aber anstatt das Mädchen hier in die Arme zu nehmen, haben Sie ihr auch noch Vorwürfe gemacht.« Sie schnaubte abfällig. »An Jessicas Stelle wäre sie besser beraten gewesen, drei Kreuze hinter Ihnen zu machen und einen vernünftigen Mann zu ehelichen.« Jacks Miene spiegelte seine Gefühle wider, aber Alberta ließ ihm keine Pause. »Und ich dachte schon, es wäre vielleicht ein bisschen zu viel zwischen euch beiden vorgefallen«, setzte sie leiser, aber nicht weniger scharf hinzu. »Oder besser gesagt: ein bisschen zu viel davon zurückgeblieben.«

Jack wurde blass, als er die Bedeutung dieser Worte begriff.

»Nein, nein«, beruhigte ihn Alberta sofort. »Andernfalls würde sie schon lange nicht mehr in dieses Kleid passen.«

Das stimmte. Jack warf einen erleichterten Blick zu Jessica, die soeben wieder auf diese – fast ein wenig laszive – Art ein Stück Frucht in den Mund steckte. Zuerst schlossen sich die roten Lippen darum, dann schien sie den Geschmack auszukosten, während sie langsam und genüsslich kaute. Er durfte nicht vergessen, sie bei passender Gelegenheit mit Fruchtstückchen zu füttern. Der Anblick war zu schön, um ihn nur in der Öffentlichkeit zu genießen. Vor allem war er zu anregend. Er rutschte unruhig hin und her. Dies schien eine Angewohnheit geworden zu sein, seit er Jessica begehrte. Oder besser: seit er wusste, dass er sie begehrte.

Sie war ihm also nachgereist. Alberta war keine Frau, die so etwas aus einer Laune heraus sagte. Seine Brust wurde eng.

Und gleich darauf hätte er am liebsten laut gelacht, auf dem Tisch einen der amerikanischen Squaredances hingelegt, Jessica hochgehoben und durch den Raum gewirbelt. Jessica war ihm nachgereist.

»Ich weiß nicht, was Sie wirklich angestiftet hat, einfach zu verschwinden«, meinte Alberta, die sein merklich aufgehelltes Gesicht studiert hatte, »und ich werde auch nicht fragen, um es rauszufinden, falls Sie Jessica angelogen haben. Aber was immer es war, es sollte jetzt unwichtiger sein als dieses Mädchen.«

Jack wandte sich von Jessicas verführerischem Kauen ab und Alberta zu. »Es stimmt aber. Ich wollte nach Boston, um Jessica noch einmal zu sehen, wurde jedoch niedergeschlagen und auf die Sloop eines gewissen Rochard gebracht, dessen Schiff ich davor gekapert hatte. Er ist offenbar mit Hardings Hilfe zu dem neuen Schiff gekommen. Es gelang mir erst zu flüchten, als er von einem Freibeuter angegriffen wurde.«

Er sah mit Befriedigung, dass Albertas Augen groß wurden. Sie unterdrückte den Pfiff, der ihr schon auf den Lippen lag. »Verstehe«, sagte sie nur.

Jack nickte grimmig. »Bis ich dann wieder in Boston war, waren Jessica und Martin nicht gerade über alle Berge, aber schon etliche Seemeilen weit fort.« Er warf einen neuerlichen Blick zu Jessica hinüber. Jetzt lachte sie mit Charles, und dieser griff nach Jessicas Hand. Jacks Miene wurde mürrisch.

»Nehmen Sie sich zusammen, junger Mann«, mahnte Alberta. »Überhaupt erkenne ich Sie fast nicht wieder. Hat Sie das Leben als Freibeuter so verändert?«

»Wie darf ich das verstehen?«

»Sie sind unbeherrscht. Unhöflich. Jähzornig. Humorlos.«

»Kurz: verliebt«, fasste Jack mit einem schiefen Grinsen zusammen. »Was mich übrigens zu einem Stichwort bringt. Ich soll Ihnen ergebenste Grüße ausrichten von einem, der Sie zutiefst verehrt. So waren jedenfalls seine eigenen Worte.«

Alberta sah ihn misstrauisch an.

»Mr. Jacob Smith«, erklärte Jack ernsthaft.

»Was für ein alberner Kerl«, brummte Alberta.

»Einer der verlässlichsten Männer, die je mit Robert McRawley oder mit mir gesegelt sind. Ein Seemann, wie es kaum einen besseren gibt, und ein guter Freund.«

»Wollen Sie sich einen Kuppelpelz verdienen?« Albertas Gesichtsausdruck war grimmig, als sie nach ihrem Glas griff.

»Warum auch nicht?«, fragte Jack mit einem verschmitzten Blinzeln, »Sie haben Ihren ja schon.«

Alberta stellte das Glas weg und lachte schallend.

»Ihr Vater wäre nicht so zimperlich.«

Charles Daugherty wandte sich nach dem Sprecher um. Captain Harding stand, halb hinter einer mannshohen, blühenden Topfpflanze verborgen, schräg hinter ihm und beobachtete so wie er das Paar, das sich auf der Tanzfläche drehte.

Dieser Jack O'Connor war mehr als ungelegen gekommen. Es war schon schwer gewesen, Jessicas ständige Bemerkungen und Erzählungen über ihn zu ertragen, aber Charles hatte gemeint, sie irgendwann doch dazu bringen zu können, ihn zu vergessen. Schließlich war der andere nichts weiter als ein Freibeuter, der hart an der Piraterie entlangsegelte und, wie Harding erzählt hatte, sich sogar für Schmuggel und Spionage nicht zu schade war. Es sollte doch gelacht sein, wenn er ihn nicht bei Jessica ausstechen konnte, auch wenn sie kaum ein anderes Thema hatte und »Jack« in jedem dritten Satz auftauchte.

Und dann war dieser O'Connor leibhaftig hier erschienen. Dreckig und verprügelt hatte er tatsächlich den Eindruck eines heruntergekommenen Kerls gemacht, und Charles war für wenige Minuten erleichtert gewesen. Bis er dann in seine Augen gesehen und denselben abschätzenden Blick darin getroffen hatte.

Wenn er bisher auch noch gehofft hatte, dass sie doch nur einen älteren Bruder in diesem O'Connor sehen könnte, dann hatte er spätestens in diesem Moment, als er sie beobachtete, gewusst, dass das Verhältnis der beiden zumindest jetzt ein anderes war.

Er hatte O'Connor damals, als er Jessica in Boston kennengelernt und sich in sie verliebt hatte, nicht getroffen, weil der unter seinem Kaperbrief herumgesegelt war, andernfalls wäre er vorgewarnt gewesen. Die Tatsache jedoch, dass sie hierher gereist war, hatte ihm Hoffnung gemacht. Jessica Finnegan war etwas Besonderes. Sie war nicht wie die englischen Frauen, die hier in Indien lebten, sie hatte eine frische, natürliche Art zu sprechen, sich zu geben. Einmal burschikos, dann wieder zurückhaltend, sogar ein wenig schüchtern und doch von bezaubernder Freimütigkeit und einer neugierigen Offenheit gegenüber allen Dingen, was ihn faszinierte. Auch sein Vater hatte diese Verbindung positiv gesehen. Eine durch Heirat gefestigte Beziehung zu den aufstrebenden Märkten und Händlern in den Vereinigten Staaten konnte nicht schaden. Und sie hätten es leichter, dort eine Niederlassung zu gründen.

Sein Vater betrieb so mancherlei Geschäfte, in die Charles

nicht unbedingt eingeweiht, mit denen aber Harding vertraut war. Auch Harding hatte Vater zugestimmt, was Jessica Finnegan und die Boston Independence Trading Company betraf.

»Ihr Vater hätte schon etwas unternommen«, setzte Harding nach, als Charles nicht reagierte, sondern nur stumm auf das Paar sah.

»Mein Vater ist krank«, sagte Charles abwehrend. Charles bewunderte seinen Vater, der immer wusste, was er wollte, wie er es bekam und es gelegentlich auch mit einer Härte durchsetzte, die ihm fehlte. Aber er mochte es nicht, wenn Harding ihn mit ihm verglich. Er selbst konnte dabei nur schlechter abschneiden. Und doch gab es auch manche Züge an seinem Vater, denen Charles nicht nacheifern wollte. Charaktereigenschaften, die ihn als Jungen ebenso eingeschüchtert hatten wie seine Mutter.

»Wenn Ihnen an der Frau liegt, müssen Sie etwas tun.«

»Soll ich mich mit ihm duellieren?«, fragte er spöttisch. Er ließ keinen Blick von Jessica. Wie anmutig sie war. Wie glücklich. Zorn und Eifersucht stiegen in ihm hoch, wenn er bedachte, wie sehr sie sich seit der Ankunft dieses Freibeuters verändert hatte. Wie ihre Augen leuchteten, die Wangen gerötet waren. Es stand ihr gut. So hatte sie noch nie ausgesehen, nicht einmal damals in Boston.

»Das meinte ich nicht. Sie haben Beziehungen. Und seine Weste ist alles andere als rein. Er wird nirgendwo mehr gerne gesehen. Lassen Sie ihn ausweisen. Sorgen Sie dafür, dass dieses Mädchen sein wahres Gesicht sieht. Das des Piraten, der Schiffe überfällt. Wie er meines und das von anderen überfallen hat. Das kann ich bezeugen, und ich kann Männer bringen, die ebenfalls darauf schwören werden. Ich weiß von einem Händler, den er sogar hat foltern lassen.«

Charles gab keine Antwort. Er sah nur zu Jessica hinüber. Dann nickte er Harding kurz zu und machte sich auf den Weg zu ihr.

Harding schlenderte wieder davon. Jetzt blieb abzuwarten, was geschah. Wenn das Söhnchen zu weich war, musste er sich etwas anderes einfallen lassen.

Nach dem Diner war es Jack gelungen, Jessica unter Charles' wachsamen Augen zu entführen und zu einem Sofa am anderen Ende des Saals zu bringen.

Nach seiner Entschuldigung hatte sie sich zwar an seiner Brust über seine Gemeinheit, sein Verschwinden und die Todesgefahr, in der er geschwebt hatte, ausgeweint, aber dennoch bestand noch ein kleines Gefühl von Fremdheit zwischen ihnen. Um die Stimmung etwas zu lockern, hatte er ihr ein Glas mit süßem Wein gebracht, sah jetzt jedoch beunruhigt, dass sie viel zu schnell und zu hastig trank. Der Alkohol würde ihr zu Kopf steigen, wenn sie so weitermachte. Er nahm ihr das halbleere Glas aus der Hand und reichte es einem vorbeieilenden indischen Diener.

Natürlich nahm sie das nicht ohne Widerspruch hin. »Ich habe noch nicht ausgetrunken!«

»Das macht nichts. Ich hole dir später ein neues Glas. Jetzt will ich deine Hand halten.« Bevor sie Einspruch erheben konnte, hatte er sich schon ihrer Hand bemächtigt und hielt sie fest, um sie zu betrachten. Dieses Mal waren keine Schwielen daran, die ovalen Nägel waren länger als zuletzt in Boston. Sie trug keine Ringe, aber das würde sich ändern. Er hatte in einem der Häfen einen Verlobungsring gekauft, der in seiner Jackentasche darauf wartete, auf Jessicas Finger gesteckt zu werden. Er überlegte, ob es klug war, ihn jetzt herauszunehmen und Jessica anzustecken. Einerseits würde sie das vor den anderen Männern und vor allem diesem Charles als sein Eigentum markieren, aber andererseits wollte er einen besseren – romantischeren – Zeitpunkt abwarten.

In der Zwischenzeit betrachtete er sie eingehend. Um ihren Mund war ein Zug, den er bisher nie an ihr bemerkt hatte, und der sogar da war, wenn sie lächelte. Zwei neue Fältchen hatten sich zwischen den Augenbrauen gebildet. Sie war immer schon ein ernsthaftes Mädchen gewesen, aber jetzt hatte sich dieser Ausdruck verstärkt. Es war höchste Zeit, dass er etwas dagegen unternahm.

Schritte näherten sich. Jack sah gereizt hoch. Wieder so ein betont schneidiger Kerl in Offiziersuniform, der mit einem siegesgewissen Lächeln direkt auf Jessica zusteuerte. Jack nahm ihn ins Visier, bevor er sich näher als fünf Schritte herangepirscht hatte.

Jessica stieß ihn an. »Hör auf damit«, zischte sie ihm zu.

»Womit? Was mache ich denn?«

»Du lächelst ihn an!«

»Na und?« Sollte der Kerl doch froh sein, solange er freundlich angelächelt wurde.

»Wie ein hungriger Wolf. Immer wenn du so lächelst, dann gibt es im nächsten Moment Streit!«

Das war zwar schamlos übertrieben, aber Jack bemühte sich um ein ausdrucksloses Gesicht. Der andere entspannte sich sichtlich, verneigte sich vor Jessica und drehte ab. Sehr vernünftig.

Jack wandte sich wieder seiner Liebsten zu. »Du siehst hinreißend aus. Das Kleid ist sehr hübsch. Das solltest du mit nach Boston nehmen.«

»Noch bin ich nicht auf der Heimreise«, gab sie kühl zur Antwort, aber er sah, dass sie sich über das Kompliment freute.

Noch nicht. Aber bald. Jack wollte jetzt nicht mit ihr darüber streiten. Sollte sie nur noch eine Weile in dem Bewusstsein leben, ihren eigenen Willen zu haben. Es war schon ein Fortschritt, dass sie ihm immer noch ihre Hand überließ. Er drückte sie leicht und beschloss, ein unverfängliches Thema anzuschneiden. »Wie gefällt dir dieses Land?«

Sie ging mit einem kleinen Stirnrunzeln auf den Themenwechsel ein. »Ich habe noch nicht viel davon gesehen. Wir haben zwar Ausflüge in die Umgebung gemacht, und Alberta und ich laufen auch in der Stadt herum, aber tiefer ins Land sind wir noch nicht gekommen.«

»Welche Art von Ausflügen denn?« Jack interessierte sich im Grunde nicht dafür. Er wollte sie nur aus dieser zurückhaltenden Stimmung locken und herausbekommen, wie viel Jessica mit diesem Charles zusammen gewesen war. Und er mochte es, ihr Gesicht zu betrachten, wenn sie sprach. Es wurde dann so lebendig, die Augen leuchteten, funkelten, lachten, die Lippen wölbten sich, ließen die Zähne blitzen. Die Art, wie sie den Kopf drehte, die Hände sprechen ließ, wenn sie erzählte, war hinreißend. Oder wie sich ihr Busen hob und senkte. Der dieses Mal zu seiner Erleichterung weitaus annehmbarer mit Spitzen verhüllt war als zuletzt. Jack sah wirklich keinen Grund zu nörgeln.

»Vor einigen Tagen waren wir bei alten Tempelanlagen.«

»Tempel?« Er hob die Augenbrauen.

Sie nickte lebhaft. »Wir sind mit Elefanten hingeritten.«

»War dieser Charles etwa auch dabei?«

»Natürlich. Kein Gentleman würde uns Frauen allein in den Dschungel lassen. Es ist nicht ganz ungefährlich dort.«

»Hm.« Das war nicht von der Hand zu weisen. Allerdings sah Jack auch die Gefahr, die nicht von wilden Tieren ausging, sondern von einem Burschen namens Charles Daugherty.

»Wir besuchten einen Tempel, der einer Liebesgöttin geweiht ist«, fuhr Jessica fort. »Dort gibt es Statuen und Reliefs, die mich an die Abbildungen in deinem Buch erinnert haben.« Sie errötete leicht, als sie dies sagte.

Jetzt horchte er wirklich auf. »Und dorthin bringt dich dieser Dingsda?«

»Daugherty«, korrigierte Jessica ihn sanft.

»Muss ich eifersüchtig sein, meine Liebe?«

Jessica und Jack fuhren zugleich hoch und starrten Charles Daugherty an. Jessica verlegen, Jack verärgert.

»Wie ich sehe, haben Sie sich schon von Ihrer Ankunft in Kalkutta erholt, Mr. O'Connor.«

Charles' Stimme war freundlich, aber Jessica war sich nicht sicher, ob nicht zumindest ein Hauch von Spott darin lag. Das war etwas, das sie bei Charles bisher nicht kennengelernt hatte. Jack würde das sicherlich nicht gefallen. »Wie geht es Ihrem Vater, Charles?« Sie hoffte, Jack mit dieser Frage abzulenken.

Charles' Lächeln verschwand von seinem sympathischen Gesicht. »Den Umständen entsprechend. Aber er ist kein Mann, der leicht aufgibt. Und wie man so schön sagt: Solange Leben ist, ist auch Hoffnung, nicht wahr?«

Jessica nickte mitleidig. Sie wandte sich an Jack, der Charles mit einem kühlen, abschätzenden Blick bedachte. »Charles' Vater hatte einen schlimmen Unfall. Sein Elefant wurde bei der Tigerjagd angegriffen. Mr. Daugherty ist gestürzt und wurde von dem Tiger angefallen. Sie hatten ein Muttertier mit seinen Jungen gestellt.«

»So. Wie bedauerlich.« Das klang kühl, aber zumindest versöhnlich.

Jessica rutschte zu Jacks Ärger zur Seite, um Daugherty auf ihrer anderen Seite Platz zu machen. Immerhin kam sie damit aber auch ein Stückchen näher zu ihm. Und Jack gedachte seinerseits nicht, ebenfalls zur Seite auszuweichen. Er blieb sitzen, legte lässig den Arm über die Rückenlehne der Bank und sah über Jessicas Schulter und ihre hübsche Haarpracht hinweg auf Charles. Ihre Hüfte schmiegte sich an ihn, ihr Schenkel lag an seinem, und er konnte jede ihrer Bewegungen fühlen. Solchermaßen zufriedengestellt, war er sogar in der Lage, ihrem Verehrer einen anteilnehmenden Blick zu schenken.

»Mein Vater konnte, obwohl er schwer behindert war – ein Bein war gebrochen –, die Tigerin mit seinem Dolch töten. Aber sie hat ihn noch im Todeskampf schwer verletzt und ihm die Hüfte aufgerissen. Und, wie wir aber erst später erfuhren, auch die Wirbelsäule ist bei dem Sturz in Mitleidenschaft gezogen worden.«

»Das zweite Junge hat überlebt«, fiel Jessica ein. »Mr. Daugherty hat es mitnehmen lassen, um es aufzuziehen.« Sie drehte sich leicht zu Jack, streifte dabei seinen Arm und seine Brust. »Der arme Mr. Daugherty liegt im Bett und kann nicht mehr aufstehen. Er muss furchtbare Schmerzen haben, weil sich die Wunde entzündete, obwohl die besten Ärzte sich darum kümmern.«

»Das kommt leider öfter vor«, erklärte Charles. »Die Tiere übertragen Krankheiten auf die Menschen, die sie verletzen. Dadurch heilen die Wunden oft sehr schwer oder gar nicht. Aber lassen wir dieses traurige Thema jetzt.«

Er erhob sich. »Wie ich sehe, bittet Lady Elisabeth zum Tanz. Und ich bitte um die Ehre, Miss Jessie.«

Kapitel 13

Am nächsten Tag saß Jessica mit untergeschlagenen Beinen auf dem Teppich in ihrem Schlafzimmer, hatte die Ellbogen auf die Knie und den Kopf in die Hände gestützt und starrte vor sich hin. Es gab so einiges, worüber sie nachdenken musste.

Zum Beispiel, dass Jack entführt worden war. Er hatte ihr zwar, als sie nachgefragt hatte, ausweichende Antworten gegeben und von einer sich zufällig auf derselben Straße befindlichen Pressgang gesprochen, aber sie hatte das Gefühl, dass er ihr so einiges verschwieg.

Der Abend davor hatte so schrecklich mit dem Streit begonnen und so hübsch geendet. Jack hatte sich entschuldigt, sie hatte sich entschuldigt, und nach dem Essen hatten sie geplaudert und gescherzt wie früher, auch wenn da immer dieses gewisse Prickeln in ihrem Magen war, diese sehnsüchtige Unruhe, die durch ihren Körper zog, wann immer Jack sie ansah oder berührte. Sie hatte versucht, ihn nicht zu bevorzugen und vor Charles nicht zu zeigen, wie viel ihr tatsächlich an Jack lag. Sie hatte sogar immer wieder eingeflochten, dass sie Jack so lange kannte, er wie ein Bruder für sie war, bis Jack sie dann in eine Ecke gezogen und ihr damit gedroht hatte, sie mitten im Saal zu küssen, sollte sie ihn noch ein einziges Mal als »Bruder« ausgeben. Er war eifersüchtig auf Charles, und er liebte sie. Mehr brauchte sie nicht, um glücklich zu sein. Oder doch? Jessica schmunzelte ein wenig, als ihr klar wurde, dass sie sehr wohl noch mehr wollte. Jetzt, wo sie erfahren hatte, wie es war, in Jacks Armen zu liegen, brannte die Sehnsucht danach in ihr, und sie wusste, dass er ebenso empfand. Seine Blicke, seine Berührungen, der harte Kuss im Pavillon waren Beweis genug.

Sie war so in ihre Träume über Jack vertieft, dass sie das Eintreten eines Besuchers überhörte und erschrocken aufsprang, als sie angesprochen wurde.

»Bist du nicht fertig? Wir wollten doch ausreiten.«

Sie war in dieses leichte indische Gewand gekleidet, und Jacks Blick glitt, als sie vor ihm stand, mit jener langsamen Laszivität über sie, die ihre Wangen erröten und ihren Körper heißer werden ließ. Es war, als würde er sie aus dem Seidenstoff schälen. So hatte er sie nur einmal angesehen, nämlich in dieser Nacht, als sie das erste und das letzte Mal in seinen Armen gelegen war. Er hatte sie beim Schein der Kerzen betrachtet, mit seinen Händen und Fingern jede Erhebung und Tiefe ihres Körpers ertastet. Es war eine Erinnerung, die Jessica seitdem fast jede Nacht verfolgte.

Seit Jack angekommen war, hatte sich diese Sehnsucht in etwas Stärkeres verwandelt, in eine Art von leidenschaftlichem Verlangen, das mit Zuneigung allein nicht mehr erklärbar war. Es war, als wäre dieses Land, in dem die Luft voll von Gewürzen und exotischen Düften war, eine einzige, sinnliche Verführung. Und Jack war die Hauptattraktion darin.

»Ich dachte, du wärst im Hafen?« Alberta hatte gehört, dass die *Tuesday* an diesen Morgen eingelaufen war, und Jessica hatte angenommen, Jack deshalb den ganzen Tag über nicht zu Gesicht zu bekommen.

»Mit dem Schiff ist alles in Ordnung. Jenkins hat seine Befehle.« Er trat so nahe an sie heran, dass sie die Wärme seines Körpers fühlen konnte. Als sie – verlegen, bedrängt und angezogen zugleich – einen Schritt zurücktreten wollte, fasste er sie an den Oberarmen.

»Nicht weglaufen.« Jacks Stimme spiegelte ihre eigenen Gefühle wider. Sie war dunkel, ein wenig rauh und voller Verlangen. »Ich hatte dir doch eine Nachricht geschickt, dass ich dich abhole.«

»Eine Nachricht …?« Die Art, wie Jacks Blick an ihren Lippen hing, ließ Jessica schneller atmen. Seine Hände fuhren bedächtig ihre Arme hinab und wieder hinauf zu den Schultern. Der Seidenstoff ihrer Bluse war so dünn, dass sie das Gefühl hatte, er streichle ihre bloße Haut.

»Ja. Einer der Schiffsjungen sollte sie überbringen. Hast du den Brief nicht erhalten?«

»Nein.« Jessica hob das Gesicht empor. Jacks Nähe ließ die Geräusche des Hauses verstummen. Kurz davor hatte sie noch dem Lachen einiger Diener gelauscht, dem Gesang von Lady Elisabeths Lieblingsvögeln, und nun war alles um sie herum still. Nur Jack war da und ihr Herzschlag, der in ihren Ohren dröhnte und sie schwindlig machte.

»Dann werde ich ein ernstes Wort mit ihm reden müssen. Aber das hat Zeit.« Auf Jacks Gesicht erschien ein langsames Lächeln. »Zuerst will ich wissen, wie eine Frau im Sari küsst.«

Jessicas Körper sank wie von selbst gegen seinen. Seine Hände glitten von ihren Oberarmen auf ihren Rücken, zogen sie fester in seine Umarmung, während Jessica sich an ihn drängte. Sie wollte ihn völlig spüren, mit dem ganzen Körper wissen, dass er hier war und sie hielt. Ihre Brüste pressten sich an seinen Oberkörper, die Spitzen erhoben sich, und sie zweifelte nicht daran, dass Jack die harten Knospen durch sein dünnes Hemd fühlen konnte. Seine Hände blieben nicht untätig und wanderten, während sein Mund Besitz von ihrem ergriff, über die Schultern, die ganze Länge des Rückens, hinauf und wieder hinab, um sich endlich fest auf ihr Hinterteil zu legen und ihren Unterkörper eng an seinen zu drücken. Sie spürte deutlich die wachsende Ausbuchtung zwischen seinen Beinen, die sie ebenso atemlos machte wie Jacks Lippen auf ihren. Sie war also immer noch imstande, ihn so zu erregen wie damals in Boston, als er sie das erste Mal an sich gezogen und sie seinen Körper hatte fühlen lassen. Er begehrte sie. Ein kühler Schauer, gepaart mit Hitze, überzog ihre Haut. Schon längst gab sie sich nicht mehr damit zufrieden, von Jack geküsst zu werden. Sie küsste ihn wieder, genoss das Verlangen nach ihm, nach seinem Mund, seinem Körper.

Als er sie wieder losließ, lehnte sie sich an ihn, das Gesicht an seiner Brust vergraben. Seine Arme lagen fest und sicher um sie, hielten sie auf eine beschützende und doch besitzergreifende Art. Sie atmete tief seinen Geruch ein. So vertraut nach Seeluft, Seife, herb nach Mann, nach Jack.

»Na also«, flüsterte Jack in ihr Haar. »So ist es gleich viel besser. Jetzt erkenne ich meine vernünftige Jessie wieder.«

Jessica lauschte seinen Worten eine Weile nach, bevor sie den Kopf in den Nacken zurücklegte und Jack ein wenig von sich schob. »Vernünftig?« Sie war jederzeit bereit ihn zu küssen, aber diesen herablassenden Tonfall konnte sie sich nicht bieten lassen. Nicht im Moment jedenfalls.

»Hm …« Jack nützte die Gelegenheit, sich abermals mit

ihrem Gesicht zu beschäftigen. Sie fühlte seine Lippen, den warmen Hauch seines Atems. »Vernünftiger jedenfalls«, sagte er zwischen den kleinen, eindringlichen Küssen, die er über ihr Gesicht verteilte, »als gestern auf diesem Empfang, als du mit mir streiten wolltest. Und unzweifelhaft vernünftiger, als auf ein Schiff zu steigen und hierher zu segeln.«

»Warum? Sollte ich in Boston bleiben und auf dich warten, bis ich schwarz werde?« Jessica lehnte sich noch ein wenig weiter von ihm fort.

»Du fängst schon wieder an«, tadelte er sie milde. »Ich sehe schon, da ist wieder einmal ein Kuss fällig, der dich zum Schweigen bringt.«

»Was fällt dir ein, so mit mir zu reden?«

»Offenbar verstehst du nichts anderes mehr.« Er sah sie amüsiert an. »Was ist denn nur mit dir los, Jessie? Früher haben wir nie gestritten.«

»Natürlich nicht! Weil ich ohnehin immer gemacht habe, was du gesagt hast!« Langsam stieg doch leise Empörung in Jessica hoch.

»Du warst ein Kind!«

»Nein, ich war eine *dumme Gans,* die dich angehimmelt hat«, sagte Jessica erbittert.

Jack verdrehte genervt die Augen zur Zimmerdecke. »Dein Gedächtnis ist bewundernswert, aber ich wäre dankbar, wenn es versagen könnte, was die *dumme Gans* betrifft. Ich will diesen Ausdruck nicht mehr von dir hören. Klar?« Er hob die Hand, als sie etwas erwidern wollte. »Nein. Schluss. Wir werden nicht streiten. Es ist auch nicht nötig. Die Sache ist erledigt.« Er ließ sie los. »Und jetzt komm mit. Ich habe unten die Pferde stehen. Aber zieh dir was anderes an, so kannst du nicht ausreiten.«

»Ach nein?«, erwiderte Jessica verblüfft. »Und was ist, wenn ich gar nicht mitreiten will?«

»Wo kann ich denn sonst in Ruhe mit dir …«, Jack unterbrach sich und beendete den Satz nach einem kleinen Zögern, »… reden! Hier sind wir nicht allein. Und außerdem schleicht hier ständig dieser Dingsda um dich herum!«

»Daugherty«, korrigierte sie automatisch und mit einem kleinen Zittern in der Stimme.

»Es ist mir egal, wie er heißt«, stieß Jack wütend hervor. »Er soll zum Teufel gehen. Es war lästig genug, wie er gestern um dich herumscharwenzelt ist. Kaum hatte ich dich für fünf Minuten allein, ist er schon aufgetaucht! Und sein Gesülze ist ekelerregend.«

»Das könnte dir nicht passieren, nicht wahr?«, fragte Jessica mit falscher Liebenswürdigkeit. »Über Komplimente und freundliche Worte bist du ja glücklicherweise himmelhoch erhaben. Aber lass dir gesagt sein: Charles macht mir auf sehr feine und ritterliche Art den Hof! Er besitzt Verstand, Humor und Liebenswürdigkeit!«

»Und ich also nicht. Pech für dich«, grollte Jack, »dass deinem zukünftigen Mann genau diese Eigenschaften fehlen. Du solltest dich besser schnell damit abfinden.«

»Ich habe nicht gesagt, dass ich dich heiraten will!«, parierte Jessica, obwohl sie ihm bei diesen Worten am liebsten um den Hals gefallen wäre.

»Du hast gar keine Wahl mehr. Und wenn ich deinen Eltern erzähle, was zwischen uns passiert ist, noch viel weniger. Und jetzt komm endlich.«

Jessica blieb dort, wo sie war. »Wo willst du denn hin?«

»Den Tempel ansehen. Den von der Liebesgöttin. Ich

möchte wissen, ob die Abbildungen wirklich so ähnlich sind wie im Buch.« Sein Blick wurde anzüglich. »Apropos Buch – das hast du mir nicht mehr zurückgegeben.«

Jessicas Blick glitt zu ihrem Bett, dann sah sie Jack kühl an. »Ich habe es verloren.«

»Verloren? Ein so großes Buch verliert man doch nicht einfach so.«

Sie zuckte mit den Schultern.

»Hoffentlich liegt es nicht irgendwo bei dir daheim herum. Deine Eltern würden sich was Schönes denken. Das ist keine Lektüre für ein unverheiratetes, unschuldiges Mädchen.« Seine Stimme klang lauernd, und Jessica wich seinem Blick aus. Es war, als würde er ahnen, dass das Buch unter ihrem Kopfkissen lag und sie oft am Abend mit heißen Wangen darin blätterte und sich vorstellte, einige dieser Dinge mit Jack zu tun.

Sie warf sich ihm in den Weg, als er plötzlich mit zwei Schritten bei ihrem Bett war und etwas unter dem Kissen hervorzog. »Lass das Buch! Es gehört mir!«

»Ha! Dachte ich mir's doch, dass du es hier hast! Und«, knurrte er, »haben wir vielleicht auch schon mit Mr. Daugherty darin geblättert? Als Anregung vor oder nach dem Tempelbesuch?«

»Du hast es nötig! Ich frage mich, woher du das Buch überhaupt hast. Wahrscheinlich ist es ein Geschenk von irgendeiner Hafendirne, sonst würdest du nicht so ein Theater darum machen!«

»Wie …« Jack war verblüfft. »Nein. Welch ein Unsinn. Es hat nur hier nichts verloren. Ich möchte nicht, dass du auf die Idee kommst, es vielleicht diesem Charles zu schenken. Und jetzt Ende der Diskussion!« Jack fluchte unterdrückt. »Wir werden ausreiten. Zieh dich um, oder ich tu's für dich.«

»Du hast dich verändert, Jack.« Jessica stemmte die Hände in die Hüften und betrachtete ihn kritisch. »Wenn ich jetzt garstig sein wollte, würde ich sagen, manchmal führst du dich auf wie ein Tyrann. Und wie du immer auf Charles herumhackst, obwohl du ihn gar nicht kennst, finde ich unschön.«

Jack schnaubte abfällig. »Entschuldige bitte, wenn ich es wage, einige Bemerkungen über diesen Engländer zu machen. Oder wenn ich vielleicht etwas unausgeglichen wirke, weil meine Braut bei meiner Ankunft daheim abgereist ist, um angeblich irgendeinen Kerl auf der anderen Seite des Erdballs zu ehelichen!«

Jessica schüttelte seine Hand, die sie Richtung Paravent drängte, ab. »Jack, ich mag es nicht, wenn du mich schiebst. Das konnte ich schon als Kind nicht leiden.«

»Ich schiebe dich nicht.«

»Doch.«

»Na schön, dann habe ich dich eben geschoben.«

Jessica ließ sich ein wenig weiter drängen, während Jack mit seiner freien Hand nach dem Reitkleid griff, das über einem Stuhl lag, und es über den Paravent warf. Jessica gab nach, trat dahinter und streifte den Sari ab. Jack blieb auf der anderen Seite stehen und sah ihr ungeniert zu.

»Dreh dich gefälligst um!«

»Wozu?« Er hob die Augenbrauen. »Ich habe das alles schon gesehen und mir jeden Fingerbreit davon eingeprägt.« Jetzt lächelte er wieder dieses gefährliche Lächeln, das Jessica lustvolle kleine Schauer über den Rücken wandern ließ. »Und ich …«

Sie warf ihm den Sari ins Gesicht. »Das tut kein Gentleman!«

Jack drehte sich knurrend um.

»Willst du ganz allein zu dem Tempel?«, fragte Jessica. Ihre Stimme unter dem Kleid klang gedämpft, als sie es über den Kopf zog.

»Nein, natürlich nicht«, kam es ungeduldig. »Sondern mit dir. Du musst keine Angst haben, ich habe Waffen dabei. Und ich habe mich erkundigt. Hier in der Umgebung gibt es keine Tiger. Falls dir dein Charles das hat weismachen wollen, dann nur, um anzugeben. Bist du noch nicht bald fertig?«

»Die Häkchen.« Jessica verbog sich, um das Oberteil am Rücken zu verschließen. Dieses Kleid war fast neu. Und es war ebenso elegant wie unpraktisch. Normalerweise half ihr die indische Dienerin beim Anziehen, aber die hatte sich nicht mehr blicken lassen, seit Jack hier aufgetaucht war. Vermutlich hatte er sie eingeschüchtert und vertrieben.

Jack trat hinter den Paravent, fasste Jessica an den Schultern und drehte sie herum. Dann schloss er das Kleid mit so geübten Handgriffen, dass Jessica die Stirn runzelte. »So, fertig.« Er gab ihr grinsend einen Klaps auf den Hintern, den sie als Kind mit einem Lachen quittiert hätte, der sie jetzt jedoch empört herumwirbeln ließ.

»Was fällt dir ein?«

»Na und? Was ist denn schon dabei? Das habe ich doch früher auch gemacht.«

»Da war ich acht oder neun!«, empörte sich Jessica.

Jack stützte die Hände an die Wand hinter dem Paravent, so dass er Jessica mit seinem Körper gefangen hielt. Sein Gesicht kam ganz nahe, als er mit einem anzüglichen Grinsen sagte: »Und jetzt bist du über zehn Jahre älter, und es macht verdammt mehr Spaß, auf dein Hinterteil zu klopfen. Man hat auch mehr dabei in der Hand.« Ehe Jessica etwas antworten konnte, hatte er auch schon beide Hände auf ihre Kehrseite und seine Lippen auf ihre gepresst. Jessica zerschmolz unter diesem besitzergreifenden Kuss, aber kaum hatte sie sich davon erholt, war Jack auch schon unterwegs zum Bett, wo er das Buch abgelegt hatte.

»Du bist verflixt zimperlich geworden, weißt du das?«, sagte er über die Schulter. Er griff erst nach dem Buch, dann nach Jessicas Arm und schob sie vor sich aus dem Zimmer.

»Jack, weshalb nimmst du das Buch mit?«

»Du hast mir doch erzählt, dass dich manche Darstellungen im Tempel an die Abbildungen im Buch erinnert haben. Ich möchte feststellen, ob das stimmt.« *Zur Einstimmung*, dachte er grinsend, während er mit erwartungsvoller Vorfreude Jessicas Rückseite betrachtete.

Der Wolkenbruch hatte eine halbe Stunde, nachdem sie losgeritten waren, eingesetzt, und war inzwischen so stark und dicht, dass er die Umgebung um den Tempel hinter einem grauen Vorhang verbarg. Die ersten Tropfen hatten sie vor zwei Kilometern getroffen, und die letzten hundert Meter waren sie fast bis auf die Haut nass geworden. Jack half Jessica vom Pferd und folgte ihr mit den Tieren in einen geschützten Bereich des halb verfallenen Tempels. Hier gab es einen Raum, in dem das Dach wie durch ein Wunder noch dicht und der Boden trocken war.

Jessica sah sich fröstelnd um. Sie hatte nicht gedacht, dass es so schnell so kalt werden würde. Normalerweise dampfte bei dem Regen alles. Aber vielleicht kam das Zittern nicht allein von der Kühle, sondern auch von einer gewissen Erregung, weil Jack so nahe war, und sie beide – auch wenn sie das nicht offen zugegeben hätte – endlich allein waren. Sie sah ihm neugierig zu, wie er die Pferde absattelte, zwei Decken aufrollte und beide ausbreitete. Dann sammelte er trockenes Astwerk, suchte in seiner Hosentasche nach Zunder und entfachte ein Feuer. Schließlich kramte er in seinen beiden großen Satteltaschen und holte zu Jessicas Verwunderung gut verpacktes getrocknetes Fleisch, ein paar Früchte und sogar eine Weinflasche heraus. Am Ende zauberte er sogar einen Metallbecher hervor.

»Hast du das immer alles dabei, wenn du einen kurzen Ausritt in die Umgebung machst?«

»Natürlich. Alte Trapperregel. Man muss immer gewappnet sein.«

»Was weiß ein Seemann wie du denn du schon von Trappern?«

»Eine ganze Menge. Du würdest dich wundern.« Jack sah hoch und bemerkte Jessicas Frösteln. Sofort sprang er auf. »Ist dir kalt?«

»Ja, entsetzlich.«

»Du bist ja auch völlig durchnässt. Du musst die nassen Kleider ausziehen.«

»Hier?«

»Wo denn sonst? Willst du warten, bis du dir eine Erkältung holst?«

»Ich werde mich hier bestimmt nicht nackt ausziehen.« Jessica blickte sich misstrauisch um. Jack hatte, als sie die Pferde hereingeführt hatten, einen Blick in die anderen Räume geworfen. Sie befanden sich in einem Teil des Tempels, der nur einen einzigen Zugang hatte, der nun vom Feuer versperrt war. Sie waren völlig allein, aber mitten im Dschungel ihre Sachen abzulegen und nackt herumzulaufen, schien wenig ratsam.

Sie sah mit großen Augen, wie Jack seine Jacke abstreifte, dann das Hemd, beides über einen Ast neben dem Feuer breitete und dann auf sie zukam.

»Jack? Was hast du vor?«

»Ich wärme dich.« Jack legte die Arme um sie und schloss die Augen. Jessie war bei ihm. An ihn geschmiegt. Nass vom Regen. Er fühlte ihre Haut, ihren Atem. Und er konnte endlich all die Träume wahr machen, die ihn in vielen Nächten nicht hatten zur Ruhe kommen lassen. Sein Verlangen nach ihr wuchs so rasch und heftig, dass ihm schwindelte und seine Hände zitterten. Er begehrte sie so sehr, dass sein ganzer Körper und nicht nur seine Lenden schmerzten. Jack war froh über den Regen, auch wenn er es Jessica gegenüber nicht zugegeben hätte. Hier bot sich eine großartige Gelegenheit, sie dazu zu bringen, die Kleider abzulegen. Und dann war alles ganz einfach. Nicht, dass er sie nicht ohnehin verführt hätte, aber war sie einmal nackt, so war auch weniger Widerstand zu erwarten. Außerdem war ihr kalt, und sie brauchte seine Nähe und Wärme.

»Jack, was tust du?«

»Das sagte ich doch schon. Ich wärme dich.« Seine Hände glitten über sie, waren überall gleichzeitig. Kaum versuchte Jessica ihn von dem einen Knopf wegzuschieben, zog er schon an einem Band, hatte die Häkchen geöffnet, schob den Stoff über ihre Schultern.

»Wärmen? Du ziehst mich aus!«

»Natürlich. Solange dieses nasse Zeugs dazwischen ist, wird

uns beiden nicht warm. Und ich bin für dich verantwortlich. Ich kann nicht zulassen, dass du dich erkältest.«

»Aber das geht doch nicht!«

»Was geht oder nicht, bestimme ich. Und hör auf, ständig zu widersprechen. Du weißt, was dann passiert.«

»Das darf ja woh …«

Jessicas Empörung erstarb unter Jacks Kuss. Seine Lippen hielten ihre fest, hinderten sie daran, weiterzusprechen, seine linke Hand hatte ihr feuchtes Haar gepackt, sein Unterarm presste ihren Körper an ihn, während er offenbar immer noch ein paar Finger frei hatte, um damit weitere Kleidungsstücke zu öffnen und zu entfernen.

»Jack«, keuchte sie, als er ihr eine kurze Atempause gönnte.

»Sei still. Du hattest deine Chance. Als du in Boston zu mir gekommen bist, habe ich dir mehrmals die Gelegenheit gegeben zu gehen. Du hast sie nicht genutzt. Und eine weitere bekommst du nicht.« Seine Stimme wurde leiser und dunkler, als er weitersprach, bis sie zu einem verführerischen Flüstern herabgesunken war, das sich von seinem Brustkorb auf ihren Körper übertrug. »Jetzt gehörst du mir, Jessica Finnegan. Jetzt, später, immer.«

Jessica fühlte, wie ihr Rock über ihre Hüften glitt, hinabrutschte, der leichte Unterrock folgte. Und dann lag Jacks große Hand auf ihrer bloßen Haut. Nein, lag nicht nur einfach da, sondern streichelte, massierte. Ihre Arme schlangen sich wie von selbst um seinen Hals, ihre nackten Brüste schmiegten sich an seinen warmen Oberkörper. An ihrem Bauch und ihren Schenkeln fühlte sie den rauhen Stoff seiner Hose.

Jack, der sie nicht mehr festhalten musste, nutzte seine beiden freien Hände, um ihr Hinterteil an sich zu ziehen. Er knetete genussvoll die festen Backen. Jessica erschrak zuerst, als er sie so ungestüm wie nie zuvor packte, hielt, sie mit seinen Armen fesselte und mit seiner Zunge leidenschaftlich ihre Lippen teilte und tiefer suchte, dass die Heftigkeit seines sinnlichen Angriffs sie bestürzte.

Jack bemerkte ihr kaum spürbares Zurückweichen. Er hob den Kopf und sah sie stirnrunzelnd an. »Du hast doch nicht etwa Angst vor mir?«

Sie sah ihn schwer atmend an. »Ich … nein, natürlich nicht. Ich bin nur verwirrt.« In dieser einen Nacht in Boston war er die Zärtlichkeit und Zurückhaltung selbst gewesen, und jetzt benahm er sich wie ein Mann, der kaum noch Herr seiner Sinne war.

»Dann wird es Zeit, dass ich dir die Verwirrung nehme.« Er küsste sie abermals, dieses Mal sanfter, bevor er sie hochhob, zum Feuer trug und auf das weiche Lager aus Decken bettete.

Jessica zitterte wieder ein wenig, obwohl das Feuer sie wärmte, aber was sie in Jacks Augen sah, brachte ihren Körper zum Erbeben.

Er legte sich neben sie auf die Decke, stützte sich auf den linken Ellbogen und hob die Hand, um ihr mit unerwarteter Sanftheit das feuchte Haar aus dem Gesicht zu streichen, bevor seine Finger über ihre Wangen, ihr Kinn und ihren Hals weiterglitten.

Und dann hatte seine Hand ihre Brust erreicht. Warm und bestimmt lag sie darauf, massierte sie, spielte genießerisch mit ihrer Weichheit. Sein Daumen fand die leicht erhobene Spitze, brachte sie zum Erblühen, bewirkte durch das sanfte Reiben, dass die rote Warze sich aufstellte und hart wurde.

Jessica legte ihre Hand auf seine Wange, streichelte zärtlich darüber und fasste dann in sein Haar, um seinen Kopf zu sich herabzuziehen. Wie viele Nächte hatte sie davon geträumt, ihn wieder zu halten, von ihm geküsst zu werden und die Küsse zu erwidern, bis sie beide atemlos waren.

Jack brauchte keine zusätzliche Aufforderung, um sich ihrer Lippen zu bemächtigen und seine Zunge zwischen ihre Zähne gleiten zu lassen, um ihren Geschmack auszukosten, nach ihrer Zunge zu suchen und zärtlich die Spitze zu umkreisen. Es war ein verspielter Kuss, der Druck seiner Lippen ruhig. Es ging mehr um das Spiel von Lippen und Zungen, auch wenn er bemerkte, wie sehr sich sein Verlangen nach ihr verstärkte. Er trug noch seine Hose, sein wachsendes Glied presste sich gegen den Stoff, verlangte nach Aufmerksamkeit und nach Jessica.

Ohne von ihren Lippen zu lassen, ließ er seine Hand von ihrer Brust hinunterwandern. Zuerst zuckte sie zusammen, als er das dunkle Vlies erreichte, tiefer suchte und seine Finger forschend die dicken Lippen teilten. Er spürte, wie sie in plötzlicher Scheu die Schenkel zusammenpresste, und zog sich wieder zurück, spielte mit dem gekrausten Haar, ließ seine Finger hindurchlaufen und strich dann mit seinen Fingerspitzen in kleinen, unaufhörlichen Kreisen über ihren Bauch und ihre Schenkel. Er durfte nicht ungeduldig werden. Jessica war zwar schon in seinen Armen gelegen, hatte zweifellos auch so manche Stunde in dem Buch geblättert, aber im Grunde war sie noch unerfahren. Das würde er sehr schnell ändern, aber bis dahin musste er sich Zeit lassen und sie, wenn nötig, so oft von neuem verführen, bis sie sich ihm wieder von selbst ergab.

Endlich entspannte sie sich, und es brauchte nur noch den festeren Druck seines Mundes auf ihrem, um sie dazu zu bringen, sich ihm völlig zu öffnen. Sie wehrte sich nicht mehr, als er seine Hand besitzergreifend zwischen ihre auseinanderweichenden Schenkel schob und jene Bereiche berührte, die ihm allein gehörten und zu denen, wenn es nach ihm ging, niemals ein anderer Mann Zugang haben würde.

Jessica seufzte wohlig, und er ließ seine Lippen über ihr Gesicht wandern. »Ist dir jetzt schon wärmer?«

»Noch nicht genug.«

»Dann muss ich mich wohl mehr bemühen«, stellte Jack fest. Er erhob sich, zog die Stiefel aus und schob die Hose von seinen Hüften. Jessica betrachtete ihn dabei, sah voll Erregung, wie seine Männlichkeit befreit hervorsprang, sich vor ihren Augen und unter ihrem Blick noch mehr aufzurichten schien.

Dann war er wieder neben ihr. Jessica hatte unter seinem Kuss viel von ihren Bedenken abgelegt. Ihre Hände wanderten nun auch über seinen Körper. Es war wie ein Wiedersehen mit Vertrautem. Sie strich mit den Fingerspitzen über die alten, verblassten Narben und glitt weiter hinab, bis ihre Hand den heißen, pulsierenden Stab fand.

Es war gar keine Zeit gewesen, Jacks mitgebrachten Wein zu trinken, ihn auch nur zu kosten, aber Jessica fühlte sich wie im Rausch. Endlich hatte sie alles, was sie sich ersehnt hatte. Jacks Arme um sie, seine Haut auf ihrer, seine Hände auf ihrem Körper und ihre auf seinem. Nicht mehr lange, und er würde sie besitzen, sie lieben, zu unvorstellbarer Lust bringen.

Mitten in die steigende Erregung drang ein unerwartetes Geräusch an ihre Ohren. Jessica hob leicht den Kopf und sah sich erschrocken um. »Hast du nichts gehört?«

»Was denn gehört?« Jack sah nicht einmal auf. Er war damit beschäftigt, mit seinen Lippen eine Spur über Jessicas Bauch zu ziehen, mit einem Ziel, das ebenso feucht und dampfend war wie der Dschungel um sie herum.

»Da war doch etwas.«

»Das war nichts. Irgendein Tier. Aber die wagen sich nicht zum Feuer. Leg dich wieder hin. Hab keine Angst, wären wilde Tiere hier, würden die Pferde unruhig werden.«

»Nein, das klang, als würde jemand niesen.«

»Vielleicht ein erkälteter Waschbär.« Jack arbeitete sich weiter hinab. Er blies sacht auf das dunkle Vlies, hauchte Küsse links und rechts auf die seidige Innenseite von Jessicas Schenkel und drückte sie sanft auseinander. Dann senkte er den Kopf.

Jessica fasste in sein Haar. »Jack, hier gibt es keine Waschbären! Wir sind nicht daheim.«

»Dann eben ein niesender Affe.«

»Affe ... Jack? Was tust du? Oh, nein ... nicht. Das ist unerträglich ... nicht aufhören. Mach weiter.«

Sein leises Lachen stieß seinen Atem heiß und kühl zugleich auf ihre intimsten Stellen. »Keine Sorge, mein Liebling, jetzt fange ich erst richtig an.«

Jessica vergaß nicht nur das befremdliche Niesen, sondern auch alles andere um sie herum. Nur noch Jack existierte, sein Körper, seine Hände, seine Lippen, die Lust, die er ihr schenkte. Es war besser als alles, was sie sich beim Studium der Bilder vorgestellt hatte. Seine Lippen auf ihrer Scham, seine Zunge auf ihrer empfindlichen Perle, seine Hände, die sie hielten, zwangen, wenn sie sich herumwarf, weil sie es kaum noch ertragen konnte. Und dann endlich schob er sich über sie und nahm sie auf jene Art in Besitz, die ihm allein vorbehalten war und dies immer sein würde.

Als Jack sie in diesem Tempel nach allen Regeln der Kunst

liebte, geschah es nicht auf diese zurückhaltende, rücksichtsvolle Art, in der er sie in ihrer ersten gemeinsamen Nacht besessen hatte, sondern mit heftigem Verlangen. So, als wäre er versessen darauf, etwas, das er kannte und vermisst hatte, wieder in Besitz zu nehmen. Und Jessica empfand es ebenso.

»Verflixt und zugenäht«, schimpfte ein tropfnasser Mann zu einem anderen, ebenso triefenden, der sich neben ihn in eine halbwegs wind- und regengeschützte Ecke des äußeren Tempels geflüchtet hatte. »Und ich dachte bisher immer, man kann nur im Wasser ersaufen und nicht im Regen.« Er warf einen Blick über die Schulter. Von drinnen sah man einen hellen Schein. Vermutlich hatte er ein Feuer gemacht. Saß schön warm im Trockenen, mit seinem Liebchen im Arm, das ihn noch zusätzlich wärmte. »Wie alt ist der Bengel eigentlich?«, knurrte er gereizt. »Jeder normale, erwachsene Mann würde sein Mädchen an einen trockenen Ort bringen. In ein Bett, eine Koje oder zumindest eine verdammte Hängematte. Aber der schleppt sie in einen gottverfluchten Tempel, um sie zu verführen!«

»Beschweren Sie sich nicht«, erwiderte der andere kühl, während er die Öljacke enger um sich zog. »Es war Ihre Idee, den beiden nachzureiten.«

»Nicht meine. Die von der Lady Alberta. Hat sich Sorgen gemacht. Wollte nicht, dass die beiden allein da unter Tigern rumalbern.«

Martin wandte den Kopf und betrachtete Smithy ausgiebig, dann lachte er leise. »Die Liebe scheint nicht nur Jack den Verstand zu trüben.«

Als Jack und Jessica etliche Stunden später wieder bei Sir Percivals Domizil ankamen, dämmerte es bereits. Vor der Tür wurden sie von Charles begrüßt, der die Stufen des Palastes hinunterlief und Jessica vom Pferd hob, bevor Jack auch nur abspringen konnte.

»Du liebe Zeit, Miss Jessie, Sie sind ja völlig durchnässt!« Er wandte sich um und rief einige herrische Worte zum Tor hin. Fast unmittelbar darauf eilten etliche Diener herbei, nahmen die Pferde entgegen und kamen sogar mit Decken und Tüchern. Charles nahm Jessica die Decke ab, in die Jack sie bei ihrem Aufbruch fürsorglich gewickelt hatte, und warf sie zu Boden. Als der Regen aufgehört hatte, war auch wieder der Dunst aus dem Boden und dem Wald gestiegen, und wäre nicht schon die Dämmerung hereingebrochen, so wären Jessicas Kleider schon längst getrocknet. So jedoch war selbst die Decke von Feuchtigkeit durchzogen. Jessica hatte auf dem Heimweg jedoch keine Sekunde gefroren. Jacks Bemühungen um sie waren so ausgiebig und kunstvoll gewesen, dass sie jetzt noch erhitzt war. Vor allem, nachdem er auf die Idee gekommen war, einige besonders aufreizende Szenen aus dem Buch auszuprobieren. Sie hatten sich lachend verrenkt, bis ihnen beiden unter der Hitze der Leidenschaft das Lachen vergangen war. Jack hatte, als er sie auf das Pferd gehoben hatte, gemeint, dass er jetzt zumindest zu einem ganz kleinen Teil für den Ärger entschädigt wäre, den sie ihm mit ihrer Abreise bereitet hätte. Sie senkte schmunzelnd und zugleich verlegen den Blick, als Charles eine der weichen, gestickten Seidendecken nahm und Jessica darin einhüllte.

Jack schlenderte heran. »Wie ich sehe, hast du eine neue Zofe, Jess.« Sein Grinsen war spöttisch, aber er wirkte wesentlich entspannter als noch am Vortag.

Charles warf ihm einen wütenden Blick zu. »Wie unverantwortlich von Ihnen, Miss Jessica diesem Wetter auszusetzen.« Er wandte Jack demonstrativ den Rücken zu und legte einen Arm um Jessicas Schulter. »Kommen Sie, meine Liebe. Ihre Wangen glühen ja, ich hoffe, Sie haben sich kein Fieber geholt.«

Zu Jessicas Verlegenheit und Jacks Erheiterung wurden sie drinnen von einem Komitee begrüßt, das aus einer indignierten Lady Elisabeth, einem irritierten, aber bemüht jovialen Sir Percival und einer amüsierten Alberta bestand.

Jessica war froh über die noch feuchte Kleidung, das nasse Haar, ihre vom Regen derangierte Aufmachung, die zumindest ein wenig kaschierte, dass ihre Aufgelöstheit nicht vom Unwetter allein, sondern von der Tatsache stammte, dass Jack sie gut zwei Stunden lang und mit größtem Erfolg auf die verschiedensten Arten »gewärmt« hatte.

»Es war nicht so schlimm«, widersprach sie, als Lady Elisabeth bei ihrem Anblick entsetzt auf sie zueilte. »Wir sind in den Regen gekommen und haben uns untergestellt.«

»Sie hätten heimkommen sollen! Wir waren voller Angst um Sie!«

»Das sind wir ja auch, nachdem der Regen aufgehört hat. Aber man konnte, als es auf uns herabprasselte, kaum die Hand vor Augen sehen.« Jessica setzte ein schuldbewusstes Lächeln auf. »Es tut mir leid, dass Sie sich Sorgen gemacht haben.«

»Diese Unwetter hier sind schlimmer als bei Ihnen daheim. Und jetzt schnell! Dayva! Dayva! Wo bleibt nur dieses Mädchen? Nie sind sie da, wenn man sie braucht. Ach, da bist du ja. Sorge dafür, dass Miss Jessica schnell trockene Kleider anzieht. Ich werde ein Glas mit gewürztem Wein hinaufschicken lassen. Nein, wartet, ich komme am besten gleich mit.«

Jack trat vor, als Lady Elisabeth Jessica vor sich die Treppe hinaufscheuchen wollte.

»Gute Nacht, Jessie.« Sie blieb vor ihm stehen, und er nahm ihre Hand, um einen Kuss darauf zu hauchen. Zu seiner Zufriedenheit bemerkte er, dass selbst nach den vergangenen leidenschaftlichen Stunden die Berührung seiner Lippen noch ein kleines Beben ihrer Hand auslöste. »Vielen Dank für deine reizende Begleitung. Ich werde mir erlauben, morgen früh vorzusprechen, um mich zu vergewissern, dass du dieses Unwetter unbeschadet überstanden hast.«

»Leichtsinnig«, sagte Lady Elisabeth mit einem strafenden Blick auf ihn. »Höchst leichtsinnig.«

»Sie sehen mich geknickt, Madam. Aber ich kann nicht versprechen, dass es nicht wieder vorkommen wird.«

Lady Elisabeth warf ihm einen verärgerten Blick zu, und er verneigte sich mit einer Eleganz, die er sich für solche Gelegenheiten aufsparte. »Ich werde mich jetzt zurückziehen und wünsche einen schönen Abend.«

Lady Elisabeth nickte ihm kurz angebunden zu und trieb dann Jessica wie eine besorgte Mutterglucke vor sich her. Jessica warf beim Hinauflaufen einen schnellen Blick zurück zu Jack. Sie fing sein verstecktes Grinsen auf, das vertrauliche Blinzeln und eilte weiter, um ihr Erröten und ihr Kichern zu verbergen.

»Jessie!« Er lief ebenfalls die Treppe hinauf, kaum in der Lage, sich von ihr zu trennen, und drückte ihr das fürsorglich in ein dezentes Tuch gewickelte Buch in die Arme.

Jessica schlang beide Arme darum und lachte. Sie mochte vielleicht in ein Unwetter geraten sein, war nass, schmutzig, und ihre Frisur war trotz seiner ernsthaften Bemühungen, ihr

Haar vor dem Heimritt wieder zu ordnen, zerstört. Aber für Jack war sie in diesem Moment die schönste Frau, die er jemals gesehen hatte.

»Gute Nacht, Jack. Bis morgen. Ich denke, ich werde vor dem Einschlafen noch ein wenig darin blättern.«

Lady Elisabeth schob sie leise scheltend weiter.

»Nehmen Sie sich zusammen.« Alberta gesellte sich zu Jack, der Jessica noch selbstvergessen nachstarrte, als sie schon längst verschwunden war. Sir Percival genehmigte sich einen Portwein, und Charles verließ soeben mit finsterem Gesicht den Raum. »Ich habe zwar seit zwei Stunden versucht, die Leute damit zu beruhigen, dass Sie so was wie ein großer Bruder für Jessica sind, aber diese Blicke sind alles andere als geschwisterlich und fallen schon dem Dümmsten auf.«

Jack riss seinen Blick endlich vom Treppenaufgang los und wandte Alberta ein betont harmloses Gesicht zu. »Ich fürchte, ich verstehe nicht ganz.«

Alberta schnaubte abfällig. »In unserem puritanischen Boston hätte man euch beide noch vor hundert Jahren dafür an den Pranger gestellt.« Sie musterte Jack, der sein unschuldiges Gehabe nicht länger beibehalten konnte. »Und war's wenigstens nett?«

»Nett ist ein Ausdruck, den ich in diesem Zusammenhang als äußerst ungenügend betrachte«, erwiderte Jack leise und mit dem Ausdruck eines Mannes, der hinreichend auf seine Kosten gekommen war. »Aber wie kommen Sie auf die Idee, es könnte etwas Unschickliches passiert sein? Wir sind lediglich ausgeritten und vom Regen erwischt worden.«

»Das könnten Sie nicht einmal meinem arglosen Bruder weismachen«, erwiderte Alberta mit unverkennbarem Hohn.

»Den würde auch glatt der Schlag treffen. Und Alice wäre zu Tode entsetzt. Und deshalb«, ergänzte sie, »bin ich froh, dass Jessica an Sie geraten ist, Jack O'Connor. Sie werden hoffentlich dafür sorgen, dass Schwung in die Sache kommt. Es gibt nichts Langweiligeres als ein biederes Eheleben.«

Jack zog ein zweifelndes Gesicht. »Ich weiß nicht recht. Jetzt mag das ja noch angehen, aber von meiner Ehefrau erwarte ich mir später doch mehr Seriosität. Wo kämen wir denn hin, wenn …«

Alberta rammte ihm so fest den Ellbogen in die Rippen, dass Jack ein schmerzvolles Grunzen ausstieß. »Typisch. Ihr seid doch alle gleich. Zweierlei Moral. Und jetzt machen Sie sich davon, bevor Lady Elisabeth zurückkommt und Sie wegen Ihrer frechen Bemerkungen zur Rechenschaft zieht.«

Jack grinste, beugte sich zu Albertas Erstaunen und Amüsement vor, küsste sie auf beide Wangen und verabschiedete sich dann.

Als er jedoch das Haus verließ und die Stufen hinunterging, wo ein Diener mit seinem Pferd wartete, trat ihm jemand in den Weg. Erstaunt erkannte Jack in dem schlanken Mann Charles Daugherty. Er hatte die Fäuste geballt und starrte Jack wütend an.

Der blieb stehen und sah kühl zurück. Der Eingang wurde von bunten Laternen erhellt, die im leichten Abendwind ein wechselndes Farbenspiel auf Charles' Gesicht hinterließen. Ein leises Glockenspiel ertönte, als der Wind aus Norden auffrischte und nicht nur die Klangstäbe aneinanderschlug, sondern auch die Geräusche der Stadt in den weitläufigen Hof des Hauses brachte. »Gibt es ein Problem, Mr. Daugherty?«

Charles starrte ihn weiterhin feindselig an und schwieg. Jack zuckte mit den Schultern und wollte vorbeigehen, als Charles hervorstieß: »Sie sind mit meiner Verlobten ausgeritten. Allein. Sie haben sie kompromittiert!«

»Ihre Verlobte?« Jack musterte den schlanken Mann von oben bis unten. »Ich kann mich nicht erinnern, die Ehre zu haben, Ihre Verlobte überhaupt zu kennen.« Er ging weiter. Von einer Verlobung war niemals die Rede gewesen, das hatte Jessica ihm versichert. Aber offenbar hatte der arme Narr sich etwas eingebildet.

»Sie sind ein Pirat, O'Connor«, rief ihm Charles nach. »Dazu noch ein Feigling. Ein Pirat, Verräter, Feigling und Verführer!«

Jack hob die Hand und wandte sich genervt um. Dieser Daugherty war wahrhaftig drauf und dran, ihm die süße Stimmung zu verderben. Er wollte jetzt nur auf sein Schiff, von Jessica und den letzten Stunden träumen und Pläne für weitere Verführungen schmieden. Dieses heimliche Verhältnis hatte einen größeren Reiz, als er gedacht hätte. »Schon gut. Was wollen Sie?«

»Sie dazu bringen, sich wie ein Mann und Gentleman zu benehmen!«

»Und was sollte ich als solcher tun?«, fragte Jack interessiert. »Ihnen den Hosenboden strammziehen, weil Sie mich belästigen?«

Charles sprang auf ihn zu, hob die Hand und wollte Jack eine Ohrfeige geben, aber Jack fing ihn ab. Charles war fast ebenso groß wie er, wenn auch schlanker und sichtlich nicht gewohnt, sich im Nahkampf zu bewähren. Jack packte ihn an den Jackenaufschlägen und gab ihm einen Stoß, so dass Charles zurücktaumelte, dann setzte er seinen Weg fort.

»Ein Feigling!«, schrie Charles, außer sich vor Zorn, ihm nach. »Der sich in die Hosen macht, wenn er sich duellieren soll.«

»Ich habe keinen Grund, mich von Ihnen fordern zu lassen.« Jack war schon bei seinem Pferd, nahm von dem Diener die Zügel entgegen und drückte dem Mann ein paar Münzen in die Hand.

»Sie werden der Spott der Stadt sein«, brüllte Charles weiter. »Ohne Ihre Pistolen und Ihre Entermesser sind Sie ein Nichts!«

Jack setzte den linken Fuß in den Steigbügel. Er wollte sich nicht provozieren lassen. Der Mann war sichtlich eifersüchtig und nicht zurechnungsfähig. Er war ehrlich genug zuzugeben, dass er an seiner Stelle noch viel wütender geworden wäre. Vermutlich hätte er nicht erst ein Duell vorgeschoben, sondern Daugherty gleich das Genick gebrochen.

»Ich werde Sie aus der Stadt treiben lassen und Jessica heiraten!«

Jack verharrte in der Bewegung. »Sie können mich nicht beleidigen, weil ich Sie nicht ernst nehme. Aber das ist eine Art von Drohung, die Sie sich besser verkneifen sollten«, sagte er leise.

»Ich gebe Ihnen vierundzwanzig Stunden, dann sind Sie aus der Stadt. Sie gehört mir! Sie ist meinetwegen gekommen. Mit Piraten wie Ihnen machen wir hier kurzen Prozess, und Jessica wird froh sein, Sie loszuwerden. Sie wird mir noch dankbar sein, sobald sie einmal Ihrem schlechten Einfluss entronnen ist!«

»Sie glauben doch nicht wirklich«, sagte Jack, während er langsam den Fuß wieder auf den Boden setzte und sich zu

Charles umdrehte, »dass Jessica hierbleiben wird. Sie wird mit mir heimfahren.« Er lächelte, aber es war jenes Wolfslächeln, das bei Jessica auf der Stelle Alarm ausgelöst hätte.

»Das werde ich zu verhindern wissen. Bevor Sie hier aufgetaucht sind, war alles zwischen uns klar. Sie wird …« Charles wurde unterbrochen. Jack hatte ihn gepackt und gab ihm links und rechts eine schallende Ohrfeige, bevor er ihn zurückstieß. Charles fiel jedoch nicht zu Boden, sondern taumelte nur und fing sich wieder.

Jack sah ihn kalt an. »So. Jetzt können wir uns duellieren, wenn Sie unbedingt wollen. Jetzt haben Sie einen guten Grund.«

Charles warf ihm einen hasserfüllten Blick zu. Er zog ein Taschentuch hervor und wischte sich über den Mund. »Erwarten Sie morgen meinen Sekundanten.«

»Ich freue mich schon darauf«, knurrte Jack. Als er sich umdrehte und endlich aufsitzen wollte, stand Smithy vor ihm. Er hielt sein Pferd am Zügel und sah von Jack auf Daugherty, der das Taschentuch auf die blutende Lippe presste.

»Kann man dich nicht mal fünf Minuten aus den Augen lassen?«, fragte Smithy kopfschüttelnd. »Was soll denn das jetzt werden?«

»Das hast du doch gehört. Ein Duell. Und du bist mein Sekundant.« Jack stieg auf.

»Hey, warte mal.« Smithy starrte von ihm zu Charles und wieder zurück. Hinter ihm tauchte nun ein zweiter Mann auf. Martin. Sie beide wirkten etwas durchfeuchtet, als wären sie im Regen spazieren geritten. »Was soll das? Du willst doch diesem Knäblein da nicht wirklich in die Birne schießen, oder?«

»Ob es die Birne wird, weiß ich noch nicht«, knurrte Jack

gereizt, »es kann durchaus auch ein anderer, passenderer Körperteil werden. Aber ich will verdammt sein, wenn er das Duell in einer Weise übersteht, die ihn noch dazu befähigt, Jessica nahezukommen oder mir noch einmal zu drohen.«

Smithy schnitt eine Grimasse. »Junge, du weißt, dass ich der Letzte wäre, der dir keinen Spaß vergönnen würde. Aber reicht es nicht, ihn zu verprügeln, wie jeder anständige Mann das tun würde? Ich kann mir nich vorstellen, dass Jessica sehr erfreut wäre, wenn du hier einen abknallst.«

»Vielleicht knallt ja er mich ab«, erwiderte Jack finster. Er warf einen Blick zu Charles hinüber, der selbst im Licht der bunten Laternen geisterhaft blass wirkte. Die Augen glühten dunkel in dem weißen Gesicht, und die kleine Blutspur, die Jacks Ohrfeigen hinterlassen hatten, zog sich vom Mundwinkel bis zum Kinn. Er erinnerte Jack an eine der steinernen Dämonenfratzen aus dem Liebestempel.

»Kann mir nicht denken, dass Jessie das besser gefällt«, brummte Smithy.

»Dumm und unbedacht. Als wärst du zwölf und nicht zweiunddreißig«, hörte Jack eine leise Stimme hinter sich. Martin hielt sich im Schatten, aber Jack glaubte sogar den typischen verärgerten Zug um den Mund des älteren Mannes zu sehen, den er von jeher gehabt hatte, wenn Jack eine Eselei begangen hatte. *Und dumm war es tatsächlich,* dachte er, sich mit Daugherty zu schießen. Aber er hatte ihn geschlagen, und der Bursche würde gewiss auf dem Duell bestehen. Jetzt noch auszusteigen war unmöglich.

»Sie müssen mit ihm sprechen«, sagte Martin zu Smithy. »Bringen Sie Charles zur Vernunft. Und falls er doch einen Sekundanten schickt, dann reden Sie auch mit diesem.«

Smithy setzte sich in Bewegung, aber Jack hielt ihn auf. »Warte, lass mich selbst mit ihm sprechen.«

»Ist aber nich nach der Regel.« Smithy hatte vor, dem Burschen da drüben ein wenig Angst einzujagen.

»Schon gut.« Jack ging hinüber. Charles blickte ihm mit dunklen, wütenden Augen entgegen. Aus der Nähe sah Jack, dass er nicht nur blass, sondern grau war. Und er bemerkte auch die Entschlossenheit in seinen Augen, die zusammengepressten Lippen.

»Sie sind also immer noch wild entschlossen, mich zu erschießen? Selbst wenn ich mich für die Ohrfeigen entschuldige?« Jack musterte ihn ruhig. Er achtete darauf, dass seine Haltung völlig neutral war – weder devot noch aggressiv. »Immerhin sind wir uns gegenseitig nichts schuldig geblieben. Sie haben mich beleidigt, und ich habe Sie geschlagen. Damit ist die Sache erledigt.«

»Weil Sie ein Feigling sind«, spie Charles ihm entgegen.

»Lassen Sie den Unsinn. Sie wissen genau, dass dies nicht der Fall ist. Aber ich finde Ihre Art, sich gegenseitig zu töten, lächerlich. Sie glauben doch nicht wirklich, Jessica würde so etwas wollen?«

Sie wird es dir sogar verflixt übelnehmen, wenn mir etwas passiert, dachte Jack. Er hatte nicht vor, den Mann zu erschießen, vielleicht nicht einmal, ihn zu verletzen. Er war nicht mehr wütend auf Charles. Nur noch verärgert, dass ihn dieser in das Duell hineingezogen hatte. Hätte es vor einer Woche stattgefunden, als Jack noch wie ein gereizter Tiger auf dem Achterdeck auf und ab gerannt war, so wäre er erpicht darauf gewesen, den Rivalen zu erledigen. Aber seit dem Aufenthalt im Tempel hatte sich alles verändert. Jessica gehörte ihm. Sie war seinetwegen hierhergekommen, und er würde sie dann wieder mit heimnehmen. Es gab keinen Grund mehr, Charles zu hassen oder ihn töten zu wollen.

»Ich bestehe darauf. Es ist die einzige Möglichkeit, Jessica von Ihnen loszubekommen.«

»Sie sind ja verrückt«, entgegnete Jack ärgerlich. »Jessica und ich werden heiraten, das war schon abgemacht, bevor sie überhaupt hierhergekommen ist.« Er fuhr sich über das Gesicht. »Herrgott noch mal, Mann, kapieren Sie denn nicht? Jessica und ich kennen uns seit vielen Jahren!«

»Sie sind ein Verbrecher, ein Verräter und Spion. Und ein Feigling«, wiederholte Charles heiser.

»So hören Sie doch endlich mit diesem Unsinn auf.«

»Ich weiß es. Ich habe Beweise. Und Zeugen.«

Jetzt stutzte Jack. Natürlich. Harding. Er arbeitete eng mit Charles' Vater zusammen. Und wenn Charles wirklich so versessen darauf war, Jessica zu bekommen, dann würden sie jeden Trumpf ausspielen. Harding war sicher nur zu gerne bereit, Jack endgültig aus dem Weg zu schaffen. Er musste zornig sein, weil ihm das noch nicht gelungen war. Wenn ihm etwas zustieß, dann war sie hier allein. Sir Percival würde Charles keine Steine in den Weg legen. Martin war mit El Capitano beschäftigt, und dann blieb nur noch die energische Alberta, die dafür sorgen konnte, dass Jessica sicher nach Hause kam.

Diese Leute hatten ihn und Jessica in der Hand. Jack machte sich diesbezüglich nichts vor. Nur Sir Percivals Einfluss hatte ihn noch vor wenigen Tagen aus dem Gefängnis und Hardings Klauen gerettet. Es würde ihnen ein Leichtes sein, ihn doch der Piraterie anzuklagen und ihn – wenn schon nicht zu hängen – dann entweder einzusperren oder bestenfalls des Landes zu verweisen. In Jack stieg Angst auf. Nicht um sich, sondern um Jessica. Er hatte gewusst, worauf er sich einließ, als er Martin hierher begleiten wollte, aber er hatte damals noch keine Ahnung gehabt, wie sehr Jessica in die Sache hineingezogen werden würde.

»Wenn ich Sie beim Duell verletze«, sagte Jack leise, »lassen Sie Jessica dann gehen? Und sorgen Sie dafür, dass auch Ihre Freunde sie gehen lassen? Dass sie sicher heimkehren kann?«

Charles' entschlossener Gesichtsausdruck blieb unbewegt. »Es wird ein Duell bis zum Ende. Bis einer stirbt oder nicht mehr kampffähig ist.«

»Das wird es nicht«, erwiderte Jack scharf. »Ich werde Sie auf keinen Fall töten, weil ich will, dass Sie mir schwören, Jessica mit mir heimfahren zu lassen.«

»Jessica …«

»Ihr Ehrenwort darauf«, fuhr Jack ihn an. »Ich habe keine Ahnung, ob das überhaupt etwas wert ist, aber Sie werden es mir hier und jetzt geben, sonst prügle ich es aus Ihnen heraus. Jessica soll heim zu ihrer Familie.«

»Mit Ihnen?« Charles' Gesicht nahm einen Ausdruck von Sturheit an.

»Mit mir oder ohne mich«, erwiderte Jack kalt.

»Sie hätte es gut bei mir. Ich würde sie auf Händen tragen. Ich würde …« Charles unterbrach sich, weil Jack eine drohende Bewegung gemacht hatte. »Gut. Wenn ich verletzt werde und Sie unversehrt aus der Sache herausgehen, dann werde ich Ihnen und Jessica nicht im Wege stehen.«

»Einverstanden. Dann werden wir uns duellieren.« Jack wandte sich um und ging zu seinem Pferd. Er traf auf Martins ernsten Blick. Der grauhaarige Mann nickte ihm unmerklich zu. Er wusste, weshalb Jack sich Sorgen machte. Nachdem dieser aufgestiegen war, trat er zu ihm und sagte leise: »Ich bringe sie heim. In jedem Fall. Mach dir keine Sorgen um Jessic.«

»Danke.« Jack trieb sein Pferd an, und Smithy ritt ihm mit einem grimmigen Gesichtsausdruck nach.

Kapitel 14

Charles hatte gleich am nächsten Morgen einen der Offiziere der East India Company geschickt, der als sein Adjutant fungieren sollte. Es war jener ältere Offizier, den Jack bei dem Empfang von Jessicas Seite gejagt hatte, und der Mann überbrachte die Botschaft mit sichtlicher Genugtuung. Vermutlich hoffte er, dass Charles und Jack sich gegenseitig abknallten und er dann freie Bahn bei Jessie hatte.

Einen Tag später trafen sie sich im Morgengrauen auf einer Lichtung außerhalb der Stadt. Üblicherweise wurde der Maidan, ein großes, freies Gebiet, für die Austragung solcher Ehrenhändel verwendet, aber sowohl Charles als auch Jack hatten es vorgezogen, sich möglichst unauffällig zu duellieren.

Charles wirkte blass und nervös, obwohl er sich den Anschein gab, völlig ruhig zu sein. Smithy war gereizt und brummig, murmelte ununterbrochen vor sich hin, und Jacks Nerven waren angespannter, als er vor sich selbst zugeben wollte. Er hatte sich noch nie auf diese Art duelliert, und er empfand es nervenaufreibender als eine Seeschlacht.

Sie zogen die Anzugjacken aus. Jack griff ohne lange Überlegung zu, als man ihn die Waffe wählen ließ. Smithy hatte sich davon überzeugt, dass beide Pistolen funktionstüchtig und geladen waren.

»Zehn Schritte. Bei meinem Zeichen werden Sie die Pistolen erheben, zielen und schießen.«

Jack und Charles stellten sich mit den Rücken zueinander auf, und dann zählte der Adjutant die Schritte. Jack musste sich beherrschen, nicht allzu große zu machen, sondern ganz kühl und gelassen zu schreiten. Verflucht noch mal, er war wirklich nervös. Seine Hand, in der er die Waffe hielt, war nicht so ruhig, wie er es sonst gewohnt war. Er verstand sich selbst nicht mehr. Wie viele Kämpfe hatte er schon durchgestanden? Wie oft war der Tod in Form eines Holzsplitters, einer Musketen- oder Kanonenkugel, eines Säbels oder Messers nicht schon an ihm vorbeigegangen, ohne dass er dieses ungute Gefühl im Magen verspürt hatte? Unzählige Male. Und nicht einmal hatte er daran gedacht, dass er sterben könnte. Dazu war auch nie die Zeit gewesen. Zuerst die Verfolgung eines anderen Schiffes, die Gefechtsbereitschaft, endlich der Kanonendonner, der Angriff, dann der Nahkampf. Blut war geflossen, Schiffskameraden, Freunde und Feinde waren getötet und dabei oft bis zur Unkenntlichkeit verstümmelt worden. Mehrere Angreifer waren gleichzeitig auf Jack losgegangen, wenn er als Erster das fremde Schiff geentert hatte. Piraten hatten ihn bedroht, in ihre Gewalt gebracht. Und immer war jede Furcht in einem Gefühl aus Kampflust und dem heißen Trieb zu überleben, zu siegen, untergegangen.

Aber jetzt packte ihn eine andere Art von Unruhe. Er schwitzte, obwohl es noch relativ kühl war. Bald schon würde die Sonne herabbrennen, aber noch lag leichter Dunst auf der Wiese und stieg aus dem exotischen Grün um die Lichtung herum auf. Er brauchte jetzt mehr denn je kaltes Blut, denn wenn Charles ihn verletzte, musste er ihn zumindest kampfunfähig schießen, sonst hatte er das Duell verloren.

Er zählte leise mit dem Adjutanten mit. Insgesamt zwanzig Schritte war er jetzt von Charles entfernt. Er bemühte sich, gleichgültig zu wirken, als er sich umwandte und Charles Daugherty ansah. Dieser war noch bleicher als zuvor, aber da war noch etwas in seinem Gesicht, das Jack trotz der Entfernung erkennen konnte. Es war die Entschlossenheit zu töten. Dieser Charles hatte Format, das musste er ihm lassen.

Jack war überzeugt davon, dass er Charles überlegen war. Ein Mann, der seit Jahren als Freibeuter unterwegs war, musste ein guter Schütze sein. Aber so harmlos dieser Charles sonst auch wirkte, so sehr hatte er Jack überrascht, und er musste damit rechnen, dass noch mehr in ihm steckte. Und dass er bei diesem Schusswechsel zumindest schwer verletzt werden konnte. Er dachte an Jessica. Schweiß stand auf seiner Stirn, ein Tropfen lief seine Schläfe hinunter. Dann noch einer. Er hob die Hand und wischte sie weg, fuhr auch über die Stirn, damit der Schweiß ihm nicht die Sicht trübte.

Schweigen senkte sich über die kleine Lichtung. Trotz der Laute der Tiere aus dem Urwald, den Schreien der Vögel, irgendwelcher Affen, dem Summen und Schwirren der Insekten, war es seltsam still um Jack. Der Adjutant sollte verdammt sein, es so spannend zu machen.

»Zielen.«

Endlich. Jack hob den Arm und zielte. Charles tat es ihm gleich. Er sah, wie der Engländer ihn genau anvisierte. Jack schluckte. Sein Mund und seine Kehle waren trocken. So war er noch nie einem anderen gegenübergestanden, einfach dem Schuss ausgeliefert. Sein in vielen Kämpfen ausgeprägter Instinkt riet ihm, sich bei dem Schuss fallen zu lassen, auszuweichen. Und doch wusste er, dass er stehen bleiben und darauf warten musste, dass sein Gegner ihm ein Loch in die Haut brannte. Es war ähnlich wie in den Tagen, als er sich in Hardings Gewalt befunden hatte, mit den Fesseln und dem Stock, der auf ihn einschlug. Aber vor allem war jetzt die Sorge um Jessica da.

In diesem Moment sah er ungefähr zehn Schritte hinter Charles etwas im Dschungel aufblitzen. Metall leuchtete in einem fahlen Sonnenstrahl auf. Jack dachte nicht nach, als er darauf reagierte. Es war auch kaum Zeit, die Gefahren gegeneinander abzuwägen. Entweder traf ihn der Heckenschütze oder Charles. Er handelte völlig instinktiv, als er die Waffe auf dieses Aufblitzen richtete, zielte und abdrückte. Die Schüsse klangen wie ein einziger.

Jacks Kugel ging einen halben Meter an Charles' Schulter vorbei. Jack wusste nicht, ob er getroffen hatte. Falls es einen Aufschrei oder einen Schmerzenslaut gegeben hatte, so war er durch den Ruf »Feuer!« des Adjutanten übertönt worden.

Es war keine Zeit, ins Gebüsch zu laufen, denn in diesem Moment hörte er den Knall, sah das Mündungsfeuer von Charles' Pistole. Er hatte seinen einzigen Schuss, die einzige Möglichkeit, zu überleben, preisgegeben. Die Welt um ihn herum schien sich zu verlangsamen. Plötzlich war die Unruhe fort. Jack wartete auf das Unvermeidliche.

Die Kugel zog eine glühende Spur zwischen seinem Oberarm und seinen Rippen hindurch. Daugherty hatte es tatsächlich ernst gemeint. Ein Stück weiter hinüber, und Jacks Herz wäre getroffen worden.

Während er loslief, tastete Jack nach der Wunde. Es war nur ein Streifschuss. Charles' Adjutant rannte ebenfalls los. Charles wirkte verstört und wütend, als Jack auf ihn zukam.

»Feigling«, schrie er ihn an. »Sie haben den Feuerbefehl nicht abgewartet.«

»Sie wollten offenbar dafür sorgen, dass das Duell auf jeden Fall zu Ihren Gunsten ausgeht, was?« Jack stieß ihn derb zur Seite und lief weiter. Er musste zum Waldrand. Wer immer dort stand und nicht so gut getroffen war, dass er liegen blieb, konnte entkommen oder nochmals schießen. Er hatte den Waldrand erreicht. Wenn der andere nicht allein war oder noch eine Waffe hatte, gab Jack ein einwandfreies Ziel ab. Er stürzte sich ins Dickicht. Niemand war hier.

»Verdammte Sauerei«, fluchte Smithy hinter ihm keuchend.

In der Ferne hörte man ein Pferd wiehern. Smithy wechselte einen kurzen Blick mit Jack, dann rannte er den schmalen Pfad entlang, auf dem der Heckenschütze geflohen war.

»Was soll das?« Charles tauchte neben Jack auf.

»Das wissen Sie verdammt genau! Jemand hat auf mich gezielt.«

»Was?«

»Ich habe in der Sonne Metall aufblitzen sehen. Es war jemand hier.«

»Und da haben Sie geschossen?« Charles war fassungslos. »Das kann einer der Einheimischen gewesen sein. Ein harmloser Beobachter. Vielleicht ein Kind.«

Jack schob ihn fort. »Nein«, sagte er kurz. »Er hatte eine Waffe. In diesen Dingen täusche ich mich nicht. Und«, fügte er grimmig hinzu, als er Blut auf den Blättern sah, »ich habe ihn getroffen.«

»Sie haben gar nicht auf mich geschossen?«

Jack warf ihm einen spöttischen Blick zu. »Wenn ich auf

Sie geschossen hätte, wäre die Kugel bestimmt nicht an Ihnen vorbeigegangen.« Vielleicht gab es noch andere Spuren. Er kniete nieder und tastete dort, wo der Mann gestanden haben musste, über den Boden. Wenn er seine Waffe hier geladen hatte, dann war vielleicht etwas Pulver danebengegangen. Hier war die Erde etwas dunkler. Er rieb, roch daran, kostete vorsichtig. Pulver.

Keuchen näherte sich von dem Pfad. Smithy kam zurück. Er hielt triumphierend etwas in der Hand hoch. Ein Pulverhorn. »Das hat er verloren.« Als er Jacks blutiges Hemd sah, wurde er sofort ernst. »Verflixt und zugenäht. Wo ist dieser Knochenbrecher?«

Jack winkte ab. »Ist nur ein Streifschuss.« Charles trat zur Seite, um den Arzt durchzulassen, aber Jack war inzwischen wieder auf die Lichtung gegangen. Er war wütend, weil der Mann entkommen war.

»Sie haben verloren«, sagte Charles in diesem Moment. »Sie sind verletzt und ich nicht.«

Jack wirbelte herum und packte Charles am Arm. »Sie haben falschgespielt, Sie verdammter Bastard. Das war einer Ihrer Leute, der sichergehen wollte, dass ich nicht überlebe, damit Sie freie Hand haben!«

Charles machte sich mit einem Ruck frei und trat einige Schritte zurück. »Sie haben verloren. Sie werden unser Gebiet verlassen. Jessica gehört mir.«

»Sie haben betrogen!« Jack stürzte sich auf ihn. Smithy und die anderen traten dazwischen und trennten ihn von Daugherty.

Charles' Gesicht verschloss sich. »So etwas Unehrenhaftes hätte ich niemals getan!«

»Vielleicht nicht. Aber ich habe unter Ihresgleichen nicht viele ehrenhafte Männer getroffen.«

»Meinesgleichen?«

»Engländer«, sagte Jack abfällig. »Und hier im Speziellen Ihr Freund Harding.« Er wandte sich auf dem Absatz um und stiefelte mit energischen Schritten zu den Pferden.

Smithy warf Charles noch einen drohenden Blick zu, dann folgte er seinem Freund.

Als Jack am Hafen vom Pferd stieg, erwartete ihn bei seinem Landungsboot ein Mann, dem man trotz der englischen Kleidung die indische Abstammung ansah. Er verneigte sich.

»Ich bringe eine Botschaft für Captain O'Connor. Mr. James Daugherty bittet Sie um die Ehre Ihres Besuches.«

Jack sah den Mann überrascht an. Charles' Vater hatte zweifellos von dem Duell gehört. Was wollte er nun von ihm? Charles' Drohung noch untermauern? Mehr Druck auf ihn ausüben? Jack überlegte, ob er ablehnen sollte, aber dann war ihm klar, dass er sich dem alten Daugherty stellen musste, wenn er Jessica heil hier herausbringen wollte. Vielleicht hatte der Vater mehr Verstand als der Sohn.

»Ich komme heute Nachmittag.«

»Nein, sofort. Bitte.«

Jack sah an sich herab. »Ich muss mich erst umziehen.«

»Dann werde ich solange warten.« Der Mann verneigte sich abermals höflich, und Jack ging zum Boot, wo seine Männer warteten, um ihn zum Schiff zu rudern. Smithy, der alles gehört hatte, folgte ihm. Jack sagte leise: »Du musst sofort zu Jessie. Sprich mit Alberta und Martin. Sag ihnen, dass ich beim alten Mr. Daugherty eingeladen bin und dass es Probleme geben könnte. Sie sollen dafür sorgen, dass Jessica und Alberta ihre Sachen packen und Sir Percival keine Schwierigkeiten macht.«

»Und du willst wirklich dorthin gehen?«

»Mir wird nichts anderes übrigbleiben. Und sieh zu, dass sie dich nicht erwischen und davon abhalten.«

Smithy grinste so breit, dass man sogar seine zweite Zahnlücke hinten rechts sehen konnte. »Heiße ich etwa Jack O'Connor, dass ich mich hinterrücks niederschlagen und schanghaien lasse?«

»Mach, dass du verschwindest.« Jack sprang ins Boot, und die Männer legten sich kräftig in die Riemen. An Bord angekommen, bat Jack seinen Ersten Maat zu sich. Jenkins hatte schon auf ihn gewartet und folgte ihm in die Kajüte.

Jack zog sich seine zerfetzte und blutige Jacke aus und ließ das Hemd folgen. Er warf beides über einen Sessel und besah sich die Wunde näher. Charles' Kugel war genau zwischen Arm und Brust hindurchgegangen, hatte zwar nur den Ärmel zerfetzt, war aber scharf über die Rippen geschrammt. Das Fleisch war aufgerissen, aber die Blutung hatte sich schon beruhigt.

Der Bordarzt hatte Jacks Ankunft ebenfalls beobachtet und klopfte, kaum dass Jack seine Jacke ausgezogen hatte, schon an die Tür. Jack musste sich auf den Stuhl setzen, dann goss der Arzt kurzerhand Jacks besten Whisky über die Wunde, wischte die Ränder ab und versuchte, Jack zu einem Verband zu überreden, der ihm das Gefühl gegeben hätte, in einer Rüstung zu stecken.

»Mrs. Alberta Finnegan war hier«, knurrte er, als Jack sich weigerte, den Verband zu dulden. »Hat mir die Hölle heißgemacht, wenn ich Sie nicht gut verarzte. Scheint gesehen zu haben, was passiert ist.«

Jenkins schnaufte belustigt, und Jack schüttelte den Kopf. Wie hatte sie bloß von dem Duell erfahren? Alberta mischte sich offenbar überall ein.

Während er sich ein frisches Hemd überzog, gab er Jenkins Anweisungen. »Sorgen Sie dafür, dass alle Männer sofort an Bord kommen. Und machen Sie das Schiff möglichst unauffällig bereit zum Auslaufen. Haben wir Proviant und Wasser?« Er steckte sich zwei Pistolen in den Hosenbund und ein Messer in den rechten Stiefel.

»Alle Vorräte sind aufgestockt, Sir. Wir können, sobald alle Männer an Bord sind, sofort auslaufen.«

Jack nickte. Es war eine alte Gewohnheit von ihm, das Schiff jederzeit bereitzuhalten. Es wäre nicht das erste Mal, dass sie die *Tuesday* überstürzt aus dem Hafen warpen und verschwinden mussten. Freibeuter waren nicht immer und überall gerne gesehen.

Als er sich an Land rudern ließ, war er etwas beruhigt. Er wusste, dass Martin und die anderen alles tun würden, um Jessica in Sicherheit zu bringen, und dass sein Schiff bei Jenkins in besten Händen war.

Im Hafen wurde er von Daughertys Diener erwartet. Jack weigerte sich, in die Kutsche zu steigen, zu der er ihn bat. Er hatte einen seiner Männer schon vorab an Land geschickt, um frische Pferde zu besorgen, und zwei kräftige Seeleute standen bereit, um ihn zu begleiten. Falls dies eine weitere von Hardings Fallen sein sollte, so war er zumindest gewappnet.

Das palastartige Gebäude, zu dem der Mann Jack führte, und das jenes von Sir Percival noch bei weitem übertraf, war tatsächlich das Heim der Daughertys. Alberta hatte es ihm bei einem Spaziergang vor zwei Tagen gezeigt. Jack hatte es zu diesem Zeitpunkt noch mit einer Mischung aus Neid und Besorgnis betrachtet und darüber sinniert, wie weit eine Frau dieser Verlockung an Pracht und Reichtum widerstehen konnte. In der Zwischenzeit hatte er aber Jessica im Tempel »gewärmt« und war überzeugt davon, dass sie nicht plante, ihren alten Jack O'Connor gegen den Luxus eines reichen Lebens mit einem Nabob zu tauschen.

Drinnen wurde Jack höflich empfangen. Seine beiden Männer warteten draußen bei den Pferden, und Jack führte man eine breite Treppe hinauf, durch luftige Räume, die selbst in der drückenden und schlechten Luft von Kalkutta noch ein angenehmes Klima schufen. Schließlich öffnete ein Wächter die Tür zu James Daughertys privaten Gemächern. Er war nicht der einzige Bewaffnete, den Jack hier erblickte. Auch Sir Percival hatte Wachen, aber nur am Tor und nicht im Haus selbst. Dieser Daugherty war entweder ängstlicher Natur oder hatte tatsächlich mehrere gute Gründe, sich vor Feinden zu fürchten.

Der Diener folgte ihm nicht, sondern schloss die Tür hinter Jack, der sich in einem kleinen Vorraum wiederfand, in dem sich die typischen Schränke befanden, die von indischen Handwerkern hergestellt wurden, um den Geschmack der englischen Herren zu befriedigen. Er selbst hatte einmal eine Prise erwischt, die voll von dem Zeug gewesen war: kostbare handgeschnitzte, mit Intarsien geschmückte und teilweise bemalte Schränke, Truhen, Kommoden, Tischchen und Paravents. Keine ursprünglich indischen Möbel, sondern eben dem europäischen Stil angepasst, aber deshalb nicht weniger schön. Er hatte damals ein hübsches Sümmchen dafür bekommen.

Ein leicht im Luftzug wehender Vorhang verbarg den Blick auf den nächsten Raum. Jack schob ihn zur Seite und trat ein. Sein Blick fiel sofort auf ein breites Bett. Das Fenster war mit kunstvollem Schnitzwerk verschlossen, das das Zimmer in ein angenehmes und kühles Halbdunkel tauchte. Über dem Bett war ein leichter Vorhang angebracht, der als Schutz gegen die Insekten diente, nun aber zurückgeschlagen war. Ein scharfer Geruch schwebte über dem Raum, der jedoch unter dem Duft von Sandelholz und anderen Gewürzen nicht zuzuordnen war. Ein Mann lag, gestützt durch mehrere Polster, im Bett und sah Jack entgegen.

»Jack O'Connor. Wie liebenswürdig, dass Sie meiner Einladung Folge geleistet haben. Kommen Sie doch bitte näher.« Die Stimme klang heiser, schwach.

Jack wollte soeben durch den Rundbogen ins Zimmer treten, als sich der scharfe Geruch verstärkte. Und jetzt erkannte er ihn. Es roch nach Raubtier. Jack trat einen vorsichtigen Schritt in den Raum. Eine Kette rasselte, ein wütendes Fauchen ertönte, und dann schnellte von links ein gelber Schatten auf Jack zu, der nach seiner Pistole griff und wieder zurück in den Vorraum sprang.

Ein heiseres Lachen ertönte vom Bett her. »Sie können sich ruhig näher wagen. Die Kette ist kurz genug.«

Tatsächlich sah Jack nur die Schnauze und eine Pfote, die mit den tödlichen Krallen um die Ecke nach ihm schlug. Er schob sich an dem Tier vorbei. Bernsteinfarbene Augen starrten ihn an. Das musste das überlebende Tigerjunge sein, von dem Jessica ihm erzählt und das Daugherty mit in sein Haus genommen hatte. Das Tier war schon recht groß, sicherlich fast ein Jahr alt. Jessica hatte das »arme kleine Kätzchen« bemitleidet, das die Mutter verloren hatte, und hatte sogar einige lobende Worte über Daugherty gefunden, weil er es aufnahm und fütterte. Jack verzog den Mund. Sie hätte gewiss nicht gedacht, dass der Mann verrückt genug war, es in seinem Schlafzimmer an eine Kette zu legen. Außerdem war dieses »Kätzchen« hier groß genug, um Jack mit einem Biss einen Arm abzureißen. Er blieb außerhalb der Reichweite des Tieres stehen und erwiderte dessen Blick. Es war ein Männchen, aber man merkte, dass es noch nicht ausgewachsen war, da es Jacks Blick nicht standhielt, sondern sich sofort leise grollend in seine Ecke zurückzog. Dort lag ein blutiger Fetzen, den es mit den Zähnen packte und schüttelte.

Jack ging weiter in den Raum hinein und blieb neben Daughertys Bett stehen. Daugherty sagte nichts, sondern musterte Jack, und dieser betrachtete den Vater seines Rivalen ebenfalls.

Man hatte nicht übertrieben, Charles' Vater war wirklich schwer verletzt worden. Jack blickte in ein abgezehrtes Gesicht. Die Hände – einst zweifellos kräftig – lagen unruhig neben dem Körper, die Sehnen traten stark hervor, und die Finger waren zu Krallen gebogen. Jack hatte auf den Schiffen schon jede Menge Kranker, Verletzter und Sterbender gesehen, aber keiner hatte ihm diesen kalten Schauder über den Rücken gejagt wie dieser Mann hier. Das lag wohl an dem Gesichtsausdruck, denn die Lippen waren zu einem höhnischen Lächeln verzogen, und die Augen blickten stechend. Der Mann musste große Schmerzen haben – manchmal zuckte er zusammen, und sein Atem ging oft schnell und dann wieder langsam und mühevoll.

»Da sind Sie also«, begann Daugherty endlich. »Lange haben Sie gebraucht. Und ich hätte nicht gedacht, dass Sie es überhaupt schaffen.«

Jack runzelte über diese kryptische Bemerkung die Stirn, aber seine Antwort wurde vom Brüllen des Tigers unterbrochen, der an der Kette zerrte. Ein schlanker Bursche, den Jack bei seinem Eintritt nicht bemerkt hatte, tauchte plötzlich auf und warf dem Tier ein Stück Fleisch hin. Der Tiger stürzte sich darauf.

»Seltsam zu denken, dass er mich überleben wird«, sagte Daugherty, der den Kopf so gedreht hatte, dass er das Tier beobachten konnte. »Eigentlich war es anders gedacht gewesen. Sein Fell und das seiner Mutter hätten vor meinem Bett liegen sollen. Aber so bringt es mir eine Genugtuung zu sehen, dass er in meiner Gewalt ist. Und er erinnert mich daran, dass seine Mutter unter meinem Messer starb.«

Jack sah zu dem Burschen hin, der sich mit einem wachsamen Blick auf Jack wieder zurückzog.

»Er stört nicht«, sprach Daugherty weiter. »Er kann auch nichts von dem weitererzählen, was wir besprechen. Dafür habe ich gesorgt. Er hat keine Zunge mehr.« Er wandte mit sichtlicher Mühe wieder den Kopf, so dass er Jack ansehen konnte. »Sein Vorgänger starb leider bei dieser letzten Tigerjagd, aber davor konnte er ihn noch heranbilden. Er ist verflucht gut mit der Pistole in seinem Hosenbund. So wie«, er deutete auf Jack, »Sie gut damit sind. Aber ich würde Ihnen nicht raten, sie zu benützen. Sie würden hier ebenso wenig lebend herauskommen, wie Ihre geliebte Miss Finnegan heil

Kalkutta verlassen könnte.« Er verzog den Mund wieder zu jenem höhnischen Lächeln, das sein abgezehrtes Gesicht wie eine Fratze erscheinen ließ. »In diesem Fall könnte ich keine Rücksicht auf Charles und seine unzweifelhaft zarten Gefühle nehmen.«

»Haben Sie mich herbitten lassen, um mir zu drohen?« Jacks Stimme war so kalt wie sein Inneres. Verflucht sei Jessicas Idee, ihm nachzureisen. Auch wenn er bis vor kurzem nie geglaubt hätte, dass jemand auf die Idee kommen könnte, sie als Druckmittel gegen ihn zu verwenden. Er hätte gleich bei seiner Ankunft dafür sorgen müssen, dass sie auf die *Tuesday* kam und von hier verschwand. Er hätte sich niemals länger hier aufhalten dürfen. Nicht einmal diese wenigen Tage. Daugherty hatte hier großen Einfluss, und er war ihm schon wegen Charles feindlich gesinnt.

In genau diesem Moment begriff Jack. Und die Erkenntnis ließ sein Herz zuerst stocken und trieb ihm gleich darauf alles Blut in den Kopf. Der Verletzte, der Sterbende vor ihm war niemand anders als jener Mann, der dabei gewesen war, als Harding ihn verhört und geprügelt hatte. Natürlich. Die Stimme war heiserer, schwach, nicht so kräftig wie damals. Aber als Daugherty jetzt weitersprach, konnte kein Zweifel bestehen. Jack hätte sich am liebsten auf die Stirn geschlagen. Weshalb war er nicht schon eher draufgekommen, dass ein noch viel engerer und gefährlicherer Zusammenhang zwischen Harding und den Daughertys bestand? Er legte die Hände auf dem Rücken zusammen, damit weder Daugherty noch der Diener sehen konnten, wie sich seine Fäuste ballten.

Ob Martin es ahnte oder sogar wusste? Dann hatte er ihn schön dumm herumlaufen lassen. Wäre sein alter Freund in diesem Moment vor Jack gestanden, so hätte er ihn am Kragen gepackt und geschüttelt. Er hätte ihn warnen und dafür sorgen müssen, dass Jessie in Sicherheit kam.

Daugherty war zwar vor Jessicas und Martins Ankunft verletzt worden, aber Martin war normalerweise nicht so einfältig wie Jack und hatte Freunde, die ihm schon längst Daughertys wahre Identität hätten aufdecken müssen. Oder erschien ihm dieser verletzte Mann nicht mehr bedrohlich? Das war ein Trugschluss. War er vorher schon gefährlich gewesen, so war er jetzt, in diesem angeschlagenen Zustand, die personifizierte Bösartigkeit selbst, und sein Einfluss war zweifellos groß genug, um sie alle zu vernichten, wenn er so entschied. Und da würde er nicht einmal auf seinen Sohn und dessen Zuneigung zu Jessica Rücksicht nehmen. Jack glaubte ihm diesbezüglich aufs Wort.

Jack begann zu schwitzen. Seine Gedanken rasten. Etliche Möglichkeiten, wie er und seine Freunde heil hier herauskamen, gingen ihm durch den Kopf, und keine war erfolgversprechend. Hoffentlich hatte Smithy Jessica schon an Bord der *Tuesday* gebracht.

»Ich beglückwünsche Sie zu Ihrer Entscheidung, meinen Sohn nicht anzuschießen«, klang die heisere Stimme in Jacks sich überschlagende Gedanken.

»Sie hatten ja Vorbereitungen getroffen, dass dies nicht passiert, und sogar einen Heckenschützen in den Büschen versteckt«, erwiderte er mit rauher Stimme.

Daugherty wischte sich mit einem Tuch über die Lippen. »Sie haben den Mann gut getroffen. Aber er wird überleben. Wäre Charles allerdings getötet worden, hätten meine Leute Sie auf meinen Befehl hin in Stücke gerissen. Und dann wäre auch Ihre Jessica, an der Sie so hängen, in Gefahr gewesen.

Charles und seine Zuneigung zu ihr ist der beste Schutz, den sie im Moment hat. Der Mann in den Büschen war übrigens Hardings Idee – eine kleine Versicherung. Aber er unterschätzt Sie immer noch, O'Connor.« Daugherty sah ihn durchdringend an, als würde er hinter Jacks Stirn blicken wollen. »Das passiert mir nicht.«

»Was meinten Sie damit, ich wäre wie mein Vater?« Es war sinnlos so zu tun, als hätte er El Capitano nicht erkannt.

Daughertys heiseres Lachen ging in einen Hustenanfall über. Als er das Taschentuch wegzog, sah Jack, dass Blut darauf war. Daugherty würde niemandem mehr lange gefährlich sein. Aber die kurze Zeitspanne, die er noch zu leben hatte, genügte völlig, um Jack und seine Freunde zu vernichten.

Der Mann schien seine Gedanken gelesen zu haben. »Halte mich nicht für schwach, nur weil ich hier liege und mich nicht bewegen kann. Ich mache nicht den Fehler, dich zu unterschätzen, und du solltest das auch nicht tun, O'Connor.«

»Ich habe Sie nach meinem Vater gefragt«, erwiderte Jack kalt.

»Vielleicht habe ich ja gar nichts gemeint, sondern wollte dich nur neugierig machen. Oder vielleicht wollte ich doch, dass du herausfindest, was mit deinem Vater wirklich passiert ist? Möglicherweise ist es auch gar nicht mehr wichtig, denn im Moment hast du ganz andere Sorgen, glaube mir.« Das Grinsen in dem abgezehrten Gesicht war geisterhaft. Jack hatte das Gefühl, ein mit bleicher Haut überzogener Totenschädel lachte ihn an.

Plötzlich wurde Daugherty ernst. »Du wirst verschwinden. Und zwar schnell. Charles will diese Jessica Finnegan haben, und er wird sie auch bekommen, dafür werde ich sorgen.«

Jacks Augen wurden schmal. »Stellen Sie sich das nicht ein wenig zu leicht vor?«

Daugherty winkte mit einer schwachen Bewegung ab. »Charles hat sich verändert, seit sie hier ist. Ich hätte ihm niemals zugetraut, dass er sich einer Frau wegen duelliert. Er hat mir sogar schon ein- oder zweimal widersprochen und meine Entscheidungen in Frage gestellt. Diese Jessica scheint das Zeug zu haben, einen Mann aus ihm zu machen. Etwas, das ich all die Jahre nicht geschafft habe.«

»Sie sollten sich besser eine andere Frau suchen, die das übernimmt«, knurrte Jack.

In diesem Moment entstand eine Bewegung hinter ihm. Er fuhr herum, seine Hand lag schon auf dem Pistolengriff, aber der Mann, der nun hereinkam und nach einem kurzen Blick auf den Tiger zum Bett trat, war nicht bewaffnet. »Gehen Sie jetzt. Der Sahib braucht Ruhe, und ich muss ihn behandeln.«

»Nur zu gerne«, erwiderte Jack.« Er hatte hier auch nichts mehr verloren. Je eher er fortkam, desto besser. Und seine Rätsel sollte El Capitano mit ins Grab nehmen. Er hatte recht: Jack hatte im Moment tatsächlich ganz andere Sorgen. »Sie können mir drohen«, sagte Jack mit einem letzten Blick auf den kranken, verstümmelten Körper. »Aber Sie haben bekommen, was Sie verdient haben.« Der Arzt schob Jack hinaus, und dann fiel die Tür hinter ihm zu.

Jack ritt mit seinen beiden Männern auf dem schnellsten Weg zu Sir Percivals Haus, das zwischen dem in Alipur gelegenen Anwesen von Daugherty und dem Hafen lag. Er musste sich davon überzeugen, dass sich Jessica schon in Sicherheit befand. Hoffentlich war es noch nicht zu spät.

Der kürzeste Weg führte durch den bevölkertsten Stadtteil Kalkuttas. Sie lenkten ihre Pferde durch eine Gruppe turbantragender Sepoys, wie die einheimischen Soldaten der East India Company hießen, vorbei an Straßenhändlern, einer Horde lachender und schmutziger kleiner Kinder, die sich gegenseitig eine Melone abjagen wollten. Jack hielt sein Pferd an, um den von vier Trägern geschleppten Palankin eines reichen Engländers vorbeizulassen, als plötzlich jemand vortrat und nach seinem Zügel griff.

Jack erkannte zu seiner Überraschung Martin. Sein Freund warf ihm einen warnenden Blick zu und verschwand dann in einer engen und schmutzigen Seitenstraße. Jack stieg ab, übergab sein Pferd einem seiner Begleiter und folgte Martin, der die Straße entlangging, einem von einem mageren Mann gezogenen Karren auswich, der sich kaum durch die enge Straße zwängen konnte, und dann in einem Hauseingang verschwand.

Jack trat nach ihm ein. Er musste sich bücken, um unter der niedrigen Tür hindurchzugehen. Drinnen hüllte ihn in der Dunkelheit des kleinen Raums der Geruch nach Abort, Jasminblüten und scharf gewürztem Essen ein. Martin wartete gleich neben dem Eingang auf ihn.

»Sie haben bereits die Hafengeschütze auf die *Tuesday* gerichtet. Ein Kanonenboot der Hafenwache ist längsseits gegangen. Jenkins konnte noch einen Mann losschicken, der mich gewarnt hat.«

Jack ballte die Fäuste. »Und Smithy?«

»Den halten sie bei Sir Percival fest. Dort warten sie nun auch auf dich. Einige Soldaten und Sir Percival mit Harding.«

»Also macht sogar Vanessas Vetter gemeinsame Sache mit Harding«, stellte Jack verbittert fest.

»Harding hat hier keinen schlechten Ruf. Er gehört zu Daugherty, und der ist ein wichtiges Mitglied der East India Company.«

»Daugherty ist sogar noch ein bisschen mehr«, ergänzte Jack mit Schärfe. »Er ist El Capitano.«

In Martins Augen blitzte es überrascht auf. »Hat er dir das gesagt?«

»Ich habe es selbst herausgefunden. Er hat zwar keine Ähnlichkeit mehr mit dem Mann, in dessen Anwesenheit mich Harding damals ›verhörte‹, aber es kann kein Zweifel bestehen.« Jack versuchte, in dem düsteren Raum in Martins Miene zu lesen. »Sie wussten es, nicht wahr? Wie lange schon?« Er musste sich bemühen, seine Stimme ruhig klingen zu lassen.

»Nicht sehr lange, erst einen Tag, nachdem du angekommen bist. Ich hatte ja davor aufgrund des Jagdunfalls keine Gelegenheit, Daugherty zu sehen.«

»Weshalb haben Sie mich nicht gewarnt? Ich hätte Jessie sofort an Bord und von hier wegbringen müssen.« Wut stieg in ihm hoch. Auf Daugherty und sogar auf Martin.

»Das ging nicht mehr. Dafür war es zu spät. Harding und Daugherty hatten schon bei deiner Ankunft alle Fäden gezogen.«

»Und weshalb haben Sie es mir nicht gesagt?«

»Weil ich fürchtete, du würdest dann zu Daugherty gehen und ihn zur Rede stellen.« Martin durchforschte Jacks Gesicht und seufzte. »Es war nicht mehr zu verhindern, dass du zu ihm gehst. Ich bin zu spät zum Hafen gekommen, als ich davon hörte, dass er dich sehen wollte.« Er schwieg einige Atemzüge lang, dann sagte er: »Sie werden dich in jedem Fall zwingen, Kalkutta zu verlassen, sofern sie nicht zu härteren Mitteln greifen.«

»Das können sie haben«, knurrte Jack. »Je eher ich mit Jessie abreise, desto besser. Und Ihnen würde ich dasselbe raten. Sie müssen sich nicht mehr an Daugherty rächen – die Tigerin hat ganze Arbeit geleistet. Ich glaube kaum, dass er die nächsten Tage überlebt.« Jack wollte aus der Tür, aber Martin hielt ihn auf.

»Warte, Jack, du scheinst es immer noch nicht ganz begriffen zu haben: Sie werden dich niemals mit Jessica gehen lassen. Harding handelt schon aus Bosheit und auf El Capitanos Befehl, und Charles ist tatsächlich ganz besessen von dem Wunsch, Jessica zu heiraten.«

»Dann muss ich sie leider enttäuschen. Und jetzt entschuldigen Sie mich bitte, ich muss zu ihr und sie und Alberta abholen.«

Martin packte ihn an der Schulter und hielt ihn zurück. »Mach keine Dummheiten, mein Junge.«

Jack wollte eine scharfe Antwort geben, aber die Sorge in Martins Stimme, der eindringliche Tonfall ließen ihn schweigen.

»Ich mache nie Dummheiten«, erwiderte er ruhig. »Aber ich kann auch nicht nachgeben; nicht was Jessica betrifft. Und Sie sollten Daugherty vergessen und dafür sorgen, dass Jessie und Alberta in Sicherheit kommen.«

»Das werde ich.« In Martins Stimme schwang tödlicher Ernst mit. »Aber vorläufig müssen wir so tun, als würden wir uns mit allem abfinden. Oder was meinst du, wie weit du mit Jessica kommst, wenn die Hafengeschütze auf die *Tuesday* feuern? Und jetzt komm mit. Ich will dir jemanden vorstellen. Und dann werden wir besprechen, was zu tun ist.«

Es war, wie Martin vorausgesagt hatte. Bei Sir Percival wurde Jack von einer ganzen Gruppe erwartet, darunter Harding sowie sechs Soldaten. Und in deren Mitte stand Smithy. Er sah geknickt und zugleich bösartig aus. Wie ein Bär, der in Gefangenschaft geraten war und nur auf eine gute Gelegenheit wartete, seinen Wärtern den Kopf abzubeißen.

Jack blieb in der Tür stehen, und unwillkürlich fuhren seine Hände zu den Griffen seiner Pistolen. Da stieß ihn von hinten etwas an. Er drehte sich um und sah sich zwei weiteren Soldaten gegenüber, die mit Musketen im Anschlag vor ihm standen.

Er wandte sich wieder Sir Percival zu. »Was hat das zu bedeuten?«

»Das hier.« Vanessas Vetter hielt ein amtlich aussehendes Dokument in die Höhe.

Jack ging zu ihm hin und nahm es ihm aus der Hand. Er überflog es, dann sah er mit zusammengezogenen Augenbrauen auf Sir Percival. »Sie glauben das doch nicht etwa?« In dem Schreiben stand, dass Jack O'Connor schon mehrmals der Piraterie überführt worden war, sich aber dem Zugriff durch das Gesetz durch Flucht entzogen hatte. Ferner wurde er der Spionage gegen Seine Majestät den König von England und dessen Untertanen beschuldigt.

»Ich habe keinen Grund daran zu zweifeln«, sagte Sir Percival betrübt. »Die Anklagen gegen Sie sind erdrückend, Captain O'Connor. Und ich sage Ihnen ehrlich, wenn Sie nicht meiner Cousine Vanessa so nahestünden, müsste ich Sie jetzt wegen Piraterie verhaften lassen. Wegen Piraterie *und* Spionage. Angeblich haben Sie bei Ihrem Aufenthalt versucht, Geheimdokumente der East India Company in die Hände zu bekommen und sogar geplant, einen Aufstand der Einheimischen anzuzetteln.«

Jack lachte spöttisch. »Ist das schon alles? Oder wollen Sie meine Taschen durchsuchen, ob ich nicht auch noch die Kronjuwelen gestohlen habe?« Er schüttelte den Kopf. »Kommt Ihnen das nicht selbst völlig absurd vor?«

Sir Percival sah ihn bedrückt an. »Meine eigene, persönliche Meinung zählt hier nicht, sondern der Befehl des Generalgouverneurs.«

Und dem hatte bei der Unterzeichnung offenbar ein Mitglied der Familie Daugherty die Hand geführt. Jack fuhr sich über das Gesicht. Langsam kam ihm das bekannt vor. Und womit hatten diese Probleme angefangen? Mit El Capitano und seinem Kumpanen Harding. Er warf einen wutentbrannten Blick auf den hageren Mann, der mit höhnischer Genugtuung zuhörte. Ihn jetzt ebenfalls anzuklagen, brachte nichts. Und Martin hatte ihn ja vorgewarnt, bevor er hierhergeritten war. Er hatte gewusst, was ihn hier erwartete, und konnte jetzt nichts anderes tun als mitzuspielen, damit sie Jessica sicher aus Kalkutta herausbekamen.

Jack wandte sich schließlich Charles zu. »Und was sagen Sie dazu?«

»Sie haben das Duell verloren, O'Connor. Es war ausgemacht, dass Sie dann gehen.« Charles sah ernst aus, und in seinen Augen konnte Jack zu seiner Überraschung keinen Triumph erkennen. Im Gegenteil, er wirkte sogar ein wenig bedrückt.

»Und was sagen Sie zu Piraterie? Ganz allgemein gesprochen?«, fragte Jack nach. Ausgerechnet der Sohn von El Capitano wollte ihn der Piraterie anklagen. Es war lachhaft.

Charles wirkte verwirrt. »Wie darf ich das verstehen?«

»Sie müssen doch eine Meinung dazu haben. Und wenn nicht, fragen Sie Ihren Vater.« Er hätte ihm am liebsten entgegengeschleudert, was er über Daugherty und dessen Machenschaften wusste, aber Martin hatte ihm dringend davon abgeraten. El Capitano würde nicht tatenlos zusehen, wie sein Geheimnis preisgegeben wurde. Selbst wenn die anderen Jack jetzt glaubten, so wäre Daughertys Rache für sie alle vernichtend.

Jack wandte sich von Charles ab und wieder Sir Percival zu. »Und wenn ich mich weigere?«

Harding schlenderte näher. »Lassen Sie mich mit ihm sprechen, Sir Percival. Wir sind gute alte Bekannte. Auf mich wird er hören.« Auf seinen Wink hin traten die beiden Soldaten zurück, und Harding packte Jack an der Jacke und stieß ihn an die Wand, gegen die Jack schmerzhaft prallte. Er hob die Fäuste, um Harding zu schlagen, ließ sie dann jedoch wieder sinken. Martin hatte ihm sehr eindringlich geraten, bei allem nachzugeben, um Jessica nicht zu gefährden. Als hätte es dieser Warnung überhaupt bedurft. Er hätte sich auf der Stelle hängen lassen, wäre damit Jessies Sicherheit gewährleistet gewesen.

»An deiner Stelle«, sagte Harding leise zu Jack, »würde ich nicht versuchen zu leugnen. Du hast verloren. Das Beste, was du tun kannst, ist, dich davonzumachen. Dann kommen gewisse andere Leute heil davon.« Die Drohung war unverkennbar. Der Generalgouverneur mochte vielleicht den Befehl, was Jack betraf, unterzeichnet haben, aber Daughertys halb gelähmte Krallen waren noch immer tödlich. »Wenn die Kleine nicht spurt, sich nicht Charles zuwendet, ist sie für uns uninteressant. Und was das bedeutet, ist dir meines Wissens vor kurzem klargemacht worden.«

Als Harding ihn langsam losließ und zurücktrat, blieb Jack ruhig stehen.

»Die Kanonen der Hafenfestung«, sagte der Major, »sind bereits auf Ihr Schiff gerichtet. Wir haben bemerkt, dass Sie Ihre Leute an Bord geholt haben. Das war klug. Sie haben genau eine Stunde Zeit, dann müssen Sie die Stadt und den Hafen verlassen haben. Andernfalls werden Sie vor Gericht gestellt.«

»Wie schon gesagt«, meldete sich Sir Percival wieder zu Wort, »wir werden Sie dieses Mal nicht anklagen, sondern nur des Landes verweisen. Allerdings dürfen Sie sich nicht mehr in einem englischen Hafen blicken lassen. Und jetzt«, er gab den beiden Soldaten einen Wink, die neben Jack traten und ihn ebenso in die Mitte nahmen wie zwei andere Smithy, »leben Sie wohl, Captain O'Connor. Es tut mir leid, dass es so gekommen ist.«

Jack blieb stehen, als die Läufe der Musketen ihn weitertreiben wollten. »Ich möchte mich von Miss Jessica verabschieden.« Er musste mit ihr sprechen. Jessie würde es niemals verstehen, wenn er wieder so sang- und klanglos verschwand. Sie würde Schwierigkeiten machen.

»Sie ist nicht daheim, sondern mit meiner Gattin ausgegangen.«

Jack lachte bitter auf. »Verdammt gut eingefädelt.«

In diesem Moment näherten sich Schritte. Smithy und Jack tauschten einen Blick, als Alberta den Raum betrat. Martin hatte ihm gesagt, dass noch keine Zeit gewesen war, sie zu warnen. Hoffentlich begriff sie die Situation.

Alberta blieb stehen, sah mit hochgezogenen Augenbrauen

von einem zum anderen, dann schob sie kurzerhand die beiden, Jack flankierenden Soldaten zur Seite und trat neben Jack. »Was ist hier los?«

Sir Percival räusperte sich. »Es tut mir leid, Mrs. Finnegan, aber Ihr Freund O'Connor hat sich kapitaler Verbrechen schuldig gemacht.«

»Ah ja?« Albertas Augen wurden schmal, dann fing Jack einen Blick von ihr auf, der ihn eigentlich in Grund und Boden hätte versenken müssen.

»Ich bedaure die Entwicklung zutiefst«, beeilte sich Sir Percival zu sagen, »aber Mr. O'Connor muss entweder Kalkutta sofort verlassen, oder er wird vor Gericht gestellt und wegen Piraterie und Spionage gehängt.«

»Piraterie und Spionage. So, so.« Alberta stemmte die Hände in die Hüften. »Warum wundert mich das eigentlich nicht? Ich dachte immer schon, dass er ein Tunichtgut und Herumtreiber ist. Was mich aber«, fuhr sie, mit erhobenem Zeigefinger vor Jacks Nase herumfuchtelnd, fort, »wirklich ärgert, ist, dass Jessica traurig und enttäuscht sein wird.« Sie starrte Jack grimmig an. »Bin sehr dafür, dass Sie endlich verschwinden. Und kommen Sie Jessie bloß nicht mehr nahe.«

Jack biss die Zähne zusammen, dass sie knirschten. Er hoffte nur, dass Alberta mitspielte und das nicht ernst meinte.

»Ist ja bloß ein wahres Glück, dass das Mädchen gerade mit Lady Elisabeth in der Stadt ist. Nicht auszudenken, wenn sie hier wäre und das miterleben müsste! Würde ihr glatt das Herz brechen«, sagte Alberta an Sir Percival gewandt. »War immer wie ein Bruder zu ihr, dieser Bursche. Ist ein schwerer Schlag.« Sie richtete sich ihr Schultertuch. »Ich gehe jedenfalls mit zum Hafen und hole meine Sachen, die er noch an Bord hat.«

»Das erscheint mir nicht angebracht, Mrs. Finnegan«, widersprach Sir Percival.

»Nicht angebracht?«, schnappte Alberta. »Ich will nicht, dass dieser Pirat mit meinem Eigentum verschwindet. Die *Tuesday* hatte schon eine Kiste von meinem Hab und Gut an Bord, als er beschloss, sich aus dem Staub zu machen. Ich möchte nicht, dass etwas verlorengeht.« Sie stemmte die Hände in die Hüften, als die beiden Soldaten Anstalten machten, sie aufzuhalten. »Sie werden ja hoffentlich nicht vor einer harmlosen Frau Angst haben! Was? Also los, worauf warten wir noch?«

Alberta schaffte es problemlos, Jack und Smithy allein an Bord zu begleiten. Sie standen mit ihr in seiner Kajüte, als er versuchte, Alberta zumindest einen Teil zu erklären. »Sie zwingen mich, Kalkutta zu verlassen«, beendete er seinen Bericht, »andernfalls stellen sie mich vor Gericht. Ich habe im Moment keine Wahl. Aber ich kann Jessica unter diesen Umständen nicht sofort auf das Schiff nehmen. Bitte kümmern Sie sich um sie.«

»Hab ich doch schon die ganze Zeit getan, oder?«, brummte Alberta.

»Sagen Sie Jessica aber nichts.«

»Blöd werde ich sein«, erwiderte Alberta gereizt. »Jessica wäre imstande, sofort zu Harding oder Charles oder noch schlimmer Charles' Vater zu gehen und ihn zur Rede zu stellen. Ein wahres Glück, dass kurz vor Ihnen Martin gekommen ist und sie zu einem Stadtbummel mit Lady Elisabeth überredet hat.«

Jacks Blick musste weich geworden sein, denn Alberta hob die Hand. »Schluss jetzt, werden Sie mir bloß nicht sentimental. Ich weiß nicht, was ihr vorhabt, aber ich hoffe, ihr tut es mit Verstand.« Ihr Blick glitt fast drohend zu Smithy hinüber. »Und passt auf euren Hals auf. Wäre durchaus möglich, dass es hier noch Leute gibt, denen was an eurer Gesundheit liegt.«

Smithys Strahlen stellte selbst die brennende indische Sonne in den Schatten. Alberta warf ihm einen letzten Blick, sogar ein halbes Lächeln zu und drehte sich um.

»Warten Sie noch«, hielt Jack sie auf, als sie energisch aus der Kajüte stapfen wollte. »Sie wollten ja etwas aus Ihrer Kiste mitnehmen.« Er nahm das Päckchen aus der Reisetruhe, das Vanessa ihm vor seiner Abreise nach Indien für Jessica gegeben hatte. Er hatte keine Ahnung, was darin war, aber zweifellos würde es Jessica Freude machen und sie vielleicht sogar ein bisschen trösten. Er hatte leider nichts, was er ihr schenken konnte. Der Ring, mit dem er sich mit ihr hatte verloben wollen, war immer noch in seiner Jackentasche. Den wollte er ihr, sobald alles vorbei war, selbst an den Finger stecken. Und wenn er sie dann in seinen Armen hielt, würde er alles mehr als gutmachen.

»Das ist ein Geschenk von Vanessa.« Jack hielt Alberta das Päckchen hin. »Bitte geben Sie es Jessica. Ich hatte es in den vergangenen Tagen völlig vergessen.«

Alberta grinste anzüglich. »Kein Wunder, wenn man so mit Tempelbesuchen und Duellen beschäftigt ist.«

Jack sah ihr nach, als sie in Begleitung von Smithy den Niedergang hinaufkletterte. Als sie von Bord war, ließ er die Anker einholen und Segel setzen. Durch die *Tuesday* ging ein Ruck. Sie setzte sich in Bewegung und gewann an Fahrt.

Jack machte sich bereit. Es dämmerte zum Glück schon. Das erleichterte es, ihren Plan durchzuführen.

Während Alberta und Jack an Bord der *Tuesday* gingen, bekam James Daugherty einen Besuch ganz anderer Art.

Sein stummer Leibwächter hatte keine Chance. Der Mann, der wie ein Schatten durch das Fenster glitt und ihm die scharfe Klinge quer über den Hals zog, verstand sein Geschäft. Dann stieß er den zusammensinkenden Körper in die Ecke, wo der Tiger unruhig an der Kette hin- und herlief. Das Tier stürzte sich sofort auf den Toten.

»Ich dachte mir, dass du die Angewohnheit, dich mit stummen Wächtern zu umgeben, nicht abgelegt hast, Jacques«, sagte Martin.

Daugherty öffnete träge die Augen, als sein Besucher neben sein Bett trat. »Ich habe dich schon erwartet. Schon die ganze Zeit über, seit ich gehört habe, dass du hier bist.«

Martin wischte sein Messer mit einem Tuch ab, das er zu dem Tiger warf, bevor er neben den Sterbenden trat. »Weshalb das Ganze? Warum dieses lächerliche Versteckspiel? Hättest du es nicht einfacher haben können, mich zu töten?«

Daugherty lachte dieses heisere Lachen, das seine Züge zu dieser erschreckenden Maske verzerrte. »Ich wollte tatsächlich ein wenig mit dir spielen, seit ich dahintergekommen bin, dass du noch lebst. Es war purer Zufall, dass du mit diesem Robert McRawley auf See warst, als ich mich mit Charles in Boston aufgehalten habe. Ich konnte nicht länger auf dich warten, um endgültig mit dir abzurechnen, also habe ich mich entschlossen, dich hierherzulocken. Und in der Zwischenzeit habe ich mir Zeit genommen, mir dein Leben und die Menschen um dich herum anzusehen. Und dabei bin ich auf O'Connors Sohn gestoßen. Ganz zufällig. Es war erfreulich, als es mir gelungen ist, diesen Burschen in meine Hand zu bekommen.«

Martins hartes Gesicht wurde zu Stein.

Daugherty nickte leicht. »Hat Harding doch tatsächlich mit den Plänen reingelegt. Dabei dachte Harding, er hätte ihm eine Falle gestellt, die Pläne für diese neue Waffe in seine Hand bekommen und zugleich einen Sündenbock gefunden. Es hätte mir Spaß gemacht zu hören, dass dein Schützling und Dean O'Connors Sohn deshalb an einem amerikanischen Galgen baumelt. Aber das ist schiefgegangen. Später hätte mir Harding beinahe den Spaß verdorben, als er deinen Jack von einem miesen kleinen Schurken schanghaien ließ. Aber er hat es überlebt. Das und noch mehr. Jeder andere wäre schon längst draufgegangen.« Wieder dieses heisere Lachen, das in einem Hustenanfall endete, bei dem Daugherty blutigen Schaum spuckte. »Aber«, fuhr er fort, als er wieder Luft zum Sprechen hatte, »vielleicht hatte er auch nur das Glück des Dummen. Und das wendet sich bekanntlich schnell.«

»Sein Vater hatte damals weniger Glück«, sagte Martin kalt. »Ich habe gesehen, was du mit ihm gemacht hast.«

»Er hatte mich verraten! Wie du! Niemand verrät einen Jacques le Fortune, ohne dafür zu büßen!« Ein abermaliger Hustenanfall erschütterte Daugherty. »Und jetzt bist du tatsächlich hier. Hat O'Connor dir alles brühwarm erzählt, nachdem Harding ihn damals losließ? Ist er gleich zu dir gerannt?«

»Hast du nicht schon längst genug?«, fragte Martin, ohne auf diese Frage einzugehen. »Weshalb dieser Hass über Jahrzehnte hinweg?«

»Hat dich dein eigener Hass nicht hierher gelotst? Auf die andere Seite des Erdballs?«

»Du hast mich fast an den Galgen gebracht und meine Familie ermorden lassen.«

»Und du hast mir geschadet. Du wolltest mich vernichten. Hast meine Geschäfte ruiniert.« Daughertys Augen glühten vor hasserfüllter Leidenschaft. »Damals konnte ich dich genauso wenig davonkommen lassen wie die anderen, um allen zu zeigen, was sie erwartet, wenn sie sich gegen mich stellen. Und jetzt – ja, jetzt werde ich an euch noch ein letztes Exempel statuieren.«

Martin schüttelte angewidert den Kopf. »Du musst verrückt sein. Du warst damals schon nicht ganz richtig im Kopf, und jetzt bist du geistesgestört.« Er drehte sich weg. »Dein krankes Spiel ist zu Ende. Du hast verloren.«

»Habe ich nicht!« Mit mehr Kraft, als Martin erwartet hatte, krallten sich sehnige Finger in seinen Arm. »Ich habe gewonnen. Du bist hier. Und ich werde mir und allen anderen beweisen, was mit Verrätern geschieht.«

»Ich war kein Verräter. Ich hatte nur dein brutales Morden satt. Deshalb habe ich die *Victoire* verlassen. Ich wollte nur meiner eigenen Wege gehen.«

»Und mich haben sie geschnappt! Wenn ich nicht die Wärter dort bestochen hätte, mich laufenzulassen, würden meine Knochen schon lange verfaulen! Ich habe Jahre gebraucht, bis ich mir das hier schaffen konnte! ... Wohin gehst du?« Er versuchte, den Kopf zu heben, als Martin sich aus seinem Griff befreite und zum Fenster ging. »Wage es nicht, zu verschwinden!«

Martin sah sich flüchtig um. »Du liegst im Sterben. Du krepierst langsam. Das ist mir mehr Rache, als wenn ich dich töten würde. So langsam hätte ich es nicht getan. Jeden Tag, den es dauert, werde ich genießen, daran zu denken, wie du dich vor Schmerzen windest.« Er schob das hölzerne Fenstergitter zur Seite. »Du kannst uns nicht mehr schaden. Niemandem.«

»Bist du dir so sicher?«

Martin warf einen Blick zurück zu dem eingefallenen Gesicht, übersah nicht das Zucken, das von Zeit zu Zeit durch den gequälten Körper ging. El Capitano lag tatsächlich im Sterben und litt ungeheure Qualen. Martin verspürte die tödliche Genugtuung eines Mannes, der endlich seinem verhassten Feind gegenüberstand und ihn leiden sah.

»Du hast Angst zu sterben. Noch länger zu sterben. Die Schmerzen müssen unerträglich sein. Provozierst du mich deshalb? Du solltest deine letzten Atemzüge nicht damit verschwenden, sondern diesen auf Verbrechen aufgebauten Reichtum genießen, solange du noch kannst.«

»Jack O'Connor«, hechelte Daugherty. »Ich werde ihm schaden. Er ist schon des Landes verwiesen. Soeben lichtet sein Schiff den Anker. Ich kann nichts tun, weil Percival, der alte Narr, keinen Ärger mit seiner Familie haben will, und weil hier Handelsinteressen eine Rolle spielen. Aber ich werde ihn jagen lassen! Er wird in die Falle laufen, und dann werde ich dafür sorgen, dass er stirbt.« Die krächzende, atemlose Stimme gewann an Intensität. »Dir liegt doch so viel an ihm. Und jetzt wirst du ihn ebenso verlieren wie deinen Sohn! Sobald du den Raum verlässt, gebe ich den Befehl, ihn zu töten.«

Martin drehte sich um. Zuerst sah er Daugherty nachdenklich an, dann bückte er sich und nahm ein Kissen vom Boden auf. Er ging langsam auf Daugherty zu. Dicht neben dem Bett blieb er stehen und sah auf den ehemaligen Piraten hinab.

»Du hast das Spiel doch gewonnen, Jacques. Ich gratuliere. Ich werde dir den Gefallen tun. Genieße den Sieg«, sagte er ruhig. Sekundenlang trafen sich ihre Blicke. In dem von Daugherty lag unversöhnlicher Hass, aber auch Triumph und Erleichterung. Dann presste Martin das Kissen auf das Gesicht des sterbenden Mannes.

Kapitel 15

Als Jessica mit Lady Elisabeth heimkam, spürte sie sofort, dass etwas vorgefallen war. Vor dem Haus traf sie auf Charles, der sie seltsam scheu ansah, dann eine linkische Verbeugung machte, auf sein Pferd stieg und ohne ein Wort davonritt. Und drinnen lief ihr Sir Percival über den Weg, lächelte sie nervös an, und verschwand sofort wieder.

Klar wurde erst, was passiert war, als Alberta in ihr Zimmer trat und ihr Vanessas Päckchen überreichte.

»Das hat Jack mir für dich mitgegeben. Es ist ein Geschenk von Mrs. Vanessa. Er hatte es noch an Bord.«

Jessica nahm es erfreut entgegen und machte sich daran, es auszupacken. »Weshalb gibt er es mir nicht selbst?«

»Weil die *Tuesday* in diesem Moment die Anker lichtet.«

Jessica ließ beinahe das Päckchen fallen, als sie herumwirbelte. »Er segelt fort? Er hat nichts gesagt!«

Alberta zog ein finsteres Gesicht. »Bleibt ihm nichts anderes übrig, dem Jungen. Der Generalgouverneur hat einen Haftbefehl erlassen für den Fall, dass er nicht sofort Kalkutta verlässt. Wegen Piraterie.« Alberta hatte nicht die geringsten Hemmungen, Generalgouverneur Wellesley die gesamte Schuld in die Schuhe zu schieben. Er trug auch einen ziemlichen Teil davon, schließlich hatte er den Wisch unterschrieben. Die treibende Kraft war bei dem Ganzen zwar die Familie Daugherty gewesen, aber das durfte Jessica noch nicht wissen. Das Mädchen war, wenn es um Jack ging, zu allem imstande.

Jessica riss die Augen auf. »Ist dieser Mensch verrückt geworden?!«

Alberta zuckte mit den Schultern. »Geht wohl um die englischen Schiffe, die unser Junge angegriffen hat. Hat zwar nur Leute von Bord geholt, aber das hat schon gereicht. Mach dir keine Sorgen, Kindchen, das wird schon wieder.« Sie griff nach dem Päckchen, um Jessica abzulenken. »Lass mal sehen.« Sie entfernte das schützende Leder, und als sie auch das Seidenpapier auswickelte, kamen feine, bestickte Taschentücher zum Vorschein. Sowohl spitzenbesetzte, hauchdünne Tüchlein als auch etwas kräftigere für einen Mann. Alberta öffnete eines davon und studierte die Stickerei. J & J war in zarten Stichen und mit verschiedenen Farben darauf gestickt. Sie musste nicht lange grübeln, was diese Initialen bedeuteten. Zwischen den Tüchlein lag ein Brief. Alberta öffnete ihn und erkannte Vanessas Handschrift.

»*Meine Liebe*«, las sie laut vor, immer noch bestrebt, die sehr blasse Jessica abzulenken. So grimmig hatte sie deren junges, meist liebenswürdiges Gesicht noch nie gesehen. Die vollen Lippen waren zu einem Strich zusammengepresst, und ihre Augen waren schmal und auf einen Punkt an der Wand fixiert.

»*Meine Liebe, ich habe schon vor Jahren begonnen, mein Hochzeitsgeschenk für euch zu sticken. (Du weißt, wie ungern ich sticke und wie lange ich dafür brauche!) Aber hier daheim liegen noch Handtücher für euch bereit. Und sogar Bettzeug mit euren Initialen. Komm bald zurück und bringe uns auch Jack heim. Ihr fehlt uns jetzt schon. Deine Freundin Vanessa.*«

Jetzt endlich wandte Jessica den Kopf und sah fast eine Minute lang auf den Brief. Dann kam mit einem Mal Leben in sie. Sie riss Alberta das Päckchen mit den Taschentüchern aus der Hand und war schon zur Tür hinaus.

»Jessica!« Alberta war erschüttert. Das hatte sie nicht vorhergesehen, sonst hätte sie Wachen vor die Tür stellen lassen. Als Jessica in der Halle war und in den Hof stürmte, war Alberta mit fliegenden Röcken auch schon vor Martins Zimmer. Sie machte sich nicht die Mühe anzuklopfen, sondern platzte einfach hinein. Martin war gerade dabei, seine Hände zu waschen. Er hatte sich umgezogen, und ein blutiges Hemd lag auf dem Boden. Als plötzlich Alberta vor ihm stand, zog er die Augenbrauen zusammen.

»Jessica«, keuchte Alberta, »sie ist fort. Sicher zum Hafen.«

Jessica rannte die ganze Strecke. Jack hatte eine gute halbe Stunde Vorsprung, aber wenn sie sich beeilte, konnte sie die *Tuesday* noch erreichen, bevor sie den Hugli River hinuntersegelte. Es dauerte eine Weile, bis man ein Schiff aus dem vollbelegten Hafen hinausmanövrierte.

Jessica erreichte mit wild klopfendem Herzen, schweißgebadet, mit schmerzenden Lungen und unerträglichem Seitenstechen den Hafen. Sie stieß einige Männer zur Seite, die ihr den Blick auf die anliegenden Schiffe verdeckten. Einige Handelsschiffe, eine unbekannte Fregatte und eine Barke schaukelten nahe am Ufer im Hafen. Und dann fiel ihr Blick auf ein Schiff, das langsam und elegant aus dem Hafen und in den Fluss manövrierte. Es war die *Tuesday*.

»Jack!!« Natürlich konnte er sie nicht hören. Nicht aus dieser Entfernung und nicht bei alldem Lärm.

Sie rannte ein Stück das Ufer entlang, winkend und schreiend. Ein Mann stand hinten an der Reling, sah herüber, winkte zurück. Sie waren schon zu weit fort, um ihn noch erkennen zu können, aber der Kleidung nach musste es Jack sein. Warum zum Kuckuck wartete er nicht auf sie? Warum wurden noch weitere Segel gesetzt? Sie legte die Hände trichterförmig zusammen und holte tief Luft. »Jaaack!! Warte auf mich!«

Der Mann wandte sich von ihr ab. Verflixter Dickkopf! Sie zerknüllte die zarten Taschentücher in der Hand. Sie konnte sich schon denken, weshalb er ohne sie abfuhr. Um sie aus Schwierigkeiten rauszuhalten. Dabei täte er besser daran, sie mitzunehmen, andernfalls konnte sich der Generalgouverneur auf etwas gefasst machen.

Weitere Segel entfalteten sich. Jacks Männer liefen wie Ameisen die Wanten auf und ab. Die *Tuesday* war schon aus dem Hafen. Es war offensichtlich, dass er keine Absicht hatte, auf sie zu warten. Er wollte sie verlassen. Aber dieses Mal nicht! Was immer seine Gründe sein mochten.

Jessica sah sich verzweifelt um, knapp davor, hysterisch zu werden. Sie brüllte noch einmal seinen Namen. Keine Reaktion, obwohl er sich wieder umwandte und noch weitere Männer neben ihn traten und zu ihr herüberzeigten.

Dann musste sie ihn eben zwingen, auf sie zu warten.

Sie stopfte die Taschentücher rücksichtslos in ihr Mieder und sprang.

»Du bist ein Schwächling, Jack O'Connor, wenn du nicht weißt, wie du die nächsten Tage ohne Jessie aushalten sollst.« Jack hockte niedergeschlagen in seiner Kajüte und griff zur Rumflasche. Drei Tage, hatte Martin gemeint, bis er Jessica und Alberta in Sicherheit bringen konnte. Er hatte sie nicht einmal mehr sehen, sie in den Arm nehmen und ihr alles erklären können.

»Das erinnert mich an damals«, sagte Smithy, der gebückt in den niedrigen Raum stapfte und sich schwer neben Jack auf einen der Stühle fallen ließ. »Als Captain McRawley Mrs. Vanessa auf Jamaika absetzte und keiner von uns wusste, ob wir sie je wiedersehen.«

»Dieses Mal herrscht aber kein Krieg. Und Miss Jessica wird nicht ausgesetzt, sondern ich verkrieche mich, um sie dann heimlich wegzubringen.« Jack schenkte sich ein und trank das Glas in einem Zug leer.

Jack war es gelungen, die *Tuesday* unbemerkt zu verlassen, als sie an diesem Schiff vorbeigesegelt waren. Jenkins hatte Jacks Rolle als Captain eingenommen, und Jack und Smithy hatten sich in der Dämmerung mit einem Seil an der Seite des Schiffes hinabgelassen und waren auf diese Barke geklettert. Sie gehörte einem alten Freund von Martin. Martin hätte es vorgezogen, dass Jack auf der *Tuesday* blieb. Er hatte dann Jessica heimlich aus Sir Percivals Haus und auf dieses Schiff bringen wollen, um danach Jack und der *Tuesday* zu folgen, aber Jack hatte darauf bestanden, in Jessicas Nähe zu bleiben. Und so hatten sie verabredet, dass er hier warten sollte, bis die Aufmerksamkeit der anderen abgelenkt war und alle annahmen, dass er nachgegeben hatte und verschwunden war. In einigen Tagen wollten sie der *Tuesday* nachsegeln, die in Madras auf sie wartete.

Smithy griff nach der Flasche und setzte sie an die Lippen. Während er sich über den Mund wischte, betrachtete er den Jungen, der unter seinen wachsamen Augen und denen seiner Kameraden zu einem Mann geworden war, an dem sie mit Respekt und Zuneigung hingen. »Wir hätten sie gleich am ersten Tag an Bord schleifen sollen. Dann hätten wir jetzt kein Problem.«

Jack lachte kurz auf. »Ja, gleich nach der Ankunft. Dabei war ich damals schon drauf und dran. Weiß der Teufel, warum ich so rücksichtsvoll war.«

Plötzlich hörte er von draußen Rufe. Jemand schrie wie am Spieß. Eine sehr grelle Frauenstimme, die in den Ohren schmerzte. Jack sah mäßig interessiert durch das kleine Achterfenster und erkannte am Ufer eine Gestalt, die sich durch die Leute drängte, dazwischen immer wieder stehen blieb, um zu kreischen, wie ein Veitstänzer zu hüpfen und zu winken. Dann war sie verschwunden. Die Leute sahen alle lachend zu der kleinen Kaimauer. Die Schreie wurden immer höher, gellender.

Jack nahm noch einen Schluck, blickte desinteressiert zum Ufer und sah gerade noch eine in ein helles Kleid gehüllte schlanke Gestalt, die auf den Rand eines Anlegesteges zulief und dann sprang.

Am Ufer entstand ein Tumult. Jack schüttelte den Kopf, lehnte sich zurück und verschränkte die Hände im Nacken. Wäre er nicht so schlecht gelaunt gewesen, hätte ihn die Verrückte da draußen zum Grinsen gebracht, aber so ließ er seine Blicke gleichgültig über die strampelnde, halb untergetauchte Gestalt und die Männer auf den anderen Schiffen schweifen, die amüsiert an der Reling hingen, über die lachenden und deutenden Leute am Ufer. Da war sie wieder. Er schüttelte sich wie ein nasser Hund und schob angewidert sein Glas von sich. Es musste an diesem Fusel liegen, dass er in jeder Frau Jessica sah.

»Jack.« Smithy, der die Szene ebenfalls beobachtet hatte, wandte sich nach ihm um. »Jack!« Smithy packte ihn an der Schulter, als er nicht gleich reagierte, sondern gähnte. »Das solltest du dir mal ansehen.« Er deutete ins Wasser. Soeben schwamm jemand vorbei. Ein Boot näherte sich der Schwimmerin. Sie zappelte und versuchte zu entkommen.

»Interessiert mich nicht.«

Smithy war zwar zwanzig Jahre älter, aber nicht minder kräftig. Er packte Jack am Kragen und am Gürtel, zerrte ihn vom Stuhl, stieß ihn zum Fenster hin und presste sein Gesicht an die Scheibe.

»Interessiert dich doch!«, sagte er grimmig.

Jack sah genauer hin. Da war wieder die arme Irre. Einige dunkle Haarsträhnen hingen ihr ins nasse Gesicht. Weit aufgerissene Augen. Ein noch weiter geöffneter Mund, der seinen Namen gurgelte.

Jack stürzte aus der Kajüte.

Das ekelerregende Wasser des Hafens schlug über Jessica zusammen, sie kam wieder an die Oberfläche, prustete, rang nach Luft, fühlte, wie ihr Kleid schwer wurde, sie hinabzog. Sie strampelte gegen den Sog an, riss, mit den Füßen tretend, das Oberteil auf, zerrte am Rock, schob alles hinunter, ging ebenfalls unter, schluckte abermals Wasser, hustete und keuchte, bis das Kleid über ihre Füße gerutscht war und unterging. Dann war sie freier. Die Taschentücher steckten zum Glück sicher in ihrem Mieder. Sie hob die Hand und winkte dem ausfahrenden Schiff zu.

»Jaaaaaaack!« Der verdammte Kerl musste jetzt umdrehen! Sie ging wieder unter, nahm alle ihre Kräfte zusammen und schwamm los. Immer, wenn sie aus dem welligen, brackigen Wasser auftauchte, sah sie das Schiff vor sich. Es wurde kleiner und kleiner, nahm schnell Fahrt auf. Ein großes Ruderboot mit sechs Mann kam in ihre Nähe und verdeckte ihr die Sicht. Sie versuchte, darum herumzuschwimmen, und stieß sich vom Boot ab, als Hände nach ihr griffen. Sie ging wieder unter.

»Verschwindet!«, spuckte sie, als sie wieder auftauchte.

Ein anderes, kleineres Boot kam mit kräftigen Ruderschlägen näher, zwei Männer ruderten, als gelte es ihr Leben, ein dritter saß im Bug und beugte sich weit vor, um sie zu fassen zu bekommen.

Jessica gurgelte eine Beschimpfung, schlug nach der Hand, nach dem Mann, traf ihn irgendwo ins Gesicht, ein unterdrückter Schmerzenslaut, ein weniger mannhaft unterdrückter Fluch. Sie strampelte weiter. Jacks Schiff wurde immer kleiner. Es war lächerlich, ihm nachzuschwimmen, aber eher würde sie untergehen, als ohne ihn hierzubleiben. Und wenn er sie nicht mehr genug liebte, sondern zusah, wie sie hier absoff, dann sollte er sein Leben lang an dieser Schuld tragen!

Eine feste Hand griff nach ihr und hielt sie am Stoff ihres Mieders fest. »Jessica, was zum Teufel tust du hier? Weshalb springst du ins Wasser?«

Jessica fuhr herum, vergaß zu schwimmen, und nur der stahlharte Griff an ihrem Mieder hinderte sie daran, wieder unterzugehen. »Jack?«

»Ja, natürlich«, knurrte er. Eine Blutspur lief von seiner Nase über seine Lippen. Er wischte sich ungeduldig die blutende Nase am Ärmel ab. »Komm erst einmal ins Boot, und dann sag mir, weshalb du wie eine Verrückte ins Wasser springst und dann auch noch auf mich einprügelst.«

Smithy, der das Ruder losgelassen hatte, um dabei zu helfen, die tropfnasse Jessica ins Boot zu hieven, grinste breit. »Denke, Miss Jessie hat was dagegen, wenn wir ohne sie absegeln. Aber macht schnell, wir haben schon zu viel Aufsehen verursacht.«

»Jack«, keuchte sie. »Jack, ich …« Das Wasser schwappte abermals über ihrem Kopf zusammen. Dann waren wieder Hände da. Zwei davon gehörten einem lachenden Smithy, die anderen einem atemlosen Jack, der zusammenhangloses Zeug auf sie einredete, eine Mischung aus Vorwürfen und zärtlichen Beschimpfungen. Sie wurde ins Boot gezogen, wobei ihr Unterrock zerriss, und endlich lag sie in der trockenen und sicheren Umarmung ihres Liebsten.

»Jack, es tut mir so leid.« Sie tastete nach seinem Gesicht. Er stank nach Rum.

»Was glaubst du, wie leid es mir erst tut«, brummte er undeutlich, zog ein Taschentuch hervor und hielt es sich an die Nase. »Das ist jetzt schon das zweite Mal, dass ich von dir eins auf die Nase kriege. Aber sei gewarnt: Das nächste Mal schlage ich zurück.« Sein Blick wurde starr, als Jessica sich an ihrem nassen Mieder, das ihre Formen deutlich nachzeichnete, zu schaffen machte. Hektisch zog er seine Jacke aus. Wenn er diese himmlischen Brüste sehen konnte, dann auch jeder andere, der hergaffte. Und das waren, wie er sich undeutlich bewusst war, eine ganze Menge – von allen Schiffen, Booten, vom Ufer her. Höchste Zeit, Jessie auf die Barke zu bringen.

Er war gerade dabei, ihr die Jacke um die Schultern zu legen, als sie ein tropfendes Paket vor sein Gesicht hielt.

»Das ist das Päckchen, das du mir von Alberta hast übergeben lassen.«

»Und?« Er sah stirnrunzelnd darauf, während er seine Jacke so eng wie möglich vor ihrem Körper zusammenzog. Die Berührung ihrer nassen, kalten Brüste traf ihn wie ein Blitz.

Sie zerrte einige nasse Fetzchen hervor. »Hier! Siehst du?«

»Ja, natürlich. Taschentücher. Und?«

»Kannst du nicht lesen?!«

Jack nahm ihr das Tüchlein aus der Hand, entzifferte J&J. »Ja?«

»So was Begriffsstutziges! Das ist ein Geschenk von Vanessa! So sieh doch auf die Initialen! Alles mit J&J …« Jessica kam nicht dazu, den Satz zu vollenden, denn Jack sah zur Seite, fluchte, und seine Arme schlossen sich schützend um sie. Im nächsten Moment gab es einen Aufprall, der Holz zersplittern ließ, und das kleine Boot kippte um.

»Los, holt die Leute da raus!« Eine herrische Stimme klang durch das Chaos aus Wasser, krachenden Holzbalken, Flüchen. Jack hatte Jessica nicht losgelassen, hob sie jetzt so gut wie möglich über Wasser und hielt sich selbst mit der freien Hand an einem Ruder fest, das ihm gereicht wurde.

Smithy kam prustend und hustend ebenfalls hoch, und der zweite Ruderer griff gurgelnd nach einer Leine, die ihm vom Schiff aus hingeworfen worden war.

Kurz darauf standen Jack und Jessica in der großen Kapitänskajüte einer Fregatte. Das Wasser tropfte an ihnen herab und bildete unter ihren Füßen immer größer werdende Pfützen. Jessica hatte immer noch seine nasse Jacke um die Schultern. Der Captain befand sich nicht an Bord, dafür war aber der Hafenadmiral gekommen.

»Wir hatten den Auftrag, sicherzustellen, dass Sie und die *Tuesday* wirklich Kalkutta verlassen. Die *Tuesday* haben wir fortsegeln gesehen, aber es ist überraschend, dass Sie sich noch hier befinden. Wie können Sie uns das erklären?«

»Ein Missverständnis«, erwiderte Jack. Smithy war nicht von diesen Leuten aufgegriffen worden. Jack hatte sich zwar davon überzeugt, dass man ihn fauchend und hustend in ein Boot gezerrt hatte, aber offenbar gehörte es zu einem anderen Schiff. Hoffentlich zur Barke.

»Soviel ich weiß, hätten Sie Kalkutta binnen Stundenfrist verlassen sollen. Da Sie aber offenbar nur Ihr Schiff haben auslaufen lassen, bleibt mir nichts anderes übrig, als Sie meinen Befehlen gemäß festzunehmen und nach Fort William ins Gefängnis zu überstellen.«

Ein Mann trat herein. »Verzeihung, Sir, ich habe hier eine Nachricht für Sie.«

Er reichte dem Hafenadmiral ein Schreiben. Der brach das Siegel auf, entfaltete den Bogen und las. Schließlich sah er hoch. »Sie werden vorläufig als Gefangener an Bord dieses Schiffes bleiben. Das gilt auch für Sie, Miss Finnegan, allerdings gelten Sie als Gast. Vermutlich werden Sie außer Landes gebracht, O'Connor.

»Ich wäre Ihnen sehr verbunden, wenn Sie Miss Finnegan eine Decke bringen könnten. Sie kann nicht mit diesen nassen Kleidern hier stehen.« Jack wusste nicht, ob er erleichtert sein sollte, weil Jessica und er zusammenblieben, oder sich darüber sorgen, wie er Jessica hier beschützen konnte. Er hoffte nur, dass Martin davon erfuhr und sie verfolgte. Er hatte fast unbegrenztes Vertrauen in die Fähigkeiten seines alten Mentors, ihm und Jessica aus der Patsche zu helfen. Dass seine Zuversicht nicht ganz berechtigt war, erkannte er allerdings, als sich die Kajütentür öffnete und ein Mann eintrat.

»Herzlich willkommen an Bord, Captain O'Connor. Ich bedaure zutiefst, Sie nicht angemessen begrüßt zu haben.«

Jack wandte sich langsam um, und Jessica griff unwillkürlich nach seiner Hand, als sie die Stimme erkannten.

»Ich bin sicher, wir werden uns großartig verstehen«, sagte Captain Harding mit einem bösen Grinsen.

Jessica war sofort von Jack getrennt worden. Hardings Erster Maat hatte sie in eine kleine Kajüte begleitet, und Jack war von zwei kräftigen Seeleuten unter Deck gebracht worden. Jessica hatte zuerst protestiert und rebelliert, bis Harding ihr klargemacht hatte, dass sie Jacks Lage damit nicht unbedingt vereinfachte, worauf sie brav wie ein Lämmchen mitgegangen war. Und nun hockte sie, in ihrem zerrissenen Unterrock und dem nassen Mieder, auf der Koje und lauschte den Geräuschen auf dem Schiff.

Harding hatte den Befehl gegeben, den Anker einzuholen und Segel zu setzen. Das wohlbekannte Trampeln von zahllosen Füßen oben an Deck, das Knarren der Masten, der Rahen und der Taue war zu hören gewesen, und nun spürte sie nicht nur an der Bewegung des Schiffes, dass sie Fahrt aufnahmen, sondern vernahm auch das Rauschen des immer schneller an der Bordwand dahinziehenden Wassers. Vertraute Stimmen für ein Mädchen, das halb an Land, halb zu Wasser groß geworden war.

Sie starrte vor sich hin, überlegte Fluchtmöglichkeiten, wälzte Ideen, wie sie andere Schiffe kontaktieren und um Hilfe bitten konnte. Aber die *Tuesday* war schon längst aus dem Hafen und vermutlich den halben Hugli hinunter, und außer ihr hatte sich nur ein einziges anderes amerikanisches Schiff im

Hafen befunden – ein Händler, der sich gewiss nicht mit dem Hafenadmiral oder Harding anlegen würde. Sie hoffte nur, dass Smithy entkommen war und Martin und Alberta verständigte, auch wenn ihr nicht klar war, welche Hilfe sie sich von ihnen erhoffte.

Sir Percival würde sie bestenfalls von Bord holen lassen, und dann wusste sie nicht mehr, was mit Jack geschah. So hatte sie wenigstens das Gefühl, noch etwas für ihn tun zu können oder ihm nahe zu sein. Sie hatte keine Ahnung, wohin Harding ihn hatte bringen lassen, aber seinen wenigen Worten nach zu urteilen, plante er, Jack seiner Mannschaft einzuverleiben. Das gab ihr dann zumindest die Möglichkeit, ihn zu sehen und ihn zu sprechen.

Warum Harding oder jemand anderer Wert darauf legte, dass sie ebenfalls an Bord war, wurde ihr klar, als eine Stunde später an ihre Tür geklopft wurde und Charles darin stand.

Jessica blieb sitzen und sah ihm feindselig entgegen, als er nach kurzem Zögern eintrat. Hinter ihm warteten zwei Männer mit einer Seekiste, die sie in Jessicas Kabine trugen und vor ihr abstellten, bevor sie wieder hinaustrampelten. Charles schloss hinter ihnen die Tür und blieb unter Jessicas kaltem Blick verunsichert daneben stehen.

»Sie sollten sich umziehen«, sagte er endlich.

Jessica hatte im Moment andere Prioritäten als nasse Unterröcke. »Weshalb haben Sie uns entführen lassen?« Ihre Stimme klang kühl.

Er wirkte gekränkt. »Ich habe Sie nicht entführen lassen, Jessica. Sie sind aus Sir Percivals Haus geflohen und ins Wasser gesprungen. Und hätte ich nicht bei Sir Percival interveniert, so wäre Ihr Freund O'Connor spätestens jetzt festgenommen und ins Gefängnis gesteckt worden. So jedoch hat Captain Harding sich bereit erklärt, ihn in seine Mannschaft aufzunehmen. Das erspart ihm den Galgen.«

Jessica ballte die Fäuste. Ein Zittern ging durch ihren Körper. Sie war sich in diesem Moment nicht sicher, wen sie mehr hasste: Harding, Charles oder Sir Percival. Alle drei steckten unter einer Decke, dessen war sie sich sicher, andernfalls hätte es nicht geschehen können, dass Jack der Piraterie und der Spionage angeklagt wurde. Sie erhob sich. »Ich will Captain O'Connor sehen. Auf der Stelle.«

Charles sah sie gequält an. »Jessica, meine Liebe, das geht nicht. Er ist jetzt als Matrose auf dem Schiff und auch gerade zur Wache eingeteilt. Captain Harding hat ihn in seine Mannschaft gesteckt.«

»Soll das heißen, Harding degradiert einen Mann, der ein weitaus besserer Kommandant und Seemann ist, als er jemals die Chance hat einer zu sein, zu einem einfachen Seemann?«

»Captain Harding«, erwiderte Charles mit einer gewissen Schärfe, »hat damit einem Verbrecher, der sonst vor Gericht und am Galgen gelandet wäre, das Leben gerettet.«

Jessica machte den Mund zu einer flammenden Widerrede auf. Und schloss ihn wieder. Durch einen Streit mit Charles half sie Jack kein bisschen. Sie beugte sich über die Truhe und öffnete sie, damit Charles das wütende Funkeln ihrer Augen nicht entdeckte.

Charles beeilte sich, ihr behilflich zu sein. »Ich habe ... ich meine, Lady Elisabeth hat einige Ihrer Kleider zusammenpacken lassen. Sie sollten sich jetzt wirklich umziehen, die nassen Kleider sind ungesund und«, er errötete etwas, als er das sagte, »nicht angemessen.«

»Meine Kleidung ist nicht das Einzige, das mir nicht angemessen erscheint«, gab sie abweisend zurück. Wie weit war Charles wohl tatsächlich in die Intrige gegen Jack involviert? Denn um nichts anderes als ein abgekartetes Spiel konnte es sich hier handeln. Sie warf ihm einen schnellen Blick zu. Er wirkte so harmlos, liebenswürdig, fast ein wenig unschuldig. Und traurig. Sie wandte sich von ihm ab und griff in die Truhe.

»Bitte ziehen Sie sich jetzt in Ruhe um, Miss Jessica. Ich werde mir erlauben, Sie in einer halben Stunde zum Essen abzuholen. Und ich habe dafür gesorgt, dass zwei Dienerinnen für Sie an Bord sind, ich werde Sie ihnen schicken.«

»Ich komme allein zurecht, danke.«

Charles blieb zuerst unschlüssig stehen, dann ging er zur Tür. Dort wandte er sich noch einmal um. »Mein Vater ist gestorben. Der Arzt meint, dass die Lähmung weitergewandert ist und seine Lunge erreicht hat – er ist erstickt.«

Nun wurde Jessica doch weich. Mitleid stieg in ihr auf, und sie sah Charles betroffen an. »Das tut mir sehr leid, Charles.«

Er nickte. »Man fragt sich, ob es nicht besser ist … ich meine, er hat sehr gelitten.« Ein schwaches Lächeln glitt über sein blasses Gesicht. »Ich freue mich, dass Sie an Bord sind, Jessica. Es ist mir ein großer Trost, Sie um mich zu haben – war es schon die ganzen letzten Wochen. Ich habe mich entschlossen, Captain Harding nach Sumatra zu begleiten. Mein Vater hatte dort Geschäfte, die keinen Aufschub dulden. Ich hätte Sie auf jeden Fall gebeten, mitzukommen. Allerdings als meine Frau. Nun ist aber alles etwas überstürzt. Doch ich finde, wir geben ein gutes Paar ab.« Seine Stimme klang drängend. »Finden Sie nicht auch?«

Jessicas Gesicht verschloss sich. »Davon war niemals die Rede.«

Seine Miene wurde noch trauriger. »Ich weiß, Sie haben mir niemals Aussichten gemacht, aber allein schon die Tatsache, dass Sie nach Kalkutta gekommen sind, hat mich hoffen lassen. Vielleicht sehen Sie das in einiger Zeit doch anders. Wir hatten noch nicht viel Gelegenheit, uns wirklich kennenzulernen. Aber Sie waren immer so liebenswürdig zu mir.«

»Das meinen Sie doch nicht wirklich?«, fragte Jessica ungläubig. Es stimmte, sie war freundlich zu ihm gewesen. Zum einen hatte sie ein schlechtes Gewissen gehabt, weil sie ihn als Vorwand benutzt hatte, um Jack nachzureisen, und zum anderen war Charles auch ein liebenswerter, ruhiger, ein wenig schüchterner Mann, den man einfach gernhaben musste. Zumindest bis jetzt.

»Charles, Sie glauben doch nicht wirklich, ich würde Sie nach dem, was geschehen ist, heiraten? Sie haben einen Mann, den ich seit vielen Jahren kenne und schätze, gefangen genommen und ihn der Willkür dieses Menschen ausgeliefert, der eigentlich Ihren Befehlen gehorchen sollte und die ganze Zeit über tut und lässt, was er will.«

Charles hob schnell die Hand. »Ich weiß, dass Sie ein gewisses Tendre für Captain O'Connor haben, aber bitte lassen Sie uns vorläufig nicht darüber sprechen. Meine Bemerkung war überstürzt, das sehe ich ein. Verzeihen Sie.« Er drehte sich schnell um und hastete hinaus.

Jessica setzte sich wieder auf die Koje, in der Hand ihr helles Seidenkleid mit der zarten Musterung, das sie aus der Truhe genommen hatte. Sumatra? Was zum Kuckuck fiel ihm nur ein, sie mitzunehmen? Und wie sollte sie nur Jack helfen?

Jessica befand sich nun schon seit fünf Tagen auf dem Schiff. Charles suchte sie mehrmals täglich auf, wurde für seine zuvorkommenden Bemühungen jedoch meist nur mit kühler Höflichkeit belohnt und zog sich dann niedergeschlagen wieder zurück. Jessica glaubte ihm sogar, dass er ihr Zuneigung entgegenbrachte. Sie glaubte seinen Beteuerungen, sie heiraten zu wollen, aber sie hatte seine Liebe selbst dann nicht erwidern können, wenn Jack nicht nur durch knapp zwanzig Meter und einige Planken von ihr getrennt gewesen wäre. Das einzige Zugeständnis, das sie Charles gegenüber machte, war gemeinsam mit ihm – ohne Harding! – zu speisen und dann in seiner Begleitung einige Runden an der frischen Luft zu drehen. Dabei hoffte sie, Jack zu sehen. Selbst wenn sie kein Wort mit ihm wechseln konnte, wäre sie zumindest in der Lage, sich davon zu überzeugen, dass es ihm gutging.

Als sie sich an diesem Vormittag wieder bereit machte, an Deck zu gehen, trat Charles ein. »Ich bitte Sie, vorläufig von einem Ausflug an Deck Abstand zu nehmen, Jessica.«

Sie warf ihm zuerst einen erstaunten, dann einen misstrauischen Blick zu. »Was ist denn oben los?«

»Heute ist der Tag, an dem Bestrafungen durchgeführt werden, und ich möchte Ihnen den Anblick ersparen.«

Sie wurde stutzig. Etwas in seinem Blick und Ton sagte ihr, dass er nicht nur verhindern wollte, dass sie zusah, wie einige Männer die Peitsche zu spüren bekamen, sondern dass noch mehr dahintersteckte.

»Jack«, entfuhr es ihr.

Charles wand sich regelrecht unter ihrem Blick, und genau das bestätigte ihre Befürchtungen.

»Sagen Sie nicht«, setzte sie mit steigendem Entsetzen fort,

»dass dieses Monster von einem Captain Jack etwas antun will!«

»Ich bitte Sie, Miss Jessica …«

»Lassen Sie mich durch! Sofort!« Sie wollte ihn zur Seite schieben, er versuchte sie aufzuhalten, aber dann gelang es ihr, an ihm vorbeizuhuschen, durch den Gang, die Leiter hinauf, und da war sie auch schon an Deck. Zuerst blinzelte sie in die Sonne, aber dann erfasste sie sofort die Situation. Die ganze Mannschaft war angetreten und hatte einen Kreis um die Gräting geformt, an die ein Mann gefesselt war. Jessica hörte das Sausen der Katze, den Aufschlag, als die Riemen auf einen Körper trafen. Das Geräusch ging ihr durch und durch, und sie zuckte zusammen, als wäre sie selbst getroffen worden. Sie drängte die Männer beiseite und sah dunkles Haar, einen von Striemen bedeckten Rücken. Sie wollte auf Jack zustürzen, aber jemand fasste sie entschlossen und eisern um die Taille. Charles.

Und dann passierte, wann immer es um Jack ging, das Unvermeidliche: Jessica sah rot.

Jack biss die Zähne zusammen, als ihn ein Schlag nach dem anderen traf. Schon allein das Geräusch der durch die Luft pfeifenden Riemen, die den folgenden Schmerz ankündigten, war unerträglich. Aber die Freude, ihn auch nur laut ächzen zu hören, würde er ihnen nicht machen, auch wenn er damit noch härtere Schläge provozierte. Er kannte von den Schiffen, auf denen er selbst noch vor dem Mast mitgesegelt war, genügend Matrosen und Offiziere, mit denen beim Anblick der Striemen die Blutlust durchging und die erst zufrieden waren, wenn die neunschwänzige Katze aus dem Rücken des Bestraften eine blutige Masse gemacht und er genügend geschrien hatte.

Vierzig Schläge. Er hatte schon Schiffe befahren, deren Kapitäne weitaus mehr verteilten. Er würde es überstehen. Nicht gerade unbeschadet, mit verfluchten Schmerzen, aber er würde es überleben. Und keinen Ton von sich geben. Schon Jessicas wegen, die zum Glück unter Deck war.

Weitaus schlimmer wäre es für ihn gewesen, wenn sie Zeuge seiner Bestrafung geworden wäre. Jessica war oft so völlig unberechenbar. Sie würde, wenn sie sich einmischte, nicht nur seine Lage verschlimmern, sondern auch sich selbst in Gefahr bringen. Er hatte trotz einiger vorsichtiger Gespräche während der Arbeit – sonst wurde er schmeichelhafterweise von den anderen abgesondert –, nicht herausbringen können, wie die Befehlslage hier auf dem Schiff war. Harding war unzweifelhaft der Captain und somit ein kleiner, absoluter Herrscher auf dieser schwimmenden Welt, aber Charles war angeblich der Eigner dieses Schiffes, und damit war Harding ihm unterstellt. Charles würde bestimmt nicht zulassen, dass man Jessica auch nur ein Haar krümmte. Vorläufig jedenfalls nicht. Es kam nur darauf an, wie sie ihn behandelte, ob sie freundlich war oder ob er sich zu sehr zurückgewiesen fühlte.

Wieder das Pfeifen der Riemen, der heiße, schneidende Schlag, der seinen ganzen Körper zu treffen schien, und dann erklang laut und deutlich in der darauffolgenden Stille, in der Jack seinen Atem ausstieß, eine nur zu bekannte Stimme.

»Ein weiterer Schlag, und ich bringe Sie um, Harding! Ich schwöre, ich bringe Sie um! Charles! Tun Sie etwas dagegen! Stehen Sie nicht wie ein Idiot herum! Lassen Sie mich los!!«

Jessica war so laut und vernehmlich über das Deck zu hören, dass der Mann mit der Katze innehielt und unsicher vom Captain zu Jessica und Daugherty hinübersah, der Mühe hatte, das aufgebrachte Mädchen zu halten.

»Verflucht.« Jack schloss sekundenlang die Augen.

»Ich habe hier keine Befehlsgewalt, das Schiff untersteht Captain Harding. Und dieser bestimmt die Strafen für aufsässige Matrosen.« Charles sprach leise, aber eindringlich genug, um in der absoluten Stille an Deck gehört zu werden. Die Männer verhielten sich mucksmäuschenstill. Keiner wollte auch nur ein Wort von dem, was hier vor sich ging, versäumen. So etwas hatte es noch nie gegeben. Eine Passagierin, über die man sich ohnehin schon so seine Gedanken machte, die wie eine Furie an Deck gestürzt kam und den Captain wegen eines Matrosen beschimpfte, der aufgrund seiner Verbrechen zum Dienst gezwungen worden war! Einige sahen mit neu erwachtem Respekt auf Jack, andere grinsten, und die meisten hielten sensationslüstern den Atem an.

Jack fluchte leise. Er konnte förmlich die Gedanken der anderen lesen, die sich fragten, ob das Weib jetzt ebenfalls neben ihn an die Gräting geschnallt oder über Bord geworfen wurde.

»Jack war bestimmt nicht aufsässig. Es ist reine Willkür. Und das Schiff gehört Ihnen«, zischte Jessica wütend.

Woher hatte dieses Mädchen nur diese hohe Meinung von ihm. Er hatte sich tatsächlich mit dem Bootsmann angelegt, andernfalls wäre er nicht an der Gräting gelandet. Wie Jack vermutete, hatte er die bisherige relativ gute Behandlung Daugherty zu verdanken, der zweifellos ahnte, dass Jessica es ihm übelnehmen würde, wenn ihrem Jack was passierte. Außerdem war Harding – was Jack auch verblüfft hatte – kein Leuteschinder. Es herrschte eiserne Disziplin an Bord, aber keine Willkür.

»Jessica. Was Sie hier tun, ist unvernünftig.«

»Sie sind ein Schwächling, Charles! Kein Mann, sondern ein Junge, der sich von einem Untergebenen herumkommandieren lässt! Wenn die Leute ihn schlagen, müssen Sie mich auch prügeln!«

Jack fluchte. Jessie war noch verrückter, als er bisher geahnt hatte.

»Mr. Johnson«, wandte Harding sich mit lauter Stimme an seinen Ersten Maat, »lassen Sie diese Frau unter Deck bringen. Und zwar sofort.« Seine Stimme hatte diesen Klang, den Jack schon gehört und gefürchtet hatte.

»Das werden Sie nicht wagen!«, rief Jessica. »Wenn Sie mich anfassen, Sie elender Drecks ...«

Er musste schleunigst etwas tun. »Jessica, hör auf damit!« Es lag genügend Befehlsgewalt in Jacks Stimme, um Jessica verstummen zu lassen. Er drehte so weit wie möglich seinen Kopf. Charles hatte beide Arme um ihre Taille gelegt und versuchte, sie wegzuzerren. Unter anderen Umständen hätte Jack bei dem Anblick gelacht, aber jetzt hinderten ihn nicht nur die Schmerzen daran, sondern vor allem die Angst um Jessica. Er musste sie zur Vernunft bringen. »Jessica, du gehst jetzt sofort unter Deck und hältst den Mund.«

»Das werde ich nicht tun! Sie dort, mit der Peitsche! Werfen Sie sie sofort weg, sonst können Sie was erleben! Für jeden Schlag verspreche ich Ihnen zwei auf *Ihren* Rücken!«

»Mr. Johnson«, Hardings Stimme klang heiser vor Zorn. »Tun Sie Ihre Pflicht. Nehmen Sie so viele Männer wie Sie brauchen, wenn Sie allein nicht in der Lage sind, mit diesem Weib fertig zu werden.«

Leises Lachen, einige Bemerkungen aus der Menge der Matrosen. Flüche.

Harding fuhr herum. »Wer war das?«

Schweigen.

»Jessica, bitte.« Charles klang gequält. »Tun Sie, was er sagt.«

Jacks Verzweiflung wandelte sich in glühenden Zorn. »Jessica Finnegan! Runter vom Deck!«

»Aber Jack …«

»Verflucht noch mal! Ich will dich in drei Sekunden nicht mehr hier sehen! Und Ihnen, Daugherty, sage ich nur eines, wenn einer dieser Kerle auf die Idee kommt, Jessica auch nur ein Haar zu krümmen, werden Sie Ihres Lebens nicht mehr froh!«

Jessica hatte sich tatsächlich von Charles in die Kajüte zurückbringen lassen. Ausschlaggebend waren aber weder Harding, noch Jacks Befehl gewesen, sondern Charles' geflüsterte Warnung, dass Harding ihrem Jack noch mehr antun würde, wenn sie nicht gehorchte.

Und nun saß sie in der Kajütenecke auf dem Boden, hatte die Arme um die angezogenen Knie gelegt und das Gesicht darin verborgen. Sie zuckte zusammen, als die Tür geöffnet wurde. Ein lockiger Kopf erschien, dessen Besitzer vorsichtig um die Ecke lugte. Als er sah, dass Jessica in der gegenüberliegenden Ecke des Raumes hockte, trat er herein.

Jessica sah ihn nur kalt an, als er sich neben sie kniete.

»Erinnern Sie sich nicht an mich, Miss Jessie?«

Jessica hob ungläubig die Augenbrauen und unterzog den Mann vor ihr einer genauen Betrachtung. »Sanders?«

Er nickte heftig. Ein Grinsen erschien auf seinem Gesicht, und der Mund gab einige Zahnlücken frei. »Derselbe, Miss Jessie. Ist schon lange her. Da waren Sie noch etwa so hoch«, er deutete eine Höhe von etwa einem Meter mit der Hand an, »bestimmt nicht mehr. Ein nettes, lustiges Ding.« Er nickte heftig, als er Jessicas vorsichtiges Lächeln sah. »Ich war auf dem Schiff, das von den Engländern aufgebracht wurde. Haben uns dann in ihre Mannschaft gesteckt.« Er sah sich vorsichtig zur Tür um, und sein Gesicht wurde finster. »Hab meine Mary nie wiedergesehen. Captain Jack ist den Engländern damals nachgefahren, hat sie gestellt. Hat die meisten Leute wieder rausgeholt, bevor sie ihn selbst erwischt haben. Aber eben nicht alle.« Sanders nickte ernst. »Es heißt, Harding hat ihn erwischt. Das war im Hafen von Jamaika. Jenkins, unseren Erster Maat, und andere konnte er rausholen, aber ihn haben sie gefasst.«

»Harding hat ihn damals erwischt?« Jack hatte ihr das also verschwiegen. Deshalb sein Hass auf Harding.

»Ja, und keiner weiß was Genaues. Soll ihm aber sehr zugesetzt haben. Und dann hat er aber Harding auf irgendeine Art noch ein paar von uns abverhandelt, ich hab's dann von anderen gehört.«

»Und jetzt ist er wieder selbst in der Gewalt dieses Verbrechers«, sagte Jessica bitter. Die Rechnung zwischen Jack und Harding war tatsächlich höher, als sie gedacht hatte.

»Stimmt. Aber keine Angst nicht, Miss Jessie. Ich bin nicht der Einzige an Bord, der gepresst wurde. Es gibt noch andere. Und wir passen auf, dass Ihnen nichts geschieht.«

Jessica fasste nach seinem Ärmel. »Was ist aber mit Jack? Wo befindet er sich jetzt?«

»Liegt in Ketten in einem Verschlag unten. Wo sie alle widerborstigen Männer hinstecken.« Sanders grinste. »War eine großartige Vorstellung, Miss Jessie. Ehrlich. Hat die Männer sehr beeindruckt.«

»Ich muss zu Jack! Bitte, Sanders.«

Sanders bewegte zweifelnd den Kopf hin und her. »Weiß nicht, ob das eine so gute Idee ist, Miss Jessie. Aber«, fügte er beschwichtigend hinzu, als er ihren flehenden Blick und die glitzernden Tränen sah. »Mal sehen, was sich machen lässt.« Er horchte zur Tür. »Ich muss jetzt gehen. Aber ich rede mit den anderen.«

Jack wurde durch ein Geräusch aus seinem Dämmerzustand herausgerissen. Sofort waren die Schmerzen wieder voll und beißend da. Er drehte den Kopf und sah zur Falltür. Hoffentlich kamen sie nicht, um ihn für einen Nachschlag zu holen.

Statt einiger Seeleute sah er jedoch Röcke und eine schlanke Gestalt mit einer Laterne und einem Krug in der Hand, die vorsichtig die Leiter hinabkletterte.

»Jessie …«

Sie musste gebückt gehen, um zu ihm zu kommen. »Jack, mein lieber Jack.« Ihre Stimme klang so, als würde sie jeden Moment weinen.

Jack versuchte, sich aus seiner gekrümmten Haltung aufzurichten. »Das ist zu gefährlich. Wenn sie dich hier finden …«

»Bleib liegen! Rühr dich nicht!«

»Jessie, du musst gehen.«

Sie kniete neben ihm nieder. »Du glaubst doch nicht, dass ich kommen würde, wenn ich dich dadurch nochmals in Gefahr brächte. Das ist doch ohnehin alles meine Schuld. Wäre ich nicht ins Wasser gesprungen, und hättest du mich nicht rausziehen müssen, hätten sie dich niemals erwischt. Und«, sie schniefte leise auf, »statt dir zu helfen, habe ich nur das Gegenteil bewirkt. Es tut mir so leid, Jack.«

»Immerhin«, erwiderte er versöhnlich, »hat der Kerl mit der Peitsche nach deiner Drohung nur noch halbherzig zugeschlagen.« Er musste lachen, obwohl die Erschütterung ihm ein Keuchen abrang. »Du hast ihn wirklich eingeschüchtert. Und ich werde es bald überstehen. Deshalb geh jetzt bitte.«

»Nein, ich muss dir noch etwas sagen.« Sie sprach hastig. »Es sind Männer von uns an Bord. Diejenigen, die damals gepresst wurden und die du nicht finden konntest. Einer von ihnen ist Sanders. Die anderen kenne ich nicht. Er hat mich hereingelassen.«

Sie ließ ihn, während sie sprach, zuerst kräftig aus dem Wasserkrug trinken, dann zog sie aus ihrer Kleidertasche eine Rumflasche und hielt sie Jack an die Lippen. Jack trank, hustete und trank weiter. Die Flüssigkeit breitete sich brennend in seinem Magen aus, und er schnappte nach Luft und würgte.

»Wenn du dich übergeben musst, dann sag es lieber«, kam es ängstlich. »Da kann ich nicht zusehen. Da wird mir auch gleich schlecht.«

»Schon gut«, ächzte Jack, »ich behalte den Rum bei mir.«

Sie untersuchte im Schein der Laterne seine Fesseln. Er hatte Eisenringe um die Handgelenke, die mit einer schweren Kette mit jenen verbunden waren, die man ihm um die Knöchel gelegt hatte. Die Verbindungskette war zu kurz, so dass er sich nicht ausstrecken konnte.

»Dieser verdammte Hundesohn …«

»Jessie, wenn ich dich fluchen höre, geht es mir gleich besser. Aber jetzt geh, ich will nicht, dass dir etwas geschieht.«

»Sei still, Jack, lass mich deinen Rücken ansehen.« Die Decke war so niedrig, dass sie auf allen vieren über ihn hinwegkriechen musste. Einer der Männer hatte ihm wieder das

Hemd übergezogen, aber im Schein der Laterne sah sie, dass es blutdurchtränkt war. Sie biss sich auf die Lippen, drängte die Tränen des Mitleids und des Zorns beiseite und zog vorsichtig das Hemd fort. Jack atmete scharf ein, und Jessica schloss für Sekunden die Augen, als sie die blutigen Striemen sah, die seinen ganzen Rücken bis zu den Hüften bedeckten.

»Jessie, der Captain …«

»Sanders sitzt vor der Tür und passt auf. Harding wird mir nichts tun, Charles hat mit ihm gesprochen – nun, eher gestritten. Das hätte ich ihm gar nicht zugetraut.« Sie legte zart die Hand auf Jacks Arm. »Wirst du es aushalten, wenn ich die Wunden wasche? Sanders hat mir abgekochtes Wasser gegeben und etwas zum Eincremen.«

»Ist nicht das erste Mal, dass ich Hiebe bekommen habe. Ich habe mich als Schiffsjunge wohl oft ziemlich dämlich angestellt.« Die Ketten klirrten leise, als er sich hinlegte. Er biss die Zähne zusammen, als das weiche Tuch die Striemen berührte, aber das kühle Wasser tat gut.

Jessica knirschte hörbar mit den Zähnen. Jack hatte nie davon gesprochen, aber Vanessa hatte ihr erzählt, wie er damals in ihre Obhut gekommen war. Jessica verspürte jedes Mal, wenn sie daran dachte, heißen Zorn auf diesen Kapitän, der Jack so hart herangenommen hatte. Es war zwar schwierig für sie, sich Jack als mageren, schüchternen Jungen von dreizehn Jahren vorzustellen, aber in ihrer Phantasie hatte sie diesem Kapitän mehr als einmal mit einem Knüppel kräftig über den Schädel geschlagen. Und Harding würde es auch noch bereuen, ihren Liebsten bestraft zu haben.

»Um mich«, sagte sie leise, während sie die Wunden vorsichtig trockentupfte, um die Salbe auftragen zu können, »brauchst du dir keine Sorgen zu machen. Charles behandelt mich wie ein Gentleman.«

»Zum Teufel mit Charles«, knurrte Jack. Die Salbe brannte höllisch, aber dafür verhinderte sie, dass sich die Wunden entzündeten, und sobald das Brennen aufhörte, würde auch die Blutung etwas gestillt sein.

»Wir können ihn jetzt ganz gut brauchen«, erwiderte Jessica mit leichtem Vorwurf. »Sonst wären wir beide Harding völlig ausgeliefert.«

»Die Pest wünsche ich ihm an den Hals«, setzte Jack mit bemerkenswerter Vehemenz fort. »Die Krätze. Impotenz. Unfruchtbarkeit.«

»Das ist unchristlich«, mahnte ihn Jessica mit einem leichten Zittern in der Stimme. »In deiner Situation solltest du dir lieber einfallen lassen, wie wir hier wegkommen. Ich verlasse mich nämlich darauf, dass du mich rettest. Bisher hast du es nur geschafft, dich ständig in Schwierigkeiten zu bringen.«

Jack gab einen Laut von sich, der wie ein stöhnendes Lachen klang. Da hatte sie – seit Harding in sein Leben getreten war – nicht unrecht. »Jess, ich hätte dir das vermutlich gleich sagen sollen. Von Beginn an. Vielleicht wärst du dann nie hierhergekommen. Ich habe für Harding gearbeitet, um meine Leute wiederzubekommen. Aber ich habe ihn reingelegt, deshalb wohl der ganze Ärger. Doch hüte dich vor Daugherty, ich habe herausgefunden …« Er zögerte kurz, überlegte, ob er es Jessica tatsächlich sagen sollte, in einem ihrer unkontrollierten Wutanfälle war sie vielleicht imstande, eine Dummheit zu begehen und Charles zu verraten, was sie von seinem Vater wusste. Aber andererseits musste sie gewarnt werden. »… ich habe herausgefunden, dass Charles' Vater ein Pirat ist. Zumindest ein ehemaliger, der seine Hände aber immer noch in schmutzigen Geschäften hat. Charles mag dich vielleicht gut behandeln, aber er hängt sehr von …«

»Charles' Vater ist vor einigen Tagen gestorben«, sagte Jessica leise. »Der Arzt meint, das Gift in seinem Körper hätte die Lunge erreicht und sie gelähmt. Er ist erstickt.«

Jack dachte nach. »Und der Bursche, den er im Raum hatte?«

»Oh, das ist besonders tragisch. Den hat der Tiger völlig zerfetzt.« Sie musterte Jack. »Wie lange weißt du das schon – ich meine, von Charles' Vater?«

»Ich hab es erst kurz vor meiner Festnahme erfahren.«

»Gut, dann bist du in diesem Punkt also unschuldig. Aber sonst fällt dir alles ziemlich spät ein. Du hättest es mir wirklich schon ruhig früher beichten können. Anstatt mir Vanessas Päckchen zu schicken und mich in dem Glauben zu lassen, du würdest ohne mich abfahren!« Sie atmete tief durch. »Jack O'Connor, wenn ich daran denke, tut es mir nicht einmal leid, dass du die Hiebe bekommen hast. Wenn sie einer verdient hat, dann du.«

»Wenn wir hier rauskommen, mache ich dir eine Neunschwänzige, und du darfst mich prügeln«, erwiderte Jack, halb lachend, halb keuchend vor Schmerzen. »Aber heirate mich vorher, und lauf mir nicht mehr davon.«

Jessica antwortete nicht. Sie verstrich vorsichtig eine dicke Schicht der Salbe auf seinem Rücken, legte ein sauberes Tuch darauf und zog dann das Hemd wieder darüber. Sie hätte ihm lieber ein frisches übergezogen, aber das wäre zu sehr aufgefallen.

»Willst du mich wirklich heiraten?«, fragte sie nachdenklich.

»Ich habe, als du damals verschwunden bist, sogar geglaubt, ich hätte dich überrumpelt. Es hat Tage gegeben, da wäre ich gerne vor Scham gestorben, weil ich mich dir an den Hals geworfen habe. Manchmal dachte ich, du hättest mich vielleicht nur aus Höflichkeit bei dir behalten und geliebt.«

»Höflichkeit?« Jack war niemals weniger höflich gewesen als in den Momenten, als er sie in seinen Armen gehalten hatte. Wie von Sinnen wäre eine passendere Bezeichnung gewesen, und es hatte ihn viel Selbstbeherrschung gekostet, seine Leidenschaft in zärtliche und rücksichtsvolle Bahnen zu lenken.

Jessica kletterte wieder über ihn hinweg. Er wollte nach ihr greifen, doch sie wich ihm aus. »Bleib liegen, sonst platzen die Striemen wieder auf.« Mit dem ins Wasser getauchten Zipfel ihres Unterrocks wusch sie ihm den Schweiß vom Gesicht, betupfte seine Lippen. »Sanders wird es so einrichten, dass einer von seinen Freunden wieder nach dir sehen kann und dir frisches Wasser und etwas zu essen bringt.« Sie blickte sich suchend um. »Hast du hier gar nichts? Ich meine … was ist, wenn du mal …«

»Zum Teufel damit. Jess! Mich interessiert jetzt nicht der Nachttopf! Willst du mich heiraten?«

»Das ist das erste Mal, dass du mich fragst und mich nicht vor die Tatsache stellst, weißt du das?« Jessica stellte den Krug weg und nahm Jacks Kopf in beide Hände. Sie beugte sich herab, küsste seine Stirn, seine Wangen, seine Nase, sein Kinn und dann, als er sich schon beschweren wollte, seine Lippen. Dies war der Moment, in dem Jack vergaß, wo er war, dass er ausgepeitscht worden war, sie sich auf dem Schiff eines Feindes befanden, jeden Moment jemand hereinkommen und Jessica bei ihm finden konnte. Und dass dies wahrhaftig die schlechteste Gelegenheit für Liebeserklärungen war. Ihre weichen, zärtlichen Lippen wischten alles fort. Er griff nach ihren Händen, die Ketten klirrten, aber er hörte auch das nicht. Er hörte nicht die Schritte, die sich näherten, sah nicht den Mann, der sich neben sie bückte, spürte nur ihre Nähe, ihren Atem, hatte nichts anderes im Sinn, als diese verspielte Zunge einzufangen, Jessica an sich zu ziehen, ihren Körper zu fühlen …

»Nicht, dass ich euch stören will, aber …«

Jessica fuhr so erschrocken hoch, dass sie sich den Kopf an der Decke stieß.

»Der Captain kann jeden Moment aus seiner Kajüte kommen«, sagte Sanders kopfschüttelnd.

Kapitel 16

Jessica hatte ihre Strategie gewechselt. Die Anregung dazu war von ihrer eigenen Vernunft und von Sanders gekommen, der ihr eindringlich klargemacht hatte, dass sie sich »diesen Charles warmhalten müsse«.

Charles wiederum hütete sich, am nächsten Tag bei Tisch das Gespräch auf heikle Themen wie Jack oder Heirat zu bringen, sondern erzählte von seinem Leben in Indien, seiner Mutter, von der Bewunderung, die er für seinen verstorbenen Vater hegte.

»Welcher Art waren eigentlich die Geschäfte Ihres Vaters?«, fragte Jessica. Jack hatte ihr, bevor Sanders sie aus dem Verschlag bugsiert hatte, zwar noch einmal eingeschärft, Charles gegenüber nur ja kein Wort fallenzulassen, aber sie war doch neugierig.

»Sie waren, fürchte ich, nicht immer ganz sauber. Ich wusste nichts davon. Das heißt, ich ahnte, dass er vielleicht – oder ziemlich sicher – zweifelhafte Geschäfte machte und Harding ihn dabei unterstützte.« Er zuckte mit den Schultern. »Aber was ist schon legal? Ist es legal, Kapitäne mit Kaperbriefen auszustatten und sie damit zu berechtigen, Handelsschiffe anzugreifen, aufzubringen und dabei unzählige Leute zu töten? Wohl kaum. Aber jeder und jedes Land tut es. Wie weit davon entfernt ist nun wirkliche Piraterie?«

»Nun«, fing Jessica flammend an, sofort bereit, wieder gegen die Anschuldigung gegen Jack zu protestieren, »nun …«, fuhr sie dann doch gemäßigter fort, »der Kaperbrief macht es legal. Freibeuter müssen gewisse Regeln und Gesetze einhalten.« Im Grunde musste sie Charles recht geben. Freibeuterei war zwar legal, aber nicht sehr moralisch, auch wenn viele davon lebten.

»Hat Ihr Freund das getan?«

»Davon bin ich völlig überzeugt.«

Charles verzog den Mund. »Er hat englische Schiffe angegriffen.«

»Um unsere Leute wiederzuholen! Nachdem sie …« Jessica unterbrach sich. Oben an Deck war plötzlich Lärm entstanden. Zuerst hatte man die Rufe des Mannes im Ausguck gehört, dann die Befehle des Captains und der Offiziere, und nun ließ das Trampeln an Deck darauf schließen, dass das Schiff gefechtsklar gemacht wurde.

Mitten in diesen Tumult hörten sie Kanonenschüsse. Charles sprang auf und wollte an Deck.

»Nein, Miss Jessica«, hielt er sie ab, als sie ihm folgen wollte, »für Sie ist es hier unten sicherer. Vorläufig jedenfalls, bis ich festgestellt habe, was da oben los ist.«

Jessica blieb mit scheinbarer Sanftmut zurück, aber kaum hatte Charles den Niedergang erreicht, huschte sie ihm nach. Sie tastete sich vorsichtig die Leiter hinauf und lugte hinaus. Die Männer machten das Schiff tatsächlich gefechtsklar. Es gelang ihr, ungesehen an Deck zu kommen – die Männer beachteten sie gar nicht, und Charles und Harding standen mit dem Rücken zu ihr – und jene Leiter zu erreichen, die tiefer hinab und bis zu Jacks Verschlag führte. Dort fand sie schon Sanders, der sich am Riegel zu schaffen machte.

»Das sind unsere Leute«, flüsterte er ihr zu. »Hab das Schiff erkannt. Ist die *Tuesday*.«

Jessicas Atem ging schneller. »Sind Sie sicher?«

»Werde doch die *Tuesday* kennen«, brummte Sanders. »Hat uns oft genug im Konvoi begleitet.« Er schob den Riegel zurück, und Jessica stürzte hinein, auf Jack zu. Er hatte sich schon ein wenig erholt. Sanders hatte sie nicht mehr zu ihm gelassen, aber er und zwei seiner Freunde hatten sich um ihren Liebsten gekümmert, seine Wunden wieder mit Salbe behandelt und dafür gesorgt, dass er ausreichend zu essen und zu trinken hatte.

In diesem Moment polterten Schritte die Leiter hinunter. Sanders gelang es gerade noch, aus dem Verschlag zu entkommen und sich zu verbergen, aber Jessica wurde von den drei Matrosen, die Harding geschickt hatte, entdeckt.

Sie schleppten sie an Deck hinauf und kehrten dann um, um Jack zu holen.

Charles war nirgends zu sehen, aber Jessica bemerkte Harding, der auf dem Achterdeck stand und zu einem steuerbord liegenden Schiff blickte, das alle Kanonen herausgefahren hatte. Eben wurde wieder ein Schuss abgegeben, und eine Rauchwolke stieg von dem anderen Schiff auf. Die Kugel flog etwa zwanzig Meter vor dem Schiff ins Wasser, und eine Fontäne spritzte auf. Das war eine Warnung, nicht mehr.

Jessica erkannte, dass Sanders sich nicht getäuscht hatte. Bei dem Angreifer handelte es sich tatsächlich um die *Tuesday*. Sie hätte vor Erleichterung und Freude jubeln mögen.

»Sie geben uns Flaggenzeichen, Sir«, meldete der Erste Maat. »Wir sollen anhalten und uns ergeben.« Er deutete nach hinten. »Das Schiff backbord gibt dieselben Zeichen, Sir. Wir sind genau in der Schusslinie.«

Jetzt erst wandte sich Jessica um. Es waren tatsächlich zwei Schiffe. Die *Tuesday* und noch eine offenbar gut bewaffnete Barke. Jessica begann zu strahlen.

»Sie werden es nicht wagen, uns anzugreifen«, sagte Harding. »Nicht, solange wir hier Leute an Bord festhalten, die sie lebend haben wollen.«

Jessica ballte die Fäuste, als sie sah, dass zwei Männer Jack heranschleppten. Sie hatten ihm die Ketten nicht abgenommen, und er konnte nur mit kleinen Schritten gehen. Ein körperlicher Schmerz durchzuckte sie. Sanders hatte ihr geschworen, dass es Jack viel besserging, aber in Wahrheit taumelte er und konnte sich kaum auf den Beinen halten. Ein unbändiger Hass auf Harding stieg in ihr hoch. Sie betete, dass derjenige, der die *Tuesday* befehligte – vielleicht war es sogar Smithy – einen gut gezielten Schuss abgab, der Harding und seine Offiziere vom Deck wischte. Aber leider wusste sie nur zu genau, dass ihre Leute dieses Risiko nicht eingehen würden, solange sie und Jack danebenstanden.

Hardings harte Stimme klang über das Deck. »Bringt ihn her!«

Sie schleppten Jack neben den Captain. Er konnte kaum stehen, so dass sie ihn an den Armen aufrecht halten mussten. Der Captain griff in sein Haar und zog seinen Kopf hoch. »Sorgt dafür, dass er gerade steht. Die sollen ihn gut sehen, da drüben!« Bei diesen Worten zog er eine Pistole aus dem Gürtel und hielt sie Jack an den Kopf. »Die sollen wissen, was wir mit ihrem Kumpanen machen, wenn sie auf uns schießen.«

»Das wird Ihnen aber dann nichts nützen«, sagte Jack mit heiserer Stimme. »Ich hoffe, sie schießen Ihnen den Kopf weg.«

»Das werden sie sich überlegen. Sie werden dann nämlich wissen, dass wir Ernst machen. Und nicht riskieren, dass auch die Frau dran glauben muss.« Ein Wink von ihm, und zwei Männer zerrten Jessica nach vorn. »Kann ich mir schon vorstellen, dass sie auf dich verzichten, aber wir haben einen anderen Trumpf. Wenn du nicht willst, dass ihr etwas geschieht, dann rufe hinüber. Sie sollen abdrehen.«

»Tu's nicht, Jack«, fauchte Jessica. »Sie sollen ihm den Kopf wegblasen! Smithy ist an Bord, und du weißt, er kann das. Er schießt einer Fliege ein Auge aus!« Das war natürlich weit übertrieben, und vor allem unrealistisch, wenn man das Größenverhältnis zwischen Fliege und Kanonenkugel in Betracht zog, aber es veranlasste Harding, seine Aufmerksamkeit Jessica zuzuwenden. Und genau diesen Moment nutzte Jack.

Jessica hielt den Atem an, als Jack, gerade noch gekrümmt vor Schwäche, sich plötzlich aufrichtete, die Arme mit den Ketten hob und sie dem ihm am nächsten stehenden Matrosen auf den Kopf schlug. Der brach auf der Stelle zusammen, und bevor der zweite nach Jack greifen und ihn niederringen konnte, hatte Jack sich schon auf den Captain gestürzt.

Harding wich in letzter Sekunde aus, geriet ins Stolpern, während Jack ihm trotz der Ketten an seinen Füßen nachhechtete und ihn niederriss, um ihm die Pistole aus der Hand zu winden. Zu Jessicas Erstaunen machte niemand von der Mannschaft Anstalten, Harding zu verteidigen. Als sie jedoch den Kopf wandte, sah sie Sanders mit zwei Pistolen. Noch drei weitere Männer standen mit entschlossenen Mienen da und richteten ihre Waffen anstatt auf Jack auf die Mannschaft und Hardings Offiziere.

Harding hatte sich losgerissen. Jack, durch die Ketten behindert, verfing sich darin, als er aufspringen wollte, um sich erneut auf den Mann zu stürzen. Er fiel zu Boden, und als er hochsah, blickte er in die Mündung von Hardings Pistole. Der Captain, der mit dem Rücken zur Mannschaft stand, wusste nicht, was da vorging, und streckte Jack mit einem höhnischen Lachen den Lauf der Waffe entgegen.

Jack rappelte sich auf und stand schwer atmend vor Harding. Sein Kopf dröhnte, der Rücken schmerzte, brannte, glühte, das Bohren ergriff seinen ganzen Körper, das Schiff um ihn herum schwankte wie in einem Sturm. Er wusste, dass ihn nichts mehr retten würde. Sie hatten tatsächlich immer noch Jessica, um zu verhindern, dass ihre Freunde Hardings Schiff mit Blei beharkten und versenkten.

»Hören Sie damit auf, Harding.« Das war Charles. Er war aus dem Niedergang gekommen. Vermutlich hatte er unter Deck nach Jessica gesucht.

»Nein. Der ist so gut wie tot«, hörte Jack den verhassten Engländer sagen. Er sah deutlich und mit quälender Langsamkeit, wie sich der Finger des Mannes bewegte, den Hahn spannte. Harding zielte genau auf seine Brust. Aus dieser Entfernung konnte er ihn nicht verfehlen.

Eine plötzliche Bewegung, die er nur aus dem Augenwinkel bemerkte. Ein Gerangel, in das Jessica verwickelt war. Dann ein Aufblitzen von glänzendem Metall. Etwas schnitt durch die Luft. Ein markerschütternder Schrei. Der Schuss ging los. Die Kugel riss Jack ein Loch in die Hose, fuhr sengend seinen Unterschenkel entlang und blieb hinter ihm in der Reling stecken.

Vor ihm fiel eine Hand zu Boden, die immer noch die Pistole umkrampft hielt.

Harding taumelte mit verzerrtem Gesicht zurück, hielt sich mit der anderen Hand den Stumpf, aus dem das Blut spritzte. Sekundenlang begriff Jack nichts, aber dann sah er Jessica. Seine Jessie, die mit zerzaustem Haar und glühenden Augen danebenstand. Mit beiden Händen hielt sie einen Säbel. Sie starrte auf die Hand, dann auf den ächzenden Mann. Sie hob den Säbel abermals. Noch nie zuvor hatte Jack solche Wut, nein, solchen Hass in ihren Augen gesehen.

Harding wankte ängstlich rückwärts, als Jessica ihn mit erhobenem Säbel verfolgte. Nur noch zwei Schritte und …

»Nein! Nicht, Jess!« Jack nahm all seine Kraft zusammen und sprang vorwärts. Er erwischte ihren Rock und hielt sich daran fest. Sie kam ins Stolpern, stürzte, der Säbel entglitt ihrer Hand und rutschte auf den Planken von ihr fort.

Sie kroch ihm entschlossen nach. Jack robbte gleichzeitig mit ihr hin und warf sich halb auf sie, um sie zu halten. Gerade als sie ihre Hand auf den Säbelgriff legte, hatte auch er ihn erfasst.

»Lass mich! Lass mich los, Jack! Er wollte dich umbringen. Er hat dich schlagen lassen! Er hat dich gefangen genommen, wollte dich erschießen. Ich habe genug von ihm!« Sie keuchte, versuchte, sich aus seinem Griff zu befreien. »Ich mache ihn kalt. Ich bringe …«

»Nicht, Jessie. Liebling. Hör auf! Ich will nicht, dass du das tust. Ich will nicht, dass du ihn umbringst.« Er wusste nicht, was in seinem Rücken vor sich ging, ob seine Leute die anderen noch in Schach halten konnten. Alles, was er in diesem Moment denken konnte, war, nicht zuzulassen, dass Jessica jemanden tötete.

Einer von der Mannschaft war zu Harding gesprungen. Das

Blut tropfte aus seinem Armstumpf. Er hielt ihn mit der anderen Hand an den Körper gepresst. Jack sah, wie er trotzdem versuchte, auf die Knie zu kommen und mit der Linken nach der Pistole tastete. Jetzt hatte er sie. Jack rutschte über Jessica, um sie zu schützen und Jack atmete tief durch, als sich das Schiff um ihn drehte. Er musste bei Bewusstsein bleiben. Jessicas wegen. Harding würde sie beide töten.

Jetzt hatte der Engländer die Pistole. Er hob sie an.

Ein Stiefel erschien in Jacks Blickfeld, trat auf Hardings Hand und schlug die Pistole fort. Jack blickte hoch.

Charles stand neben Harding und sah auf diesen herab. »Es ist Schluss«, sagte er ruhig. »Schluss, Harding.«

Der Schiffsarzt kniete sich neben den Verletzten, um ihm den Arm abzubinden.

»Ergeben Sie sich«, knurrte Jack. »Die beiden Schiffe sind besser bewaffnet als Sie, und meine Männer werden auf Sie zuerst zielen, wenn es losgeht.«

»Ach, halten Sie den Mund, O'Connor«, fuhr Charles ihn an. »Sie haben nichts zu fordern.«

Harding schüttelte wild den Kopf. »Ihr Vater …«

»Ich bin nicht wie mein Vater! Und ich sage, Sie hören auf!« Charles wandte sich um und schrie über das Deck. »Alle hören auf! Weg von den Kanonen. Johnson«, das galt dem Ersten Maat, »signalisieren Sie, dass wir uns ergeben. Und wer nicht sofort pariert, hängt an der Gräting!«

Jacks Kopf sank auf Jessicas Rücken. Er lag immer noch halb auf ihr, hielt sie mit seinen gefesselten Händen und seinem Gewicht zu Boden. Sie bewegte sich leicht unter ihm.

»Jack … Lass mich los.«

»Nein. Ich lasse nicht zu, dass du jemanden tötest.«

»Jack … mir ist … schlecht. Ich glaube, ich muss …«

»Oh.« Jack rollte sich von ihr herab und sah zu, wie sie zur Reling taumelte und sich übergab.

Neben ihm kniete plötzlich Sanders und machte sich an seinen Ketten zu schaffen. »Recht temperamentvoll, unsere Miss Jessica, was?«

Jack nickte und rieb sich die Handgelenke. Sein Blick glitt von Jessica zu der ausblutenden Hand am Boden. Damit würde Harding niemanden mehr mit seinem Spazierstock bewusstlos schlagen.

Einen Wimpernschlag später, und die Kugel hätte Jack mitten in die Brust getroffen. Jessica hatte die Hand abgetrennt, während der Finger den Abzug betätigt hatte.

Er kämpfte sich hoch, den Schmerz auf seinem Rücken ignorierend. »Wir bekommen jeden einzelnen unserer Leute zurück, die noch bei Ihnen an Bord sind.«

»Es sind außer mir noch drei, Captain«, sagte Sanders grimmig.

Harding war bewusstlos geworden. Charles wandte sich Jack zu. »Spielen Sie sich nicht auf, O'Connor. Sie haben jetzt vielleicht gewonnen, weil ich niemals riskieren würde, dass Jessica etwas geschieht, aber Sie haben nichts zu fordern.«

Jack beachtete ihn nicht. Er humpelte zur Reling und winkte zur *Tuesday* hinüber. Die Lunten waren schon angezündet, die Leute warteten nur auf den Befehl von Smithy, die volle Breitseite auf das englische Schiff abzufeuern.

»Mr. Jenkins!« Es herrschte gespanntes Schweigen. Jacks Stimme war heiser, aber kräftig genug, um auf der *Tuesday* gehört zu werden. »Lassen Sie die Leute in Kampfbereitschaft. Und schicken Sie ein Boot herüber, das uns abholt.«

Er wankte zu Jessica hinüber, die neben der Reling zusammengebrochen war. Immer noch schüttelten sie Krämpfe, aber sie hatte nichts mehr im Magen, was sie ins Meer spucken konnte. Er legte die Arme um sie und hielt sie fest. Hinter ihm hörte er Charles' befehlende Stimme und die Anweisungen des Ersten Offiziers.

»Jessie, mein armes Herz …«

»Geht es dir gut?«, würgte sie. »Er hat auf dich geschossen.«

»Nichts geschehen. Dank dir.«

»Ich finde Säbel grauenvoll«, ächzte sie. »Das Gefühl, wenn man auf den Knochen trifft. Das Geräusch.« Sie schauderte. »Wird er verbluten?«

Jack strich ihr mit der Hand über die Wange. »Nein«, sagte er beruhigend.

»Schade.« Jessica verbarg ihr Gesicht in den Händen.

»Komm, wir müssen gehen.« Er half ihr hoch, führte sie, den Arm um ihre Schultern, zur Reling, wo Sanders auf ihn wartete, um Jessica behilflich zu sein, die Strickleiter runter und ins Boot zu klettern.

Charles eilte auf sie zu. »Jessica, wollen Sie wirklich so gehen?« Er sah so verzweifelt aus, dass Jack nahe daran war, Mitleid mit ihm zu haben.

Jessica wandte sich Charles zu. Sie wirkte ebenfalls nicht sehr glücklich, und Jack fragte sich, wie tief ihre Gefühle für Charles tatsächlich gewesen waren und was daraus hätte werden können, wäre er nicht rechtzeitig gekommen.

»Charles …« Ihre Stimme klang weich, als sie nach der Hand des Mannes fasste. »Sie wussten es doch ohnehin schon die ganze Zeit. Und es ist alles zudem noch so … unglücklich verlaufen. Aber es wäre schön gewesen, wenn wir hätten Freunde sein können.«

Er sah sie drängend an. »Gibt es nichts, was Sie noch aufhalten könnte? Nichts, was ich noch sagen, tun könnte, um Sie zu überreden?«

Jessica schüttelte den Kopf. Tränen standen in ihren Augen, und Jack sah fort.

Charles senkte den Blick, als er ihre Hand an seine Lippen zog. »Dann muss ich wohl aufgeben. Aber behalten Sie mich nicht in zu schlechter Erinnerung.«

»Das werde ich nicht.«

»Was werden Sie jetzt tun?«, fragte Jack kühl, der die rührende Szene nicht länger mitansehen konnte. »In die ehrenwerten Fußstapfen Ihres Vaters treten?«

Charles wandte sich ihm zu. Sein Gesicht hatte sich, stellte Jack überrascht fest, verändert. Die Züge waren härter geworden, die Weichheit in den Augen war verschwunden. »Das weiß ich noch nicht. Zuerst muss ich einmal feststellen, welcher Art die Geschäfte meines Vaters tatsächlich waren. Und dann werde ich entscheiden. Aber zerbrechen Sie sich nicht meinen Kopf, O'Connor, sondern halten Sie sich in Zukunft aus dieser Gegend und meiner Nähe fern.«

Jack hob die Augenbrauen. »Das wird wohl nicht von Ihnen …«

Jessica legte bittend die Hand auf seinen Arm. »Jack, lass uns gehen.«

Sanders half ihr ins Boot hinein, und Jack hangelte sich ebenfalls an der Strickleiter hinab, fiel mehr hinunter als er stieg und landete im Boot. Die restlichen von Jacks ehemaligen Männern sprangen nach, und die Leute legten sich in die Riemen.

Jessica sah zurück. Charles stand noch an der Reling und hob die Hand. Dann wandte er sich mit einer entschlossenen Bewegung um, und gleich darauf ertönte seine energische Stimme über Deck. Die Kanonen wurden wieder eingefahren, das Schiff änderte seinen Kurs, schob sich vor dem Bug der Barke vorbei, weitere Segel wurden gesetzt, die Fregatte gewann an Geschwindigkeit. Eine einsame Gestalt stand am Heck und blickte zurück.

Smithys Stimme, scharfe Befehle des Ersten Maats der *Tuesday* waren zu hören. Ein paar kräftige Ruderschläge, dann legte das Boot drüben an. Helfende Hände zogen sie an Bord, und kurz darauf drängten sich Smithy und einige andere heran, umstanden Jessica und den blutenden Jack, begrüßten Sanders und die anderen Männer, lachten.

»Mr. Jenkins, sorgen Sie dafür, dass wir von hier wegkommen. Kurs nach Madras. Und schicken Sie einen weiteren Mann auf den Ausguck. Ich möchte nicht von diesen Leuten überrascht werden. Ganz traue ich diesem Charles immer noch nicht. Es könnte eine Finte sein.« Jack hatte das Begleitschiff der *Tuesday* erkannt. Es handelte sich um die Barke, von der aus er Jessicas Sprung in den Hafen beobachtet hatte.

Er sah sich nach Jessica um, die auf einem Haufen Segel saß und von etlichen seiner Leute umgeben war.

»Alles in Ordnung, Miss Jessica?« Smithy hockte sich mitfühlend neben sie. »Wir haben von hier aus gesehen, wie Sie rausgeschleppt wurden.«

»Es geht mir gut, danke.« Ein tapferes Lächeln.

»Und ich werde es auch überleben«, meldete sich Jack mit leichtem Sarkasmus in der Stimme, »falls das jemand interessieren sollte. Danke der freundlichen Nachfrage.«

»Ja, Sir. Freut uns wirklich.« Sein Erster Maat blickte ihn verlegen an, Smithy grinste nur.

Jack hangelte sich die Reling entlang. »Wie kommt ihr hierher?« Sein Rücken schien eine einzige Wunde zu sein. Smithy trat hinter ihn, zog das Hemd vorsichtig fort und ließ einen leisen Pfiff hören.

»Da hat sich's offenbar jemand ordentlich mit dem Captain verscherzt«, sagte er anerkennend. »Sieht verflucht schlimm aus. Hab so was nicht mehr gesehen, seit ich zu Robert McRawley aufs Schiff gekommen bin.«

»Ich ebenfalls nicht«, grollte Jack. »Und gefühlt schon gar nicht.« Seine Laune verschlechterte sich mit jedem Moment, in dem der Schmerz bohrender wurde. Jetzt schien schon sein ganzer Körper zu brennen.

»Die Barke ist gleich nach Ihrer Festnahme ausgelaufen und uns hinterhergefahren, Sir«, erklärte Jenkins. »Gemeinsam haben wir dann Hardings Schiff verfolgt.«

»Verstehe.« Die Schräglage des Schiffes verstärkte sich, als Segel gesetzt wurden, und Jack taumelte, so dass er sich festhalten musste. Die Segel, das Meer, alles drehte sich um ihn. Die Stimmen der anderen traten zurück, dafür schob sich ein zunehmendes Rauschen in den Ohren in den Vordergrund.

»Verflucht, Jack, du blutest viel zu stark.«

»Das sollte besser verarztet werden.« Das war Alberta. Alberta? Die war auch hier?

»Wir müssen ihn in seine Kajüte bringen.« Das war Martins Stimme. Wo kam der her?

»Komm, mein Junge.« Das war wieder Smithy.

Der Schmerz wurde heftiger. Schweiß rann Jack über den Nacken, auf den Rücken, brannte in den Wunden. In seinen

Ohren begann es jetzt zu summen, als hätten sich Tausende Insekten darin gesammelt.

»… die Anstrengung …«, hörte er den Arzt sagen. Und dann ging endgültig alles drunter und drüber. Jessicas totenbleiches Gesicht, ihre Arme, die sich nach ihm ausstreckten. Jack wollte sie in die Arme nehmen, sie beruhigen, aber das Letzte, was ihm bewusst war, dass nicht sie in seine sank, sondern umgekehrt.

In der nächsten halben Stunde schwankte Jack laufend zwischen wach, halb wach und bewusstlos. Er war wach, als sie ihn in die Kajüte schleppten. Halb wach, als Jessica seinen Kopf in ihren Schoss legte, seine Stirn abtupfte und dabei halblaute Beschimpfungen auf Harding ausstieß. Benommen, als Martin kurze, prägnante Befehle gab, und ganz wach, als sein Bordarzt die aufgebrochenen Striemen versorgte. Er erklärte mit Entschiedenheit, dass er aufstehen und den Befehl über die *Tuesday* übernehmen müsse, aber keiner hörte ihm zu.

Als man ihn endlich in seine Koje legte, hatte er eine ordentliche Portion Laudanum in sich und war bewusstlos.

Jack wachte mit annehmbaren Schmerzen auf. Dass etwas nicht in Ordnung war, merkte er, als er sich im Halbschlaf streckte und sofort zusammenzuckte. Er versuchte, sich aufzusetzen, doch ihm wurde sofort schwindlig. Er musste viel Blut verloren haben.

Er wandte den Kopf und sah auf dem Tisch das leere Glas stehen. Der Arzt hatte ihm trotz seiner Weigerung Laudanum verabreicht. Das heißt, nicht der Arzt, sondern Jessica war es gewesen, die es ihm unerbittlich eingeflößt hatte. Er verzog das Gesicht. Als hätte er jemals zuvor Laudanum getrunken. Er hätte es sich niemals leisten können, einzuschlafen, die Kontrolle über sich und das Schiff zu verlieren. Auch jetzt konnte er es sich nicht leisten, wieder bewusstlos zu sein. Er musste wach bleiben. Auf Jessica aufpassen.

Während Jack noch darüber nachdachte, fühlte er, wie seine Gedanken abglitten, sich mit Jessica befassten. Ihre erschrockenen Augen, das blasse Gesicht. Sie hatte Angst um ihn gehabt. Allein das schon war die Schmerzen wert. Zum Teil jedenfalls. Er schloss die Augen, seine Gedanken verschwammen, Jessica tauchte immer wieder auf. Der Moment auf dem Schiff, als Jessica den Säbel geschwungen hatte. Donnerwetter, was für ein Mädchen.

Er sah halbtrunken vor Schlaf an sich herab. Jemand hatte sich, während er geschlafen hatte, an ihm zu schaffen gemacht, hatte seine Hose ausgezogen und eine Decke über ihn gebreitet. Er blinzelte. Jessicas Gesicht war ganz knapp vor seinem. Ihre Lippen lagen auf seiner Stirn, seinen Wangen, seinem Mund.

»Muss gehen …«, murmelte er, halb im Schlaf, halb wach.

»Nicht jetzt. Schlafe, Jack.«

Jessicas Stimme floss leicht und weich durch die träge Masse in seinem Kopf. Sie war in seinem Traum. Das war gut. Er sank etwas tiefer in die Müdigkeit und Schwere. Dann versuchte er, wieder wach zu werden.

Er musste ihr etwas sagen … Ihr sagen? Was sagen …? Oder sie etwas fragen? Er hatte es vergessen. Seine Gedanken klebten so zäh in seinem Kopf, dass er sie kaum zu Ende denken konnte.

Er blinzelte, schloss wieder die Augen. War das die Realität oder ein Traum? Wenn es ein Traum war, dann hatte er keine Einwände. Ein schöner Traum. Ihre Hand lag auf seiner Stirn.

Angenehm warm und kühl zugleich. Jack fand die Hand beruhigend. Jessica hatte so hübsche Hände. Diese ovalen Nägel, die zarten Adern und die Knöchel. Er konnte Stunden damit verbringen, die Fingerspitzen zu küssen.

Und auch sonst war Jessica viel hübscher als alle anderen. Jacks Bewusstsein glitt wieder davon. Er versuchte, die bleierne Müdigkeit abzuschütteln. Weshalb war das so schwierig? Er hätte dieses verfluchte Zeug nicht trinken sollen, egal wie sehr Jessica darauf bestanden hatte. Himmel noch mal, das wirkte ja stärker als ein Schlag auf den Schädel. Er konnte jetzt nicht schlafen. Er musste zu Jessica, bevor sie wieder mit diesem Charles auf und davon ging. Nach Ostindien fuhr. Oder vielleicht sogar nach Australien. Wusste der Teufel, was dem Mädchen einfiel, sobald er nicht auf sie aufpasste.

Er versuchte aufzustehen, aber die Dunkelheit drehte sich um ihn. So hatte er sich nicht mehr gefühlt, seit er einmal bei einem Gefecht eine Rah auf den Kopf bekommen hatte. Mit dem Unterschied, dass er jetzt keine Schmerzen hatte, wenn er ruhig liegen blieb.

»Bleib liegen. Du sollst schlafen.«

Eine Hand erfasste seine, Wärme strömte daraus in seinen Körper, verbreitete Zufriedenheit. Jack schloss fest seine Finger darum, als ihm klar wurde, dass die Hand die Quelle seines Wohlbehagens war. Die Schmerzen waren kaum noch fühlbar, nur sein Kopf war sehr schwer und die Gedanken träge.

Dann bewegte sich etwas neben ihm, die Matratze gab etwas nach, als würde sich jemand neben ihn in die Koje legen. Ein bekannter Duft stieg in seine Nase. Sehr vertraut. Sehr nach Jessie. Jack drehte den Kopf. Haare kitzelten in seinem Gesicht. Weiche Lippen, ein zarter Atemhauch auf seiner Wange.

Das war gut. Die Besorgnis schwand, und eine angenehme Wärme stieg in ihm hoch. Die Dunkelheit wurde tiefer, das Gefühl von Sicherheit und Ruhe verstärkte sich. Und schließlich schlief er tief und fest.

Jessica lag neben Jack und hielt seine Hand in ihrer. Er hatte sie ergriffen und nicht mehr losgelassen. Sie hatte versucht, sich zu befreien, um wenigstens nach einem Stuhl angeln zu können, aber Jack hatte sie so fest gehalten, dass sie Angst hatte, ihm weh zu tun, wenn sie sie zurückzog. Sie hatte sich zuerst auf das Bett gesetzt und dann einfach ihrem eigenen Wunsch nachgegeben und sich neben ihn gelegt.

Das schien ihn zu beruhigen. Der Arzt hatte ihm mit ihrer Hilfe eine ziemliche Dosis Laudanum verpasst, weil er der Meinung gewesen war, dass Jack viel zu entschlossen war, Dinge in Angriff zu nehmen, die in seinem jetzigen Zustand nicht ratsam waren. Als Jessica ihn fragend angesehen hatte, hatte er verschmitzt gelächelt und gemeint, dass diese Menge selbst einen Wal einen Tag lang schlafen lassen würde. Jessica war besorgt gewesen, aber Smithy hatte sie ebenfalls beruhigt. Auf den Schiffsarzt war Verlass. Der hatte – so Smithys glaubhafte Versicherung – noch keinen zu Tode verarztet, der nicht sowieso gestorben wäre.

Sie hauchte Jack einen Kuss auf die Wange und hob dann den Kopf, um ihn zu betrachten, sein so unendlich vertrautes Gesicht zu studieren, von dem sie doch nie genug bekam.

Sie konnte sich so genau an den Tag erinnern, an dem sie ihn zum ersten Mal gesehen hatte, obwohl sie damals noch so klein gewesen war. Aber manche Ereignisse prägten sich eben für immer ein. Ihr Vater war nach einer langen Reise heimgekommen. Sie sah in der Erinnerung, wie er sich zu ihr beugte und sie auf den Arm nahm, als wäre sie erst vier Jahre alt, dabei war sie schon groß gewesen. Knapp sieben. Sie hatte sich an ihn geschmiegt und über seine Schulter gesehen. Da war dieser große, breitschultrige Mann gewesen, Vaters Freund und Captain, in seiner imposanten Uniform. Und daneben seine neuvermählte Frau, mit großen, strahlend blauen Augen und einem Lächeln, das Jessica bezaubert hatte.

Und dann war er da gewesen. Hinter Vanessa. In einer viel zu großen Jacke, die an ihm schlotterte. Das dunkle Haar trug er wie viele von Vaters Freunden und Seemännern am Hinterkopf mit einem Band zusammengefasst. Eine spitze, viel zu große Nase in dem mageren Gesicht. Ein langer, dürrer Kerl mit großen Händen, mit denen er nichts anzufangen wusste. Er hatte nur das Gesicht verzogen, als er ihren Blick gefühlt hatte. Es sollte wohl so etwas wie ein verlegenes Lächeln sein.

Jessica schmunzelte an Jacks Wange, als sie sich daran erinnerte. Diese Szene war ihr auch nur deshalb so in Erinnerung geblieben, weil sie dann in seine Augen gesehen hatte. Warme, braune Augen, mit Wimpern, die so lang und dicht waren, dass Jessica gestaunt hatte. Sie hatte die Hand ausgestreckt, um ihn anzufassen. Und da hatte er wirklich gelächelt. Sie angelächelt.

Und da war es um Jessica geschehen gewesen. Von dem Tag an war wohl das für alle sichtbare Schild »Jessica liebt Jack« um ihren Hals gehangen.

Jetzt war er nicht mehr dürr. Das Gesicht nicht mehr mager, mit viel zu hageren Wangen, so dass die Nase scharf hervorstand. Jetzt hatte alles harmonische Proportionen. Die Hände waren immer noch groß, aber man sah ihnen die Kraft, die darin steckte, an. Sie strich mit dem Daumen über die Narbe, die sich von seinem Zeigefinger bis zum Rist zog. Sie kannte sie so genau, dass sie sie blind ertasten konnte. Er war vor acht Jahren damit heimgekommen. Dann die kleine Narbe über dem Auge. Er hatte wirklich Glück gehabt. Ein wenig tiefer, und das Messer hätte das Auge getroffen.

Sie beugte sich näher, hauchte einen Kuss auf das Auge, fuhr mit den Lippen über seine Schläfe, seine Wange, sein Kinn, spürte die Bartstoppeln.

Jack hatte noch andere Narben. Jede Menge. Viele davon stammten noch aus der Zeit, als er von daheim davongelaufen und auf Segelschiffen mitgefahren war. Sogar mehrere schlecht vernarbte Striemen am Rücken, als ihn die Piraten, die Vanessa vor vielen Jahren gefangengenommen hatten, ausgepeitscht hatten. Zur Strafe, weil er es gewagt hatte, ihr zu helfen. Vorne auf der Brust war ein Messerstich, an der Schulter eine weitere Narbe.

Jessicas Blick glitt über seinen Körper. Nein, er war wirklich nicht mehr mager. Selbst jetzt, als er schlief und völlig ruhig und entspannt dalag, spürte man seine Kraft. Jack war nicht so massig und muskulös gebaut wie Robert McRawley, aber er war kräftig, breitschultrig, und es waren genügend Muskeln vorhanden, dass Jessica allein beim Gedanken daran angenehme Schauer über die Haut rannen. Ihr Blick wanderte weiter. Unterhalb des Verbandes, den der Arzt ihm um Rücken und Brust gewickelt hatte, konnte sie die von der Sonne gebräunte Haut sehen. Die Decke verbarg den Rest, aber Jessica wusste, wie es weiterging. Sein Brusthaar verdünnte sich zu einem Strich, und dann mündete es in einen Bereich, der ihr noch vor einem Jahr verboten gewesen war und der jetzt ebenso ihr gehörte wie der Rest von Jack. Wie sehr hatte sie früher unter dem Wunsch gelitten, ihn zu berühren. Die Hände auf seine Brust zu legen, seine Haut zu spüren. Es war ein Wunsch, der sie oft fast wahnsinnig gemacht hatte, der sie hatte verzweifeln lassen, weil sie es nicht tun durfte. Und völlig verboten war überhaupt alles gewesen, was unterhalb des Gürtels war. Die kräftigen Schenkel, die langen Beine. Die Stelle zwischen seinen Beinen zog sie unwiderstehlich an. Wie gerne hätte sie jetzt ihre Hand ausgestreckt, um ihn dort zu fühlen.

Jessica schloss die Augen. Wann hatte sie begonnen, sich Jack nackt vorzustellen? Sich vorzustellen, wie sie ebenfalls nackt in seinen Armen lag, seinen ganzen Körper mit ihren Fingern und Händen ertastete, ihre Lippen darüberwandern ließ? Das waren Träume gewesen, von denen sie niemals geglaubt hatte, sie könnten wahr werden.

Und jetzt hätte Harding ihn ihr fast wieder weggenommen. Das würde sie niemandem mehr erlauben. Niemand durfte ihn ihr wegnehmen. Nicht seine leidenschaftliche Liebe, seine Berührungen, seine Arme, seine nackte Haut auf ihrer. Seine Lippen auf ihren. Seine Hände auf ihrem Körper, die sie liebkosten, bis er das Zittern, das sie allein schon bei dem Gedanken daran erfasste, beruhigt hatte.

Sie rückte ein wenig näher, hauchte einen Kuss auf sein Kinn, seinen Hals, legte für wenige Sekunden das Gesicht auf die Wärme seiner Brust und atmete tief seinen Geruch ein. So wie nur Jack roch. Herb, warm, jetzt ein bisschen nach Schweiß. Nach Schlaf.

Die Tür öffnete sich. Jemand steckte den Kopf herein, sah sich um und verharrte dann. Jessica sah hinüber, lächelte und schmiegte sich wieder an Jacks Arm.

»Und?«, fragte Smithy, als Alberta aus Jacks Kajüte kam.

»Nichts *und*«, grinste sie. »Aber derjenige, der jetzt reingeht und Jack aufweckt, kriegt es mit mir zu tun. Ernsthaft.«

Als Jack wieder aufwachte, besuchte ihn Martin. Jack erzählte ihm von Daughertys Tod.

Martin schwieg dazu, und Jack, der im selben Moment begriff, zog scharf die Luft ein. Aber es war besser, es nicht auszusprechen. Nicht, wenn Martin nicht selbst davon reden wollte.

»Jetzt werde ich nie erfahren, woher er meinen Vater kannte«, sagte er schließlich. »Aber ich denke, damit kann ich leben. Vielleicht war es ja auch nur eine Lüge.«

Martin war lange still, bevor er sagte: »El Capitano war ein Teufel. Immer schon. Er hat nicht nur Schiffe überfallen, sondern auch Dörfer an der Küste, ganze Siedlungen auf der Suche nach dem wenigen Besitz, den diese Menschen hatten, ausgerottet. Schlimmer noch als dieser Captain Morgan, von dem man sich grauenvolle Dinge erzählte. Ich war in seiner Mannschaft auf der *Victoire*. Zuerst, weil ich davon gehört hatte, dass man hier schnell und viel Geld machen konnte. Jacques le Fortune hatte einen Ruf, seine Mannschaft ebenso reich zu machen wie ihn selbst. Aber dann wurde mir das Morden zu viel. Ich wollte aussteigen. Einige andere auch, unter ihnen dein Vater.«

»Sie kannten also meinen Vater.« Jacks Stimme klang ungläubig. »Sie kannten meinen Vater und haben niemals etwas gesagt!«

Martin blickte auf seine Hände. »Ich wusste es selbst lange Zeit nicht«, erwiderte er nach einer Weile ruhig. »Dein Vater war schon lange tot. Du hast ihn nie gekannt. Hättest du hören wollen, dass er jahrelang auf einem Piratenschiff gefahren ist?«

Jack presste die Lippen zusammen. Martin beobachtete ihn nachdenklich. Er hatte, nachdem er mit Vanessa und Jack nach Boston gekommen war, Nachforschungen über Jacks Familie angestellt. Tatsächlich musste jener Dean O'Connor, der mit ihm und El Capitano auf der *Victoire* gesegelt war, Jacks Vater gewesen sein. Aber was hätte er dem Jungen damals sagen sollen? Dass sein Vater ein Pirat gewesen war? Nein. Er hätte auch jetzt nicht gewollt, dass Jack es erfuhr. Aber nun war der Kreis geschlossen. El Capitano würde nie wieder sein böses Spiel treiben.

»Und dein Vater ist tot. Er wurde getötet, als die Kriegsschiffe die *Victoire* angriffen.« Das war eine Lüge. Jacques le Fortune hatte Dean O'Connor in seine Finger bekommen und ihn als Verräter zu Tode gequält. Unnötig, Jack damit zu belasten.

»Jetzt weißt du, was mit deinem Vater passiert ist. Es tut mir leid.« Martin wandte sich zum Gehen. Jack bemerkte zum ersten Mal, wie alt und müde er aussah.

Jack setzte sich auf. »Martin?«

Sein Freund wandte sich um.

»Ich habe meinen Vater vielleicht nie gekannt, aber ich wäre stolz darauf gewesen, Sie zum Vater zu haben.«

Martin sah ihn an, dann nickte er. »Ich wäre es auch.« In seinem Blick trat warme Zuneigung, als er Jack ansah, dann ging er davon.

Kapitel 17

Jack schlenderte zufrieden über das Deck. Der Wind kam so von achtern, dass die Planken fast in der Waagrechten zum Meer waren und das Schiff nur eine leichte Schräglage hatte. Die *Tuesday* mochte das, sie lief in dem frischen Wind wie ein schlankes Rennpferd dahin. Das Meer war bewegt, aber nicht so sehr, dass sie von einem Wellental ins andere geritten wären, die Bugwelle warf jedoch eine kühlende Gischt an Deck, als Jack bis vor zum Bugspriet kam und sich mit einem Fuß darauf aufstützte. Das Meer lag einsam und relativ ruhig vor ihnen, die Sonne schien, der frische Wind trieb sie trotzdem schnell voran, und es gab ausnahmsweise nichts, das Jacks Wohlgefühl getrübt hätte. Er blickte auf die Galionsfigur. Jessica hatte über das Seepferd gelacht, als sie es das erste Mal gesehen hatte, und war zu Jacks Ärger darauf herumgeturnt. Damals war sie fünfzehn gewesen, und Jack hatte gerade erst das Kommando über das Schiff bekommen.

Jetzt war Jessica dreiundzwanzig, und Jack hatte ihr verboten, irgendwo hinaufzuklettern, wo er sie nicht mit ausgestreckten Armen wieder herunterholen konnte. Er wollte kein Risiko eingehen. Jessica war von jeher so heimisch auf den Schiffen gewesen, dass man gar nicht so schnell hatte schauen können, und schon war sie irgendwo weit oben gewesen und hatte bei Jack jedes Mal einen kleineren Schlaganfall ausgelöst.

Er sah hinauf in die Segel, überflog mit seinem Blick das ganze Schiff. Seine *Tuesday*. Oftmals hatte man ihn gefragt, weshalb er sie damals, nachdem er sie einem englischen Freibeuter abgenommen hatte, so getauft hatte. Das war ganz einfach gewesen.

Er hatte sie an einem Dienstag erbeutet.

Es war an einem Dienstag gewesen, als er zum ersten Mal amerikanischen Boden betreten hatte.

An einem Dienstag war Jessica Finnegan geboren worden.

An einem Dienstag hatte er sie kennengelernt, und an einem Dienstag hatte er sie jetzt sogar geheiratet.

Dienstag war sein Glückstag.

Er machte sich wieder auf den Weg zurück zum Achterdeck, wo er Jessica zurückgelassen hatte. Er fand sie im angeregten Gespräch mit Alberta und Smithy vor. Er trat neben sie und legte den Arm um ihre Schulter, als würde er sie stützen wollen, aber in Wirklichkeit wollte er sie berühren. Als hätte er sie nicht schon die ganze Nacht im Arm gehalten, als sie eng an ihn geschmiegt geschlafen hatte. Jack hatte, bevor Jessica an Bord gekommen war, niemals eine Frau in seiner Koje auf der *Tuesday* gehabt. Seine diversen Liebesabenteuer hatte er in den verschiedenen Häfen erlebt und wieder dort zurückgelassen. Und bevor Jessica gekommen war, hätte er geschworen, die Koje wäre zu eng für zwei Personen. Jetzt vertrat er die gegenteilige Meinung. Sie war genau richtig.

Seine andere Hand lag auf der Reling, und unwillkürlich streichelte er darüber. Sein Schiff und seine Frau gleichzeitig. Konnte er sich mehr wünschen?

Er musterte Jessica. Sie sah gesund aus, ebenso glücklich wie er, die Blässe, die ihn bei seiner Ankunft in Kalkutta gestört hatte, war einer zarten Bräune gewichen, die ihr Gesicht, ihre Unterarme, ihren Hals und einen Teil des Dekolletés färbte. Eines seiner Lieblingsspiele am Abend, bevor er Jessica endgültig aus ihren Kleidern schälte, war, diese Bräune mit den Lippen nachzuverfolgen, bis dorthin, wo die Haut wieder weiß wurde, und den Rest dieses weichen, weißen Körpers dann gründlich mit Augen, Lippen und Händen zu erforschen.

Sie hatten nach ihrer Befreiung alle Segel gesetzt und den englischen Einflussbereich Ostindiens so schnell wie möglich verlassen. Die Barke mit Martins Freund hatte sie bei der Rückreise begleitet, und besonders in den Gegenden um Madagaskar war dies eine gute Idee gewesen. Sie waren mehrmals auf Piraten getroffen, die jedoch beim Anblick zweier gut bewaffneter Schiffe und nach ein oder zwei Warnschüssen schnell abgezogen waren.

Jack hatte außer Jessica noch einen anderen guten Grund, die *Tuesday* unversehrt heimzubringen. Er hatte viele Ballen Seide geladen, Gewürze und Färbemittel und in Mocca sogar Kaffeebohnen eingekauft. Somit bestand der Großteil des Ballasts der *Tuesday* aus Waren. Wenn er die verkaufte, sprang ein hübsches Sümmchen dabei heraus. Und das Geld konnte er jetzt, wo er ein kleines Haus kaufen wollte, um Jessica und sich ein Heim zu schaffen, gut gebrauchen. Und was er dann machen würde, wusste er noch nicht. Auf jeden Fall zuerst ein Weilchen daheim bei Jessica bleiben. Und danach würde er schon sehen, was ihn mehr lockte: die Begleitung von Handelskonvois oder die Freibeuterei. Wenn es nach Jessie ging, vermutlich Ersteres.

Sie hatten sich erst in der Höhe der Kanarischen Inseln von der sie begleitenden Barke getrennt und Kurs auf Nordamerika genommen. Vor zwei Tagen hatten sie in Charleston an der nordamerikanischen Küste angelegt, frische Lebensmittel und Wasser an Bord genommen und waren dann wieder in See gestochen. Allerdings fuhren sie nicht unter vollen Segeln. Sie alle hatten es nicht so eilig, wieder nach Boston zu kommen. Sie hatten am Kap ein Postschiff nach New York getroffen, dem sie Briefe an Vanessa und die anderen mitgegeben hatten, um ihnen die Sorge um sie zu nehmen. Aber nun genossen sie die Fahrt.

Auch die meisten Männer an Bord waren nicht schlecht versorgt. Wie Jack einige Meilen nach Mocca festgestellt hatte, befanden sich plötzlich nicht nur Männer unter Deck, sondern auch einige sehr reizvolle Frauen, die teils schon in Indien, teils in den anderen Ländern an Bord gekommen waren. Er war zuerst erzürnt gewesen, weil er Hurerei an Bord nicht duldete, aber dann hatte Martin ihm klargemacht, dass er nicht gut mit einer hübschen jungen Frau reisen konnte, ohne den Neid und den Ärger der Mannschaft zu erwecken. Also hatte Jack die Frauen vom Schiffsarzt untersuchen, etwaige ansteckende Leiden so gut wie möglich kurieren lassen und dann seinen Segen gegeben.

Zwei Pärchen hatten dann tatsächlich auch darum gebeten, von Jack verheiratet zu werden. Jack war dem Wunsch gerne nachgekommen. Er hatte keine Ahnung, wie lange diese Ehen hielten, aber im Moment, nach über tausend Meilen, wirkten alle noch recht glücklich.

Jessica und er selbst hatten sich in einer Mission in Mocca trauen lassen. Jessica hatte zuerst darauf bestehen wollen, in Boston zu heiraten, aber Jack hatte nur kurz und bündig erklärt, bestimmt nicht in wilder Ehe mit ihr durch die sieben Meere zu gondeln, und Jessica hatte klugerweise nachgegeben. Die Idee war ja auch zu haarsträubend gewesen. Wenn sie eine Feier wollte, so konnte sie die auch noch in Boston haben, selbst wenn sie dann unter Umständen nicht mehr so hübsch schlank war wie jetzt. Vor allem, da von beiden Seiten ein großer Ehrgeiz bestand, den ehelichen Pflichten eifrig nachzukommen. Und er würde den Teufel tun, mit einer ledigen Schwangeren daheim aufzukreuzen.

Als sie sich an diesem Abend von den anderen nach einem hervorragenden Abendessen trennten und Jacks Schlafkajüte aufsuchten, ertappte Jack Jessica dabei, wie sie im selbstgenähten Nachthemd vor dem kleinen Spiegel stand und sich stirnrunzelnd betrachtete. Als sie Hardings Fregatte so überstürzt verlassen hatten, war Jessicas Kleiderkiste an Bord zurückgeblieben. Jessica hatte das als peinlich empfunden, aber Jack hatte boshaft gelacht. Mochte sich Charles nur mit den leeren Kleidern vergnügen, Hauptsache, er selbst hatte den Inhalt, und das Tag für Tag und Nacht für Nacht.

Als Jack sich hinter sie stellte, die Arme um sie schlang und ihren Nacken küsste, sagte sie: »Ich denke gerade an die schönen Seidennachthemden und Kleider, die ich zurückgelassen habe.«

Jack warf über ihre Schulter einen tiefen Blick in den Ausschnitt. »Der Stoff ist doch sehr hübsch. Und das Darunter ist ebenfalls nicht zu verachten. Außerdem habe ich dir schon einmal gesagt, dass Nachthemden lediglich einem Zweck dienen: nämlich vom Körper gestreift zu werden.«

Sein Blick glitt weiter, zog eine unsichtbare, brennende Spur von ihren Lippen über ihren Hals, bis zum Ansatz ihrer Brüste. Gleichzeitig wanderten seine Hände abwärts, rafften den Saum des Nachthemds und zogen den Stoff langsam höher. Jetzt waren ihre Knie unbedeckt, ihre Oberschenkel, das dunkle Dreieck ihrer Scham. Jessica fühlte, wie ihre Knie zu zittern begannen. Dann lag ihr Bauchnabel frei. Jack schob das Nachthemd höher, bis Jessicas bloße Brüste zu sehen waren. Und dann war das Nachthemd über ihrem Kopf und verdeckte ihr die Sicht.

Als Jack keine Anstalten machte, es ganz wegzuziehen, begann Jessica daran zu zerren. »Was ist? Bleibt das jetzt so?«

»Warum nicht? Du musst ja nicht unbedingt etwas sehen. Hauptsache, ich habe freien Blick auf alles.« Seine Stimme, seine Wärme, sein Körper ließen Jessica erbeben. Seine Hände wanderten über ihren Leib, streichelten ihre Brüste, ihren Bauch, ihre Seiten, wanderten die Arme hinauf und hinunter, während er sie an sich zog, bis sie mit dem Rücken an ihm lehnte. Er flüsterte ihr freche Zärtlichkeiten zu, lachte leise über ihre gespielte Empörung und wusste, dass Jessica an diesem Spiel ebenso Gefallen fand wie er. Er zog erst das Nachthemd weg, als Jessica den Kopf zurück auf seine Schulter fallen ließ und sich eng an ihn schmiegte. Er warf es hinter sich und schob Jessica mit seinem Körper näher zum Spiegel. Sie wollte sich freimachen, aber da lag schon sein linker Arm fest um ihre Taille, presste sie an seinen Körper, während seine rechte Hand nach ihrem Kinn griff und es entgegen ihres Widerstands anhob. »Sieh dich an«, sagte er weich. »Sieh dich an und sag mir, ob das hier nicht das schönste Mädchen von ganz Boston und dem Rest der Welt ist. Mit und ohne Nachthemd.«

»Dummkopf«, sagte sie zärtlich. Aber da fuhr er schon mit dem Finger sanft die Linie ihres Kinns entlang. Die Berührung, sein Arm um ihre Taille, sein Körper an ihrem Rücken, brachten sie zum Zittern, ließen sie schneller atmen. Sie sah im

Spiegel nicht ihr Gesicht, sondern folgte seinem Zeigefinger, der einen liebevollen Weg über ihre Wangen nahm.

Seine Lippen lagen auf ihrem Haar, ihrer Schläfe, während er seine Augen nicht von ihr ließ. Sie gönnte sich selbst nur einen kurzen Blick, denn dann hatte sie ein lohnenswerteres Objekt im Spiegel gesehen. Ihn, Jack. Sein Ausdruck war voller Zärtlichkeit, in seinen Augen war Liebe und Bewunderung

Sie lächelte noch, als er sie zu sich umdrehte, die Arme um sie legte und sie an sich zog, so dass ihre Brüste sich an ihn schmiegten, ihr Körper mit seinem verschmolz. Hätte sie jetzt noch daran gezweifelt, dass er sie wollte, so war dieser Kuss unmissverständlich. Ebenso unmissverständlich wie der harte Schaft, der gegen sie drängte, die große Männerhand, die ihr Gesäß erfasste, um sie enger an ihn zu pressen. Seine zweite Hand griff in ihr Haar, um sie festzuhalten, damit seine Lippen von ihr Besitz ergreifen konnten. Ihre Hände wanderten wie von selbst an ihm hoch und umschlangen seinen Nacken, damit sie sich noch enger an ihn drängen, ihn mit ihrem ganzen Körper fühlen konnte.

Sie bog den Kopf ein wenig zurück. »Du hast mir immer noch nicht gesagt, wann du dich in mich verliebt hast.«

»Du hast ja auch nicht gefragt.«

»Jack …«

»Habe ich überhaupt je was von Liebe gesagt?«, fragte Jack daraufhin stirnrunzelnd. »Ich habe mich nur geopfert und dich geheiratet, weil …«

»Jack!«

Er schob sie zum Bett. »Du bist zu wenig bei der Sache«, sagte er tadelnd. »Liebe ist eine ernste Angelegenheit, und du stellst mir indiskrete Fragen.«

»Was willst du dagegen tun?« Jessica merkte selbst, dass ihre Stimme schon wieder atemlos klang.

»Dich zum Schweigen bringen.« Er drückte sie auf das Bett, öffnete mit wenigen, sehr geübten Handgriffen ihr Haar, warf die Nadeln ins Zimmer, und fasste dann ihre Beine, um sie auf die weiche Unterlage zu betten und ihre Arme neben ihren Körper zu legen. »So bleibst du jetzt liegen.« Er verschwand und kehrte aus der vorderen Kajüte mit einer Schale wieder, in der kleine Fruchtstückchen lagen.

Jessica setzte sich auf. »Oh, das sind meine Lieblings …«

»Ruhe.« Jack schob ihr ein Stück einer roten Melone zwischen die Lippen. Jack hatte diese Auswahl nicht ohne Grund und mit Bedacht getroffen. Natürlich war das ihr Lieblingsobst, er wollte sie ja schließlich dazu bringen, auf diese sinnliche Art zu kauen. Zufrieden sah er zu, wie sie genussvoll die Augen schloss, die Lippen spitzte und die Frucht förmlich auf der Zunge zergehen ließ. Er schob seine Hand in ihr Haar und hielt sie fest. Jessica öffnete irritiert die Augen, aber da waren seine Lippen schon auf ihren, strichen über diesen entzückenden Kussmund, pressten sich darauf. Seine Zunge schob sich sacht tiefer und kostete den süßen Saft der Melone, der sich mit Jessicas Geschmack verband. Ja, genau so hatte er sich das vorgestellt.

Er drückte sie auf das Bett zurück, sah ihr zu, wie sie die Frucht hinunterschluckte, beobachtete die Bewegung ihres Halses. Er nahm eine andere Frucht, schob sie ihr zwischen die Lippen und steckte auch eine zwischen seine Zähne, bevor er die Hand um die weiche, nachgiebige Form ihrer Brust legte und die härter werdende Warze mit der kühlen Frucht streichelte.

Jessica bog sich ihm entgegen. Er küsste sie wieder und wieder, steckte ihr kleine Fruchtstücke zwischen die Lippen, bevor er auf die Idee kam, sie über ihren Körper zu verteilen und von dort wegzunaschen. In ihrem Nabel, auf ihrem Bauch, zwischen ihren Brüsten, in der Vertiefung ihres Halses zwischen den Schlüsselbeinen, wo er Jessicas leises Seufzen und Stöhnen fühlen konnte, wenn er seine Lippen darauf ruhen ließ. Einige Stücke ließ er verwegen tiefer rutschen, leckte den kühlen süßen Saft ebenso zärtlich ab wie Jessicas heiße Erregung.

Zum Glück hatte er genügend Früchte vorbereiten lassen. Sie reichten gerade so lange, Jessica statt zum Reden zum Stöhnen und Sichwinden zu bringen, bis sein eigenes Verlangen so schmerzhaft und sehnsüchtig pochte, dass er über Jessica auf das Bett glitt, ihre Knie sanft noch mehr öffnete und sich tief in ihr versenkte.

Er blieb ruhig in ihr, küsste sie, genoss die Enge, die Vertrautheit, die unendliche Nähe. »Ich glaube, ich war immer schon in dich verliebt.« Er küsste die letzte fruchtige Süße von Jessicas Lippen und nahm dann den Weg über ihre Schläfe, ihre Wange, ihr Kinn. »Schon damals, als du erst sieben warst«, redete er weiter. »Du warst so süß mit deiner Zahnlücke.«

Jessicas Arme lagen um seinen Hals, und ihre Finger spielten mit seinem Haar. Sie lächelte zärtlich, bis ihr etwas einfiel. »Findest du Smithy mit seiner Zahnlücke eigentlich auch süß?«

Jack überlegte eine ganze Weile. Dann sagte er. »Doch … manchmal.« Er grinste, dann verschloss er Jessicas lachenden Mund mit einem tiefen Kuss.

Danksagung

Mein ganz herzlicher Dank gilt Sabine Thiele, die mir von der Idee zu dieser Geschichte bis zum Lektorat geduldig, humorvoll und wie immer professionell zur Seite gestanden hat. Jack und Jessica können froh sein, dass sie sich ihrer angenommen hat, und mir hat die Zusammenarbeit wirklich Spaß gemacht! Vielen Dank!

Susanna Drake

Er beherrschte die Meere –
doch sie war die Herrin seiner Sinne

Susanna Drake

Die Braut des Freibeuters

Roman

Karibik, 1779: Auf der Fahrt nach Jamaika wird das Schiff Vanessa de Chastels von Piraten überfallen, und die junge Adelige gerät in die Hände des stolzen Kapitäns Robert McRawley. Schon bald lässt er Vanessas Herz höher schlagen und scheint seinerseits ihrem Liebreiz nicht widerstehen zu können. Doch freiwillig ergeben sich zwei freiheitsliebende Seelen niemandem – nicht einmal der Liebe …

Knaur Taschenbuch Verlag

Sie hatte der Liebe entsagt –
doch er eroberte sie im Sturm

Jennifer Ashley

Geliebter Pirat

Roman

England, 1812: James Ardmore, Piratenjäger und Frauenheld, trifft unverhofft die schöne Diana Worthing wieder – die ihm bei ihrer letzten Begegnung erst hitzigen Widerstand geleistet hatte, bevor sie sich von ihm küssen ließ. Ähnlich stürmisch verläuft ihr Wiedersehen – und James lässt nichts unversucht, die temperamentvolle Schönheit für sich zu gewinnen. Doch bevor sie sich ihrer Liebe hingeben können, muss sich James einem gefährlichen Feind aus der Vergangenheit stellen …

Knaur Taschenbuch Verlag

Er ist der Schrecken der Meere –
doch gegen sie ist er machtlos

Jennifer Ashley

Die Sehnsucht des Piraten

Roman

England, 1813: Seit vielen Jahren hält Lady Honoria Ardmore ihren heimlichen Ehemann Christopher Raine für tot. Doch dann steht der berüchtigte Pirat plötzlich vor ihr, verführerisch und selbstbewusst wie eh und je, und will seine Frau zurück. Honoria sieht das allerdings ganz anders, und Christopher muss seinen gesamten Charme einsetzen, um sie zurückzuerobern …

Knaur Taschenbuch Logo